LE GOÛT DE LA MORT

UN THRILLER POLICIER BRITANNIQUE

LES ENQUÊTES DU SERGENT DÉTECTIVE TOMEK BOWEN
TOME 5

JACK PROBYN

CLIFF EDGE PRESS

eBook ISBN format numérique: 978-1-80520-152-6

ISBN format numérique: 978-1-80520-153-3

Première édition

Visitez le site web de Jack Probyn à www.jackprobynbooks.com.

À PROPOS DU LIVRE

Par un matin venteux et glacial, Morgana Usyk, propriétaire de l'un des repaires préférés du DS Tomek Bowen, le Café Morgana, visite Mulberry Harbour à un peu plus d'un kilomètre en mer.

Peu de temps après, son corps est retrouvé dans les bas-fonds, flottant à côté du port.

Les premiers rapports et les témoins oculaires affirment avoir vu le tueur s'enfuir des lieux. Mais lorsque la tempête Alisha arrive, emportant toutes les preuves, Bowen et son équipe se retrouvent bloqués.

Maintenant, l'eau monte.

Et celui de Morgana n'est pas le seul corps qu'ils vont y trouver.

CHAPITRE
UN

À plus d'un kilomètre du rivage de Southend se dressait une énorme structure en béton appelée Mulberry Harbour. Ce caisson Phoenix, large de huit mètres et long de soixante mètres, pesant plus de 2 500 tonnes, avait été commandé pour les débarquements du jour J, le 6 juin 1944. Celui-ci, comme des centaines d'autres structures similaires, avait été conçu pour aider les chars et autres véhicules militaires lourds à atteindre les plages de Normandie, mais ce maillon particulier d'une très longue chaîne avait commencé à fuir lors de son voyage inaugural et n'avait jamais connu l'action.

Depuis, il était resté coincé dans la même position fatidique, enfoncé dans les bancs de sable de l'estuaire de la Tamise, défenseur inflexible contre la marée.

Bien que généralement interdit d'accès, au fil des années, le port était devenu un point d'attraction pour les touristes. Les plus courageux qui s'aventuraient vers cette tache dans l'horizon devaient endurer une pénible traversée de 1,2 kilomètre dans la boue, le sable et la marée montante impétueuse. On savait que des photographes et des promeneurs de chiens s'y rendaient, principalement pour voir ce qui faisait tant parler, tandis que les nageurs et les amateurs d'aventure y allaient pour son intérêt historique et ses défis physiques. Il y avait même une course caritative en été au profit de la RNLI.

La meilleure période de l'année pour y aller, comme pour presque tout, était pendant les mois d'été, quand le climat était bien plus agréable et les marées beaucoup plus clémentes. La seule chose dont il fallait se méfier était le vent. Pendant les mois d'hiver, les vents violents, particulièrement le long de l'estuaire de la Tamise, peuvent facilement changer la direction et la vitesse des marées, et avant même de vous en rendre compte, une visite de trente minutes au port peut rapidement se réduire à vingt, quinze, parfois moins.

Cela, cependant, ne suffisait pas à décourager les centaines de personnes qui s'y rendaient durant ces mois.

Y compris Andreï.

Il se serra dans ses bras contre les vents âpres et brutaux de février tandis qu'il traversait le sable et la boue. À présent, l'eau atteignait les semelles de ses chaussures, et de petites éclaboussures rebondissaient dans l'air, salissant les lacets de ses baskets. Ce n'était pas les chaussures les plus appropriées, mais c'était tout ce qu'il avait. Ça, et la fine veste parka et son jean.

Le port était à un peu plus de cinquante mètres, se rapprochant rapidement. La structure rectangulaire se dressait dans le ciel, perdue contre les nuages noirs et menaçants en arrière-plan. Il leva la tête vers cette désolation, vers la pluie qui menaçait de s'abattre sur lui.

Il ne savait pas que ce n'était pas la seule masse d'eau se dirigeant rapidement vers lui. À quatre-vingt-dix degrés sur sa gauche, la marée montait. Vite. Pendant ce temps, à sa droite, à un peu plus de trois cents mètres, se trouvait un petit groupe de personnes, minuscules silhouettes à l'horizon, convergeant vers le site touristique.

Au moment où il atteignit le bord de la grande étendue d'eau qui entourait le port submergé, le niveau de l'eau avait gonflé et montait déjà jusqu'à ses lacets, ses pieds trempés. En quelques instants, ses orteils s'étaient engourdis, et ses chaussettes mouillées semblaient agripper sa peau, s'enroulant autour de ses pieds et orteils dans une étreinte de fer. Chaque mouvement était rude et rugueux contre sa chair.

En arrivant au bord de la mare, il s'arrêta net, figé. Pas à cause du vent. Pas à cause de la sensation d'engourdissement qui remontait rapidement vers ses chevilles. Mais à cause du spectacle devant lui. Une silhouette, allongée à plat dans l'eau glacée, un visage morne et vide fixant le ciel. Une femme, soigneusement habillée, avec un soupçon de maquillage appliqué. Bien que ce ne soit plus évident maintenant, ses cheveux avaient été joliment coiffés, les ondulations qu'elle avait faites au lisseur ce matin-là encore visibles tandis qu'elles flottaient dans l'eau.

Se penchant au-dessus d'elle, enfoncé jusqu'aux genoux dans l'eau, soutenant sa tête, se trouvait une autre silhouette. Un homme. Vêtu d'un épais manteau noir avec une écharpe noire autour du cou, on aurait dit qu'il aurait dû se trouver au bord d'un terrain de football, pas à un kilomètre de la civilisation au milieu de la Tamise. La stupeur s'afficha sur son visage au moment où il vit Andreï. Il lâcha immédiatement la tête de la femme, l'élan de la chute submergeant son visage sous l'eau avant que sa flottabilité naturelle ne la repousse à nouveau vers le haut.

— Qu'est-ce que… ? dit l'homme, mais avant qu'il ne puisse continuer, le son de voix les assaillit, porté par le vent qui semblait les bousculer de tous côtés.

Andreï se lécha les lèvres, goûta le sel, puis se retourna pour faire face au groupe. Six personnes au total, à un peu plus de cent mètres, toutes habillées comme si elles gravissaient les Alpes par températures négatives plutôt que les vasières de Southend.

Quand Andreï se retourna pour faire face à la silhouette, l'homme avait disparu. Tout ce qui restait de lui était une silhouette qui s'évanouissait dans l'autre direction, et ses profondes empreintes de pas dans le sable qui le poursuivaient.

CHAPITRE
DEUX

Le radiateur mobile qui dégageait rapidement de la chaleur lui brûlait la jambe à travers son pantalon. Il pouvait sentir le tissu commencer à fondre sur sa peau, mais il n'y avait pas d'espace pour s'en éloigner ; le cabinet de sa thérapeute était en pleine rénovation, alors ils avaient été contraints de poursuivre leur relation professionnelle dans un espace trop exigu, dans ce que Tomek ne pouvait décrire que comme un petit placard à balais. Il avait déjà visité des cellules de prison plus grandes que cela, mais il n'était pas d'humeur à se plaindre ou à faire des histoires. Ce n'était pas sa faute si le plafond avait fui. Ce n'était pas sa faute si les deux dernières semaines de pluie s'étaient déversées sur tout ce qui se trouvait dans son cabinet. Ce n'était pas sa faute si elle avait mis deux semaines à réorganiser son planning pour lui trouver un créneau.

— Ça me plaît, mentit-il. C'est plus... intense.

— C'est exactement l'opposé de l'ambiance que je recherche, répondit sincèrement Isabel Fox. Venir ici ne devrait pas être intense. La raison pour laquelle vous, comme tous les autres, venez me consulter, c'est parce qu'un aspect de votre vie est déjà intense. Vous êtes censé venir ici et ressentir l'opposé.

Tomek haussa les épaules. Il supposait qu'il y était habitué. Sa vie entière se jouait à la limite de l'intensité, en équilibre, à un souffle de vent ou à une légère poussée dans la mauvaise direction de sombrer dans la folie. Mais c'était ce qu'il avait connu ces trente dernières années, et il n'était pas près de changer.

— N'est-ce pas ce qui nous rend tous humains ? Cette peur primordiale d'être chassés et tués ? Notre existence même et notre survie se fondent sur le fait que ça *devrait* être intense, dit-il.

Isabel pinça les lèvres.

— Vous êtes allé assez loin dans la profondeur pour une séance matinale. J'espérais un début de journée plus tranquille, mais je suppose que vous avez raison. La seule chose à garder à l'esprit, cependant, c'est que vous n'êtes plus la proie. En tant qu'espèce, nous avons évolué pour devenir le prédateur. Vous pouvez donc commencer à relâcher et détendre cet instinct qui est en vous.

Tomek n'était pas d'accord avec ça. Du moins, pas tant qu'il y aurait des meurtriers et des violeurs qui vivraient encore pleinement cet instinct.

Isabel avait la fin de la vingtaine et possédait un doctorat en fonctionnement du cerveau humain ainsi qu'une paire d'yeux accueillants qui suffisaient à mettre à l'aise même les individus les plus endurcis. Elle lui avait été recommandée par son chef, le DCI Nick Cleaves, et au début, Tomek avait été rebuté par son jeune âge, supposant qu'elle n'avait pas assez d'expérience – tant professionnelle que de vie – pour diagnostiquer ou l'aider avec ses problèmes. Mais après leur deuxième consultation, il s'était réchauffé à son contact – peut-être était-ce à cause de ses yeux – et ses opinions sur tout le processus avaient changé.

Isabel entra directement dans le vif du sujet.

— Alors… comment était *cette rencontre* ?

— C'est une question assez vaste, dit Tomek. Ça dépend de l'angle sous lequel vous l'abordez. Si vous posiez *lui* cette question, ça aurait été la rencontre la plus satisfaisante de toute sa vie.

— Et pour vous ?

— L'opposé.

Aujourd'hui, ils parlaient de la rencontre qui avait eu lieu avec l'assassin du frère de Tomek. Quand il avait neuf ans, son frère avait été assassiné dans un parc près de son école. Il avait été poignardé à plusieurs reprises, battu avec une brique, mutilé génitalement, les yeux brûlés à l'acide de batterie. Et c'était Tomek qui avait découvert le corps de son frère. Deux minutes trop tard. Il s'était retrouvé face à face avec le meurtrier de son frère, Nathan Burrows, et trente ans s'étaient écoulés depuis la dernière fois que Tomek avait vu le visage de cet homme.

Jusqu'à il y a quelques semaines.

— Comment ça ?

— Il ne m'a rien dit. En fait, non. C'est un mensonge. Il m'a dit *quelque chose*. Il m'a dit que tout était dans ma tête. Qu'il n'y avait personne d'autre là-bas la nuit où Michał est mort. Que j'avais imaginé ça, et que depuis trente ans, je portais en moi l'image potentielle et l'espoir d'un autre tueur à ses côtés sans raison. Que je pensais à quelqu'un qui n'existe pas, qui n'a jamais existé, et qui n'existera jamais.

Un bref silence s'installa dans la pièce pendant qu'Isabel prenait note mentalement. L'hésitation se lisait sur son visage.

— Comment vous êtes-vous senti par rapport à ça ?

Tomek haussa les épaules, nonchalant, renforçant les mêmes défenses qu'il portait depuis trente ans.

— À votre avis ? Je ne sais plus quoi croire.

— Le croyez-*vous* ?

Encore un haussement d'épaules. Cette fois, il baissa le regard vers son genou. Il commença à frotter des cercles avec ses ongles sur le tissu.

— Une partie de moi l'a cru. Tandis que l'autre partie me dit que je sais ce que j'ai vu. J'ai ces cauchemars pour une raison, et j'ai vu Charlie dans l'un d'eux pour une raison. J'ai entendu son nom.

Charlie était le nom du deuxième tueur de son frère. Celui dont Tomek était convaincu de l'existence mais qu'il n'avait pas pu prouver. Il avait découvert ce nom dans un cauchemar ; l'avait entendu alors que les deux tueurs fuyaient la scène.

— Avez-vous mentionné Charlie à Nathan ?

Tomek répondit que oui.

— Et comment a-t-il réagi ?

Tomek réfléchit un moment. Il se remémora la salle de visite de la prison. Entouré de dizaines d'autres détenus et de leurs amis et famille.

Parlant, discutant, certains se disputant tandis que la majorité profitait de la compagnie des autres. Et puis il avait mentionné le nom de Charlie.

Les yeux fermés, Tomek visualisa la réaction de l'homme.

— Les yeux de Nathan se sont légèrement écarquillés, expliqua-t-il. Et il a souri. Plus un rictus qu'un sourire. Un sourire narquois, en fait. Mais c'était subtil, discret. Un petit frémissement des lèvres. Un de ces sourires suffisants qu'on affiche quand on vient de réparer une fenêtre ou d'ouvrir un bocal difficile que personne d'autre ne pouvait ouvrir, et qu'on ne veut pas passer pour un connard. Nathan avait l'air de reconnaître le nom... mais pas tout à fait. Puis il a secoué la tête et m'a dit qu'il n'y avait personne de ce nom, que j'avais tout imaginé.

— Que voulez-vous dire par « mais pas tout à fait » ?

Tomek ouvrit les yeux et fut aveuglé par la luminosité. La pièce était équipée de certaines des ampoules les plus brillantes qu'il ait jamais vues. Il était prêt à parier que la personne qui les avait installées était aussi suffisante que ce foutu Nathan Burrows.

— J'sais pas, répondit-il. C'était bizarre. Il avait l'air de reconnaître le nom mais *pas* en même temps. Vous voyez ce que je veux dire ?

L'expression de son visage suggérait que non.

— Pensez-vous que vous pourriez vous tromper ?

Tomek lui offrit une expression vide en retour.

— Je vous l'ai dit, je ne sais même plus quoi croire. Une minute je peux voir la silhouette là, debout au-dessus de mon frère à côté de Nathan. La minute suivante, je ne peux plus. Une minute j'entends son nom être appelé aussi clairement que de l'eau de roche, puis ça disparaît. Mon esprit n'arrête pas de me jouer des tours. Il tourne et retourne encore. Et je ne me rapproche pas des réponses.

Isabel laissa échapper un court et puissant souffle d'air par les narines.

— Avez-vous eu d'autres cauchemars depuis votre visite ?

Secouant la tête, Tomek répondit que non. Que les cauchemars, qui jusqu'à présent avaient été assez réguliers, s'étaient maintenant apaisés.

— C'est bon signe, n'est-ce pas ? Cela ressemble à un progrès pour moi. Comment vous sentez-vous après avoir vu Nathan ? Avez-vous l'impression d'avoir obtenu une forme de résolution, même si ce n'était peut-être pas la réponse que vous espériez ?

— Une résolution ? De quoi parlez-vous ? Suggérez-vous que je devrais le croire ? Que je *devrais* prendre ses paroles pour argent comptant et croire tout ce qu'il dit ? Cet homme est un tueur. C'est dans son ADN de mentir. Il a protégé Charlie toutes ces années, il n'est pas sur le point de le dénoncer maintenant.

— Donc, vous croyez *toujours* que Charlie existe ?

Tomek réfléchit un moment. Sa tête commençait à lui faire mal, à tourner comme un carrousel. Comme cela avait été le cas ces dernières semaines. Depuis la rencontre, il avait du mal à dormir la nuit. Il avait du mal à se concentrer au travail. Il se sentait distrait presque à chaque instant de la journée, ses pensées dérivant vers Nathan, la salle, la rencontre, le regard suffisant sur son visage alors qu'il mentait à Tomek.

Charlie.

Au fond de lui, Tomek savait qu'il avait raison, que son frère avait été brutalement assassiné par deux individus, et que Nathan lui mentait, essayant de le convaincre du contraire. Cette conviction était si fermement ancrée en lui – trente ans à s'incruster profondément dans sa psyché – que rien ne pourrait la déraciner. Mais ce jour-là, les paroles de Nathan avaient planté une maladie mortelle dans son esprit, une maladie qui pourrissait et rongeait actuellement les racines entourant sa croyance. Aurait-il pu imaginer la silhouette à côté de Nathan ? Aurait-il pu imaginer le nom qu'il avait entendu dans ses cauchemars ? Quand c'était arrivé, il enquêtait sur une série de meurtres de justiciers ciblant des prisonniers récemment libérés, et un suspect nommé Charlie Hampton, le petit ami d'une agent de probation, était apparu dans l'enquête. Ça ne pouvait pas être ça, n'est-ce pas ? Son subconscient injectant un nom aléatoire qu'il avait entendu dans le cadre d'une autre enquête complètement sans rapport ?

Il ne voulait pas le croire.

— Je sais que c'était ma suggestion de lui rendre visite, continua Isabel, après avoir réalisé qu'il n'y aurait pas de réponse à sa question. Et je me rends compte que cela a pu avoir un effet néfaste sur vous et votre voyage dans la mort de votre frère, mais je veux que vous vous éloigniez de ce monde pendant un moment. Autant que possible, je veux que vous l'oubliiez. Je veux que vous vous immergiez dans d'autres aspects de votre vie – vos relations, vos amitiés, Kasia, le travail. Je veux que vous vous concentriez sur les choses que vous pouvez contrôler. Parce que pour l'instant, vous ne pouvez rien faire concernant la mort de votre frère et ce que Nathan vous a dit. Et plus vous essayez de vous concentrer dessus et de vous en inquiéter, plus vous vous enfoncerez dans la spirale. Vous trouverez vos réponses un jour, je vous le promets, mais la seule façon d'y parvenir est de donner un peu de repos à votre esprit. Ensuite, quand vous y reviendrez, votre cerveau aura eu le temps d'absorber de nouvelles informations, de les traiter, et de vous permettre de regarder toute cette situation avec un esprit clair. À partir de là, vous pourrez faire les progrès dont vous avez besoin.

Plus facile à dire qu'à faire, pensa Tomek en la remerciant pour son temps et en quittant le placard à balais.

CHAPITRE
TROIS

Tomek était assis dans le café, à sa place habituelle, dans le coin de la salle, le miroir à paillettes scintillant au-dessus de sa tête, un café à la main qui réchauffait ses doigts, un œil sur la porte, attendant que le DCI Nick Cleaves entre. Son commissaire principal l'avait intercepté à la sortie du cagibi d'Isabel et juste avant d'entrer lui-même en réunion, et avait suggéré qu'ils se retrouvent autour d'un café pour faire le point. « Comme deux mères de famille », avait dit Nick juste avant de fermer la porte.

Heureusement, Tomek avait exactement l'endroit qu'il fallait en tête. Un petit établissement charmant qu'il connaissait très bien. C'était animé, suffisamment grand et bruyant pour que tous deux puissent avoir une conversation discrète, et la nourriture était divine. Le remontant parfait pour le milieu de semaine.

Le café s'appelait Morgana's et était rapidement devenu l'un des repaires préférés de Tomek. Il se considérait comme un habitué depuis que sa petite amie, Abigail, lui avait fait découvrir l'endroit. Ils s'y étaient retrouvés une fois pour des raisons professionnelles, et Tomek avait même réussi à la convaincre que c'était là qu'avait eu lieu leur deuxième rendez-vous. Il y était allé presque une fois par semaine depuis. Le café avait relevé ses attentes concernant tout ce qu'il espérait trouver dans un établissement similaire. La nourriture – riche, savoureuse, avec juste ce qu'il faut de sel (rien que d'y penser lui faisait saliver) – était accompagnée d'un service presque impeccable. Morgana, la propriétaire et l'éponyme de l'établissement, était une femme-orchestre, s'occupant de toute la clientèle sous sa responsabilité en salle, qui changeait aussi souvent que les feux de circulation. Elle faisait un travail fantastique pour gérer tout le restaurant, dirigeant depuis le front, et Tomek l'admirait énormément.

Assis là, il compta dix autres tables avec au moins une personne les occupant. Un véritable microcosme de l'Essex : des artisans portant d'épaisses bottes de désert avec leurs survêtements sales et une montre de marque coûteuse au poignet, venus prendre un petit-déjeuner tardif ; un couple âgé, portant encore leurs épais manteaux d'hiver à l'intérieur, dévorant viande rouge et haricots ; un homme d'âge moyen avec un ventre de la taille d'un ballon sauteur assis jambes écartées pour compenser l'espace supplémentaire nécessaire à son abdomen ; une jeune maman avec son fils encore plus jeune (qui aurait dû être à l'école) jouant sur une tablette pendant qu'elle essayait d'introduire de la nourriture dans la bouche de son nouveau-né coincé dans sa poussette, incapable de bouger. Il n'y avait aucun jugement ici. Personne n'était meilleur que les autres. Ils étaient égaux. Juste là pour de la bonne nourriture, une bonne ambiance, et un bon prix – une devise qui, jusqu'à récemment, avait été imprimée en lettres roses à paillettes et fixée aux murs avec de la colle.

Avant que Tomek ne puisse regarder le reste du café, la cloche sonna à l'entrée, et DCI Cleaves fit son apparition, arborant le visage de quelqu'un prêt à en découdre.

Cette expression intimidante se détendit un peu lorsqu'il établit un contact visuel avec Tomek. Ils se serrèrent la main et s'installèrent à table, puis commandèrent du café et de quoi manger. Des œufs brouillés pour Tomek. Double bacon, double saucisse et œufs pour Nick – le menu spécial double crise cardiaque, comme l'appelait Tomek.

— Des œufs brouillés... commença Nick pour se défendre. C'est plutôt sec. Tu te sens bien ?

Tomek tapota son ventre, sentant ses entrailles onduler dans la foulée.

— Je surveille ma ligne.

— À ton âge ? Il te reste encore quelques années avant d'atteindre ma taille.

Tomek se tourna et désigna discrètement l'homme au ventre en forme de ballon sauteur. — Et selon toi, il te reste combien d'années avant d'arriver à *ça* ?

Avant que Nick ne puisse répondre, la serveuse les interrompit, portant leurs cafés sur un plateau. Tandis qu'elle déposait les boissons sur la table, Tomek demanda : « Pas de Morgana aujourd'hui ? »

— Non, elle n'est pas venue ce matin, répondit la femme avec un fort accent d'Europe de l'Est. Tomek la reconnaissait, mais était incapable de situer son accent. Et le directeur adjoint n'est pas là non plus, alors c'est moi qui suis en charge.

— Eh bien, je ne pense pas que quiconque l'ait remarqué, alors vous devez faire quelque chose de bien.

La serveuse retroussa le nez face à ses commentaires, puis s'éloigna rapidement d'un air vexé.

— Qu'est-ce que j'ai dit ? demanda-t-il en se retournant vers Nick.

— Essentiellement, qu'elle fait un travail de merde, mais que tout le monde est trop occupé ou trop absorbé par la nourriture pour s'en soucier. Félicitations, poursuivit Nick, tu as vexé quelqu'un qui n'est probablement pas assez payée pour survivre tout en l'insultant pour avoir fait son travail. Bien joué. Tu dois te sentir *vraiment* bien maintenant.

— Tu peux parler, railla Tomek. J'ai vu comment tu parles à certains membres de l'équipe.

— Va te faire foutre.

— CQFD.

— C'est différent. C'est professionnel.

— Tout ce qui t'aide à dormir la nuit.

Tomek avait souvent considéré Nick comme une figure paternelle. Sévère, strict et légèrement en surpoids. Et Tomek lui rendait ce lien familial. Après que le fils de Nick et sa femme se soit engagé de manière inattendue dans les forces armées, Tomek avait presque pris sa place, comblant le vide que la disparition de leur fils avait créé dans leur vie. Ils se disputaient, ils se criaient dessus, mais au final, il y avait de l'admiration, un respect mutuel entre eux. On ne pouvait cependant pas en dire autant de nombreux collègues de Tomek.

— Comment va Isabel ? demanda Nick.

— Bien. Et toi ?

— Ouais, bien aussi.

— Bien. Belle conversation. Content que tu m'aies fait venir ici pour ça. Tu le mets dans les frais professionnels ou c'est moi qui paie l'addition ?

Le front de Nick se plissa. — J'allais payer par pure bonté d'âme, mais maintenant que tu fais ton petit malin, je n'en ai plus envie.

Tomek n'argumenta pas. Il y avait quelque chose sur le visage de l'homme, quelque chose qu'il voulait dire, quelque chose qui pesait considérablement sur lui. Et Tomek connaissait suffisamment bien l'homme pour savoir qu'il avait juste besoin de lui donner du temps et de l'espace pour le faire.

Ce fut quelques instants plus tard que Nick parla à nouveau.

— C'est à propos de Lucy...

Tomek fit une pause, écouta, et commença à craindre le pire.

— Son état s'aggrave. Elle ne s'améliore pas. Elle a toujours du mal à se tenir debout et à marcher correctement. Elle ne semble toujours pas être à cent pour cent présente. Il lui faut parfois du temps pour répondre, et même là, ses réponses ne sont pas cohérentes. Elle... *existe* simplement. Je pensais qu'à ce stade, elle aurait montré *une certaine* amélioration...

Quelques mois auparavant, juste avant Noël, la fille de Tomek, Kasia, et la fille de Nick, Lucy, avaient retrouvé un groupe d'amis pour boire de l'alcool de manière illégale sur la plage de Bell Wharf à Leigh-on-Sea. Alors qu'elle jetait une bouteille de vodka volée à son père dans la poubelle, Lucy avait été agressée et son corps projeté au sol, la laissant dans une mare de sang avec une énorme bosse creusée sur le côté de sa tête. Depuis sa sortie, après deux semaines d'hospitalisation, les médecins avaient dit qu'il pourrait y avoir des lésions cérébrales permanentes. Qu'ils ne pouvaient pas en être certains.

Que seul le temps le dirait.

Il semblait que le temps leur donnait tous les mauvais signes. Bien qu'il y ait encore de l'espoir, et Tomek voulait le lui rappeler.

— Ne pas s'améliorer n'est pas la même chose qu'empirer, lui rappela Tomek. En fait, c'est mieux. Tu dois juste te souvenir que ces choses prennent du temps.

— Nous n'avons pas de temps.

Une boule se forma dans la gorge de Tomek. Il allait demander quelle était l'urgence mais retint son souffle en attendant que les mots sortent de la bouche de Nick.

— Maggie veut divorcer.

Pendant un moment, il avait craint que Nick ne lui annonce qu'il était mourant, qu'il souffrait d'une maladie incurable qui le tuerait dans quelques semaines. Mais c'était bien pire. Perdre Maggie serait tout comme la mort pour Nick. Tomek savait qu'elle emmènerait les filles avec elle. Qu'il ne pourrait pas se battre en justice. Il n'était déjà jamais à la maison. Comment pensait-il pouvoir s'occuper de ses filles adolescentes tout en gérant un emploi à plein temps en tant que chef de la division de Southend ? Il n'aurait plus rien à quoi revenir, rien pour quoi travailler et personne pour qui travailler. Le cerveau et le cœur de son existence même seraient arrachés. Et alors, où irait-il ?

Tomek commençait déjà à l'envisager. La spirale descendante. L'effondrement total de la vie de son patron. Et il était certain que Nick y avait passé de nombreuses nuits à y penser aussi.

— Pourquoi ? demanda Tomek, essayant de garder la peur hors de sa voix.

— À cause de ce qui est arrivé à Lucy. Elle a du mal. J'ai du mal. Ça nous affecte. Et nous ne savons pas quoi faire.

— Se séparer ne va pas aider.

— Essaie de lui dire ça. Elle s'est mis en tête que c'est la solution. Nick tapota sa tempe avec véhémence.

— Qu'a dit Isabel ?

À la mention du nom de la jeune thérapeute, les yeux de Nick s'écarquillèrent. — Ne me lance même pas sur *ce* sujet. On n'a pas le droit de prononcer son nom chez nous. Je n'ai même pas le droit de parler de mes séances avec elle – quand je les ai, comment elles se sont passées, et quand je la verrai la prochaine fois.

— Pourquoi pas ? demanda Tomek, bien qu'il soupçonnât déjà connaître la réponse.

— Parce qu'elle pense que j'ai une liaison avec elle. Plus de tapotements, cette fois avec une agressivité qui inquiéta brièvement Tomek pour la sécurité de Maggie. C'est la chose la plus ridicule que j'aie jamais entendue de ma putain de vie. Elle est assez jeune pour être ma fille !

Tomek n'avait plus rien à dire. Il semblait que Nick avait désespérément besoin d'aide, et Tomek était la personne la moins bien placée pour la lui offrir. Il n'avait aucune idée de ce qu'était le mariage ; il venait à peine de se retrouver dans une relation de petit ami-petite amie depuis à peine une semaine. Il était encore novice dans tout ça. Et si cela ne suffisait pas, sa liste d'ex-petites amies, dont il n'y en avait que deux, et toutes deux en prison, parlait d'elle-même. Il n'arrivait même pas à choisir une partenaire décente avec qui s'installer. Il y avait toujours quelque chose qui clochait chez elles : d'abord, le trafic de drogue et la dépendance qui avait suivi ; et ensuite, les meurtres en série d'une justicière. Ni l'un ni l'autre, aimait-il penser, n'étaient directement de sa faute. Avec Abigail, cependant, c'était différent. Elle semblait, en comparaison directe avec les deux précédentes, aussi normale que possible. Presque vanille. Ce qui était exactement ce dont il avait besoin en ce moment. Moins du drame qu'on pourrait trouver en première page de *OK !* magazine et plus des choses qui ne seraient jamais imprimées.

Heureusement, il fut sauvé du silence par la nourriture. L'arôme céleste s'échappait de son assiette jusqu'à son nez, soulageant immédiatement le stress qu'il avait ressenti l'heure précédente. La nourriture avait le même impact sur Nick. Alors qu'il prenait une bouchée de son petit-déjeuner, sans dire un mot de plus à Tomek, toutes ses inquiétudes et ses peurs – à propos du divorce, de sa fille handicapée – disparurent aussi rapidement que les volutes de vapeur qui s'élevaient de sa tasse.

— Putain, c'est bon, dit-il.

— Je préférerais éviter ça, si ça ne te dérange pas. Mais oui. Oui, c'est vraiment bon. Sacrément délicieux, si tu veux mon avis.

— Comment font-ils pour que ça ait un *si* bon goût ?

— J'imagine que ce bruit de grésillement que tu entends en fond n'est pas le son des chefs testant les charleston de leur batterie. Je pense que c'est le son de la graisse qui cuit. Et en quantité.

— Ou peut-être que l'ingrédient secret est le crime, répondit Nick.

— Pardon ?

— C'est une référence à *Peep Show*. Super Hans...

La référence était perdue pour Tomek, qui avait été rebuté par le show à cause de ses angles de caméra en vue subjective. Cela l'avait mis mal à l'aise pour une raison quelconque, et il n'avait jamais pu s'y intéresser.

— Je suppose que tu étais probablement trop jeune pour regarder ça quand c'est sorti, continua Nick.

— Ou peut-être que j'avais simplement meilleur goût en matière de télévision. Ou, à bien y réfléchir, j'étais dehors à faire des choses, à vivre ma vie plutôt que de rester à l'intérieur à regarder des sitcoms.

Ils continuèrent à manger le reste de leur nourriture dans une torpeur silencieuse, aucun n'étant prêt à s'arrêter pour poursuivre la conversation qui avait déjà atteint une fin naturelle. Après avoir terminé, ils se calèrent contre le dossier de leurs chaises rembourrées, les mains sur le ventre, et pendant les dix minutes suivantes, observèrent le flux constant de clients entrant et sortant de l'entrée.

Espérant qu'aucune autre discussion sur les épouses, les filles, le divorce et la dépression ne surgirait entre eux, Tomek demanda sans conviction : — On retourne au bureau ?

CHAPITRE
QUATRE

Il était presque midi lorsqu'ils arrivèrent au quartier général de la brigade criminelle de Southend, en plein cœur de la ville. La promenade menant à l'entrée du commissariat était inhabituellement encombrée, des hordes de journalistes affamés rôdaient dehors, agglutinés comme des fumeurs en hiver — sauf que ces fumeurs n'avaient pas le soutien d'une cigarette pleine de nicotine et de goudron pour se réchauffer, seulement leurs collègues et le sang de leurs victimes.

Tomek ne reconnaissait aucun d'entre eux. Il regarda son téléphone et vit qu'il avait deux appels manqués d'Abigail. En tant que journaliste principale du *Southend Echo*, qui avait récemment frôlé la faillite après l'arrestation de son propriétaire pour trafic sexuel, c'était sa responsabilité de garder l'œil ouvert et d'exploiter la moindre piste jusqu'au bout. Elle était tenace, audacieuse et implacable, toutes qualités qui faisaient d'elle une professionnelle exceptionnelle. Le fait qu'elle sorte avec Tomek l'aidait également à soutirer des informations pertinentes pour son propre intérêt. Comme maintenant : elle l'attendait à l'entrée arrière du commissariat, un endroit normalement interdit aux journalistes et à la presse.

— Qu'est-ce que tu fais là ? lui demanda-t-il.

— Je suis venue découvrir ce qui se passe.

— Nous aussi.

Nick se tenait à quelques centimètres derrière lui, et Tomek pouvait sentir le regard perçant de l'homme lui brûler la nuque, le pressant de se dépêcher.

— Tu te souviens de mon patron, n'est-ce pas ?

Nick ne dit rien. Au lieu de cela, il soupira profondément, grogna, puis bouscula Tomek et entra. Tomek le suivit peu après, s'excusant silencieusement auprès d'Abigail. Elle savait qu'elle n'était pas censée être là, et maintenant elle s'était fait prendre — ils s'étaient *tous les deux* fait prendre.

Il anticipait déjà l'engueulade qui l'attendait plus tard.

À l'étage, au deuxième niveau, le quartier général de la brigade criminelle de Southend était devenu une ruche d'activité. Une fourmilière de corps se précipitant dans et hors de la salle des incidents majeurs, un orchestre de voix parlant les unes par-dessus les autres.

La première personne à s'arrêter pour les accueillir fut l'agent Nadia Chakrabarti. Enceinte de huit mois, elle semblait sur le point d'exploser. Elle marchait avec une main sur son ventre tandis que l'autre soutenait le bas de son dos. Les cernes sous ses yeux suggéraient qu'elle n'avait pas dormi depuis des semaines, et pourtant son maquillage faisait un travail à moitié décent pour essayer de les cacher. Tomek ne lui en aurait pas voulu si elle avait voulu venir au bureau tous les jours en jogging et avec un épais sweat à capuche Primark, comme si elle était en retard pour son premier jour à l'université. En fait, il l'aurait encouragée.

— Bonjour, Sergent, Commissaire, dit-elle lentement, en contraste frappant avec la vitesse à laquelle tout se passait autour d'eux.

— Nadia, répondit Nick, intervenant avant même que Tomek n'ait pu enregistrer son nom. Qu'est-ce qui se passe ici, bordel ? Il semble qu'il y ait quelque chose dont je n'ai pas été informé.

Dès qu'il l'eut dit, l'atmosphère dans la salle se calma rapidement, comme si l'équipe avait enfin remarqué sa présence.

— Un corps a été retrouvé, patron, répondit Nadia. Il y a quelques heures, dans l'estuaire de la Tamise. Près du Mulberry Harbour.

— Mulberry Harbour ? Ce vieux truc mémorial de la Seconde Guerre mondiale ?

— Je ne pense pas qu'on puisse vraiment appeler ça un mémorial, monsieur. Mais oui...

— Et vous dites que c'est arrivé il y a quelques heures ?

Nadia acquiesça.

— Pourquoi diable n'ai-je pas été appelé ? J'aurais dû être informé dès que l'information est arrivée.

— Je... je crois que Rachel a regardé votre agenda et a vu que vous étiez en congé personnel ce matin, monsieur.

Cela fit taire Nick immédiatement. Si bien qu'il dépassa Nadia et se précipita dans la salle des incidents, cherchant immédiatement quelqu'un d'autre à qui crier dessus.

— Où est-elle ?

— Qui ?

L'individu malchanceux qui eut le malheur de répondre à la question de Nick était l'agent Chey Carter, ou « Cheyenne Pepper » comme Tomek aimait l'appeler. Le visage du jeune agent s'affaissa dès qu'il réalisa qu'il parlait à Nick.

— Victoria. Où est-elle ?

— *Elle* est ici.

Ici, c'est-à-dire derrière lui, debout dans l'embrasure de la porte.

— Y a-t-il un problème, Commissaire ?

— Tu peux parier ton putain de cul qu'il y en a un. Pourquoi est-ce que je découvre cette mort seulement en arrivant au bureau, et pas à la minute où l'information est arrivée ?

— Parce que, comme Nadia vous l'a dit il y a deux secondes, nous pensions que vous étiez en congé personnel ce matin et que vous ne vouliez pas être dérangé. Sean et moi avons tout sous contrôle ici, monsieur. Il n'y a rien qui doive vous inquiéter.

Nick traversa la moitié de la pièce d'un pas furieux et pointa son doigt devant le visage de Victoria, à la limite de dire quelque chose qu'il pourrait regretter plus tard. Tomek avait déjà vu cette expression : des mois de frustration et d'agressivité refoulées, de chagrin et de souffrance, prêts à être déversés sur la première personne qui l'énerverait. Pendant ce temps, Victoria resta figée, le dos raide, les bras croisés sur sa poitrine — l'incarnation même de l'acier et de la détermination face à un dictateur terrifiant.

— Ne me dis pas de quoi je dois ou ne dois pas m'inquiéter, Victoria. Je m'en charge très bien tout seul, merci.

Tomek ressentit soudain le besoin d'intervenir, d'empêcher Nick de franchir la ligne et de s'attirer une tempête de problèmes dont il n'avait pas besoin.

— Dites-moi ce qui se passe et dites-le-moi tout de suite !

Sans rien dire, Victoria leva le bras et pointa vers la série de tableaux blancs sur le mur le plus long. Là, suspendue au milieu du tableau central, se trouvait une image de leur victime. Au-dessus était écrit le nom « Jane Doe ».

Sauf que ce n'était pas une Jane Doe. Tomek savait exactement qui c'était. Il l'avait reconnue presque instantanément.

— Elle a été retrouvée à Mulberry Harbour. La cause présumée du décès est la noyade. L'autopsie est prévue cet après-midi. Des témoins ont vu quelqu'un fuir les lieux, donc nous supposons qu'elle a été assassinée. Aucun téléphone ni pièce d'identité n'a été trouvé sur elle sur la scène de crime. Nous essayons de l'identifier en ce moment même.

— Vous n'avez pas besoin de faire tout ça, dit Tomek en frôlant Victoria pour entrer dans la pièce. Je sais exactement qui c'est.

— Ce n'est pas une de vos anciennes conquêtes, j'espère ?

— Non.

— Vous vous décidez à nous éclairer, alors ?

Tomek remarqua la supplique sur son visage. C'était subtil — un léger élargissement des yeux, une brève lueur d'espoir dans son expression — mais c'était suffisant.

— Nous en venons justement... commença-t-il. Ça explique pourquoi elle n'est pas venue travailler aujourd'hui. Mais ça n'explique pas pourquoi le directeur adjoint n'est pas venu non plus...

— Tomek ! hurla Nick, suivi d'un soupir. Venez-en au fait, s'il vous plaît.

— Bien. Pardon, monsieur. Oui. Elle s'appelle Morgana. Elle possède le café à Hadleigh où je vais tout le temps. Ça s'appelle Morgana's. Une fille formidable avec une cuisine formidable. Elle semblait vraiment gentille et sympathique. Je n'arrive pas à imaginer pourquoi quelqu'un lui aurait fait ça.

CHAPITRE
CINQ

Tomek avait l'impression d'être interrogé, comme s'il était lui-même accusé du meurtre de Morgana. Depuis cinq minutes, il était contraint d'expliquer tout ce qu'il savait sur elle. Mais il n'avait pas grand-chose à leur dire, si ce n'est qu'il lui avait parlé quelques fois, qu'il avait flirté avec elle à l'occasion (avant de commencer sa relation avec Abigail, s'était-il empressé d'ajouter), et qu'il savait qu'elle venait d'Ukraine. C'était l'étendue de leur relation personnelle.

— Tout ce que je sais, c'est qu'elle était propriétaire du restaurant. Je ne sais pas depuis combien de temps, ni s'il y avait quelqu'un d'autre, a-t-il expliqué.

— Avait-elle un partenaire, un petit ami, un mari ? a demandé Victoria. À ce stade, toute l'équipe, soit huit personnes, avait été convoquée dans la salle de réunion, et Tomek commençait à se sentir comme face à un peloton d'exécution.

— Pour autant que je sache, non. Comme je l'ai dit, nous avons flirté quelques fois, et je suis presque certain qu'elle faisait pareil avec d'autres clients, même si je serais un peu vexé si c'était vrai. Cela dit, j'ai probablement fini par dépenser quelques livres de plus sans m'en rendre compte, alors je ne lui en veux pas, vraiment. Les temps sont durs. Et je ne sais pas comment ils maintiennent leurs prix si bas, mais...

Les images de ses œufs brouillés et du double infarctus spécial de Nick ont surgi dans son esprit, le distrayant.

Nick a claqué des doigts devant le visage de Tomek et lui a dit de se concentrer. Tomek est revenu à lui et s'est excusé.

— C'est tout ce que je sais, désolé. Mais la question est, que savez-*vous* ? a-t-il dit, dirigeant l'interrogatoire vers Victoria. Qu'est-ce qui lui est arrivé ?

À côté d'elle se tenait le DS Sean Campbell, un géant massif d'un mètre quatre-vingt-dix. Ils sortaient ensemble depuis avant Noël, ce qui avait provoqué une légère fracture dans le tissu de l'équipe. Non seulement la relation entre Tomek et Sean en souffrait, mais la composition de l'équipe s'était divisée en deux camps distincts. D'un côté, il y avait Tomek et Nick, qui se connaissaient depuis plus longtemps que les autres membres de l'équipe et étaient collectivement les plus anciens. De l'autre côté, il y avait Sean et Victoria, dont la relation embryonnaire avait créé une petite bulle où ils pouvaient se consulter et collaborer, laissant le reste de l'équipe choisir l'outfit qu'ils préféraient. Comme choisir entre Papa et Maman lors d'un divorce.

Cela attristait Tomek d'en être témoin et d'en faire partie, mais Sean était un homme adulte capable de faire ses propres choix.

— Le corps a été découvert à exactement 9 h 52 ce matin, a commencé Sean, volant au secours de Victoria. Trouvé par un homme appelé Andrei Pirlog.

— Pirlo ? Andrea Pirlo ? La légende du football italien ? a demandé Tomek.

— Non. Ce n'est ni un footballeur, ni une légende. Ni même un Italien d'ailleurs. Il est roumain. Mais c'est comme ça qu'on prononce son nom, oui.

— Comment l'a-t-il trouvée ? a demandé Nick cette fois.

— Allongée sur le dos dans l'eau à Mulberry Harbour.

— Oui, oui, je sais ça. Mais que faisait-il là ? Quelles étaient les circonstances entourant sa mort ?

—J'y venais, mais—

Avant que Sean ne puisse finir, on a frappé à la porte et deux silhouettes sont entrées sans attendre d'autorisation. Tomek ne les reconnaissait pas, ne les avait jamais vues auparavant. Mais l'expression sur le visage de Nick suggérait qu'il les connaissait, et laissait entendre qu'il savait exactement pourquoi ils étaient là.

— Bonjour à tous, a dit le premier à entrer. Désolé d'interrompre, Commissaire principal, mais je me demandais si je pouvais avoir une minute de votre temps ?

— Oui. Bien sûr, a dit Nick, le désespoir et la défaite imprégnant ses mots, alors qu'il partait la tête et les épaules courbées vers l'avant. En fermant la porte derrière lui, il a lancé un regard à Tomek qui disait : « Découvre tout ce que tu peux pour moi, ne les laisse rien te cacher. »

Tomek a compris, puis s'est tourné vers Sean.

— Tu disais ? a-t-il continué en se trouvant un siège et en attendant que Sean et Victoria se dirigent vers l'avant de la salle. Il a agi comme si rien ne s'était passé et voulait que tout le monde fasse de même. Ils l'ont rapidement fait. Maintenant, c'était au tour de Sean et Victoria de se sentir interrogés.

— Andrei Pirlog marchait le long de l'estuaire, a commencé Sean, pendant la marée basse. Il était là pour prendre des photos du port quand il a trouvé une silhouette qui tenait la tête de Morgana.

— Nous ne savons pas avec certitude qu'il s'agit de Morgana, a interrompu Victoria.

— Tomek a confirmé que c'était elle... ?

— Pas exactement. Il la reconnaît, c'est tout. Nous aurons encore besoin d'une confirmation positive d'un parent qui la connaissait un peu mieux que quelqu'un qui l'a vue quelques fois dans un restaurant.

— *Son* restaurant, a corrigé Tomek.

Victoria a ignoré le commentaire et s'est retirée derrière Sean pour le laisser continuer, planant au-dessus de son épaule comme un diagnostic médical démoniaque.

— Andrei s'est approché de la silhouette masculine et de la défunte, mais avant qu'il ne puisse faire quoi que ce soit, la silhouette s'est enfuie. Quelques instants plus tard, un groupe de touristes est également arrivé au port.

Tomek a hoché la tête. — Donc, elle était morte au moment où Andrei est arrivé auprès d'elle ?

— Oui.

— Et que faisait le groupe de touristes là-bas ?

— Une visite. Que voudrais-tu qu'ils fassent d'autre ?

Tomek a attendu que Sean réponde correctement à sa question. La réponse est venue un instant plus tard.

— C'est une petite entreprise dirigée par un homme nommé Warren Thomas. Les gens paient pour avoir une visite guidée du port. Il fait ça depuis cinq ans. Il dit qu'il connaît l'eau comme sa poche.

Tomek a reconnu le nom de l'école et s'est demandé s'il s'agissait de la même personne ou si c'était juste une coïncidence.

— Combien de personnes y avait-il dans le groupe de touristes ? a-t-il demandé.

— Cinq. Six, y compris Warren, a répondu le DC Martin Brown. Aujourd'hui, ses magnifiques cheveux mi-longs étaient attachés en un chignon serré à l'arrière de sa tête. Si serré, en fait, qu'il semblait étirer tout son visage vers l'arrière dans une sorte de lifting bizarre. Ils sont partis un peu après neuf heures ce matin.

— Et il leur a fallu près d'une heure pour y arriver ?

— C'est loin. Et c'est dangereux. Les marées sont capricieuses, et la boue est incroyablement dangereuse. Beaucoup de gens se retrouvent coincés chaque année.

— Sans compter qu'ils ont été retardés parce que quelques membres du groupe de visite n'arrêtaient pas de s'embourber, a ajouté la DC Rachel Hamilton. Tu as oublié de mentionner cette partie. Au moment où ils sont arrivés, la marée montait et il ne leur restait que quelques minutes avant d'être complètement coincés eux-mêmes.

— Que s'est-il passé après qu'ils soient tous arrivés ?

— Ils ont appelé la police, mais nous n'allions pas arriver à temps, alors l'unité nautique et les gardes-côtes ont envoyé des personnes. Ils ont tous dû être secourus depuis le port.

Tomek a hoché la tête en absorbant lentement l'information. Il imaginait les sept personnes, huit en comptant Morgana, coincées dans l'eau, perchées au bord du port en béton, attendant d'être secourues par la RNLI comme s'ils venaient d'être abandonnés au sommet de l'Himalaya. Il ne pouvait qu'imaginer à quel point ils devaient tous avoir froid.

— Où est le corps maintenant ?

— En train de se réchauffer à la morgue, a répondu Chey. L'autopsie est prévue pour cet après-midi, bien que je ne pense pas qu'on trouvera grand-chose sur elle. Apparemment, les sept personnes l'ont manipulée et ont essayé de la sortir de l'eau pour la réanimer.

— Comment le savez-vous ?

— Nous les avons tous interrogés.

— Déjà ? Tomek a sifflé entre ses dents. Vous ne perdez pas de temps aujourd'hui, n'est-ce pas ? Vous êtes comme les Tories qui organisaient des fêtes dès que les restrictions étaient mises en place.

— On fait de notre mieux.

— Une idée sur l'heure du décès ? a demandé Tomek à toute la salle, puis a attendu de voir qui serait assez courageux pour répondre.

— Difficile à dire, a répondu Victoria. Nous ne le saurons vraiment qu'après l'autopsie, mais Warren Thomas estime qu'il y avait une fenêtre de quatre à cinq heures entre la marée basse et la marée haute.

— Alors c'est la fenêtre avec laquelle nous travaillons ?

— C'est possible. Mais il y avait aussi une marée basse hier soir vers vingt-deux heures, donc il est possible qu'elle ait été tuée à ce moment-là.

Cela compliquerait les choses. Cela étendrait une fenêtre de meurtre de cinq heures à treize, et si elle avait été assassinée pendant la nuit précédente, les chances de trouver son tueur diminuaient exponentiellement. Le cerveau de Tomek commençait déjà à se demander où le tueur aurait pu aller après avoir laissé le corps de Morgana dans l'eau. Si cela s'était produit en plein jour, peu avant l'arrivée d'Andrei Pirlog et du groupe de touristes, comme le soupçonnait l'équipe, alors ils avaient une chance de repérer le tueur sur les caméras de vidéosurveillance ou grâce à des témoignages. Mais si c'était au cœur de la nuit, ils auraient aussi bien pu essayer de chercher un « l » minuscule dans une rangée infinie de 1.

— Des suspects ? a demandé Tomek, bien qu'il connaissait déjà la réponse.

— Probablement le type qui a fui la scène de crime, a dit Rachel avec une pointe d'espièglerie dans sa voix. C'est généralement un bon point de départ.

Tomek s'est tapoté le côté de la tête et a dit : — Les grands esprits se rencontrent, Rach. Les grands esprits.

Tomek appréciait beaucoup Rachel Hamilton. Elle était travailleuse, expérimentée, faisait son boulot, et elle commençait progressivement à l'apprécier. Lorsqu'ils s'étaient rencontrés pour la première fois, elle avait été tendue - et c'était compréhensible, étant donné qu'elle avait transféré toute sa vie de Londres à Southend - mais après quelques semaines, elle s'était installée avec l'équipe et avait commencé à tolérer le sarcasme et l'humour parfois insupportables de Tomek. Maintenant, elle avait presque fait un virage à cent quatre-vingts degrés et commençait à parler comme lui aussi.

— Et ses effets personnels ? Son téléphone ?

— On n'a rien trouvé sur elle, a répondu Victoria. Notre théorie est que soit elle l'a perdu lors d'une lutte, soit il est tombé en chemin vers le port, soit le suspect l'a pris.

— Ce sont trois théories, a murmuré Tomek. Mais peu importe. Quelle est la suite ?

— Moi, en tant que SIO, et le DS Campbell en tant que SIO adjoint, devons d'abord déterminer nos priorités, puis nous gérerons la délégation des tâches via Nadia, d'accord ? Et je veux que vous acceptiez tous vos responsabilités sans question ni interrogation. C'est compris ?

CHAPITRE
SIX

Aussitôt sorti de la salle des opérations, Tomek tourna à droite, se dirigeant directement vers le bureau de la DCI Cleaves situé à l'angle éloigné du bâtiment. En chemin, il croisa les deux individus venus parler avec la commissaire et leur adressa un sourire poli, bien qu'il sentît qu'ils ne le méritaient pas. Quelque chose dans leur attitude et la façon dont l'atmosphère s'était refroidie à leur arrivée lui suggérait qu'ils n'étaient pas là pour bavarder amicalement ou distribuer des compliments.

Un instant plus tard, Tomek frappa à la porte. Il entra sans attendre de réponse et trouva Nick figé, en équilibre précaire à mi-chemin entre sa chaise et la position debout, l'air stupéfait.

— Tomek, qu'est-ce que tu...

— Je suis venu te rembourser pour le petit déjeuner de ce matin, annonça-t-il d'une voix forte, pour être sûr que tout le monde dans le bureau l'entende. Il referma doucement la porte derrière lui.

— Me rembourser ? De quoi tu parles ?

Tomek tira la chaise face à Nick et s'appuya contre son dossier.

— Je suis venu pour discuter.

— Donc tu ne me rembourses pas pour le petit déjeuner ?

— Putain, non. J'ai juste dit ça au cas où quelqu'un écouterait.

— « Quelqu'un » comme une certaine commissaire ?

— Et son acolyte.

— Si jamais ils te posent des questions ou commencent à faire des histoires, tu les envoies vers moi. Dans l'état d'esprit où je suis, je m'en occuperai volontiers.

Tomek se mordilla la lèvre inférieure.

— Qu'est-ce qui s'est passé ?

Nick posa ses mains sur le dossier de son fauteuil, imitant la posture de Tomek. Ses jointures blanchirent tandis qu'il enfonçait ses ongles profondément dans le tissu.

— Je suis suspendu.

Ces trois mots assommèrent Tomek. Ça n'avait aucun sens. Suspendu ? Pourquoi ? Nick n'avait rien fait de mal. Ils passaient presque toutes leurs heures de travail ensemble, alors qu'aurait-il pu faire qui justifie une telle mesure ?

— C'est à cause de mes liens avec Brendan Door. L'IOPC affirme que comme lui et moi avons travaillé étroitement ensemble pendant des années, mon intégrité est remise en question, et je suis suspendu pendant qu'ils enquêtent sur moi.

— Tout ça juste parce que tu as travaillé avec lui et que tu t'es assis dans la même pièce que lui quelques fois ?

Nick baissa la tête.

— Oui... mais ce n'est pas tout. Il y a... comment dire ? Quelques emails... qui remontent à l'époque.

Des emails ? Ça ne présageait rien de bon.

— C'était complètement anodin, de ce dont je me souviens, poursuivit-il. Mais j'étais en copie de quelques messages que Brendan a envoyés au maire et à Herbert Tucker.

— Oh, Nick... Ils parlaient de quoi ?

— Comme je te le dis, c'était anodin, des trucs banals. Liés au travail, mais je sais pertinemment que ces enfoirés vont les éplucher pendant des semaines juste pour me faire suer.

— Tu savais que ça allait arriver ?

Nick ne répondit pas à la question, ce qui dit à Tomek tout ce qu'il avait besoin de savoir. Quelques mois auparavant, le député de Southend East, Herbert Tucker, avait été enlevé sur le chemin du retour dans les premières heures du matin, puis tué. L'enquête avait révélé un réseau de trafic sexuel opérant au cœur de Southend, dirigé par les échelons supérieurs de l'élite politique. Brendan Door, le Commissaire à la Police, aux Pompiers et à la Criminalité (PFCC) pour le Sud de l'Essex avait été impliqué, et par conséquent, une enquête approfondie sur tous ceux qui avaient travaillé avec Brendan avait commencé.

— J'ai trouvé les emails pendant qu'on passait en revue tout ce qui concernait Tucker, finit par dire Nick. Je n'ai rien dit à l'époque, mais je savais bien qu'ils me retomberaient sur la gueule à un moment donné.

— Eh bien, s'ils sont aussi anodins et innocents que tu le dis, alors tu n'as rien à craindre.

Nick relâcha son emprise sur le fauteuil, laissant les empreintes de ses doigts dans le tissu, puis contourna son bureau.

— Tu ne comprends pas. Ces procédures sont brutales. L'IOPC se fiche de qui tu es. Ils se fichent de ton grade, de ce que tu as fait pour ce service. Ils fouilleront dans tout, chaque aspect de nos vies misérables jusqu'à ce qu'ils trouvent quelque chose.

Il y avait une véritable peur dans les yeux de Nick. Une peur qui n'était pas là quelques instants auparavant. Une peur qui déstabilisait Tomek.

— Ils... Il s'interrompit, incertain de la façon d'aborder sa question. Ils ne vont rien trouver d'autre, n'est-ce pas ?

Nick plongea son regard dans celui de Tomek, hésita.

— Non, dit-il. Ils ne trouveront rien.

Cela suffisait à Tomek.

— Super, répondit-il, un peu trop fort. Pour moi, ça a l'air de dire que tu n'as rien à craindre. Tu peux te détendre pendant cette mini-retraite et passer du temps de qualité avec Maggie, Lucy et Daniela.

Nick offrit un demi-sourire crispé. Il était clair que la perspective de passer l'avenir prévisible à la maison avec sa famille n'était pas aussi bien accueillie que Tomek l'avait espéré. Pour un homme au bord du divorce, un temps bien nécessaire loin de son travail était peut-être la meilleure chose pour lui, mais Nick ne semblait pas partager ce sentiment.

— Putain, quand même, Nick. Tu as gardé ça aussi secret qu'un tiroir de religieuse, ajouta Tomek en secouant la tête.

— Tu peux m'en vouloir ? Je me chie dessus depuis que tout a explosé. Et en parlant d'explosion...

— Ne me dis pas que tu as autre chose à me dire ? Des connections au Moyen-Orient ?

— Non, abruti. Bien sûr que non. Je parle d'ici. Avec Orange et Campbell. Tu sais qu'ils vont te rendre la vie difficile sans moi dans les parages. Tu devras faire attention.

— Je suis un grand garçon, je peux me débrouiller tout seul.

En fait, c'était une pensée qui avait traversé l'esprit de Tomek dès l'instant où Nick lui avait expliqué qu'il était suspendu. Il savait qu'il n'aurait plus le commissaire à ses côtés, défendant ses intérêts. Qu'il était livré à lui-même pour l'instant. Que s'il ne voulait pas être mis de côté et relégué en marge de l'enquête – et ruiner ses faibles chances de promotion au grade d'inspecteur qu'il avait lentement construites – alors il allait devoir être malin.

— Et tu pensais que c'était moi qui te rendais la vie dure avant, dit Nick.

— C'était le cas.

— Attends de voir ce que Victoria te réserve. Elle peut paraître timide comme une souris, mais elle se transforme en lionne quand il le faut.

Tomek remercia Nick pour l'avertissement puis se dirigea vers la sortie. Alors qu'il posait sa main sur la poignée, Nick ajouta :

— Fais attention, petit, c'est une jungle là-dehors.

Tomek esquissa un sourire narquois.

— Je pense que ça ira. La dernière fois que j'ai vérifié, les lions ne vivaient pas dans la jungle.

CHAPITRE
SEPT

Quand Tomek quitta le bureau de Nick, il se retrouva dans une pièce vide — vide, excepté pour une personne.

Chey Carter.

Ce jeune de vingt-cinq ans qui rappelait de plus en plus à Tomek sa propre jeunesse.

— Combien de temps suis-je resté là-dedans ? demanda-t-il en pointant le bureau de Nick.

Au moment où Chey allait répondre, Nick ouvrit lentement la porte et passa la tête dans l'entrebâillement.

— Ils sont tous sur le terrain, répondit Chey.

— Même Nadia ?

— Euh, non. Pas elle. Elle est aux toilettes. Tu sais comment elle est, avec sa vessie de hérisson.

— Ça s'appelle être enceinte, merci beaucoup.

À cet instant, Nadia passa devant eux d'un pas traînant. Son apparition soudaine fit sursauter Tomek.

— Alors, si tous les autres sont sur le terrain, pourquoi es-tu encore là ? demanda Tomek à Chey.

— Je pense, Chef, que la vraie question est plutôt pourquoi *tu* es encore là.

— Tu te fous de moi ?

— Quoi ? Non ! J-j-je voulais juste dire que... Ses joues virèrent au rouge et ses yeux firent des allers-retours frénétiques entre Nadia et Tomek, comme pour supplier la femme enceinte de le sauver. Je voulais juste dire qu'on va travailler ensemble...

— Comment ça ?

— Eh bien, Victoria m'a dit que nous devions tous les deux nous charger de retrouver le suspect principal, expliqua Chey avec un sourire joyeux. Le jeune homme semblait positivement excité à l'idée de travailler avec Tomek et de rester assis derrière un écran d'ordinateur pendant des heures interminables à observer la même image, en espérant le moindre mouvement.

— On nous demande donc de trouver une aiguille dans une botte de foin, répliqua Tomek avec ironie. Génial. Où sont partis les autres ?

Chey hésita avant de répondre, presque comme s'il retenait l'information.

— Maintenant qu'ils ont un nom pour la Jane Doe, ils sont allés au café pour parler avec les employés et potentiellement trouver un mari ou un partenaire, si elle en a un. Je leur ai demandé de me rapporter quelque chose, un sandwich au bacon et aux œufs, mais je doute que l'un d'eux y pense.

Tomek ignora le dernier commentaire de Chey et se tourna vers Nick. Il murmura, hors de portée des oreilles de Chey : — Ils n'ont obtenu ce foutu nom que grâce à moi. Sans moi, ils se demanderaient encore de quelle couleur est le soleil.

— C'est commencé, dit Nick d'un ton solennel, puis il posa une main sur l'épaule de Tomek. Je ne m'attendais pas à ce que ce soit si rapide, mais tu vas devoir t'y habituer. Soit tu l'acceptes et tu fais avec, soit tu te bats du mieux que tu peux.

CHAPITRE
HUIT

Il n'avait pas fallu longtemps à Tomek pour s'ennuyer. Un peu plus d'une heure, en fait. Et même là, il avait résisté un moment avant de se l'avouer. Ils fixaient l'écran d'ordinateur abrutissant, attendant qu'apparaisse une silhouette correspondant à la description recueillie dans les témoignages. Comme il l'avait fait remarquer à Chey plusieurs fois, c'était l'équivalent de chercher Charlie sur le front de mer de Southend. Ils recherchaient un homme de corpulence moyenne, aux cheveux noirs courts, portant un manteau noir, un pantalon sombre et une écharpe, ce qui, par ce temps, correspondait à presque tous les hommes de l'Essex. Tomek avait plaisanté en disant qu'ils pourraient même le voir lui-même, puisqu'il avait mis sa doudoune noire pour venir au bureau ce matin-là.

Pour compliquer davantage les choses – comme si chercher un homme sans visage dans une mer de silhouettes anonymes sur des heures et des heures d'enregistrements de vidéosurveillance n'était pas assez pénible – ils avaient estimé ensemble que leur zone de recherche s'étendait sur près de dix kilomètres, allant d'un bout à l'autre de la côte du Sud de l'Essex, de Shoeburyness à l'est jusqu'à Westcliff-on-Sea à l'ouest.

Sur une carte qu'ils avaient imprimée et accrochée à l'un des tableaux blancs de la salle des opérations, ils avaient encerclé toute la zone de

Southend au marqueur noir permanent. Le Mulberry Harbour se trouvait en bas à droite de l'impression, et à quelques centimètres sur la gauche se trouvait la jetée de Southend qui, selon les témoignages, était la direction dans laquelle leur principal suspect avait fui. Au lieu de se diriger vers le nord en direction de la sécurité, directement vers le rivage, la silhouette s'était dirigée tout droit vers la plus longue jetée de loisirs du monde. Une décision qui n'avait aucun sens pour lui. Sur la base de cette information, cependant, Tomek supposait que le suspect avait d'une manière ou d'une autre grimpé sur la jetée et s'était immédiatement fondu dans le creuset de la société sur la plateforme. Mais, comme l'avaient montré les images de sécurité des boutiques et des arcades au bout de la jetée, personne n'avait escaladé le bord ni tenté quoi que ce soit ressemblant même vaguement à une scène de James Bond. Cela signifiait que le suspect était retourné à la civilisation quelque part le long du front de mer – sur ses dix kilomètres de longueur.

Ils ne savaient pas où.

Et ils ne savaient pas non plus quand.

Cela aurait pu être vingt minutes après qu'on l'ait repéré. Ou deux heures. Et pour eux, examiner chaque angle de caméra sur toute l'étendue de la côte du sud-est de l'Essex représentait une entreprise colossale. Et une tâche qui n'intéressait pas Tomek. Il y avait de meilleures façons d'utiliser son temps et ses ressources.

Il se leva de son siège et leva les bras en l'air, étirant tout son corps dans un demi-bâillement.

—Allez, on sort.

—Où ça ?

—Dehors.

—Pourquoi ?

—Parce que je suis comme un écureuil dans une putain de poubelle en ce moment. Je deviens fou enfermé ici. J'ai besoin de sortir.

—Tu peux me dire où on va ?

—Au Yacht Club de Thorpe Bay.

—Tu veux dire... *à la plage* ?

—Oui. Mais ne t'inquiète pas. Cette fois, je ne te ferai pas approcher du sable. Sauf si tu m'énerves. Tu saisis – le vent, *la planche à voile* ?

Chey leva les yeux au ciel, fit un doigt d'honneur à Tomek, puis grogna en se soulevant de son siège. Quelques semaines auparavant, lors d'une tempête modérée, Tomek et Chey s'étaient aventurés sur la plage de Thorpe Bay pour parler à un instructeur de kayak et de planche à voile dans le cadre de l'enquête sur le meurtre d'Herbert Tucker. Pendant qu'ils étaient là, Chey avait proposé de tenir une voile pour l'instructeur et s'était retrouvé à plat dos, cloué au sol par la voile. C'était hilarant, et Tomek insistait pour le rappeler à Chey à chaque occasion, espérant être témoin de quelque chose de similaire cette fois-ci.

Ils arrivèrent au yacht club un peu plus de dix minutes plus tard. Le siège du club se trouvait à une cinquantaine de mètres du rivage, et en sortant de la voiture, Tomek plaisanta en disant qu'il n'existait pas de vent assez fort pour faire tomber l'agent et l'envoyer dégringoler vers le sable. Du moins pas sur ce continent.

Juste devant le club-house se trouvait un parking de voiliers de toutes formes et tailles. Ce n'est qu'en voyant leur hauteur que Tomek réalisa vraiment à quel point ils étaient grands, et quelle partie de la coque était immergée sous l'eau.

—T'as déjà fait de la voile, Chef ?

—Seulement dans les jeux vidéo, je crois, Chey.

—J'aime pas l'eau, alors je pense pas que je pourrais essayer. On avait quelques personnes dans notre année qui en faisaient les week-ends, en fait. Certains avaient leur propre bateau.

—Très chic.

—Pas vraiment. L'un d'eux s'est noyé dans les marais près de Maldon.

—Oh.

—Ouais. C'était vraiment triste en fait. Je le connaissais assez bien. J'étais assis à côté de lui en maths pendant quelques années au collège. Puis il a été déplacé dans un groupe supérieur. Chey fit une pause. Dommage qu'il n'ait pas pu calculer comment se sortir du problème qui l'a tué.

—Et sur cette note joyeuse... dit Tomek en s'approchant du bâtiment. Puis il chuchota : Garde ces pensées pour toi, d'accord ? Je ne veux pas que tu déprimes tous ceux à qui on va parler.

—À vos ordres, Capitaine, dit Chey, avec un salut moqueur de deux doigts.

Ils entrèrent dans une pièce sobre. La moquette bleue était crasseuse, blanchie par des années de lumière du soleil pénétrant à travers les portes coulissantes, et des années d'eau salée piétinée. Au fond de l'entrée se trouvait un bureau, avec une femme assise derrière. Elle était en train de lire un livre quand Tomek s'approcha d'elle.

—Bonjour, commença-t-il. Vous n'êtes pas trop occupée, n'est-ce pas ?

—Je suis toujours occupée, mon chou. Mais pour deux jeunes gars comme vous, absolument pas. Que puis-je faire pour vous, mon mignon ?

—Nous sommes de la police, dit-il, sortant sa carte de police par courtoisie. Nous enquêtons sur un incident qui a eu lieu au Mulberry Harbour ce matin.

—Quel genre d'incident ? Le visage de la femme s'illumina, et Tomek sut immédiatement qu'il avait commencé à parler avec le pire type de personne. La moins discrète de n'importe quel groupe, celle avec la plus grande bouche, la commère.

—On a trouvé un corps, répondit Chey, devançant Tomek.

—Un corps ?

Tomek voulait tendre le bras et gifler l'agent sur le menton, mais il réalisa que la violence n'était pas la solution et que ce serait non professionnel devant la personne présente.

—Nous enquêtons sur les circonstances entourant le décès, dit rapidement Tomek, d'un ton sévère. Nous espérions que vous pourriez répondre à quelques questions pour nous ?

—Je... je peux essayer. Je ne sais pas à quel point je peux vous aider. Dois-je appeler James ?

—Qui est James ?

—C'est le responsable ici. Le président du club.

—Est-il ici en ce moment ?

—Non.

—Est-il venu ici ce matin ?

—Non.

—Mais vous, oui ?

—Oui.

—Alors nous n'aurons pas besoin de James. Mais ce serait bien d'avoir votre nom...

—Lucinda, murmura-t-elle, presque timidement.

—Enchanté de vous rencontrer. Depuis combien de temps travaillez-vous ici ?

—Onze ans maintenant. Douze le mois prochain.

Tomek sourit. —C'est long. Et depuis combien de temps êtes-vous ici *aujourd'hui* ? Depuis ce matin ?

Elle confirma qu'elle était arrivée juste après sept heures, et qu'elle arrivait à la même heure tous les matins, cinq jours par semaine, terminant parfois aussi tard que vingt-deux heures s'il y avait des événements et des fonctions pour les membres du club ou les écoles de la région. En tant qu'une des trois seules employées à temps plein, elle gérait beaucoup de tâches administratives et manuelles dans l'établissement. Elle aimait considérer cet endroit comme sa deuxième maison, et il y avait eu quelques fois où c'était devenu sa première maison ; quand elle avait fini si tard qu'elle avait été trop fatiguée (ou parfois trop ivre, avait-elle précisé raisonnablement) pour rentrer chez elle, alors elle s'était fabriqué un petit lit dans le bureau à l'étage.

—Que pouvez-vous nous dire sur le port ? demanda Tomek. Nous comprenons qu'il y a parfois des groupes de touristes qui s'y rendent. Est-ce que vous en organisez en tant que club ?

—Seulement sur l'eau, répondit Lucinda. Nous emmenons des écoliers et nos membres sur leurs voiliers ou kayaks dans le cadre d'une sortie éducative. La marée est généralement haute pendant le milieu de la journée ou l'après-midi, donc c'est beaucoup mieux de le faire sur l'eau. De cette façon, les enfants peuvent s'en approcher vraiment.

—C'est charmant, dit Tomek, essayant de toutes ses forces de ne pas paraître condescendant. Et vous partez tous de la rampe de mise à l'eau ?

Elle acquiesça. —Le meilleur et le seul endroit pour le faire.

—Savez-vous quelque chose sur ces groupes de visite privés ? Est-ce que certains viennent ici et se dirigent vers le port depuis le même endroit ?

—Beaucoup le font, oui. C'est le chemin le plus direct et sans doute le plus facile pour y arriver. Il y a beaucoup de routes, mais seuls ceux qui ont de l'expérience et des connaissances peuvent vous y amener en toute sécurité. On entend tellement d'histoires de gens piégés. De personnes qui se noient simplement parce qu'elles sont tellement inexpérimentées et ne connaissent pas assez les marées. C'est tellement dommage.

Cette pensée resta dans la tête de Tomek. Que peut-être ce n'était pas un meurtre du tout. Que peut-être Morgana s'était aventurée au port de son propre chef – pour faire quelque chose, pour cocher une case sur sa liste de choses à faire, pour avoir un moment pour elle – quand elle s'était retrouvée piégée et échouée là-bas. Peut-être avait-elle essayé de revenir à la nage mais, alourdie par ses vêtements trempés et gelée par les eaux glaciales, elle avait succombé.

Cette pensée resta dans sa tête pendant deux secondes avant de disparaître à nouveau.

—Avez-vous vu des groupes de visite se rendre sur l'eau ce matin ?

—J'en ai vu cinq ou six partir avec Warren. C'est un ami du club et il vient souvent ici le matin avec de nouvelles personnes, à condition que le temps soit convenable, bien sûr. Si c'est une journée claire et qu'il n'y a pas beaucoup de vent, alors il les emmène. Mais s'il pleut ou s'il y a des vents forts, il ne veut pas prendre de risque. Il l'a déjà fait et il a promis de ne jamais recommencer.

Tomek nota mentalement de découvrir à quoi exactement elle faisait référence.

—C'est vraiment utile, lui dit-il. Une dernière chose avant que nous partions. Avez-vous vu quoi que ce soit de suspect ce matin ? Quelqu'un descendant la rampe tout seul, ou ayant l'air un peu... suspect ?

—Suspect ?

—Oui. Vous savez. Comme s'ils faisaient quelque chose qu'ils ne devraient pas faire.

—Je ne sais pas ce que vous voulez dire, dit-elle froidement.

—Quelle partie vous pose problème ? Laissez-moi reformuler : avez-vous vu quelqu'un d'autre se rendre sur la plage ce matin qui ne faisait pas partie d'un groupe mené par Warren ou par quelqu'un d'autre qui organise habituellement des visites ?

Lucinda réfléchit, comme si avoir la question expliquée en détail avait débloqué une partie clé de son cerveau qui lui permettait de fonctionner correctement.

—Maintenant que j'y pense, quelqu'un a garé sa voiture ici ce matin, et je ne crois pas qu'il soit revenu la chercher.

Le pouls de Tomek s'accéléra. —Avez-vous des images de vidéosurveillance de la voiture que nous pourrions examiner ?

CHAPITRE
NEUF

Les images de vidéosurveillance du club nautique avaient considérablement réduit les délais de leur enquête. On y voyait Morgana arriver sur le parking, comme l'avait expliqué Lucinda, peu après huit heures. Elle était sortie de sa voiture, seule, puis s'était dirigée vers la plage, descendant la cale de mise à l'eau, avant de disparaître en devenant plus petite que ne pouvait le distinguer la résolution des images. Tomek avait ressenti un malaise en la regardant se fondre dans l'arrière-plan, se dirigeant vers sa mort. Elle s'était déplacée avec hésitation, prudemment, craintive. Presque pétrifiée. C'était en contraste flagrant avec l'allure, la puissance et l'assurance qu'il lui avait vues dans son café.

Mais, plus important encore, cela prouvait qu'elle était bien vivante ce matin-là et qu'elle était partie pour le port un peu après huit heures avant de mourir peu avant dix heures. Ils disposaient donc maintenant d'une fenêtre de deux heures pour situer le meurtre et trouver le meurtrier.

À l'extérieur du club, Chey avait rapidement recherché en ligne le numéro d'immatriculation et confirmé qu'il appartenait bien à Morgana. Il avait ensuite appelé une équipe spécialisée pour récupérer le véhicule afin de l'examiner. Ils étaient arrivés peu après et avaient emporté le véhicule sur la remorque d'un camion articulé. En regardant la Mercedes de Morgana rétrécir jusqu'à n'être plus qu'un petit point, Tomek repensa à Morgana elle-même, disparaissant vers sa mort. Il se demanda si elle avait su ce qui allait lui arriver. Il se demanda pourquoi elle s'était rendue là-bas. Si elle avait accepté de rencontrer quelqu'un, ou si elle s'était aventurée jusque-là pour mettre fin à ses jours, pour se jeter dans l'eau glaciale et laisser son âme quitter la terre.

À l'heure actuelle, dans l'état des choses, il ne savait pas quoi penser.

Son incertitude n'était pas aidée par le fait que Lucinda n'avait vu personne d'autre suivre Morgana. Selon elle, personne n'était entré dans l'eau depuis, à l'exception de Warren Thomas et son groupe de touristes.

— Comment as-tu fait ?

La question de Chey prit Tomek par surprise et le tira de sa rêverie.

— Comment j'ai fait quoi ? Me réveiller avec une dose supplémentaire de génie ce matin ?

Chey leva les yeux au ciel et secoua la tête.

— Laisse tomber. Ton ego risque de trop gonfler.

— Si ça concerne mon ego, alors je veux vraiment savoir. Allez, accouche. C'est un ordre.

— Tu joues la carte hiérarchique sur ce coup-là ?

— Je ne le fais que deux fois par an, et tu viens de me faire utiliser l'une de mes ressources limitées, alors... accouche.

Chey mit ses mains dans ses poches et enfouit son menton dans le haut de son manteau jusqu'à ce que sa bouche soit submergée sous le tissu. Pendant ce temps, Tomek, grâce à ses origines polonaises, ne ressentait pas autant le froid que ses homologues britanniques. Enfant, il était habitué aux hivers à moins dix degrés dans une maison qui n'avait qu'un feu pour se chauffer et un seul lit où trois jeunes garçons se blottissaient pour se tenir chaud.

— Je me demandais comment... commença le jeune homme, puis le reste fut étouffé sous son manteau.

— Désolé, qu'est-ce que c'était ? Tout ce que j'ai entendu, c'est « comment as-tu su qu'il allait pleuvoir aujourd'hui ? »

Chey sortit rapidement son menton de son trou comme une suricate, posa la question, puis le renfonça aussitôt.

— Comment j'ai su que c'était le bon endroit où venir ? répéta

Tomek. Il se tourna vers le front de mer. À travers les rangées de voiliers et la forêt de mâts, il vit les deux briques rectangulaires Lego du port Mulberry émergeant de l'eau. Je vais être honnête avec toi, Chey, parce que je te respecte, et parce que je sais que tu ne diras rien à personne d'autre – et si le mot se répand, alors je saurai exactement qui blâmer – mais c'était un pur coup de chance. Parfois, tu as besoin d'un peu de chance dans la vie pour t'en sortir. En fait, une grande partie de la vie est une question de chance, alimentée principalement par un travail acharné. Si je devais avancer un chiffre, je dirais que vingt pour cent de ton travail représentent quatre-vingts pour cent de ta chance.

— Tu viens juste de plagier le principe des quatre-vingts/vingt.

— Ah bon ? Tout le monde le fait, alors pourquoi pas moi ? Comme je disais, la vie est une question de chance, de travail acharné et de dévouement.

— Où est-ce que ça se place dans les cent pour cent ?

— Ça n'y est pas. C'est à l'extérieur, à observer.

— Maintenant, tu inventes complètement !

— Et voilà ta deuxième leçon de vie importante de la matinée, jeune Chey. Tout le monde improvise au fur et à mesure. Personne ne sait ce qu'il fait dans la vie, alors n'aie pas peur de te l'admettre et de faire des erreurs. J'ai juste eu de la chance cette fois-ci.

Chey secoua la tête, le bruit de ses dents qui claquaient audible derrière le manteau.

— Comment diable en sommes-nous arrivés au sujet de la philosophie et des leçons de vie ?

— Parce que nous improvisons tous au fur et à mesure. Et d'ailleurs, si quelqu'un demande comment nous avons pensé à venir ici, dis-leur que j'ai passé tellement de temps à regarder cette foutue carte sur le mur de la salle d'incident qu'elle m'a littéralement appelé.

— D'accord. On peut retourner maintenant ? J'ai envie d'un café.

— Excellent. Je connais le meilleur endroit pour ça.

CHAPITRE
DIX

Tomek ne savait pas à quoi s'attendre lors de la première gorgée du café qu'on lui avait servi, mais certainement pas à ce qui avait touché ses lèvres. Brûlé, comme s'il avait été traité au chalumeau avant d'être ajouté à l'eau bouillante. Et il était certain de sentir des produits chimiques dans sa bouche également. Ou peut-être était-ce du sel ; l'odeur et le goût en étaient partout dans la maison de Warren Thomas, comme si on en avait frotté les murs et les meubles, et qu'il imprégnait chacun des diffuseurs disséminés un peu partout.

Tomek remercia poliment l'homme pour la boisson, puis la posa sur la table de l'autre côté de la pièce – aussi loin que possible.

Warren Thomas était un homme imposant. Pas en surpoids, bien qu'il y ait probablement une échelle d'IMC inexacte ou une nouvelle mode de régime qui aurait arbitrairement déterminé qu'il entrait dans la catégorie « obèse ». Il était plutôt large d'épaules, musclé, et plus grand que Tomek de quelques centimètres. On aurait dit qu'il avait joué au rugby professionnellement dans une vie antérieure. Ou qu'au moins il continuait à pratiquer ce sport le week-end. Et il avait les cicatrices sur le visage pour le prouver. Les oreilles en chou-fleur, le nez cassé qui n'avait jamais vraiment guéri. Tomek se souvenait du jour où cet incident particulier s'était produit. Murray Coalfield avait plaqué Warren au sol pendant un cours d'EPS et leur professeur, M. Johnson, après avoir examiné le sang qui coulait sur le visage du jeune garçon, avait dit à Warren de continuer à jouer. Son t-shirt blanc d'EPS ne s'en était jamais vraiment remis, tout comme l'os de Warren d'ailleurs.

— C'est bon de te revoir, Tomek.

— Toi aussi. Je n'ose pas imaginer combien d'années se sont écoulées.

— Moins on en parle, mieux c'est. Qu'est-ce que tu as fait pendant tout ce temps ?

Tomek se désigna lui-même puis Chey. — *Ça*. Les vingt dernières années de ma vie à peu près. Et toi ?

— Rien d'aussi excitant. Quelques petits boulots ici et là. J'ai joué en semi-pro dans ma vingtaine. J'ai dû prendre ma retraite à cause d'une épaule fragile. J'ai fait d'autres petits boulots par-ci par-là, et après tout ça, j'ai lancé mon entreprise de guide touristique.

— C'est ce que j'ai entendu. Les affaires marchent bien ?

— Les affaires sont ce qu'elles sont.

Tomek n'avait aucune idée de ce que cela signifiait mais supposa que l'homme était évasif pour une raison. Peut-être qu'il ne voulait pas laisser entendre à Tomek qu'il avait des difficultés financières. Qu'il n'avait pas le travail parfait avec l'épouse parfaite et la vie parfaite. Tomek avait toujours détesté croiser des gens qu'il connaissait de l'école. Cela devenait toujours une compétition avec beaucoup de ses anciens camarades. « Oh, tu travailles en ville, c'est ça ? Combien tu gagnes par an ? Oh, nous venons d'acheter notre deuxième maison, un cinq pièces, et nous en avons une autre dans le sud de l'Espagne. »

« Oh, tu vis encore dans l'Essex ? J'en suis parti il y a longtemps. Je devais m'éloigner de tout ça. Je suis beaucoup plus heureux maintenant. »

« Tu n'es pas marié ? C'est pas grave, il y a encore le temps. »

Des cons condescendants qu'il souhaitait tous voir aller se faire foutre.

C'était une autre raison pour laquelle il se tenait à l'écart de Facebook, en plus du fait qu'il ne savait pas comment ça fonctionnait et n'avait ni le temps ni l'envie de l'apprendre ; parce qu'il n'avait pas envie de voir où les gens allaient en vacances alors qu'ils étaient endettés de dix mille livres, avec un taux d'intérêt de 60 % sur tous leurs achats, étalés sur les quarante prochaines années. Tant qu'ils avaient l'air cool sur les réseaux sociaux, c'était tout ce qui comptait. Peu importait que leurs maisons et leurs biens soient sur le point d'être saisis. Rien de tout cela n'était important quand on avait quinze likes et vingt cœurs sur l'un de ses posts Facebook. C'était tout ce qui comptait dans la vie de certains de ses anciens camarades d'école.

— On dirait que tu te débrouilles vraiment bien, dit Tomek. Dommage pour le rugby. J'ai toujours pensé que tu avais beaucoup de potentiel, que tu aurais pu réussir à un niveau élevé. Beaucoup de personnes n'auraient pas rebondi après ce qui est arrivé à ton épaule, mais tu t'es relevé et, à ce qu'il paraît, tu es dans une bonne situation.

Le regard surpris sur le visage de Warren suggérait que ce n'était pas la réponse qu'il attendait.

— Dommage que tu ne saches pas faire un café qui vaille quelque chose, par contre.

Tous les trois éclatèrent de rire. — À vrai dire, je n'en bois pas beaucoup. En fait, je crois que ce truc est périmé, alors j'espère que je ne t'ai pas empoisonné.

Ils rirent.

— Donnez-moi une bouteille d'eau n'importe quel jour de la semaine, continua Warren.

— Tant qu'il y a du sel dedans.

Nouveaux éclats de rire. — Désolé pour ça, répondit Warren. C'est devenu une part de qui je suis maintenant. Je pense que c'est dans mon sang et que ça s'échappe de mes pores. Warren passa sa main de haut en bas sur ses avant-bras massifs aux poils blonds.

Ils orientèrent ensuite la conversation sur le sujet de la matinée, sur comment Warren avait découvert le corps.

— Raconte-nous ce qui s'est passé. Ça a dû être très traumatisant pour toi.

— J'aimerais dire que ça l'était. Mais… il s'arrêta, baissa le regard vers ses genoux velus. Ce n'est pas la première fois que je traverse quelque chose comme ça. Et ce n'est pas la première fois non plus que je vois un corps là-bas.

Tomek fouilla dans sa banque de souvenirs, essayant de se rappeler s'il avait déjà assisté ou entendu parler d'une scène de crime au port auparavant.

— Il y a environ six ans, j'emmenais un couple là-bas un matin. Ils habitaient dans la région depuis des années mais n'étaient jamais descendus au port et voulaient juste voir à quoi ça ressemblait. Ils sont arrivés en retard ce matin-là, et le vent s'était considérablement levé pendant que j'attendais. Il était beaucoup plus fort que ce que j'aurais souhaité. Je n'étais pas content de les emmener, mais j'ai fini par céder. Quand nous sommes arrivés à mi-chemin, la marée avait déjà commencé à monter et nous avons failli nous retrouver bloqués là-bas.

— Mais ce n'est pas arrivé ?

— Heureusement, nous avons réussi à revenir, mais nous avons dû patauger dans l'eau sur un bon quart de mile.

Tomek hocha lentement la tête, assimilant tout cela. — Et... tu as dit que ce n'était pas la première fois que tu voyais un corps ?

Warren baissa les yeux. — Oui... dit-il, la voix nouée. C'était un bon ami à moi. Pas de l'école. Je l'ai rencontré au rugby. Il est allé là-bas un matin et n'est pas revenu. Il s'est suicidé là-bas.

Tomek accorda à l'homme un bref moment de recueillement.

— Je suis désolé d'entendre ça.

— Il traversait des difficultés. *Beaucoup* de difficultés en fait. Il avait lutté pendant des années après avoir été forcé de prendre sa retraite du sport comme moi - j'ai pris une direction, il en a pris une autre. Il a essayé de se tenir occupé, mais il ne savait tout simplement pas quoi faire de sa vie. Je l'ai trouvé lors de ma course matinale.

— Ta course matinale ?

Warren acquiesça. — Chaque matin à marée basse, je cours jusqu'au port et retour. C'est le réveil parfait, et ça me met dans l'ambiance pour la journée.

— Qu'il pleuve ou qu'il vente ?

— Tous les temps, toutes les conditions.

— Dans le même short que tu portes maintenant ? Courageux.

— Mais pourquoi ? demanda soudainement Chey. Tu descends là-bas toute la journée tous les jours dans le cadre de ton travail...

Tomek était d'accord. C'était comme s'il courait jusqu'à la gare et retour lors d'un jogging matinal, pour ensuite y conduire après s'être douché et rasé. Cela n'avait pas de sens pour lui.

— Je sais, mais j'en profite aussi pour surveiller la météo et la marée. J'ai appris après ce qui s'est passé avant que si je n'ai pas un bon pressentiment, j'annule mes réservations pour la journée.

Tomek se tourna vers les fenêtres en baie qui donnaient sur l'allée de Warren. Il fixait un mur épais de gris foncé. La pluie venait de commencer à tomber, et le bruit des gouttes sur le revêtement en plastique résonnait dans toute la pièce.

— La voilà, dit Warren. Plus tard que prévu.

— Quel était ton ressenti pour le groupe d'aujourd'hui ? demanda Tomek.

— Je n'étais pas à l'aise de les emmener ce matin. Le temps était menaçant, et le vent se levait. Mais ils ont insisté.

— Pourquoi ?

— Parce qu'ils sont en vacances des États-Unis. De grands fans du Royaume-Uni, pour une raison quelconque. Des passionnés d'histoire, aussi, apparemment. Mais ils partent demain, et ils ne pouvaient pas se permettre de manquer ça. Alors j'ai fini par céder.

— Qu'est-ce qui t'a fait céder, si tu connaissais les dangers de sortir par ce temps ?

Warren baissa la tête, honteux. — L'argent, répondit-il. Ils m'ont proposé le double. Je n'allais pas refuser ça. En plus, pendant ma course, les conditions n'étaient pas *si* mauvaises. Elles étaient gérables. Juste à la limite de ce que je jugerais tolérable.

— Est-ce pour ça qu'il vous a fallu près d'une heure pour atteindre le port ?

— Oui. Ils n'arrêtaient pas de s'enliser dans le sable et de tomber. En plus, nous devions nous arrêter pour qu'ils reprennent leur souffle toutes les deux minutes. C'était un cauchemar. Au moment où nous sommes arrivés, il ne nous restait que quelques minutes avant que la marée ne monte. Je passe habituellement entre trente et quarante-cinq minutes au port, à expliquer l'histoire qui s'y rattache, à leur donner des faits intéressants, mais ça ne s'est pas produit... pour des raisons évidentes.

Des raisons évidentes que Tomek était désireux d'aborder.

— Que s'est-il passé après que tu as découvert le corps ?

— J'ai pris les choses en main, admit Warren avec fierté. Comme je l'ai dit, j'avais déjà vu ça, donc je savais quoi faire. J'emporte toujours une petite radio connectée aux garde-côtes quand je vais là-bas. Je les ai contactés par radio et je leur ai dit ce qui s'était passé. Mais comme l'eau montait si vite, ils n'auraient pas pu intervenir aussi rapidement que nous l'aurions souhaité, alors ils nous ont dit de tous grimper sur le port et d'attendre les secours.

— Qui a soulevé le corps ?

— Nous l'avons tous fait. J'ai dû aider tout le monde à monter. C'est plus haut qu'il n'y paraît, et il y a une astuce. Les gens sautent tout le temps et se blessent parce qu'ils ne réalisent pas à quel point c'est haut – et l'eau en dessous n'est pas très profonde non plus. Certaines personnes peuvent être si stupides.

Tomek continuait à hocher lentement la tête, absorbant l'information. Du coin de l'œil, il vit Chey prendre une dernière gorgée de sa boisson et poser la tasse sur la table basse.

— Et puis vous avez été secourus peu après ?

— Oui.

— Pendant que vous attendiez, avez-vous essayé de réanimer le corps ?

L'angoisse envahit le visage de Warren. — J'ai essayé, mais c'était difficile. Ils... les Américains... ils étaient hystériques. J'ai essayé de me concentrer, mais ils n'arrêtaient pas de crier et de me distraire. Quand je l'ai trouvée, j'ai cherché son pouls mais il n'y en avait pas.

— Et que peux-tu nous dire sur la personne qui s'est enfuie ?

Warren inclina la tête sur le côté. — Je ne l'ai pas vu très clairement. Ce type, Andrei, avait une meilleure vue. Tout ce que je sais, c'est qu'il s'est dirigé vers la jetée.

— Pourquoi aurait-il pris cette direction ?

— Parce que c'était la seule issue possible, répondit Warren. Il n'aurait pas pu passer devant nous, sinon je l'aurais plaqué au sol.

— Pourquoi ne l'as-tu pas poursuivi ? Tu es habitué à courir sur ce terrain, tu le fais tous les jours, tu aurais pu le rattraper facilement, n'est-ce pas ?

Warren hésita et commença à jouer avec ses ongles déjà rongés à vif. — Ça ne m'est pas venu à l'esprit. Ma réaction immédiate a été de m'occuper de la femme allongée dans l'eau. Je n'ai pas pensé à le poursuivre. Qu'insinues-tu ?

— Rien. Rien du tout. C'est mon travail de poser ces questions.

— Eh bien, tes collègues ne m'ont rien demandé de tel tout à l'heure.

— C'est parce qu'ils ne sont pas moi. T'ont-ils demandé si tu avais vu la femme ce matin pendant ta course ?

— Quoi ? Warren croisa une jambe sur l'autre.

— Ce matin. Ta course. À quelle heure es-tu parti ?

— La marée basse était à neuf heures. L'eau commençait déjà à se retirer quand je suis parti, donc je pense que c'était vers sept heures. Le visage de Warren se tordit alors qu'il faisait le calcul dans sa tête.

— Et tu es descendu par la rampe, n'est-ce pas ?

— C'est ça.

— Alors, tu n'as pas vu la victime en revenant ? Nous avons des images d'elle descendant la rampe peu après huit heures ce matin. Vos chemins ne se seraient-ils pas croisés ?

Warren hésita. — Pas nécessairement, répondit-il, d'une voix méfiante. Elle a pu prendre un autre chemin. Elle a peut-être essayé d'éviter certaines des flaques plus profondes. À en juger par ses vêtements, elle n'était pas bien préparée pour l'eau et la boue. Mais moi, ça ne me dérange pas. Je cours directement à travers. De plus, il faisait encore un peu sombre à ce moment-là. Si je ne l'avais pas regardée directement, je doute que je l'aurais vue.

Tomek hocha lentement la tête à nouveau, ne laissant rien transparaître dans son expression.

— Que fais-tu demain ? demanda-t-il.

— Rien de spécial. Pourquoi ?

— J'aimerais que tu m'emmènes au port, si ça te convient. J'aimerais voir la scène de crime. Chey viendra avec moi aussi.

— Vraiment ?

Tomek se tourna vers le jeune agent. — Oui. Puis de nouveau vers Warren : — Il est un grand fan de la plage, tu vois. À tel point que je l'ai vu manger du sable. Nous essayons de l'en sevrer, cependant. Ce n'est pas très bon pour sa santé.

Warren rit maladroitement. — Je ne pense pas que ce serait un problème. Je... je devrais vérifier quand sera la marée basse. Et nous devrions partir bien à l'avance. Mais, oui, je peux vous emmener au port. Il faut juste espérer qu'il n'y aura pas un deuxième corps là-bas.

CHAPITRE
ONZE

— Absolument pas.

Tomek bouillonnait de colère mais la ravala. Il ne voulait pas faire de scène, pas encore, mais il ne cachait pas son mécontentement, laissant Victoria voir à quel point sa décision le contrariait.

— Pourquoi pas ? demanda-t-il.

— Parce que c'est une utilisation irresponsable et inefficace des ressources et du temps.

Tomek se tapota le dessous du menton. — Expliquez-moi ça, commença-t-il. C'est bien une scène de crime, n'est-ce pas ?

— Oui.

— Et que faisons-nous sur les scènes de crime ?

Elle voyait où il voulait en venir, mais son entêtement l'empêchait de répondre immédiatement à la question.

— Nous recueillons autant d'informations et de preuves que possible.

— Bingo. Et qu'est-ce que Mulberry Harbour ?

— Une scène de crime, répondit-elle, la voix chargée de défaite.

— Dix points ! dit-il d'un ton sarcastique. Quelqu'un est mort là-bas, Victoria. Plus précisément, quelqu'un y a peut-être été assassiné. Ce qui en fait une scène de crime. La seule différence entre celle-ci et toutes les autres, c'est qu'elle se trouve à plus d'un kilomètre et demi en mer et qu'il est pénible d'y accéder. Pourquoi la traiter différemment ?

Victoria réfléchit soigneusement à sa réponse. Elle se tourna vers son écran d'ordinateur, comme si elle espérait y trouver la réponse. Malheureusement, elle l'y trouva. Sans rien dire, elle saisit l'écran des deux mains et fit pivoter l'appareil vers lui. Elle était sur la page d'accueil du site météo de la BBC. En haut de la page se trouvait une carte du Royaume-Uni recouverte de deux taches jaune et orange. Orange au nord, jaune au sud.

— Une tempête approche, Tomek, dit Victoria avec un léger accent du West Country. Et nous ferions mieux d'être prêts quand elle arrivera.

Tomek la regarda sans expression. — Vous venez de me citer *Harry Potter* ?

— Oui. Et je suis Dumbledore, vous êtes Rogue. Je suis le patron et vous ferez ce qu'on vous dit.

— N'y a-t-il pas une scène où Rogue tue Dumbledore ?

— Peu importe, commença-t-elle en secouant la tête. Des vents violents pouvant atteindre 130 kilomètres par heure devraient frapper le pays demain, avec des pluies prévues dès les premières heures du matin jusqu'au lendemain, certaines zones recevant jusqu'à trente centimètres. Une alerte grave aux inondations a été émise par le Met Office dans plusieurs régions du pays.

— D'accord, Carol Kirkwood. Donc vous dites que c'est une question de sécurité et de précaution ?

Victoria répondit par un bref hochement de tête.

— Nous irons bien. Ça n'est jamais aussi grave que prévu. C'est juste de l'alarmisme. Mais si vous vous inquiétez vraiment pour nous, nous pouvons tous y aller après-demain, répondit Tomek, souriant avec ironie. J'aimerais aussi emmener Chey avec moi. Il est passionné d'histoire, particulièrement de la Seconde Guerre mondiale, et il m'a dit un jour qu'il était comme un poisson dans l'eau. De plus, je pense que ce serait bien de l'éloigner un peu de son écran et du bureau. Le laisser se défouler pendant un moment.

— Comme un chien, vous voulez dire ?

Tomek leva les mains en signe de fausse reddition. — Hé, c'est vous qui l'avez dit.

Alors qu'il se levait de sa chaise, mettant brusquement fin à la réunion, Victoria claqua des doigts vers lui et lui fit signe de revenir. Tomek n'apprécia pas. Il n'avait jamais été traité ainsi que par Nick, un homme qui pouvait se le permettre en raison de leur relation étroite. Mais pas Victoria. Il n'aimait pas l'idée qu'elle pense pouvoir lui faire ça régulièrement.

— Comment se sont passées vos investigations ce matin ? demanda-t-elle lentement. Vous avez trouvé quelque chose ?

Tomek savait exactement ce qu'elle essayait d'accomplir avec une question comme celle-là. Elle le testait, le provoquait. Braquait sur lui une lumière aussi vive que le soleil pour voir s'il fondrait sous la pression.

Eh bien, il avait des nouvelles pour elle.

— Nous y serions restés des heures si je n'avais pas suggéré de visiter le club nautique. Maintenant, nous savons à quelle heure Morgana est arrivée à la plage et où elle est entrée dans l'eau. Nous avons aussi sa voiture, qui est en cours d'examen médico-légal. Tout ce que nous avons à faire maintenant, c'est découvrir qui d'autre l'a rejointe et depuis quel point de la côte, et nous devrions avoir notre tueur. Vous serez heureuse d'apprendre que Chey est déjà sur le coup en ce moment même.

Victoria pinça les lèvres et tendit la main vers sa tasse de thé. Elle était restée là, presque pleine, depuis le début de leur réunion il y a une vingtaine de minutes, et la vapeur continuait de s'élever du haut de la tasse. Elle aimait ses boissons chaudes extra, extra chaudes, et il l'avait surprise plusieurs fois à faire rebouillir la bouilloire deux fois pour s'assurer qu'elle avait atteint sa température maximale... encore. Il n'avait pas encore trouvé de nouveau surnom pour elle.

— Vous ne pensez pas que votre ancien camarade d'école pourrait être impliqué d'une manière ou d'une autre ?

Tomek secoua la tête. Presque trop vite. — Non, dit-il. Les horaires ne correspondent pas. De plus, je ne vois pas pourquoi il voudrait faire ça. Je ne pense pas qu'il y aurait un lien quelconque entre eux deux.

— Je vais demander à Martin d'enquêter. Voir ce qu'il peut déterrer.

Tomek leva une main en l'air. — Ça me rappelle : qu'avez-*vous* découvert ?

Pendant un long moment, Victoria le fixa d'un regard vide, comme si elle n'avait pas entendu la question. Puis, pendant un moment encore plus long, elle resta silencieuse, choisissant de ne pas lui répondre.

— Je dois traiter les résultats une fois que l'équipe aura tout rédigé, dit-elle, puis elle le congédia rapidement de son bureau. Et pendant que j'y pense, le moment venu, je veux que vous assistiez à l'autopsie avec Lorna.

— Sérieusement ? Est-ce que j'ai *conn*étable dans mon intitulé de poste ?

Victoria pinça à nouveau les lèvres, contrariée par son ton. — Tout le monde est occupé.

— Alors rendez-les disponibles.

— Malheureusement, je ne peux pas.

Ou plutôt, c'était davantage une question de *je ne veux pas*. Et le pire, c'est qu'elle ne cherchait même pas à cacher ce fait.

━━

Tomek quitta le bureau de Victoria fulminant. Il détestait être mis à l'écart. Et si elle insistait pour le maintenir dans l'ombre, alors il allait devoir trouver des moyens amusants et créatifs de s'assurer qu'il restait en pleine lumière.

Après avoir quitté son bureau, Tomek se dirigea vers le bureau de Rachel Hamilton. Elle était l'une des rares personnes, en dehors de Chey, Nadia et, tout récemment seulement, Oscar, en qui il pensait pouvoir avoir confiance.

— Victoria m'a dit de venir discuter avec toi, mentit-il. Elle dit que tu es celle qui en sait le plus sur ce qui se passe.

— Elle me flatte, répondit Rachel.

— Mais tu sais quelque chose, n'est-ce pas ?

— Je sais beaucoup de choses. L'eau est mouillée. Les ours font caca dans les bois. Tout ce genre de trucs.

— Tu m'as piqué cette réplique, non ?

Elle ne dit rien.

— La prochaine fois, trouve tes propres blagues. Maintenant, dis-moi, à qui avez-vous parlé chez Morgana ?

Pour aider sa mémoire, Rachel attrapa son carnet et tourna jusqu'à la dernière page. — Nous avons parlé à tout le personnel qui y travaille, commença-t-elle. Sept personnes au total, sans compter Morgana, et sans compter son directeur adjoint, Vlad, qui gère l'établissement quand elle n'est pas là. Bien qu'il n'était pas là non plus quand nous sommes arrivés, il est arrivé environ vingt minutes plus tard.

— Où était-il ?

— Il nous a dit qu'il avait trop dormi.

— Et non pas qu'il venait juste de revenir après avoir tué Morgana ? demanda Tomek, son esprit faisant le lien le plus évident.

— Je ne suis pas sûre qu'il l'admettrait aussi facilement. Oscar enquête dessus maintenant.

Tomek attendit qu'elle continue. Après avoir pris une gorgée de sa boisson, elle lui raconta que tous les employés de Morgana avaient dit la même chose à son sujet. Qu'elle était l'une des personnes les plus travailleuses et généreuses qu'ils aient jamais rencontrées. Ils avaient tous travaillé avec elle pendant plusieurs années, la plupart ayant apprécié son style de gestion détendu et réconfortant depuis qu'elle avait fondé l'entreprise. Elle faisait du café un endroit agréable où venir, et ils étaient tous impressionnés par son ardeur au travail, ce qui les inspirait à vouloir suivre son exemple. De même, ils étaient tous dévastés d'apprendre la nouvelle de sa mort, et lorsqu'on leur avait demandé s'ils voulaient fermer le café, ils avaient décidé de le garder ouvert. C'est ce qu'elle aurait voulu, avaient-ils dit.

— Très admirable, répondit Tomek. Est-ce que quelqu'un a pris une déposition du directeur adjoint ?

— Oui, répondit Rachel. Il s'avère que Morgana a un mari. Anton Usyk. Également ukrainien. Anna essaie de le trouver maintenant. Apparemment, il possède un autre restaurant similaire à Southend.

— Un autre café ?

Elle acquiesça.

— Je parie que ça a créé une concurrence malsaine.

— On va le découvrir. Anna va le faire venir pour une identification avant que l'autopsie ne puisse commencer. Ensuite, nous lui parlerons.

— Qu'est-ce que les employés de Morgana ont dit d'autre sur sa personnalité ? Quelqu'un a-t-il remarqué quelque chose d'étrange, quelqu'un qui venait plus souvent que d'habitude ? Quelqu'un qui la menaçait d'une manière ou d'une autre ?

Rachel consulta ses notes. — Rien de ce genre. La chose la plus intéressante qu'ils ont dite, c'est qu'elle était une énorme dragueuse. Désolée de le dire, mais apparemment elle flirtait constamment avec les mecs qui venaient, les incitant à revenir la voir. En fait, pendant que nous étions là, je te jure, il y avait au moins cinq types différents qui languissaient après Morgana. Je te le jure. Je pense qu'ils étaient plus dévastés par la nouvelle que ses collègues.

— Je me demande si son mari était au courant.

Rachel haussa les épaules. — Elle devait faire ce qu'elle devait faire pour réussir. Et d'après ce que j'ai vu, ça ne demandait pas beaucoup d'efforts. Elle avait clairement un type : grand, cheveux noirs courts, barbe. Et il y en avait une tonne là-bas, tous assis, souriant pour eux-mêmes, attendant qu'elle vienne prendre leur commande. À bien y penser, ils te ressemblaient tous.

— Merci ?

Tomek n'était pas sûr que ce soit un compliment ou une insulte.

— Cela dit, tous les mecs de l'Essex se ressemblent de nos jours. Rien pour vous différencier.

— C'est une bonne chose que tu sois lesbienne alors, n'est-ce pas ? On ne voudrait pas que tu confondes Martin et moi...

— Martin est l'exception. Seulement parce qu'il a de plus beaux cheveux que moi.

— Et si je laissais pousser les miens à sa longueur ?

— Je serais toujours lesbienne, tu serais toujours en couple, et ça aurait l'air merdique. À moins bien sûr qu'Abigail soit attirée par ce genre de chose, alors peut-être que la deuxième partie de ma déclaration devrait changer.

— Mais pas la première ?

— Malheureusement non. Ils n'ont pas encore inventé d'interrupteur qui désactive instantanément mon lesbianisme. Bien qu'il y ait probablement des gens là-bas qui essaient frénétiquement d'en inventer un.

CHAPITRE
DOUZE

Moins d'une heure plus tard, Tomek se retrouva à la morgue de l'hôpital de Southend avec Lorna Dean, la pathologiste du ministère de l'Intérieur, se préparant pour l'autopsie. Avant le début des éviscérations, mesures et photographies, le mari de Morgana avait été invité à venir confirmer son identité. Anton Usyk était un homme trapu et corpulent de taille moyenne, avec des pores dilatés sur son nez crochu et d'épais sourcils noirs. Sa coupe de cheveux typiquement est-européenne — rasée presque jusqu'à la calvitie, à l'exception d'une petite touffe de cheveux noirs sur le sommet du crâne — était couverte d'une épaisse couche de gel. Il portait des vêtements de marque — un haut Gucci, une ceinture Versace, un pantalon Giorgio Armani — et sentait si fort le parfum pour homme que Tomek l'avait senti avant même de le voir ou de l'entendre.

Le processus d'identification avait été mené par Tomek avec l'aide d'un agent de police et de l'inspectrice Anna Kaczmarek, l'officier de liaison familiale. Le corps de Morgana avait été placé sous un drap blanc, et Anton n'avait passé qu'une fraction de seconde à la regarder avant de confirmer son identité. Il n'avait rien dit, n'avait rien laissé transparaître dans son expression. Une barrière linguistique peut-être, supposa Tomek. Mais dès que lui et Anna s'étaient adressés à lui en polonais, Anton était devenu plus lucide, plus libre dans son discours. Les deux langues n'étaient pas si différentes l'une de l'autre, et Tomek trouvait que cela lui était toujours utile quand il voulait surprendre une conversation venant d'un pays voisin de sa Pologne natale.

— Ma collègue sera votre principal point de contact, avait dit Tomek, en désignant Anna. Elle vous aidera pour tout ce dont vous aurez besoin et vous tiendra informé de l'avancement de l'enquête.

— Je comprends, répondit-il lentement en ukrainien.

— En attendant, nous allons devoir vous poser quelques questions au commissariat. À propos de votre femme, ses déplacements, si vous saviez quelque chose sur l'endroit où elle se trouvait ce matin. Nous trouverons bien sûr un traducteur pour vous mettre aussi à l'aise que possible.

Le visage d'Anton se tordit de confusion.

— Pourquoi est-ce nécessaire ? demanda-t-il, cette fois en anglais.

— C'est la procédure habituelle, répondit Tomek, plus sèchement qu'il ne l'aurait voulu. Votre femme est décédée, monsieur Usyk. Nous pensons qu'elle a peut-être été assassinée. Vous ne vous en rendez peut-être pas compte maintenant, car vous êtes encore sous le choc, mais vous pourriez savoir qui a fait ça. Peut-être que votre femme a été suivie ces dernières semaines. Peut-être avait-elle des ennemis que vous ne connaissiez pas.

Et il y avait toujours la troisième option : qu'il sache exactement ce qui lui était arrivé. Que peut-être il avait été celui qui l'avait tuée. De quelle manière, précisément, Tomek allait bientôt le découvrir. Mais, neuf fois sur dix, les victimes de meurtre étaient tuées par leurs proches ou quelqu'un qu'elles connaissaient. Et pour Anton Usyk, ce n'était pas une statistique très rassurante.

Tomek ne désirait rien de plus que de cuisiner l'homme sur-le-champ. Découvrir tout ce qu'il savait. Remettre en question ses réponses. Trouver des failles dans tout ce qu'il aurait à dire. Mais ce n'était ni le moment, ni l'endroit.

À la fin du processus d'identification, Tomek se sentait fier d'avoir parlé un polonais presque parfait pendant leur interaction. Certes, il y avait eu quelques erreurs ici et là, mais qui les comptait ? Pour quelqu'un qui n'avait pas parlé couramment la langue depuis ses quinze ans, il y a environ vingt-cinq ans maintenant (bien qu'il essayât de garder *ce* chiffre hors de son esprit), il était impressionné.

Quelques instants plus tard, il entra dans la salle de la morgue, un endroit déprimant et démoralisant, avec un sourire inhabituel sur le visage.

— Quelqu'un a de quoi sourire, dit Lorna quand il s'approcha. La pauvre femme ici n'en a plus l'occasion, elle…

— Elle l'aura quand nous trouverons son meurtrier.

Et sur ce, ils commencèrent. Dans les heures qui avaient suivi sa mort, le corps de Morgana était entré en livor mortis, où le sang dans son corps avait succombé aux effets de la gravité et s'était accumulé le long de son dos, de ses ischio-jambiers et de ses mollets, laissant des taches violettes. L'effet que cela avait sur sa peau rappelait à Tomek une peinture qu'il avait faite à l'école primaire. On lui avait demandé de peindre une scène de plage, mais il s'était emballé et avait ajouté une teinte rouge à la mer, qui s'était ensuite transformée en un océan violet, ressemblant à quelque chose sorti d'un film de Wes Anderson.

D'abord, Lorna commença par examiner la tête de Morgana. Elle caressa délicatement le visage de la femme, plaçant ses doigts gantés sur son nez et son menton, le déplaçant d'un côté à l'autre, notant ses découvertes au fur et à mesure. Puis elle tourna son attention vers le cou de Morgana. Une chaîne marbrée de bleu et de violet s'était formée à l'avant de son cou, enroulée autour de son larynx.

— Bingo, dit Lorna.

— Tu as trouvé quelque chose ?

La pathologiste désigna les ecchymoses.

— Celles-ci indiqueraient qu'elle a été étranglée, possiblement maintenue sous l'eau, avec force.

— C'est notre cause de décès ?

— Rien ne t'échappe, dit-elle avec un demi-clin d'œil.

Tomek répondit par un sourire forcé, puis reporta son attention sur l'autopsie. Pendant que Lorna poursuivait le processus, ils eurent une brève conversation pour se mettre à jour. Discutant de leurs filles respectives. Comment Carla, la fille de Lorna, s'en sortait à l'école. Puis comment Kasia s'en sortait à la sienne. Les deux filles étaient en difficulté.

Les examens du GCSE, les examens, les examens blancs, les petits amis, les amis, les professeurs, l'école, les réseaux sociaux, la socialisation, l'anxiété, la puberté — leurs mondes entiers, sans parler des hormones, s'élargissaient, et elles avaient du mal à suivre. Tomek et Lorna attendaient avec impatience les vacances de février, bien que le seul inconvénient était qu'elles aient lieu pendant la Saint-Valentin.

— Carla vient de sortir d'une relation sérieuse, expliqua Lorna en écartant un côté des côtes de Morgana.

— Ah oui ?

— Johnny, il s'appelait. Un garçon assez gentil. Inoffensif, vraiment. Mais ils sont restés ensemble quatre mois.

— Et ça, c'est considéré comme sérieux ?

— À cet âge, oui.

Pour être honnête, c'était plus sérieux que toute relation que Tomek avait jamais eue. Il ne se souvenait pas de la dernière fois qu'il en avait eu une qui avait duré plus de quatre semaines, et encore moins quatre mois.

— Elle est vraiment bouleversée, continua Lorna, en repliant l'autre cage thoracique. Elle pleure sans arrêt. Elle a arrêté de manger. Elle ne veut pas sortir pour rencontrer ses amis. Ça l'a vraiment affectée d'une mauvaise façon.

— Et elle a seize ans, tu dis ?

Lorna hocha la tête.

— J'ai hâte de vivre tout ça bientôt alors.

— Il faut être prudent avec les filles. Nous nous faisons trop d'espoirs. Nous réfléchissons trop. En plus, nous savons tous comment sont les hommes, et malgré nous, nous tombons quand même amoureuses de vous à chaque fois. Surtout à cet âge. J'ai fait quelques erreurs à cette époque.

— On en a tous fait, non ? C'est le but de grandir.

Tomek pensa à Kasia. À Billy « Le Combattant de Vaches » Turpin, un garçon de quatorze ans dans son école qui avait un jour pensé qu'il pouvait se battre contre une vache — et gagner. Leur relation n'avait pas duré. En fait, elle avait à peine commencé. Mais il était certain qu'il y aurait d'autres garçons à l'horizon. D'autres garçons avec qui elle parlait et apprenait à connaître à un niveau plus profond, moins superficiel.

D'autres garçons qui ne seraient pas assez bien pour elle. D'autres garçons dont il n'approuverait pas. Il savait comment ils étaient — il avait été l'un d'entre eux à un moment donné — et s'il ne se serait pas fait confiance à lui-même, alors il n'allait certainement pas faire confiance à quelqu'un d'autre.

— Tout ce que tu as à faire, c'est d'être là pour elles quand elles traversent ce genre de choses, poursuivit Lorna. Leur offrir une épaule sur laquelle pleurer et faire semblant de savoir de quoi tu parles quand tu leur donnes des conseils. Parfois, à cet âge, elles te croient réellement quand tu leur dis que tout ira bien.

Tomek réfléchit à cela un moment de plus, mais ce moment de réflexion fut écourté par son téléphone qui vibrait contre sa jambe. Il plongea la main dans sa poche, et s'éloignant du corps, sortit l'appareil.

— Allô ?

— Papa ?

— Oui, Kasia. Je suis au travail. Qu'est-ce qui se passe ? C'est urgent ?

— Il y a une lettre pour toi.

— D'accord... Ça peut attendre jusqu'à ce que je rentre. Merci de—

— On dirait qu'elle vient d'une prison.

Cela força Tomek à s'arrêter.

— Laquelle ?

Une pause pendant qu'elle examinait la lettre.

— HMP Wakefield.

CHAPITRE
TREIZE

Tomek est rentré en trombe directement après la fin de l'autopsie. Il n'avait pas le temps de condenser les conclusions de Lorna et ses activités de la journée pour les partager avec Victoria. Son rapport quotidien devrait attendre jusqu'au matin. Pour l'instant, il devait rentrer chez lui. La lettre l'inquiétait. Mais ce qui l'inquiétait encore plus, c'était Kasia. Elle avait tendance à ouvrir toutes les lettres ou colis portant son nom et lui envoyait toujours une photo avant qu'il ne rentre, pensant que cela l'aiderait d'une manière ou d'une autre. Habituellement, il ne s'agissait que de factures ou de relevés, des choses assez inoffensives, ennuyeuses, banales, des trucs *d'adulte*. Mais quelque chose dans cette lettre l'avait empêchée de l'ouvrir. Quelque chose lui avait dit qu'elle était plus importante que les autres, qu'elle devait la laisser fermée. Et donc, il lui avait demandé avec insistance de la laisser sur la table, de se laver les mains et de rester bien à l'écart.

Impossible de savoir ce qu'elle contenait. Si elle venait de HMP Wakefield, qui hébergeait certains des prisonniers les plus notoires et violents du pays, elle pouvait être imprégnée de spice, de drogues ou d'un autre type de poison. Le contenu pouvait être graphique et obscène. Du porno, une photo de cadavre, un morceau de tissu ou de l'ADN provenant d'une scène de crime ou de la cellule de quelqu'un. Rien qu'une fille de treize ans ne devrait voir.

Tomek voulait l'ouvrir seul.

En privé.

Pinçant la lettre entre ses doigts, la tenant à bout de bras, il se dirigea avec précaution vers sa chambre, craignant que tout mouvement brusque ne fasse exploser la fine enveloppe. Soigneusement, il ferma la porte derrière lui et se percha au bord de son lit.

Elle était là, juste devant lui. Son nom et son adresse, écrits d'une écriture griffonnée, à peine lisible. Dans le coin supérieur droit se trouvait un tampon de HMP Wakefield, avec l'adresse de retour de la prison en dessous. Le cœur de Tomek commença à battre de plus en plus vite à mesure qu'il la fixait, ses doigts devenant moites de sueur.

Elle ne pouvait venir que d'une seule personne.

Nathan Burrows.

Comment connaissait-il son adresse ? Comment avait-il pu lui envoyer une lettre ? Normalement, la procédure voulait que Tomek ait d'abord accepté de la recevoir avant que quoi que ce soit ne soit envoyé. Mais cela ne s'était pas produit. Les règles habituelles avaient volé par la fenêtre. Ce qui soulevait la question : *comment* ?

Retenant son souffle, Tomek retourna l'enveloppe et en déchira le bord. Puis il glissa son doigt dessous et commença à déchirer le papier. Lorsque son doigt atteignit l'autre coin, il expira profondément, les doigts en sueur. Pinçant son pouce et son index comme s'il essayait d'enlever une écharde de sa peau, il sortit la lettre et la tint par ses ongles. Avant de la lire, il la renifla. Dans des circonstances normales, les enveloppes quittant n'importe quelle prison au Royaume-Uni auraient été vérifiées pour détecter la présence de drogues (de même pour celles qui y entraient), mais ce n'était pas une circonstance habituelle. La procédure n'avait pas été suivie quelque part dans le processus, alors il n'était pas prêt à prendre de risques.

À son grand soulagement, il ne sentait rien d'anormal. Puis Tomek retourna la feuille.

En haut de la page figurait l'adresse de Tomek, griffonnée au crayon d'une écriture enfantine. En dessous se trouvait la lettre :

Cher Tomek,

Je suis désolé que nous ayons dû raquourcir notre rancontre l'autre semmaine. Et je suis également désolé d'avoir mis autant de temps à revenir vers toi. Il m'a fallu du temps pour convaincre les gardiens de me donner un krayon et du papier. J'espère que tu pourras me pardoner.

Je voulais juste te faire savoir que j'ai apprécié notre conversation. C'était bon de te revoir. Comment vas-tu depuis ? Comment se porte Kasia à l'ékole ? J'espère qu'elle se débrouille bien dans toutes ses matières.

Si c'est d'accord avec toi, et j'espère vraiment que ça l'est, j'aimerais continuer à t'écrire, pour ouvrir un dialoq. Je te serais reconnéssant si tu pouvais me répondre. Les gardiens et les gens ici me donnent des leçons d'écritture. Ils m'apprennent à épeler lentement, mais parfois je n'écoute pas et je fais le reste dans ma celule. J'ai des problèmes avec l'écoute.

C'est dommage que tu ne m'aies pas cru au sujet de ton frère. Peut-être qu'un jour nous pourrons devenir ammis et je pourrai te raconter ce qui lui est arrivé. Ça te plairait ? Je pense souvent à lui. Je ne t'ai pas dit ça non plus, hein ? Je pense souvent à la façon dont il est mort cette nuit-là. Parfois, quand je suis couccher dans mon lit, je le vois par terre, couvert de son sang.

En parlant d'aller au lit, j'espère que tu dormiras bien la nuit où tu liras ceci. J'espère vraiment que tes cauchemars s'arrêtent. Ils ont dû te causer tellement de douleure et d'inconfort au fil des ans. As-tu déjà vu le film sur les agneaux ? J'espère que les tiens s'endormiront bientôt, Tomek.

Penses-tu que nous puissions être amis ? S'il te plaît, répond. Si ce n'est pas pour toi, fais-le pour Michal. Il voudrait que tu te fasses des ammis et que tu pratiques le parddon.

J'attends avec impatience de tes nouvelles (On m'a dit d'écrire cette partie. Apparemment, ça sonne professionel).

Nathan Burrows, HMP Wakefield

P.S - ta copinne est très jolie en passant. Tu as bon goût en matière de femmes.

Tomek ne savait pas s'il devait la déchirer, la brûler ou hurler. Finalement, il ne fit rien de tout cela. Au lieu de cela, pour la première fois depuis longtemps, il pleura, sangla et versa des larmes dans ses mains, incapable de contrôler le soudain flot d'émotions qui le noyait. Dans son épanchement, il laissa tomber la lettre au sol, les larmes coulant le long de ses joues et dans ses paumes.

Mais les pleurs cessèrent quand le chagrin de Tomek se transforma en rage.

Ce salaud le tourmentait, le taquinait. Pire encore, il savait où Tomek habitait. Et Kasia - il connaissait l'existence de Kasia. Et Abigail. Il connaissait toute sa vie. Comment ? Avait-il des contacts criminels qui le surveillaient ? Des amis ? Des parents ? Comment Nathan avait-il accès à toutes ces informations, y compris les cauchemars ? Il était impossible qu'il ait accès à son journal intime, ou même aux notes de ses séances avec son thérapeute. Il était encore plus impossible qu'il ait recueilli ces informations auprès de quelqu'un dans l'équipe. Il leur faisait confiance à tous jusqu'à la mort - même à Sean et Victoria. Ils savaient tous ce qui était arrivé à son frère et à quel point cela l'avait affecté. Il n'y avait aucune chance qu'ils aient divulgué des informations sur sa vie à Nathan Burrows, n'est-ce pas ? Tomek ne voulait pas explorer cette piste.

Il envisagea alors une alternative.

Le second tueur.

Charlie.

Cette figure anonyme, impossible à identifier, qui avait aidé à tuer son frère. Et si cette personne était toujours là, traquant Tomek, l'observant de loin ? Surveillant Kasia, Abigail ? Contrôlant leurs mouvements ?

Il se leva de son lit et se dirigea vers la fenêtre. Alors qu'il écartait les rideaux, ses yeux scrutaient les voitures le long de la rue. À présent, il avait appris lesquelles appartenaient à ses voisins et lesquelles ne leur appartenaient pas. Celles qu'il voyait appartenaient toutes aux habitants de sa rue. Il n'y avait rien d'inquiétant dehors. Puis il essaya de se rappeler s'il avait vu quelqu'un récemment, s'il avait croisé quelqu'un en rentrant chez lui. Une personne particulière à laquelle il avait prêté peu d'attention, se tenant là discrètement sur le trottoir. Ou s'il y avait eu la même voiture qui le suivait toujours jusqu'à chez lui.

Il fit chou blanc pour les deux. Rien. Son esprit était vide.

Après quelques instants supplémentaires à fixer l'obscurité, il détacha son regard de la rue et leva les yeux vers le ciel. Le vent s'était levé, faisant osciller les arbres de la rue d'un côté à l'autre. Les feuilles filaient dans le ciel, la pluie imminente se profilant au loin dans l'obscurité. Une sensation inquiétante s'était installée dans la rue, et il pouvait la sentir sur sa peau. Il ne pouvait pas dire avec certitude si quelqu'un l'avait suivi ou surveillé sa maison. Mais une chose était sûre, c'est que si la tempête dont Victoria lui avait parlé approchait, alors cette personne ne serait pas dehors ce soir. Pour les prochaines heures au moins, sa maison était à l'abri de la menace dont il ne savait même pas si elle était réelle.

CHAPITRE
QUATORZE

Des panaches de vapeur d'eau jaillissaient de sa bouche de façon régulière et rythmée. Il inspirait par le nez, expirait par la bouche. Lentement, de manière contrôlée, mesurée, peu importe à quel point son système cardiovasculaire lui hurlait d'accélérer.

Ses jambes et ses bras bougeaient de la même façon, stable, rythmique. Ses pieds frappaient le sol, le son inaudible dans le vent violent qui sifflait à ses oreilles, déchirant ses tympans. Le vent était si fort que pendant les premières centaines de mètres de leur course, il avait eu l'impression de ne pas avancer du tout, d'être confronté à un objet inamovible, comme si quelque chose tirait sur sa chemise et l'empêchait d'avancer. Heureusement, il avait Warren Thomas à ses côtés, et ce géant se déplaçait résolument dans la bonne direction. Tomek était toutefois vexé par l'aisance avec laquelle cet homme se mouvait. Doux, gracieux, presque comme s'il glissait à travers le vent et la pluie, et qu'il aurait pu glisser par n'importe quel temps. Cela semblait lui demander aucun effort, et à en juger par la vitesse à laquelle les nuages de vapeur d'eau s'échappaient de sa bouche, c'était effectivement le cas.

Plus tôt ce matin-là, Tomek avait envoyé un message à Warren pour confirmer s'ils pouvaient se rendre au port, mais la réponse avait été négative. À cause de la tempête Alisha, la marée avait gonflé et était trop agitée et dangereuse. Les garde-côtes et les sauveteurs en mer avaient passé la nuit à avertir les civils de ne pas entrer dans l'eau sous aucun prétexte, et Warren ne pensait pas qu'une excursion au port de Mulberry valait le risque.

Tomek avait accepté à contrecœur.

À la place, il avait suggéré une course. Sa première depuis des mois. Eux deux, le long du front de mer, au-delà du club nautique, plus loin le long de la côte jusqu'à la plage Est de Shoebury. Bien qu'il n'ait pas fait d'exercice physique sérieux depuis que Kasia était entrée dans sa vie, il était surpris de la façon dont son corps tenait le coup. Il n'avait pas été forcé de s'arrêter. Il ne luttait pas pour respirer ou maintenir le rythme. Il s'en sortait bien.

Et il en avait besoin. Son corps en avait besoin. Son esprit en avait besoin. Une libération, une échappatoire. Une 'chance d'évacuer la pression et de relâcher la tension dans ses os. Toute la nuit, les pensées de Nathan Burrows l'avaient tourmenté. Des visions de cet homme assis dans sa cellule de prison, rédigeant la lettre avec un sourire narquois, se touchant peut-être pendant qu'il l'écrivait. De lui inscrivant l'adresse de Tomek avec jubilation, scellant l'enveloppe et la remettant à l'un des gardiens de la prison, incapable de contenir son excitation.

Pendant sa course, Tomek imaginait l'homme debout là, dix mètres devant lui. Il le poursuivait. Poussant, martelant, ses membres pompant. Essayant de réduire l'écart. Plus près. Plus près. Mais il restait juste hors de portée, à un doigt près.

Le long du front de mer, les preuves de la tempête qui avait déchiré le comté pendant la nuit étaient visibles. L'eau avait vaincu les défenses de la digue et inondé les promenades, se déversant sur les trottoirs et les routes environnantes, laissant de grandes étendues d'eau parfois aussi profondes que ses chevilles. Ailleurs, Tomek avait vu d'autres traces : des arbres renversés sur le bord de la route, maintenus en place par une seule racine puissante ; des poubelles qui avaient tenté de s'échapper et n'étaient arrivées qu'au milieu de la rue, après avoir heurté quelques voitures en chemin. À la radio de la voiture, des informations indiquaient que des lignes électriques étaient tombées dans les zones plus rurales, et que l'équipe du réseau électrique de la région avait travaillé toute la nuit pour combattre les coupures de courant, bien qu'il soit probable que les personnes touchées restent sans électricité jusqu'à ce que le vent se calme. Alisha était venue, avait causé sa destruction, et était repartie.

À la fin du parcours, ils s'arrêtèrent près des brise-lames de East Beach, deux kilomètres de défenses maritimes construites avec des poteaux en béton d'environ deux mètres de haut, enfoncés dans le lit de sable, maintenus ensemble par de l'acier angulaire. D'abord utilisés comme mécanisme de défense pendant la Seconde Guerre mondiale pour se protéger contre les sous-marins, les mines et autres navires de surface, les poteaux restants avaient été réaffectés et avaient été principalement créés pendant la Guerre froide contre la menace perçue de l'Union soviétique. Maintenant, ils servaient de limite aux terres appartenant au ministère de la Défense, utilisées principalement pour des opérations militaires et des essais d'armes. L'accès à la plage au-delà était strictement interdit, c'était donc l'endroit parfait pour faire demi-tour et se diriger vers la maison de Warren.

Ils y arrivèrent quarante minutes — et deux kilomètres et demi — plus tard. Au moment où ils atteignirent la porte d'entrée de Warren, Tomek était épuisé, plié en deux, haletant à sec, son corps menaçant de purger son contenu.

— Tu as forcé trop fort, dit Warren.

Tomek l'ignora alors qu'il se concentrait pour essayer de ne pas vomir sur l'allée de son ancien camarade d'école. La bataille fut de courte durée. Et infructueuse.

Le contenu de son estomac — le peu qu'il en restait, de toute façon — se déversa sur les briques, éclaboussant les chaussures et les jambes de Tomek.

— Je suis vraiment désolé, dit Tomek, essuyant sa bouche avec la manche de son T-shirt mouillé. Je vais nettoyer ça.

— Pas la peine. La pluie va l'emporter bientôt.

Warren inséra sa clé dans la serrure et la tourna. Alors que Tomek se dirigeait vers la voiture, Warren le rappela.

— Où est-ce que tu crois aller, putain ?

— Au travail...

— Pas dans cet état.

— C'est bon. On a des douches là-bas. J'allais me rafraîchir au bureau.

— Pas après avoir vomi partout sur mon allée, dit Warren, et il ouvrit la porte. Quand Tomek ne fit aucun mouvement vers celle-ci, il traversa rapidement, l'attrapa par la manche propre et le jeta dans la maison. Tu as besoin de te réchauffer, et tu as besoin de chaleur à l'intérieur aussi. Et du sucre. Laisse-moi mettre la bouilloire en route.

Tomek espérait que ce ne serait pas une autre des dégoutantes tasses de café de Warren, mais il était trop poli pour dire quoi que ce soit. À la place, il marmonna quelque chose, mais n'était pas trop sûr de quoi. Il pensait que c'était « merci », mais ça aurait pu être n'importe quoi.

— Je vais te chercher une serviette, dit Warren dans la cuisine. Avant que Tomek puisse protester, son ami quitta la pièce, monta les escaliers en courant, puis revint un instant plus tard avec une serviette à la main. Du coton égyptien, bleu foncé. Essuie-toi avec ça. Je sais que la maison est un peu en désordre, mais je préférerais que tu ne trempes pas le canapé.

Tomek prit la serviette avec gratitude et commença à essuyer la pluie de ses avant-bras, son cou et son visage. Puis il passa la serviette sur sa tête, absorbant la plus grande partie de l'humidité. Une fois la boisson préparée — par miséricorde, un thé — Warren conduisit Tomek dans le salon. Il était à l'arrière de la maison et donnait sur le jardin. Dehors, renversé par le vent, se trouvait un kayak biplace qui occupait toute la longueur du jardin.

— Est-ce qu'on peut aller au port avec ça ? demanda Tomek.

— Pas si tu ne veux pas te noyer.

— Je voulais dire une autre fois.

— Quand le temps sera meilleur, je ne vois pas pourquoi pas. Tu en as déjà fait ?

Tomek hocha la tête, confirmant que oui. Mais il choisit de ne pas expliquer quand, ni pourquoi. C'était une conversation pour un autre jour.

— Laisse-moi voir quel temps il fait cet après-midi, dit Warren. Les prévisions disent que le vent devrait beaucoup baisser. Ça dépend juste si c'est au même moment que la marée haute. Je te tiendrai au courant.

Plaçant sa serviette sur le canapé, Tomek se percha sur le bord et enveloppa ses mains autour de la tasse. Ce n'était qu'une source mineure de chaleur, mais il pouvait déjà se sentir se réchauffer. Il porta la petite tasse à sa bouche et prit une gorgée. Le liquide brûla le bout de sa langue et sa gorge, mais il le remplit d'une substance nutritive qui se répandit dans tout son corps.

Warren prit une chaise de la table à manger et la rapprocha de Tomek.

— Ce n'est pas grand-chose, dit-il, montrant le mobilier, mais c'est suffisant.

— C'est mieux que les conditions dans lesquelles certaines personnes vivent. Depuis combien de temps es-tu ici ?

— Je loue depuis environ cinq ans maintenant. Ça fait l'affaire. Mais je n'ai pas besoin de grand-chose. Donnez-moi un lit, des toilettes et un endroit pour préparer de la nourriture et je serai bien.

Comme une cellule de prison, pensa Tomek.

Les preuves du mode de vie simple de Warren étaient partout dans le salon. Il n'y avait pas d'effets personnels, pas de photos, pas d'ornements comme ceux que Kasia et Abigail lui avaient dit d'acheter pour « égayer un peu l'endroit ». Il y avait une télévision, oui, mais elle datait de la fin des années 2000 et semblait ne pas avoir été utilisée depuis des années. De même, les meubles sentaient, et semblaient, comme s'ils venaient d'un vide-grenier, les dernières possessions de quelqu'un qui était mort seul. Il n'y avait pas de livres sur l'étagère, pas de boîtiers de DVD, pas de CD. Pas même une platine vinyle.

— Qu'est-ce que tu fais toute la journée ? demanda Tomek.

Warren ricana.

— J'aime lire. Ma collection est à l'étage. Tu devrais la voir. J'en obtiens beaucoup dans les boutiques caritatives. Ils sont bon marché et je peux les rendre quand j'ai fini de les lire.

Tomek acquiesça poliment. Il n'avait pas d'intérêt particulier pour les livres mais les appréciait néanmoins. Il prit une autre gorgée de son thé et fit avancer la conversation, cette fois vers le sujet de l'école. C'était la seule chose qu'ils avaient en commun pour le moment. Ça et leur amour mutuel pour le rugby. Mais pour l'instant, avoir été à l'école ensemble était quelque chose qu'ils avaient tous deux vécu, quelque chose dont ils avaient tous deux de bons souvenirs. Parfois ensemble, parfois séparément. Ils passèrent la demi-heure suivante à partager des histoires de la salle de classe, à discuter d'anciens collègues et à se demander ce qu'ils devenaient de nos jours, bien qu'aucun d'eux ne sache rien de personne ; ils s'étaient tous deux abstenus d'avoir des comptes sur les réseaux sociaux et étaient contents de le rester ainsi.

— Pour être honnête, je me fous complètement de ce que les gens font de nos jours, dit Tomek. Ils sont probablement tous malheureux, de toute façon. Faisant un travail qu'ils détestent juste pour pouvoir le publier en ligne et donner l'impression que tout est parfait.

— Je m'inquiète pour la prochaine génération. Ils ont grandi avec ça. Ils pensent qu'ils vivent dans un monde idyllique, mais ce n'est pas que du soleil et des arcs-en-ciel. Quelque chose doit changer.

Tomek grogna en finissant la dernière goutte de sa boisson.

— Ne m'en parle pas. Kasia passe tellement de temps dessus. Elle suit tous ces mannequins, aime toutes leurs photos. Ça donne une représentation irréaliste de ce que la vie devrait être, et je n'ai absolument aucune putain d'idée de ce que je dois faire à ce sujet.

— Quel âge a-t-elle ?

— Treize ans.

— Je ne savais pas que tu étais père.

— Moi non plus jusqu'à il y a environ quatre mois.

La confusion se peignit sur le visage de Warren. Tomek expliqua alors que Kasia était apparue sur le pas de sa porte un après-midi alors qu'il s'occupait de ses bonsaïs.

— J'adore les bonsaïs ! interrompit Warren. J'en ai dans le cabanon et quelques-uns sur le rebord de ma fenêtre de chambre.

— Pas. Possible.

— Si. Possible.

Tomek était stupéfait. D'habitude, chaque fois qu'il mentionnait son intérêt pour la culture de petits arbres dans des pots, il était accueilli par des regards gênés et confus, mais maintenant il avait trouvé quelqu'un d'autre avec le même intérêt. Ils partageaient un lien. Tomek n'hésita pas à demander à voir la collection de Warren, et l'homme les lui montra avec la même vigueur et excitation qu'il avait montrée à Abigail quand il lui avait présenté sa propre collection. Il y en avait quatre sur le rebord de la fenêtre, tous de différentes espèces et de différentes tailles, avec dix autres à l'extérieur, s'abritant dans la cabane au fond du jardin en attendant que la tempête passe.

— Depuis combien de temps les as-tu ? demanda Tomek.

— Depuis l'école. Certains d'entre eux ont été endommagés au fil des ans et j'ai dû les remplacer, mais je les collectionne depuis que nous étions enfants.

Tomek secoua la tête en fixant Warren dans les yeux.

— Où étais-tu pendant toute ma vie ? Je pensais que j'étais le seul.

Warren posa une main sur l'épaule de Tomek.

— Toi et moi aussi, mon pote. Toi et moi aussi.

CHAPITRE
QUINZE

Tomek avait encore les cheveux mouillés de la douche prise au bureau lorsqu'il fut convoqué dans le bureau de Victoria.

— Bonjour, Tomek, dit-elle. Ou devrais-je dire bon après-midi ?

Tomek regarda sa montre. Il n'était que 10 h 12. — Vous avez déjà hâte que la journée se termine ?

— Certains d'entre nous sont là depuis sept heures.

— C'est votre prérogative. J'étais avec Warren Thomas.

— Pourquoi ?

— Je recueillais des informations, mentit-il. J'espérais qu'il pourrait m'emmener au port, mais la météo nous a laissé tomber.

Victoria afficha un sourire satisfait. — Je vous l'avais bien dit.

— C'est vrai, mais tout n'est pas perdu, puisqu'il m'a promis de m'emmener cet après-midi.

— Quel gentleman. Où vous emmène-t-il ? Un dîner aux chandelles sur la plage ? Ou quelque chose de plus excitant, comme un mini-golf sur le front de mer ?

— Vous parlez d'expérience ? Ou attendez-vous toujours que Sean fasse l'une de ces choses avec vous ?

Victoria ouvrit la bouche pour répondre mais se mordit rapidement la langue.

— Très drôle, dit-elle, très spirituel. Puisqu'on parle de choses amusantes, où était votre rapport quotidien d'hier ? Pourquoi n'était-il pas dans ma boîte de réception ce matin ?

Tomek prit son temps pour répondre. — Qu'est-ce qu'il y a de drôle là-dedans ?

— Votre excuse, j'imagine. Je vous ai entendu sortir des perles absolument mémorables par le passé.

— Jacob's ou Ritz ?

Victoria fit un geste de la main, le pointant du doigt à plusieurs reprises. — C'est exactement de cela que je parle. Vous avez toujours quelque chose à dire. Toujours une remarque intelligente pour vous sortir d'affaire, mais...

— Je n'essaie pas du tout de me sortir d'affaire, madame. Je suis aussi préoccupé que vous par cette situation. Et nous devons aller au fond des choses.

— Mais bien sûr, putain. Le jour où vous vous soucierez de ce genre de choses autant que moi sera le jour de ma mort.

Tomek s'efforça de réprimer le sourire sur son visage. Il ne souhaitait la mort de personne. En fait, si, mais la liste était si courte qu'il pourrait l'écrire sur un ongle. Pour le bien de Victoria, elle n'y figurait pas.

— C'est exactement pour cette raison que vous ne deviendrez jamais inspecteur.

Ces mots lui firent l'effet d'une gifle au visage et d'un coup de pied dans l'entrejambe. Simultanément.

— De quoi parlez-vous ? demanda Tomek, puis ajouta intérieurement : *Espèce de garce vindicative.* — Qu'est-ce que vous savez ? Y a-t-il un poste ou une promotion à venir ?

Sans répondre, Victoria détourna son attention de lui, jouant soudain la timide. — Je ne voulais rien dire par là. Oubliez ce que j'ai dit.

— Mais vous vouliez *bien* dire quelque chose. Et je veux savoir quoi.

— Et moi, je veux savoir pourquoi vous n'avez pas déposé le rapport hier soir. Cette histoire d'honnêteté fonctionne dans les deux sens, Tomek.

Il fit une pause. Ils étaient dans une impasse. Il n'avait aucunement l'intention de lui dire la vraie raison pour laquelle il était rentré directement chez lui après l'autopsie sans remplir son putain de rapport.

Mais aucune excuse ne lui venait à l'esprit. Aucune apparition ne se manifestait devant lui comme un génie sortant d'une bouteille. Et, décida-t-il, au moment où il aurait finalement trouvé quelque chose, l'occasion serait passée et elle aurait vu clair dans son jeu.

Impasse.

— Quand puis-je l'attendre ?

— Sérieusement ?

— Oui, sérieusement. Vous devez toujours le soumettre. Vous ne vous en sortirez pas aussi facilement. Bon sang, vous êtes comme un enfant parfois. Comme si je vous demandais de faire vos putains de devoirs.

Tomek ne dit rien. Au lieu de cela, il offrit à Victoria un sourire prétentieux et exagéré.

— Sans Nick ici pour vous défendre, je vais devoir voir tout ce que vous faites.

— Je vous ai déjà dit ce que j'avais prévu pour cet après-midi. Vous êtes plus que bienvenue à nous rejoindre si vous le souhaitez.

— Non. Ce que je voudrais, c'est que vous fassiez plusieurs choses. Elle leva la main et commença à compter sur ses doigts. — Un, j'aimerais que vous me fassiez parvenir ce rapport dès que possible. Deux, j'aimerais que vous contactiez tous les témoins clés pour voir comment ils vont, découvrir s'ils se sont souvenus de quelque chose d'autre. Et trois, j'aimerais que vous sortiez de mon bureau.

Tomek attendit patiemment, tapotant son pouce contre son genou. Il attendit jusqu'à ce que Victoria se sente obligée de dire quelque chose.

— Que faites-vous encore ici ?

— J'ai besoin que vous me disiez lequel vous voulez que je fasse en premier.

———

Va te faire foutre. C'était la quatrième chose à ajouter à la liste de ce qu'elle voulait qu'il fasse.

Va te faire foutre.

Sors de mon bureau.

Envoie-moi le rapport.

Et puis rends visite aux témoins clés.

Dans cet ordre.

Malheureusement pour elle, Chey avait complètement ruiné son plan avant même qu'il ne commence.

— Chef, il y a un problème avec l'un des témoins clés, dit-il.

— Qui ?

— Kirsty Redgrave. Elle a signalé que quelqu'un se tenait devant son Airbnb hier soir.

Tomek pivota sur place, puis pointa la porte de l'autre côté de la pièce. — Vite Robin, à la Batmobile !

Chey le regarda, perplexe. — C'est une sorte de blague ? On va passer à la télé ?

— Quoi ? Non, idiot. Je dis, prends ton manteau et tes clés, et allons-y ensemble...

— Ensemble ? Chey déplaça son poids d'un pied à l'autre. — Mais je pensais rester ici et finir ce que je faisais.

Tomek secoua la tête. — Je viens d'avoir un petit mot avec la patronne et elle m'a justement dit que toi et moi devions parler à tous ces gens, de toute façon. Plutôt pratique que ça tombe comme ça, hein ?

Pratique, en effet.

Chey sembla y croire. Il dit : — Eh bien, Batman, qu'est-ce qu'on attend ?

CHAPITRE
SEIZE

Kirsty Redgrave avait la cinquantaine mais semblait faire tout son possible pour paraître plus jeune. Ses cheveux étaient lissés, son visage légèrement maquillé, et on distinguait clairement la définition de ses muscles aux épaules et aux biceps, suggérant qu'elle passait plus de temps à faire de l'exercice qu'à manger. Elle et le reste de sa famille américaine séjournaient dans une maison de cinq chambres à South Benfleet. Ils avaient trouvé cette propriété sur Airbnb et y logeaient pendant que les propriétaires s'étaient évaporés vers leur résidence secondaire dans le sud de l'Espagne pour des vacances de Noël prolongées. Tomek ne comprenait toujours pas pourquoi qui que ce soit, et encore moins un groupe d'Américains qui avaient certains des paysages les plus époustouflants du monde à leur porte, choisissait un endroit comme l'Essex pour voyager. Il pouvait penser à de nombreux endroits plus au nord et même au sud qui étaient bien meilleurs. Le seul atout du Sud de l'Essex était quelques attractions historiques, un nid-de-poule tous les quelques mètres, et un centre commercial qui attirait des gens de tout le pays (principalement parce qu'il n'y avait rien d'autre à faire et que c'était une façon acceptable de passer un après-midi). Peut-être était-ce parce que Tomek avait grandi ici et avait vu l'endroit changer tellement au fil des ans, que sa vision de la région était devenue blasée, teintée d'un gris terne. Même ainsi, cela n'avait toujours aucun sens pour lui.

— Southend est imprégnée d'histoire, dit Kirsty, son accent new-yorkais prononcé tandis qu'elle entrait dans le salon.

— Techniquement, partout est imprégné d'histoire, répondit Tomek avec sarcasme. La planète existe depuis des milliards d'années.

Kirsty se tourna vers Chey et leva les yeux au ciel.

— Est-il toujours comme ça ?

— Malheureusement, répondit le jeune agent.

— Eh bien, il y a beaucoup à voir et à faire. Il faut juste savoir où chercher.

— Êtes-vous enseignante ou avez-vous simplement un vif intérêt ?

— Je suis professeure, répondit Kirsty. Histoire à l'Université de New York. NYU !

Cette soudaine explosion prit Tomek par surprise. Pour quelqu'un qui, selon Chey, avait été si paniquée au téléphone qu'on aurait dit qu'elle s'était retrouvée enfermée dehors sans pantalon, elle était étonnamment enjouée.

— J'enseigne depuis des années, continua-t-elle. J'entame ma quinzième année maintenant, et j'adore ça, je ne changerais pour rien au monde. Elle se tourna pour regarder par la fenêtre. Penser que quelqu'un, quelque part, il y a des siècles, a eu l'idée de mettre en place des routes, des systèmes d'irrigation et des monnaies - où serions-nous sans cela ?

— Vivant dans notre propre crasse, dit Tomek. Et n'oublions pas les massacres pour le divertissement. Bien que je sois surpris que ça n'ait pas résisté à l'épreuve du temps.

Kirsty ne trouva pas son commentaire amusant.

— Qu'est-ce qui rend l'Essex si spécial ? demanda Chey, sa voix chargée d'intrigue.

— Tellement de choses, répondit Kirsty. Saviez-vous que des outils en pierre paléolithiques ont été trouvés ici, ce qui signifie que des humains vivent dans la région depuis la première période glaciaire ?

Tomek répondit qu'il ne le savait pas.

— Et que des preuves datant de la période néolithique suggèrent que l'homme vivait à Chelmsford il y a environ six mille ans. Et que, plus récemment, la bataille de Benfleet a eu lieu près de la gare en 894 après J.-C. Les Danois contre les Saxons. Mortel ! Et qui pourrait oublier Boudicca ?

— Absolument, dit Tomek, bien qu'il n'eût absolument aucune idée de qui elle parlait. Désireux de faire avancer la conversation, il regarda sa montre et demanda : Je pensais que vous deviez prendre l'avion aujourd'hui ?

Kirsty leva les yeux au ciel à nouveau.

— Nous devions, mais ensuite cette fichue tempête est arrivée. Notre vol a été annulé et maintenant nous ne pouvons pas en avoir un autre avant le week-end. Heureusement, nos hôtes sont également bloqués en Espagne, donc ils n'ont pas eu de problème avec ça.

Soit ça, soit ils ne sont pas pressés de rentrer chez eux.

— Au moins, vous avez quelques nuits de plus ici, dit Chey. Cela devrait vous donner le temps de cocher d'autres choses sur votre liste.

Le visage de Kirsty s'illumina à l'idée d'expérimenter davantage de ruines historiques, de visiter plus de sites archéologiques, mais elle se rappela rapidement qu'elle et sa famille avaient déjà tout coché sur leur liste.

— Où sont les autres, par curiosité ? demanda Tomek.

— Ils sont allés faire du shopping.

— Ah, oui ?

— À un endroit appelé Lakeside.

Le sourire narquois apparut involontairement sur le visage de Tomek.

— Voilà un endroit imprégné d'histoire, dit-il avec un sourire espiègle.

Kirsty ignora le commentaire et poursuivit.

— Pour être honnête, je voulais qu'ils sortent de la maison. Je ne pensais pas que c'était sûr ici.

— Ah, oui. La raison pour laquelle nous sommes là. S'il te plaît, explique ce qui t'est arrivé et ce que tu as vu.

Kirsty se composa avant de commencer, inspirant profondément, laissant la tension dans son corps se relâcher. Quand elle commença, la joie et l'émerveillement de leur discussion précédente quittèrent son visage et furent remplacés par l'angoisse, comme si elle revivait l'expérience en la racontant.

— C'est arrivé hier soir. Pendant la tempête. Le vent soufflait en rafale, et je n'ai jamais vu autant de pluie. Je suis allée à la fenêtre pour fermer les rideaux de la chambre, j'ai regardé dehors, et c'est là que j'ai vu une silhouette debout là. Au début, je n'y ai pas prêté attention, mais quand j'ai regardé à nouveau, il était toujours debout là. Je l'ai dit à mon mari, il est venu voir, mais le temps qu'il monte les escaliers, il avait disparu.

— Bien, dit Tomek, regardant Chey, lui faisant signe de prendre une note dans son carnet. Et pouvez-vous vous rappeler à quoi il ressemblait ?

— Ce n'était pas la seule fois où je l'ai vu ! continua Kirsty. Il est réapparu environ une demi-heure plus tard.

— Ah bon ?

— Cette fois dans le jardin. Il avait sauté la clôture et se tenait juste là, observant la maison.

Tomek essaya de suspendre son incrédulité un moment et d'imaginer ce qu'elle avait vu. L'obscurité, sauf pour la faible teinte orange des lampadaires en contrebas. Des voitures, garées au bord de la route. La pluie horizontale, déformant sa vue. Des feuilles et des brindilles passant d'un côté à l'autre de la fenêtre. Et une silhouette solitaire sans visage, en silhouette contre la noirceur, parfaitement immobile, la regardant fixement.

— Es-tu sûre que c'était un homme ?

— Oui, siffla-t-elle.

— Comment peux-tu en être sûre ?

— Je sais à quoi ressemble un homme. J'en ai déjà vu.

— Personne n'en doute, répondit Tomek, sentant qu'elle devenait plus irritée à mesure que ses questions continuaient. À quel point avez-vous bien vu le visage de l'homme ?

— Je... Je... Elle hésita, ferma les yeux. Je n'ai pas bien vu son visage. Il était si loin, je...

— Pouvez-vous décrire ce qu'il portait ?

Kirsty ferma les yeux à nouveau.

— Un manteau noir. Un long manteau noir. Avec sa capuche relevée. Il avait des cordons blancs, je me souviens de ça, parce qu'ils flottaient dans le vent.

— Et sur son visage ? Une écharpe ? Son manteau fermé jusqu'au menton ? Des caractéristiques distinctives ? Peut-être que la lumière se reflétait sur une paire de lunettes ?

Les yeux toujours fermés, Kirsty secoua la tête.

— Je ne pense pas qu'il portait des lunettes. Mais je pouvais voir ses yeux. Comme des yeux de chat, brillant dans l'obscurité.

Pendant un moment, Tomek se demanda si c'était vraiment un chat qu'elle avait vu. Mais son expérience et ses connaissances limitées sur l'animal lui rappelèrent qu'il était peu probable qu'un chat rôde dans les rues de South Benfleet au milieu d'une tempête, pas quand un lit chaud et de la nourriture l'attendaient à la maison.

— Et ses chaussures ? demanda Chey. Portait-il des baskets, des chaussures ? De quelle couleur étaient-elles ?

Kirsty ferma les yeux plus fort, formant des lignes sur le côté de sa tête.

— Des baskets, répondit-elle. Sombres, je crois. Pour assortir à son manteau.

Chey prit note dans son carnet.

— Et concernant sa carrure, sa taille ? Comment le décririez-vous ?

— Il était grand. Elle gonfla ses épaules en le disant. Sa silhouette semblait remplir le manteau. Il avait l'air bien bâti, solide, comme un joueur de rugby. Et ses jambes étaient aussi massives. Il ressemblait à un videur ou quelqu'un qui surveille l'entrée. C'est comme ça que vous les appelez ici ?

Tomek confirma que c'était le cas. Puis elle ouvrit les yeux et cligna plusieurs fois pour laisser entrer la lumière. Il mit la main dans sa poche et sortit son téléphone, puis accéda à son application de notes. La nuit précédente, il avait noté la description que le groupe de touristes américains avait donnée de l'homme qui avait fui la scène de crime - leur principal suspect.

— Manteau noir, commença-t-il. Cheveux noirs... carrure moyenne à large. Diriez-vous que la description de l'homme que vous avez vu la nuit dernière correspond à celle de l'homme que vous avez trouvé sur la scène de crime ?

Les joues de Kirsty rougirent d'inquiétude.

— Je ne l'avais pas réalisé jusqu'à ce que tu le dises. Mais... je ne sais pas. Il y avait quelque chose de différent chez cette personne. Une menace, du mal. Quelque chose de légèrement dérangé. Le type au port hier, il... je ne sais pas. Il avait l'air inquiet.

— Inquiet ?

— Paniqué. Comme s'il savait que tout le monde le soupçonnerait d'avoir fait quelque chose à cette pauvre fille, alors il s'est enfui. Après tout, si vous ne pouvez pas le trouver, vous ne pouvez rien lui faire. Kirsty se frotta le côté de la joue. Et si c'était le tueur ? Et s'il revenait pour s'assurer qu'on ne dise rien ? Ou peut-être qu'il est venu pour nous tuer aussi !

Tomek leva une main pour la calmer, mais cela eut peu d'impact.

— Vous devez nous aider. Vous devez nous protéger. Et s'il revient encore ce soir ? Nous avons besoin de quelqu'un pour monter la garde. Un policier, quelqu'un. Nous avons besoin de protection.

— Nous ne sommes pas le FBI, Kirsty, dit Tomek sèchement. Nous n'avons pas des ressources illimitées pour envoyer des gens faire du babysitting. Mais nous allons examiner cela et faire tout ce que nous pouvons.

Tomek se leva du canapé et lui tendit une carte de visite.

— Sur celle-ci se trouve mon numéro de téléphone. Si tu vois quelque chose de suspect, fais-le-moi savoir. Je ne suis qu'à quelques minutes d'ici, donc je peux être là rapidement, mais d'abord, tu dois appeler la police et ils pourront envoyer quelqu'un.

Kirsty était dans un état de délire lorsqu'ils se levèrent pour partir, et ce n'est que quelques instants après qu'ils eurent quitté le salon qu'elle se rendit compte qu'ils s'en allaient. Fermant la porte derrière elle, elle courut après eux et les rappela.

— S'il vous plaît, assurez-vous qu'il ne nous arrive rien.

Si c'était possible, pensa-t-il, alors personne ne serait jamais victime d'un crime.

Une fois dehors, Tomek et Chey se dépêchèrent vers la voiture. Le vent était revenu avec une vengeance et balayait Tomek. Pendant ce temps, Chey, le plus petit et le plus mince des deux, luttait pour combattre les éléments.

— Que penses-tu de tout ça alors ? demanda-t-il en fermant la porte derrière lui, faisant taire le vent.

— Ça n'a pas de sens pour moi que notre suspect fuie la scène et revienne ensuite, dit Tomek. Ce sont des touristes. Il est extrêmement improbable qu'ils le connaissent ou aient un quelconque lien avec lui qui lui fasse sentir le besoin de venir les terroriser.

— Mais le tueur ne savait pas qu'ils sont des touristes. Il a peut-être pensé qu'ils vivaient ici et qu'il pourrait courir le risque de les croiser à l'avenir.

— Donc tu penses qu'il va les tuer aussi ? demanda Tomek.

Chey haussa les épaules.

Utile, pensa Tomek.

— Une chose qui n'a pas de sens pour moi, cependant, dit-il, fixant le tableau de bord, perdu dans ses pensées. C'est comment il a trouvé leur adresse...

— Que veux-tu dire ?

Tomek désigna la maison.

— Réfléchis, dit-il. Ces gens sont dans le pays depuis une semaine, deux. Ils ont réservé l'endroit via une entreprise privée sur une application. Il n'y a aucune trace qu'ils vivent ici autre qu'entre le propriétaire et Kirsty. Comment diable le suspect saurait-il où ils habitaient ?

CHAPITRE
DIX-SEPT

Tomek n'arrivait pas à se sortir cette pensée de la tête.

Comment, si la silhouette qui se tenait devant l'Airbnb était la même personne qui avait fui la scène du crime, savait-elle où les trouver ? Pour Tomek, deux possibilités se présentaient : soit le tueur faisait partie des forces de police et savait où obtenir cette information, soit, et c'était l'hypothèse qu'il privilégiait, après avoir fui la scène du crime, le suspect avait rôdé autour du commissariat, sachant que les témoins y seraient emmenés pour être interrogés. Puis il les avait simplement suivis jusqu'à leur refuge sur une île remplie d'inconnus.

Si le suspect avait pu faire cela, s'il avait pu suivre les Redgrave jusqu'à leur domicile, alors il était possible qu'ils ne soient pas les seules cibles.

Qu'il ait fait la même chose avec tous les autres.

Warren...

Andrei...

Peu après avoir quitté Kirsty Redgrave, Chey avait appelé Nadia et demandé l'adresse d'Andrei Pirlog. Selon Google Maps, il habitait à un peu plus de vingt minutes de là, en plein cœur de Southend-on-Sea. Un petit appartement d'une chambre situé le long de la très fréquentée London Road. Tomek l'empruntait chaque matin pour aller au travail, et il savait à quel point cette route pouvait être encombrée. Comme maintenant. Le roulement incessant des pneus, le doux ronronnement des moteurs au ralenti, le klaxon régulier d'une voiture quand un connard avait inévitablement coupé la route à quelqu'un d'autre. Ils avaient déjà attendu trois minutes que quelqu'un les laisse traverser deux voies de circulation.

L'appartement était le deuxième d'une rangée de cinq. Tous se trouvaient au-dessus de divers commerces locaux indépendants. Une poissonnerie-friterie, un marchand de journaux, une boulangerie, un salon de tatouage et un restaurant chinois à emporter. Andrei avait la malchance d'habiter au-dessus du restaurant chinois avec son odeur épaisse et écœurante d'huile végétale et de glutamate monosodique qui flottait dans l'air. Tomek eut l'impression qu'elle lui collait au fond de la gorge lorsqu'il sortit de la voiture.

— Imagine de la nourriture chinoise à volonté, dit Chey.

— De quoi tu parles ? Tes parents ont un restaurant indien. Tu as accès à de la nourriture indienne tout le temps, ou comme tu dis, *à volonté*.

Chey ferma la portière de la voiture.

— Oui, mais ce n'est pas pareil.

— En quoi ?

— Parce que c'est *chinois*. Il n'y a rien de mieux qu'un chinois.

— Ne dis pas ça devant eux. Je n'ai pas envie de devoir gérer une autre enquête pour meurtre.

Le jeune agent gloussa maladroitement.

— Je doute qu'on te laisserait t'en occuper non plus, si celle-ci est représentative.

Tomek ignora d'abord ce commentaire, se dirigea vers l'appartement d'Andrei, s'arrêta devant quelques marches, puis se tourna vers l'homme.

— Qu'est-ce que c'est censé vouloir dire ?

Baissant le ton, Chey répondit :

— Je vois ce qui se passe, tu sais. Tout le monde le voit. Entre toi et Sean. Sean et Victoria. C'est tellement évident. Mais je suis de ton côté, au fait. Même si j'apprécie le temps qu'on passe ensemble.

Comme s'ils formaient un couple.

— Depuis combien de temps es-tu au courant ?

— Depuis qu'on a commencé à faire tout le travail sans que Victoria le dise à Nick. J'ai compris que ce n'était que le début.

Tomek était impressionné. Il admettait que Victoria n'avait pas été très subtile, certes. Mais c'était politique, et il lui avait fallu beaucoup plus de temps pour remarquer ce genre de problèmes quand il avait l'âge de Chey et qu'il en était à ce stade de sa carrière (s'il les remarquait jamais). Au lieu de ça, il était trop occupé à flirter avec ses collègues, à faire le strict minimum et à s'attirer des ennuis.

— Très perspicace, répondit Tomek. Et tu dis que tous les autres l'ont aussi remarqué ?

Chey hocha la tête, les yeux écarquillés.

Tomek eut soudain l'impression qu'un coup d'État se préparait.

— Je suis impressionné.

— Est-ce que ça veut dire qu'on est meilleurs amis maintenant ? demanda Chey.

Depuis quelques mois, l'agent essayait insupportablement de se rapprocher de Tomek, de devenir plus ami avec lui en dehors du travail — et au bureau. Mais Tomek avait toujours repoussé ces avances. Il y avait une énorme différence d'âge entre eux. Presque seize ans. Et Tomek avait déjà commis cette erreur dans le passé, certes avec un membre du sexe opposé, et il n'était pas prêt à recommencer. Depuis que Sean avait presque disparu de sa vie, Tomek avait plaisanté en disant qu'un poste de meilleur ami était devenu disponible, ce qui avait donné de l'espoir au jeune homme. Chey se battait pour la pole position depuis.

— Désolé, champion, dit-il. Mais le poste est presque pourvu. À moins que tu puisses me dire la différence entre un bonsaï cerisier en fleurs et un orme de Chine ?

Chey mit la main dans sa poche.

— Pas de triche !

La défaite dansa sur son visage.

— Alors comment je vais trouver la réponse ?

— Un vrai meilleur ami ne laisserait pas ce genre de détail l'arrêter. Sois créatif. Renseigne-toi.

Chey frappa ses paumes l'une contre l'autre et s'inclina.

— Compris, sensei.

— Tu as jusqu'à la fin de la journée.

Sur ces mots, ils montèrent le petit escalier menant à l'appartement d'Andrei Pirlog. Chey arriva le premier et attendit patiemment que Tomek le rejoigne. Juste au moment où il s'apprêtait à frapper à la porte, quelque chose attira son attention. Un espace, pas plus large que quelques millimètres, mais suffisant pour que le cerveau le reconnaisse comme inhabituel.

La porte était entrouverte.

Étaient-ils arrivés trop tard ? La mystérieuse silhouette s'en était-elle déjà prise à Andrei ?

Il fit un léger signe de tête à Chey. L'agent comprit ce qu'il voulait dire et, tendant chaque muscle de son corps, Tomek poussa la porte.

L'appartement était froid, silencieux. Comme s'il avait été inhabité depuis des semaines, des mois, et que tout ce qui restait n'était que des souvenirs et les âmes de ceux qui étaient passés par là. Les poils sur la nuque de Tomek se dressèrent lorsqu'il avança dans le couloir.

Pied gauche.

Pied droit.

Gauche.

Jusqu'à ce qu'il s'arrête. Sur sa droite se trouvait une petite salle de bain. À travers l'entrebâillement de la porte, Tomek vit ce à quoi il s'était préparé. Là, allongé dans la baignoire, submergé sous l'eau, complètement habillé, son corps inerte, se trouvait l'homme que Tomek n'avait, jusqu'à présent, vu qu'en photos. Les yeux fermés, la bouche entrouverte, mort. Andrei Pirlog.

CHAPITRE
DIX-HUIT

Tomek se précipita vers la baignoire, heurta le rebord, attrapa l'arrière de la tête d'Andrei, et sortit son nez et sa bouche de l'eau.

— Andrei ! cria-t-il au visage de l'homme. Andrei ! Réveille-toi ! Tu m'entends ?

Mais l'homme ne pouvait pas l'entendre. Et au poids inerte de son corps dans les bras de Tomek, il n'entendrait plus jamais rien. Frénétiquement, Tomek posa un doigt sur le cou de l'homme, à la recherche d'un pouls. Rien.

Mais Tomek refusait d'accepter cette réponse. Calant ses orteils contre le bord de la baignoire, et avec l'aide de Chey qui avait finalement compris ce que Tomek essayait de faire, Tomek sortit Andrei de la baignoire et le traîna au sol. L'eau inonda le linoléum, trempant les chaussettes et les jambes de Tomek. Il allongea l'homme sur le dos, puis commença le massage cardiaque. Martelant la poitrine de l'homme avec la paume de ses mains, sentant sa cage thoracique s'écraser sous son poids, secouant le corps d'Andrei comme une poupée de chiffon, ses membres tremblant à chaque compression. Fixant ses yeux vides et sans vie.

Finalement, après deux minutes d'efforts acharnés pour le ranimer, Chey intervint et l'éloigna du corps.

— Il est parti, lui dit doucement Chey, en passant son bras devant la poitrine de Tomek. Cette barrière suffit à Tomek pour reprendre ses esprits et comprendre qu'il était temps d'arrêter. L'homme était parti, et ce depuis longtemps. Il n'y avait plus rien à faire.

— Nous devons appeler la police scientifique, dit Tomek en repoussant Chey, passant en mode professionnel. Ferme la porte d'entrée. Ne laisse personne ni rien d'autre entrer dans ce bâtiment. Et ne touche à rien.

Chey hocha la tête pour montrer qu'il avait compris, puis disparut. Un instant plus tard, il l'appela depuis le couloir. — Avec quoi veux-tu que je ferme la porte, Chef ? Je ne veux pas la contaminer.

— Tes vêtements. Fais-le par le haut aussi, à un endroit que personne d'autre n'aurait pu toucher.

— À vos ordres, Capitaine.

En entendant la porte se fermer, Tomek recula d'un pas et examina son environnement, jetant son premier regard attentif à l'homme devant lui. Andrei Pirlog était un bel homme, avec une chevelure longue, épaisse et noire qui aurait pu faire de l'ombre à celle de Martin. Ses yeux étaient profondément enfoncés, et il avait une dentition complète, propre et bien entretenue. Il ressemblait à quelqu'un qui prenait soin de lui, et semblait avoir des origines italiennes ou méditerranéennes ; plus que ne le suggéraient son nom et sa nationalité roumaine.

La baignoire-douche occupait la longueur d'un mur. Dans le coin, près de sa tête, se trouvait une plaquette ouverte de paracétamol, froissée contre le mur. Tomek compta cinq comprimés manquants. Sans doute avaient-ils trouvé refuge dans les intestins d'Andrei.

Avant que Tomek ne puisse examiner le reste de la pièce, Chey revint.

— La police scientifique est en route, dit-il. Arrivée prévue dans dix minutes.

Tomek n'avait pas entendu l'agent passer l'appel, mais le remercia quand même.

— Mec..., dit Chey.

— Quoi ?

— Rien.

— Non. Dis-moi.

Chey pointa le lavabo du doigt.

— Quoi ?

— Il traversait une *sacrée* merde.

Tomek le regarda sans être impressionné, souhaitant qu'il se dépêche. Plus ils passaient de temps là, plus ils contaminaient la scène de crime.

— Comment tu en arrives à cette conclusion ?

— Parce qu'on peut apprendre beaucoup sur une personne en voyant l'état de sa brosse à dents.

Tomek le regarda, abasourdi.

— Comment ?

— Eh bien, on dirait qu'il s'est acharné à se brosser les dents et les gencives pendant un moment. Il devait traverser *quelque chose*.

— *Quelque chose* comme un suicide ?

Chey haussa les épaules. — J'imagine.

Soupirant profondément, Tomek secoua la tête et se frotta le visage, relâchant un peu de la tension dans ses muscles. Puis il leva prudemment une jambe au-dessus du cadavre et sortit de la salle de bain, se dirigeant vers le salon.

— Où vas-tu ? demanda Chey. Nous ne devrions pas...

— Nous devons sécuriser les lieux, dit-il. S'assurer qu'il n'y a pas de menaces présentes.

— Des menaces ? Mais on dirait qu'il s'est suici...

Tomek leva une main, faisant taire Chey. Il ne voulait pas l'entendre. Les signaux d'alarme retentissaient dans sa tête, lui indiquant qu'il s'agissait de plus qu'un suicide. Que quelqu'un était entré dans l'appartement, y avait fait ce qu'il avait à faire, puis était reparti. Tomek ne savait pas si laisser la porte ouverte était intentionnel ou non. Mais il le découvrirait.

Laissant le cadavre derrière lui, Tomek bondit dans la pièce d'en face. La chambre d'Andrei. Ou plutôt, ce qu'il en restait. Tout ce qui restait dans la pièce était un matelas nu, une table de chevet avec seulement une lampe pour compagne, et une armoire calée dans le coin. C'était tout. Rien d'autre. Pas de décorations, pas de cadres photos, pas même un drap pour couvrir le matelas. La pièce semblait inoccupée depuis un certain temps.

Tout comme le reste de l'appartement.

Le salon avait l'essentiel – un canapé, une table à manger – mais rien de plus, rien de moins. Quant à la cuisine, elle était équipée de tous les électroménagers habituels, mais quand Tomek regarda dans le réfrigérateur et dans quelques placards, il ne trouva rien. C'était la pire publicité au monde pour un logement. À tous égards, il semblait qu'Andrei n'y avait pas passé une seule nuit, bien qu'il y ait des preuves de sa résidence : des restes de nourriture et des déchets dans la poubelle, quelques vêtements dans la machine à laver, attendant d'être nettoyés.

L'appartement entier était bizarre, déroutant pour lui. Et il ne savait pas vraiment quoi en penser.

Avant qu'il ne puisse y réfléchir davantage, il sentit une main sur son épaule. Il sursauta et pivota sur place. Chey se tenait derrière lui, l'air penaud, comme s'il venait de casser quelque chose dans le garage et venait le dire à son père.

— La police scientifique est là. Il est temps pour nous de partir.

CHAPITRE
DIX-NEUF

Ils n'étaient pas allés bien loin.

Tomek frappa à la porte et attendit, tapant du pied avec impatience sur le béton. Derrière la porte, il entendait de la musique pop qui résonnait à travers des enceintes. Il fut surpris de constater qu'il ne la reconnaissait pas ; depuis que Kasia était entrée dans sa vie, il était devenu *au fait* de tout ce qui concernait la culture pop — ou du moins prétendait l'être — et il n'avait pas honte d'admettre qu'il savait qui était le dernier petit ami de sa chanteuse préférée à tout moment, ou quand leur nouvel album sortait. Si l'équipe décidait d'organiser un quiz un soir au Last Post, leur pub habituel au coin de la rue du commissariat, il se proposerait pour la partie pop culture. Il n'y avait aucun scandale people qu'il ne connaissait pas, aucune sortie récente qu'il avait manquée. Kasia lui avait offert ce savoir de choses qui n'avaient absolument aucun impact sur sa vie quotidienne. Après tout, c'était bien d'avoir des passe-temps.

Finalement, après avoir frappé trois fois, la porte s'ouvrit enfin. Face à eux se tenait une femme d'une trentaine d'années vêtue d'un peignoir. Une serviette blanche était enroulée autour de sa tête, et une couche de maquillage recouvrait son visage.

—Bonjour, dit Tomek avec un sourire forcé.

—J'veux rien, lança-t-elle sèchement.

—C'est parfait. Parce que nous ne vendons rien.

—Ah. Vous êtes là pourquoi alors ?

—Pour votre voisin.

—Qui ça ?

—Monsieur Pirlog. Au numéro... Tomek se pencha en arrière pour vérifier l'inscription sur la porte d'Andrei. Au numéro seize.

—J'connais pas c'mec-là.

—Vous ne savez rien de lui ?

La femme mâchouilla sa lèvre inférieure et secoua la tête. —Nan. J'ai jamais entendu son nom ou vu c'type dans l'coin.

—Si vous n'avez jamais entendu parler de lui, comment savez-vous que vous ne l'avez jamais vu ? demanda Chey.

Tomek aurait préféré qu'il s'abstienne. Ils menaient une bataille perdue d'avance avec cette femme, et il était prêt à passer au voisin suivant. Bien qu'il soit à peu près certain du résultat de cette démarche également.

—Écoutez, dit-elle, dévoilant cette fois un appareil dentaire dans sa bouche. Ça fait un peu plus d'un an que j'vis ici, d'accord ? Et j'ai jamais vu personne entrer ou sortir de là. J'suis désolée, mais j'pourrai pas vous aider, peu importe c'que vous cherchez.

—Il est mort, dit Tomek abruptement.

—Putain, répondit-elle, tout aussi directement.

—En effet. Vous n'auriez pas vu ou entendu quelque chose d'étrange ces dernières vingt-quatre heures ?

Elle secoua la tête. —C'est ça qu'ça fait qu'il est mort ? J'pensais sentir un truc bizarre. Ah non, c'était juste les poubelles dehors. Peu importe. Elle leva les yeux vers les nuages gris et commença à tapoter son menton, comme si elle était plongée dans une profonde réflexion, bien que son expression vide ne trompait personne. —Pour être honnête avec vous, les gars, j'ai ma musique allumée jour et nuit. J'entends pas grand-chose à part c'que j'écoute.

—Je parie que vous êtes un délice, murmura Tomek.

Avant de laisser la femme retourner à ses tympans en souffrance, Tomek lui tendit une carte de visite en lui demandant de le contacter si quelque chose lui revenait. Puis lui et Chey continuèrent le long de la rangée d'appartements. Leur optimisme quant au fait que quelqu'un ait connu ou rencontré Andrei diminua rapidement au fur et à mesure qu'ils avançaient. À la fin de la rangée, ils n'avaient rien. Personne n'avait rencontré Andrei, personne ne l'avait même croisé. Personne n'avait entendu parler de lui. Mais il s'avérait qu'ils n'avaient pas non plus entendu parler les uns des autres, bien qu'ils vécussent à quelques centimètres les uns des autres en permanence. Aucun des habitants de cette rangée de logements en location n'avait pris le temps de parler avec ses voisins ou de se présenter ; au lieu de cela, ils s'enfermaient, confinés entre leurs quatre murs.

Vaincu et abattu, Tomek avait confié les voisins à une agente, qui avait été plus que ravie de recueillir les témoignages. —La partie la plus facile de ma journée, ça, avait-elle dit après avoir entendu la conversation de Tomek avec eux. Il était enclin à partager cet avis.

Tandis qu'il laissait les voisins entre les mains compétentes de l'agente, lui et Chey se dirigèrent vers la salle d'enquête. Il n'y avait plus rien à faire là-bas : le corps d'Andrei avait été emporté pour une autopsie ; la police scientifique était en train d'examiner les preuves ; et le responsable de la scène de crime était impatient d'en finir au plus vite.

—Je ne sais pas pour toi, mon pote, dit Tomek en démarrant la voiture. Mais je ne pense pas que tu auras le temps de découvrir la différence entre un cerisier en fleurs et un orme de Chine aujourd'hui. Je préférerais que tu concentres ton temps à découvrir qui a tué Andrei. Les bonsaïs et l'histoire du meilleur ami peuvent attendre.

CHAPITRE
VINGT

La nouvelle de la mort d'Andrei s'est répandue comme une traînée de poudre. Lorsque Tomek et Chey sont revenus dans la salle des opérations, l'information concernant le décès du témoin clé de l'enquête les avait déjà précédés. Tomek avait passé quelques secondes à tenter de l'expliquer à l'équipe avant d'être convoqué dans le bureau de Victoria. Elle referma fermement la porte derrière lui, lui faisant comprendre qu'ils allaient avoir un problème d'une sorte ou d'une autre.

— Je n'ai toujours pas reçu ce rapport, dit-elle en contournant son bureau, gardant la table comme espace de respiration entre eux.

— J'ai été occupé.

— C'est ce que je comprends. Qui a eu l'idée de détourner Chey de ses fonctions ?

Tomek fronça les sourcils. — Je crois que c'était Kirsty Redgrave quand elle a signalé que quelqu'un se tenait devant son logement.

— Kirsty Redgrave ? L'un des témoins clés ? C'était manifestement une nouvelle pour Victoria, et Tomek savourait ce moment où il avait une longueur d'avance sur elle. — Je croyais qu'ils devaient retourner aux États-Unis ?

Tomek pointa la fenêtre derrière elle. — Il y a eu du vent et de la pluie qui les ont légèrement retardés. Je ne sais pas si vous en avez entendu parler.

À ce moment-là, Victoria canalisa son Nick intérieur et poussa un profond soupir.

— Quand partent-ils ? demanda-t-elle.

— Demain. Je pense que nous devrions les faire venir, ou éventuellement les protéger d'une manière ou d'une autre.

Victoria prit un moment pour assimiler ce qu'il venait de dire. — Pourquoi ?

— Parce qu'ils pensent avoir vu quelqu'un se tenir devant leur maison pendant la tempête – dans la rue puis plus tard dans le jardin. Maintenant, ils craignent que cette personne ne revienne. Et après ce qui est arrivé à Andrei, je suis enclin à leur donner raison.

— Et vous êtes sûr que quelqu'un était là ?

— Comment pourrais-*je* en être sûr ? dit Tomek en se désignant lui-même. *Je* n'étais pas là. La seule façon dont ce serait possible serait si j'avais une machine à voyager dans le temps, ou à tout le moins si j'avais accès à une telle machine. Mais malheureusement, ce n'est pas le cas, donc je ne peux que la croire sur parole. Et selon elle, quelqu'un correspondant à la description de notre principal suspect a été vu debout devant la maison. Nous devons nous assurer qu'il ne revienne pas leur faire subir ce qu'il a fait à Andrei.

— Et qu'est-ce que ce serait ? demanda Victoria. Elle essayait de dissimuler la confusion et la consternation dans sa voix, mais Tomek voyait clair en elle. Elle n'avait absolument aucune idée de ce qui se passait, et elle avait besoin qu'il le lui explique comme si elle était une enfant.

— Je pensais que c'était évident.

— Vous pensez qu'Andrei a été tué ? Elle parlait avec surprise, comme si elle n'arrivait pas à croire que ces mots étaient sortis de sa bouche.

— J'ai des raisons de le croire, oui.

— Les rapports qui nous parviennent indiquent qu'il s'agit d'un suicide.

— Certes. Les rapports peuvent se tromper. C'est pourquoi je ne vous ai pas remis le mien d'hier.

— Est-ce un aveu d'incompétence, Sergent ?

Pas encore, non.

Comme Tomek ne répondait pas, Victoria demanda : — Pourquoi avez-vous essayé de le sauver ?

— Pardon ?

— Andrei. Pourquoi avez-vous choisi de le sauver ? Les estimations qui nous parviennent indiquent qu'il est mort depuis près de vingt-quatre heures.

Tomek secoua la tête, incrédule. — Vous me posez sérieusement cette question ?

— Oui.

Tomek soupira. — Parce que la porte d'entrée était ouverte. Après avoir entendu ce qui était arrivé à Kirsty Redgrave et sa famille, j'étais un peu sur les nerfs, et quand j'ai vu la porte, j'ai pensé que quelque chose venait peut-être de lui arriver. Pardonnez-moi d'avoir essayé de sauver la vie de quelqu'un.

— Ne faites pas ça, siffla-t-elle. Ne me faites pas passer pour la méchante dans cette histoire.

— C'est difficile quand vous remettez en question ma décision de réanimer quelqu'un.

— Vous avez peut-être contaminé la scène de crime. Vous savez très bien comment ça se passe.

— Je sais aussi qu'essayer de sauver une vie est plus important que de préserver des preuves – des preuves qui, d'après ce que j'entends, vous semblez penser inexistantes.

Victoria se détourna de lui, fixant le mur.

— Nous devrons attendre de voir ce que suggèrent les rapports d'autopsie et médico-légaux, mais en attendant, je veux que nous concentrions tous nos efforts sur la recherche du meurtrier de Morgana. Nous savons avec certitude que quelqu'un l'a tuée. Nous ne savons pas avec un quelconque degré de certitude qu'Andrei Pirlog a été assassiné, même si l'alarmisme des Américains indique qu'il pourrait l'avoir été. Et je ne suis pas prête à poursuivre des personnes qui n'existent pas.

Tomek se propulsa hors de sa chaise, quitta le bureau abasourdi et se précipita vers la cuisine, où il prit une bouteille d'eau et une barre de biscuit Rocky au caramel (l'un de ses préférés) dans le réfrigérateur. Appuyé contre le comptoir de la cuisine, il vida la bouteille d'eau. Dès qu'il eut terminé, il commença à déballer le biscuit au chocolat. Il avait faim et besoin de sucre. Son taux était bas et allait baisser encore davantage alors qu'il sentait l'adrénaline parcourir son corps. C'est alors que Sean entra dans la cuisine et Tomek prit un autre biscuit par précaution. Sean ne le remarqua pas. Il entra simplement, se dirigea droit vers le placard et prit une tasse. Ce n'est que lorsque Tomek claqua la porte que Sean le remarqua.

— Oh, ça va, mon pote ? demanda-t-il, forçant l'amabilité dans sa voix à des niveaux sans précédent.

— Ça va, répondit Tomek.

— Comment va Kasia ?

— Ouais, elle va bien.

— Et Abigail ?

— Aussi bien.

— Cool.

— Sympa.

Sean ouvrit la bouche pour parler, mais Tomek le devança. — En parlant de petites amies, tu ne pourrais pas dire un mot à la tienne, hein ?

— À propos de quoi ?

— Andrei. Son « suicide ». Elle semble penser que le gars s'est supprimé dans la baignoire.

— Je suis sûr qu'elle a ses raisons.

— Même quand elles sont fausses ?

Sean grogna.

— Quelque chose lui est arrivé et elle le sait. Elle est juste trop putain de stupide pour faire quoi que ce soit...

Levant un doigt vers lui, Sean répliqua : — Ne parle pas d'elle comme ça.

Tomek leva les mains en signe de reddition moqueuse. — Je ne dis rien qui ne soit pas vrai, mon pote.

Sean combla instantanément la distance entre eux, l'élan de sa masse corporelle imposante et de son mètre quatre-vingt-treize le propulsant presque contre Tomek. Mais il se retint et resta ferme. Ils se fixèrent longuement. Tomek observa les traits de l'homme, regardant les pupilles de ses yeux ricocher de gauche à droite. Sentant la chaleur de la respiration de Sean sur sa peau. Voyant les cicatrices d'acné sur ses joues dont il avait toujours été complexé.

Avant que l'un d'eux ne puisse dire quoi que ce soit, la porte s'ouvrit. Le DC Oscar Perez entra dans la pièce, figé sur le seuil.

— Désolé, messieurs, dit-il, timidement. J'interromps quelque chose ?

— Non, répondit Tomek. Sean vient de me dire qu'il avait besoin d'un câlin. Mais je ne suis pas très câlin. Tu pourrais t'en charger ?

Le visage d'Oscar s'illumina sous les lumières LED. Il frappa ses mains l'une contre l'autre et bondit vers Sean. — Ce serait avec plaisir. Nous avons tous besoin d'être bercés de temps en temps. Un petit câlin entre frères pour s'assurer que tout va bien.

Une seconde plus tard, Oscar était prêt à entourer Sean de ses bras, qui avait soudain l'air de quelqu'un qui retenait une envie urgente et inconfortable d'aller aux toilettes.

Alors que Tomek s'apprêtait à partir, Oscar claqua des doigts et l'attrapa par l'épaule. Le tirant en arrière, il dit : — Ah ah ah. Où penses-tu aller comme ça ?

— À mon bureau.

— Non. Pas si vite. Viens ici, allez.

Tomek n'avait apparemment pas le choix. Oscar l'attrapa par la manche et le tira vers lui. La seconde d'après, il se retrouva les bras autour de deux hommes, tous deux aux extrémités opposées du spectre de taille, touchant leur graisse, sentant leurs muscles. Tomek voulait sortir de là dès que possible, mais chaque fois qu'il tentait de se dégager, il sentait Oscar le tirer en arrière. C'était clairement aux conditions d'Oscar et ils n'étaient pas autorisés à terminer tant qu'il ne le disait pas.

Leur moment ensemble fut écourté par l'entrée de Nadia dans la pièce, une main posée sur son ventre de femme enceinte. — Vous savez, si vous espérez faire un enfant de cette façon, vous vous y prenez mal.

À ce moment-là, Tomek en avait assez et se dégagea. Pendant que

Nadia s'affairait avec le micro-ondes, Tomek recula d'un pas et lança un regard noir à Oscar.

— Ce n'était pas si difficile, n'est-ce pas, Tomek ?

— Non. Mais je suis sûr à 100 % d'avoir senti quelque chose de *dur* contre ma jambe de la part de l'un d'entre vous.

CHAPITRE
VINGT-ET-UN

Le soir même, Tomek et Abigail étaient allongés dans le lit, à moitié nus sous la couette. Il faisait deux degrés dehors, mais Tomek avait chaud et avait donc sorti une jambe de sous la couverture. Il était couché, le bras derrière la tête, les yeux fixés au plafond. Les événements de la journée l'avaient épuisé et il avait besoin de se défouler, de décompresser. Les pensées concernant Morgana, Andrei, la baignoire, et dans une certaine mesure Sean et Victoria, hantaient son esprit. Mais ce soir, quelque chose d'autre le préoccupait.

Kasia. Cette adolescente qui continuait à le déconcerter et à l'exaspérer, et qui le ferait sans doute encore pendant de nombreuses années à venir, sinon pour le reste de sa vie. Elle avait été silencieuse ces derniers jours, distante, distraite par quelque chose. Quand il l'avait interrogée sur l'école, elle avait répondu par des phrases monosyllabiques. Quand il lui avait posé des questions sur ses amis et ses cours préférés, son expression était restée impassible. Quelque chose la troublait. Et il ne savait pas quoi. Probablement les pressions sociales liées à l'adolescence : l'école, grandir, les petits amis, l'apparence, l'attention. C'était un putain de champ de mines, et il n'avait absolument aucune idée de ce qu'il fallait faire à ce sujet.

Dans le court laps de temps où ils avaient été père et fille, ils avaient déjà affronté l'alcool mineur, le vapotage et les petits amis ; le trio parfait de ses tentatives pour impressionner ses pairs. Sans parler de l'incident où elle avait failli mourir d'un choc anaphylactique, qui avait encore un effet visible sur elle. Mais il aimait à penser qu'il connaissait suffisamment sa fille pour savoir qu'il s'agissait de quelque chose d'autre, sans rapport avec cette nuit particulière. Elle avait fait preuve de résilience pour surmonter cet épisode, de détermination, et sa santé mentale s'était améliorée grâce aux séances de thérapie auxquelles ils assistaient ensemble. Mais il sentait qu'il s'agissait d'un problème complètement différent. Un problème qui n'avait pas été abordé dans un petit placard à balais avec un professionnel qualifié.

Il avait besoin d'aide. Il espérait la trouver à ses côtés. Abigail était généralement une bonne confidente, et il lui faisait confiance avec les informations qu'il lui donnait. En ce moment, elle était assise à côté de lui, sur son ordinateur portable, en train de taper un énième article.

— Je peux te demander quelque chose ?

— Combien fait pi à dix décimales ?

— Quoi ?

— Rien. Juste quelque chose à laquelle je pensais tout à l'heure.

— D'accord. Tomek fixa l'espace vide sur le lit. Non, c'est quelque chose d'un peu plus important que pi.

— Je ne suis pas encore prête pour le mariage.

Tomek se tourna vers elle, les yeux écarquillés. — C'est aussi quelque chose à laquelle tu pensais tout à l'heure ? Il était incapable de cacher l'inquiétude dans sa voix.

Elle lui tapota le ventre d'un air condescendant. — Ne t'inquiète pas pour tes petites fesses. Tu es encore loin du compte. Tu dois d'abord faire tes preuves. Mais tu as du potentiel...

— Je pourrais ne plus en avoir envie si tu continues à me tapoter comme si j'étais ton putain de chihuahua.

Ce n'était pas la direction que Tomek avait imaginée pour cette conversation. En fait, ce n'était pas la direction qu'il avait imaginée pour *n'importe laquelle* de leurs conversations, du moins pas avant quelques mois. Ils ne sortaient ensemble que depuis quelques semaines, avec le titre officiel de petit ami-petite amie depuis à peine plus d'une semaine, et elle évoquait déjà la question du mariage ? Si elle cherchait une raison de lui faire peur – ou à n'importe quel homme de quarante ans qui avait été habitué à sa propre compagnie pendant trente ans – elle s'y prenait bien.

— Vas-y, dit-elle, sentant qu'il était perturbé par le sujet de conversation. Qu'est-ce que tu voulais me demander ?

— C'est à propos de Kasia. Est-ce qu'elle t'a semblé... *déprimée* récemment ?

Abigail attacha ses cheveux en chignon, posa son ordinateur portable sur la table de nuit, puis s'allongea à côté de lui. — Déprimée comment ?

— Je ne sais pas. Plus silencieuse que d'habitude. Je pense que quelque chose se passe, mais elle ne veut pas me le dire.

— Ça pourrait être l'école ?

— Peut-être.

— Les garçons ?

— On a déjà abordé ce terrain. Je pense qu'elle a peut-être évité après ce qui s'est passé la dernière fois.

— Qu'est-ce qui s'est passé ? demanda Abigail, soudain intriguée.

— Rien de majeur. Mais si je te demandais si tu penses pouvoir combattre une vache adulte, que dirais-tu ?

— Je dirais que tu es complètement con de poser cette question pour commencer.

— Exactement. Et c'est tout ce que tu as besoin de savoir sur Billy « Le Combattant de Vaches » Turpin.

Abigail sembla comprendre ce qu'il voulait dire car elle lui fit un signe de tête et lui caressa l'épaule.

— Est-ce que ça pourrait être l'incident ? demanda-t-elle, revenant au sujet de Kasia.

— Je ne pense pas. Elle est généralement assez ouverte avec moi à propos de *ça*. En plus, les cauchemars se sont calmés depuis qu'elle a commencé à voir Isabel.

— Et les tiens ?

— Oui, ça va.

— Qu'en est-il de ses cours ? Peut-être qu'elle a du mal dans certaines matières et que ça la déprime. Quels sont ses cours préférés ?

— La technologie alimentaire et l'histoire.

— D'accord. Eh bien, on ne peut pas vraiment échouer en

technologie alimentaire, à moins d'utiliser du sel au lieu du sucre. À part ça, il est très difficile de se tromper. Quant à l'histoire, c'est déjà arrivé, il suffit de rapporter les faits, donc je ne pense pas que ce soit ça. Abigail fredonna en réfléchissant. Est-ce qu'elle pourrait être victime de harcèlement ?

— J'espère que non. Encore une fois, la dernière fois que c'est arrivé, j'ai fait en sorte que ça ne se reproduise plus.

Tomek se rappela le jour où il s'était rendu à Canvey Island, son endroit le moins préféré à visiter, et avait expliqué à la famille d'une jeune fille que faire circuler une image de lui nu dans son lit et harceler Kasia en conséquence était considéré comme de la vengeance pornographique, et que si elle continuait, il reviendrait avec un mandat d'arrêt. Cela semblait avoir fonctionné, car depuis lors, ni Tomek ni Kasia n'avaient eu de nouvelles d'elle.

À moins qu'elle ne soit harcelée pour autre chose.

— Est-ce que ça pourrait être des « trucs de filles » ? demanda-t-il à Abigail, en utilisant ses doigts pour mimer des guillemets.

— Tu n'as pas besoin de le dire comme ça, lui dit-elle. Nous sommes des vraies personnes. Nous ne sommes pas des créatures imaginaires.

Il lui donna une tape sur le bras d'un air joueur. — Tu vois ce que je veux dire. Est-ce que ça pourrait être des trucs de règles ? Ou… ?

— Peut-être. La vie d'une adolescente est remplie d'une multitude d'hormones qui te prennent la tête. Il y a tellement de choses qui se passent là-haut, même dans les moments les plus calmes, ce genre de choses n'aide pas. Ça pourrait être des « *problèmes de filles* » – dit-elle, en utilisant ses doigts comme guillemets pour se moquer de lui – mais si tu veux, je peux avoir une conversation avec elle pour voir si elle est prête à me dire quelque chose. Ce serait bien pour nous d'avoir un petit tête-à-tête, de toute façon. Nous n'avons pas vraiment eu cette chance depuis que toi et moi avons commencé à sortir ensemble. J'aimerais apprendre à la connaître.

Tomek se sentit soudain très protecteur envers sa fille. — Je pense que c'est une bonne idée, mais laisse-moi d'abord en discuter avec elle. Si elle ne me dit rien, alors tu pourras intervenir et faire ce que tu as à faire.

Un léger sourire traversa le visage d'Abigail. Bref,

discret. — J'aimerais bien, dit-elle, puis elle reprit son ordinateur portable.

— Tu ne t'arrêtes jamais ? demanda-t-il.

— Je pourrais te poser la même question. Nous sommes tous les deux des bourreaux de travail. C'est ce qui fait que ça fonctionne entre nous.

À bien des égards, elle avait raison. Ils étaient toujours trop occupés pour se voir, mais pendant le peu de temps qu'ils pouvaient partager, ils profitaient au maximum de la compagnie de l'autre. Si le travail devenait une priorité pour l'un, l'autre comprenait parfaitement et lui donnait l'espace et le temps dont il avait besoin parce qu'il savait ce que c'était. C'était un exercice d'équilibre, mais ils le faisaient fonctionner. Cependant, une partie de lui avait commencé à admettre en silence que ce n'était pas sain. Ni pour l'un ni pour l'autre. Et il se demandait combien de temps durerait encore la période de lune de miel.

— Quoi de neuf sur le meurtre du port ? demanda Abigail.

— Tu ne l'appelles pas comme ça, n'est-ce pas ?

— Non. Ce serait un bon titre pour un livre, cependant. Un peu trop évident à mon goût, mais bon. Comment ça avance ?

C'est alors que Tomek libéra l'autre partie de son cerveau qui l'avait maintenu éveillé. Andrei Pirlog. Son suicide. Son *meurtre*. Les Redgrave. L'homme devant la maison. Le suspect qui avait fui la scène du crime. Il lui raconta tout, sans se soucier du conflit d'intérêts qui aurait dû l'en empêcher. Sans surprise, Abigail écouta attentivement, récupérant son ordinateur portable d'une main tandis que toute son attention était fixée sur lui. À la fin, le sourire était revenu sur son visage.

— Je peux publier quelque chose si tu veux ?

Tomek prit un moment pour considérer la proposition. Un article détaillant l'incident et diffusant la description du principal suspect dans le domaine public serait d'une grande aide. Bien que son souci soit que la description était trop vague, trop large. Demander aux habitants de l'Essex de trouver un homme aux cheveux noirs courts et à la barbe noire, c'était comme demander à un boulanger de trouver une miche de pain dans un supermarché – il en trouverait une partout où il regarderait. Néanmoins, cela pourrait tout de même servir un objectif et potentiellement les aider à résoudre l'affaire. Par conséquent, dans son esprit, les avantages l'emportaient sur les inconvénients, et il lui donna donc le feu vert pour écrire quelque chose.

— Mais d'abord, dormir, lui dit-il, avant de l'embrasser pour lui souhaiter bonne nuit et de se tourner de l'autre côté du lit.

CHAPITRE
VINGT-DEUX

Tomek se réveilla le lendemain matin au son de son téléphone qui vibrait violemment à côté de sa tête. Les yeux mi-clos, il tendit la main vers l'appareil et fixa l'écran, la lumière crue l'aveuglant presque. Victoria appelait et, d'après les quatre appels manqués de sa part, elle essayait de le joindre depuis un moment. Tomek laissa sonner jusqu'à la messagerie, puis regarda ses notifications.

Quatre appels manqués. Six messages. Tous dans la dernière demi-heure.

Tomek, appelez-moi.

J'ai besoin que vous répondiez. C'est urgent.

Tomek ?

??

???

??????

Un nœud commença à se former dans son estomac. D'instinct, il se retourna et découvrit Abigail perchée sur le lit, son ordinateur portable sur les genoux, en train de taper.

La sensation dans son estomac se resserra.

— Tu saurais par hasard pourquoi Victoria essaie de me joindre ?

— Ça pourrait avoir un rapport avec ça.

Abigail fit pivoter l'appareil. En haut de la page s'affichait le logo du

Southend Echo, avec en dessous une superbe image du port de Mulberry prise par le photographe local Dawid Glawdzin. Le titre de l'article indiquait : *La police révèle des détails sur le suspect du meurtre du port de Southend.*

— Ouais, dit-il. C'est bien ça.

— Tu as l'air contrarié.

— Je ne m'attendais pas à ce que tu le fasses *aussi* vite. As-tu dormi au moins ?

— J'ai dormi quelques heures. Ne t'inquiète pas, ça ne m'a pas pris toute la nuit pour l'écrire.

Manifestement pas, puisque l'heure de publication sur le site était indiquée à 03 h 57. Il remarqua également qu'elle avait eu l'intelligence d'envoyer l'article à quelqu'un d'autre de l'équipe pour le publier, afin qu'ils puissent en récolter tout le crédit — et les critiques. Cela signifiait que Victoria n'aurait aucun argument lorsque viendraient inévitablement les accusations selon lesquelles il aurait divulgué l'information à la presse. Si l'article avait été publié sous le nom d'Abigail, la plus grosse erreur qu'elle aurait pu commettre, l'histoire aurait été différente.

Tomek se leva du lit, son corps épuisé. Ses jambes et son tronc étaient complètement vidés après la course d'hier. Bon sang, il était hors de forme. Il devait s'y remettre. Sérieusement, cette fois. Vraiment le faire. Pas seulement y penser et procrastiner en se disant qu'une paire de chaussures inadaptée et trop serrée était le problème. Non, il devait les enfiler, sortir de la maison et mettre la semelle sur le bitume.

Un pied devant l'autre.

Gardant cela à l'esprit, Tomek se dirigea vers la douche, se lava et se prépara pour la journée. C'était samedi, le week-end. Et pourtant, il devait travailler. Passer du temps loin de sa famille. Ce n'était pas juste, mais ça faisait partie du métier. Et avec une enquête pour meurtre aussi déroutante et ouverte que celle-ci, il ne pouvait pas se permettre de prendre du temps libre.

Sauf ce matin. Il pouvait arriver en retard au travail ce matin, décida-t-il. Pour retarder l'inévitable tempête qui s'abattrait sur lui. Victoria avait essayé de l'appeler deux fois de plus pendant qu'il était sous la douche, et il ne s'attendait pas à ce que les appels manqués s'arrêtent de sitôt. Elle devrait attendre.

Maintenant, il avait une fille qui avait besoin de son attention et de ses conseils.

Un peu après huit heures du matin, Tomek frappa à la porte de Kasia. Rien. Pas même le bruit d'un mouvement dans le lit. Soudain, il commença à craindre le pire. Qu'elle se soit enfuie, comme elle l'avait fait par le passé. Il frappa à nouveau mais entra sans attendre de réponse. Il serra fort la poignée, se préparant à crier son nom. Quand il la vit recroquevillée en boule, enveloppée sous la couette, profondément endormie, il laissa échapper un grand soupir de soulagement.

— Debout là-dedans ! cria-t-il, un peu trop fort.

Kasia s'agita, lui lança un regard noir, puis se retourna de l'autre côté du lit.

— J'ai une surprise pour toi ce matin, Kash, dit-il.

— Je n'en veux pas.

— Tu ne sais même pas ce que c'est.

— Mouais, vint le grognement sans équivoque d'une adolescente réclamant plus de sommeil.

— Allez, debout ! dit-il en se dirigeant vers la fenêtre pour ouvrir les stores. On va prendre le petit déjeuner dehors.

CHAPITRE
VINGT-TROIS

Tomek n'avait jamais vu Morgana's aussi vide. C'était comme si la nouvelle de sa mort s'était répandue et que, tout à coup, s'y rendre était devenu tabou. C'était bizarre, presque inquiétant. Tomek y était allé à différents moments de la journée – tôt le samedi matin, le dimanche après-midi, même à dix-neuf heures un mardi soir – et pourtant, chaque fois, l'endroit était aussi animé. Maintenant, il n'y avait que deux autres groupes avec eux, et l'ambiance s'était dégradée en conséquence. Tomek ne pouvait s'empêcher de penser que l'établissement était incapable de fonctionner correctement sans Morgana à la barre, menant depuis le front, générant des revenus avec son sourire séduisant et sa personnalité pétillante.

Leur serveuse ce matin s'appelait Helena. Ukrainienne, comme Morgana. Tout aussi jolie, tout aussi innocente d'apparence. Mais en ce qui concernait sa personnalité et sa capacité à interagir avec les clients, elle se trouvait à l'autre bout du spectre. La nervosité transparaissait dans sa voix lorsqu'elle s'adressait à eux et prenait leur commande de boissons. À deux reprises, elle avait demandé à Kasia de répéter sa commande de jus d'orange, et en se tournant vers la cuisine ouverte à l'arrière, elle s'était cognée contre une table et des chaises à proximité.

— J'espère que cet endroit ne va pas fermer, dit-il, son regard tombant sur la rangée de fleurs et de peluches qui avaient été déposées devant le café.

— Ouais... répondit Kasia, l'air abattu. Elle sortit son téléphone et commença à faire défiler l'écran.

— Tu sais ce que tu veux manger ?

— Des œufs.

— Bon début. Autre chose pour accompagner ?

— Du pain grillé.

— Et comment tu les veux ?

— Comment ça ?

Bon sang, c'était pénible.

— Brouillés ? Pochés ? Au plat ? Transformés en beurre puis projetés sur tous les murs ?

— Ah. D'accord. Euh... Brouillés. S'il te plaît.

Pas une seule fois elle ne leva les yeux vers lui. Pas une seule fois elle ne cilla ou ne haussa un sourcil à sa dernière option d'œufs. Elle était distraite au-delà de toute compréhension, et malgré ses efforts pour minimiser la situation et lui remonter le moral, cela ne fonctionnait pas.

— Qu'est-ce qui se passe, Kash ? demanda-t-il. Avant qu'elle ne puisse répondre, Helena revint avec leurs boissons à la main. Alors qu'elle les posait sur la table, Tomek lui adressa un sourire crispé, la remercia, puis passa leurs commandes. Des œufs brouillés pour Kasia, et le spécial double crise cardiaque pour lui. Une fois qu'Helena eut pris la commande et se fut éloignée hors de portée d'oreille, Tomek posa à nouveau la question à Kasia.

— Il ne se passe rien, répondit-elle doucement, la tête toujours plongée dans son téléphone.

— C'est l'école ? Tes cours se passent bien ?

— Les cours vont bien. L'école va bien.

— Et la technologie culinaire ? Mme Shaw n'a pas encore emporté plus de ta délicieuse nourriture chez elle, n'est-ce pas ?

— Pas depuis que j'ai utilisé du sel à la place du sucre...

Il lui fallut un moment pour que le commentaire fasse sens. Sel, sucre. Et puis il se souvint. La veille au soir. Sa conversation avec Abigail.

— Tu as entendu ça ?

— Ouais.

Tomek pensait qu'elle dormait, mais elle avait tout entendu. Il essaya de se rappeler ce qu'il avait dit d'autre. Ce qui aurait pu la vexer. Plus inquiétant encore, si elle avait entendu cette conversation alors qu'ils parlaient ouvertement et assez fort, cela signifiait peut-être qu'elle avait entendu d'autres choses provenant de leur chambre. Des choses d'adultes. Des sons que les murs épais étaient censés bloquer.

— C'est comme ça que tu parles de moi quand je ne suis pas là ? demanda-t-elle d'un ton venimeux. Tu dis ce genre de choses sur moi aux gens de ton travail ?

Oh, merde.

— Absolument pas. Pas du tout. Je pensais que tu dormais hier soir. Et je ne disais pas que tu étais *mauvaise* en technologie culinaire ou quoi que ce soit. Je pense que tu te débrouilles très bien à l'école et je suis vraiment fier de toi. Je disais juste que...

Tomek hésita en essayant de se rappeler comment il avait formulé cela. Mais il fit chou blanc.

— Tu ne sais pas comment je me débrouille à l'école, lança-t-elle. Tu ne sais pas parce que tu ne demandes jamais.

— Hé, allons, ce n'est pas...

L'arrivée de son assiette devant lui le coupa dans son élan. Il remercia Helena, puis lui lança un regard noir pour qu'elle les laisse tranquilles sans tarder. Heureusement, elle fut distraite par un autre groupe de clients qui venait d'entrer, et s'éloigna précipitamment comme un chien rencontrant de nouvelles personnes.

— Ce n'est pas juste, continua Tomek une fois qu'elle fut hors de portée. Je te demande toujours comment s'est passée ta journée à l'école. Tu réponds toujours que c'était bien.

— Ouais, et tu en restes là. Tu pourrais au moins poser quelques questions complémentaires. Peut-être demander quels cours j'ai eus, ce qui s'est passé à l'heure du déjeuner...

Tomek hocha la tête, la réalisation le frappant soudainement au visage si fort qu'il eut l'impression de venir d'être inscrit aux Championnats du monde.

— D'accord. Compris. Noté. Approuvé. Enregistré. Il inspira

profondément, retint son souffle, puis expira lentement. Je suis désolé. Je devrais montrer plus d'intérêt. C'est de ma faute. Mais tout ça est encore très nouveau pour moi, être un père.

— Tu ne peux pas utiliser cette excuse éternellement, *Papa*.

Tomek n'apprécia pas la façon dont elle avait prononcé son titre. Il y avait beaucoup d'animosité et de ressentiment derrière.

— Comme je le dis. Je suis désolé. Le travail a été prenant. Et les choses avec Abigail ont...

Tomek s'arrêta dès qu'il remarqua le changement d'expression de Kasia. Elle avait roulé des yeux, secoué la tête et commencé à jouer avec sa nourriture. Par quelques mouvements subtils, elle avait clairement exprimé son opinion sur Abigail. Assez sophistiqué pour une fille de treize ans, il devait l'admettre.

— C'est *ça* le problème ? demanda-t-il, tandis que son esprit lisait entre les lignes. C'est pour ça que tu es contrariée ces derniers jours ? Tu as l'impression que je t'ai négligée parce que j'ai passé plus de temps avec Abi ?

Kasia ne dit rien.

— Parce que si c'est ça, tu dois me le dire. Tu dois me parler de ces choses. Je ne suis pas médium. Et malgré tous mes efforts pour convaincre les gars de l'informatique d'en créer un, ils n'ont toujours pas trouvé le moyen de me permettre de lire dans tes pensées, ni dans celles de qui que ce soit d'ailleurs. Donc, je dois faire beaucoup de travail de déduction tout seul. Et je serai honnête avec toi, Kash, mon cerveau n'est pas conçu pour ça. J'aimerais qu'il le soit. Et je parie que toi aussi.

Elle grogna, ce qui signifiait oui.

— Alors peut-être que ça devra fonctionner dans les deux sens. Si quelque chose t'a contrariée ou te déprime, tu dois me le dire. Tu dois être honnête et ouverte avec moi, et je ferai de même avec toi. D'accord ?

Lentement, elle prit son couteau et sa fourchette et le regarda dans les yeux. — D'accord, dit-elle, puis elle commença à découper son petit-déjeuner.

Un léger sourire traversa le visage de Tomek. — Par curiosité, comment se sont passés tes cours hier ? Qu'est-ce qui s'est passé à l'heure du déjeuner ?

Kasia posa son couteau et sa fourchette. D'après son expression, elle appréciait qu'il ait enfin posé ces questions particulières, même si elles arrivaient avec dix-huit heures de retard. — Les cours étaient bien. En maths, on a appris les cosinus, sinus et tangentes.

— Je me souviens avoir fait ça, dit-il en mâchant un morceau de bacon. Je me souviens m'être dit à l'époque que je n'aurais jamais besoin de savoir ça à l'avenir.

— C'est ce que Hayden a dit.

— Eh bien, tu peux lui dire qu'il a tort. Je l'ai utilisé l'autre jour.

— *Vraiment* ?

Tomek ricana. — Absolument pas, dit-il. Personne dans l'histoire du système éducatif anglais n'a utilisé cette équation. Ça ne te servira à rien.

— Je ne pense pas que tu sois censé me dire ce genre de choses. Mlle Hendry ne serait pas très contente si elle t'entendait me dire de ne pas m'en soucier.

Tomek posa son couteau et sa fourchette et agita son doigt devant son visage. — Non, tu me comprends mal. Je ne dis pas de ne pas l'apprendre. Tu *dois* l'apprendre. Tu en as besoin pour réussir le GCSE. Tout ce que je dis, c'est de ne pas trop t'enthousiasmer à l'idée de l'utiliser plus tard dans ta vie. Si Mlle Hendry te demande si tu connais la différence entre cosinus, sinus et tangente, je veux que tu puisses lui dire que oui, mais que tu sais aussi que tu n'auras jamais à l'utiliser dans ta vie. Fais-moi savoir quelle sera sa réaction.

En riant, Kasia répondit qu'elle le ferait. Maintenant, l'angoisse avait disparu de son visage et avait été remplacée par un sourire que Tomek n'avait pas vu depuis des semaines. Elle était redevenue une adolescente heureuse.

Ou aussi heureuse qu'une adolescente pouvait l'être.

— Et à l'heure du déjeuner ? demanda Tomek. Vous restez tous assis sur vos téléphones, sans vous parler ?

— Beaucoup de gens font ça. J'aime juste les observer. Je trouve ça fascinant.

— Intéressant. Tu ferais peut-être une bonne détective.

— Je ne veux pas me lancer dans l'entreprise familiale, merci, dit-elle rapidement. Beaucoup trop rapidement au goût de Tomek.

— Tu as encore le temps de changer d'avis, répondit-il, plein d'espoir. Qu'est-ce que tu veux faire à la place ?

— Avoir mon propre café, dit-elle encore plus vite.

Il était impressionné. Sa fille, une entrepreneuse. Il pourrait s'en vanter auprès de ses collègues et montrer à quel point il était fier d'elle.

Bien sûr, c'était un prérequis, une évidence, une condition non négociable de son rôle de père. Mais quand même... une entrepreneuse.

Et pense aux gâteaux !

— Ça ne me dérangerait pas de goûter toutes les nouvelles douceurs et friandises que tu décideras de créer. Je m'y connais.

Kasia devint soudainement timide et reporta son attention sur sa nourriture. Il décida de ramener la conversation à son sujet initial avant de partir sur une tangente.

— Avec qui traînes-tu pendant le déjeuner ? demanda-t-il. Comment va Sophia ?

— Ouais, elle va bien, répondit Kasia, avec de l'hésitation dans la voix. Je passe beaucoup de temps avec Yasmin maintenant à l'heure du déjeuner.

— D'accord. Mais tu es toujours amie avec Sophia ?

— Oui. Bien sûr que nous le sommes. Rien ne s'est passé entre nous, si c'est ce qui t'inquiète.

C'était le cas, mais il ne voulait rien dire. Au lieu de cela, il voulait laisser la situation se dérouler naturellement et être là pour ramasser les morceaux si nécessaire.

Laisse-la faire ses propres erreurs, Tomek, se dit-il.

Pendant les cinq minutes suivantes, ils mangèrent en silence. Kasia mangeait encore lorsque Tomek eut terminé. Mais maintenant, elle avait cessé de manger et commençait à jouer avec sa nourriture, la déplaçant dans son assiette. Tomek l'observa un moment. Mais elle ne s'en rendait pas compte, ni du silence, ni de son regard insistant.

— Hé, dit-il, la surprenant. Ça va ? Tu es sûre que rien d'autre ne te tracasse ?

— J'en suis sûre, dit-elle, trop rapidement à nouveau. La réticence dans sa voix contredisait ses mots.

— Kash. De quoi venons-nous de parler ? Dis-moi.

Pendant un long moment, sa fille mena un combat intérieur, rassemblant le courage de dire ce qu'elle avait en tête. Finalement, elle le fit. — C'est quelque chose que je voulais demander depuis un moment, mais j'étais un peu gênée. C'est vraiment bête, mais...

— Rien de ce que tu dis n'est bête, et tu n'as pas à être gênée avec moi, dit-il, tendant la main vers la sienne.

— C'est juste que... à l'école, tout le monde en a un, et je trouve que ça a l'air vraiment cool, mais c'est vraiment cher, et je sais qu'on vient juste d'avoir Noël et tout, et je ne voulais pas en demander un, mais...

— Tout le monde a un quoi ?

— Un mug.

— Pardon, quoi ?

— Un mug. Un mug spécial. C'est comme une grosse gourde.

Ne dis pas ce que tu penses vraiment.

— D'accord.

— Ça garde les choses fraîches pendant très longtemps et ça garde aussi les boissons vraiment chaudes encore plus longtemps.

— Donc c'est un thermos ?

Ne le fais pas.

— Oui. Enfin, non. Pas vraiment. Celui-ci est devenu viral parce qu'il a été pris dans un incendie et c'était la seule chose qui a survécu, avec la boisson encore à l'intérieur, et elle était *encore* chaude !

— L'incendie y était peut-être pour quelque chose...

Tomek prit un moment pour comprendre ce qu'elle disait. Elle lui demandait d'acheter un mug, probablement parce que tout le monde en avait un (y compris tous ceux qui étaient quelqu'un), et si elle n'en avait pas, cela serait considéré comme un faux pas social et elle deviendrait une sorte de paria.

Pour un putain de mug.

— Combien ça coûte ?

— Cent livres, dit-elle.

D'accord, maintenant tu peux le dire.

— Putain de bordel, répondit-il. Ce mug guérit aussi le cancer ? Parce que pour ce prix-là, il devrait. Sinon, je pense que tu devrais peut-être faire de *ça* l'entreprise familiale.

Kasia ne vit pas le côté amusant de la chose. Elle baissa la tête et recommença à jouer avec sa nourriture. Sentant qu'il l'avait perdue, Tomek lui tapota la main et dit qu'il se renseignerait sur le mug, voir ce qu'il pourrait faire.

— Tu es sûre que c'est tout ce qui te préoccupe ? demanda-t-il une dernière fois.

Elle hocha la tête, mais à l'éclat terne de ses yeux, il savait que ce n'était pas le cas. Il y avait autre chose, quelque chose de plus important qu'un mug ignifuge. Mais c'était acceptable. Elle lui avait ouvert une porte. Ce n'était peut-être pas ce qu'il voulait entendre, mais elle lui avait confié un problème, et laissé les choses un peu ouvertes pour en dire plus. Et pour l'instant, il en était satisfait.

Avec un peu de chance, le reste viendrait bientôt.

CHAPITRE
VINGT-QUATRE

Avant d'entrer dans la salle des opérations, Tomek avait déjà décidé qu'il en avait assez. Il n'était pas d'humeur à se lancer dans une nouvelle dispute avec Victoria, Sean, ou qui que ce soit.

Malheureusement, eux ne partageaient pas ce sentiment.

Il était un peu plus de dix heures lorsqu'il a franchi la porte alors que Victoria était en train de diriger une réunion. Étonnamment, elle avait cessé de l'appeler et de lui envoyer des messages après son départ avec Kasia pour Morgana's, presque comme si elle avait compris qu'il avait besoin de ce moment seul avec sa fille. À moins qu'elle n'ait simplement gardé toute sa frustration pour son arrivée.

Ce qui s'est avéré être le cas. Alors qu'il se glissait dans la pièce, il tira une chaise au fond, espérant que personne ne le remarquerait. Mais son plan fut déjoué par le grincement strident du siège sur le sol.

— Le voilà, dit Victoria en s'interrompant. Putain, enfin.

— Madame.

— Pourriez-vous nous expliquer pourquoi vous n'avez répondu à aucun de mes appels ni à aucun de mes messages ?

Tomek parcourut la salle du regard. Tous les yeux étaient fixés sur lui, certains scrutateurs, tandis que d'autres (Chey et Rachel en particulier) souriaient, impatients de voir les événements se dérouler devant eux.

— On fait ça ici ? demanda-t-il.

— Oui.

— Très bien. J'étais en train de prendre le petit-déjeuner avec ma fille.

— Et vous pensez que c'est une utilisation acceptable de votre temps en plein milieu d'une enquête pour meurtre ?

— Nous étions chez Morgana's, madame. Je faisais des recherches.

C'était mince, presque au point d'être inexistant, mais c'était néanmoins des recherches.

Fidèle à sa nature, Victoria lui demanda un compte-rendu de ses découvertes.

— La serveuse remplaçante, Helena, avait l'air fatiguée. Tout comme le reste de l'établissement. C'était vide. Il n'y avait que trois groupes de clients au total. Personne ne veut y aller maintenant qu'ils savent ce qui s'est passé. Pour moi, c'était étrange. J'aurais pensé, si l'on considère le nombre de fleurs et de cartes devant la vitrine, que les gens montreraient leur soutien en entrant et en aidant l'entreprise à se maintenir à flot.

Victoria hocha lentement la tête tout en croisant les bras sur sa poitrine.

— Le service était lent en cuisine, poursuivit Tomek. Notre nourriture a mis plus de temps à arriver, ce qui m'inquiète quant à la durée pendant laquelle l'entreprise pourra survivre.

— En quoi cela nous aide-t-il à trouver le suspect du meurtre ?

Tomek réfléchit un instant, espérant que la réponse surgirait dans son esprit. Mais ce ne fut pas le cas. Il n'avait rien.

Jusqu'à ce que l'agent Martin Brown intervienne. — Le directeur adjoint n'était pas là ?

— Je ne pense pas. Rappelez-moi à quoi il ressemble.

Comme s'il travaillait secrètement pour *Blue Peter*, Chey fit apparaître une photo du directeur adjoint, Vlad Boyko, qu'il avait préparée plus tôt sur son ordinateur portable. Tomek observa la photo de l'homme et ferma les yeux, essayant de l'imaginer dans le restaurant.

— Maintenant que j'y pense, dit Tomek, je ne me souviens pas du tout l'avoir vu.

— Intéressant, répondit Victoria. Puis elle se tourna vers Nadia.

Ajoutez-le à la liste des actions, s'il vous plaît. Nous devons le surveiller. Il pourrait tenter de fuir.

Dès que Nadia commença à prendre des notes sur son bloc, Tomek baissa les épaules et se tassa dans sa chaise, espérant échapper au regard de l'inspectrice.

Cela ne fonctionna pas.

— Vous arrivez au bon moment, Tomek, dit-elle avec enthousiasme, comme si cette pensée venait de lui traverser l'esprit. Nous étions en train de discuter de la fuite.

— Une fuite ? Oh, ce n'est pas bon. Il y a une pharmacie au bout de la rue. Je crois qu'ils vendent des protections pour incontinence.

Un léger rire, presque inaudible, parcourut la salle, mais il fut réduit au silence par un regard perçant de Victoria.

— Vous savez très bien de quelle fuite je parle. Celle dans le *Southend Echo*. Celle qui a divulgué toutes les informations que nous avons sur notre principal suspect. Celle qui a annoncé la mort d'Andrei Pirlog au public. Vous ne sauriez rien à ce sujet, par hasard ?

Tomek baissa la tête. — Si, en effet.

Les yeux de Victoria s'élargirent de plaisir. — Vraiment ?

— Oui. Je sais maintenant tout ce que vous venez de me dire.

La surprise quant à son soudain « aveu » disparut rapidement de son expression.

— Ce n'est pas ce que je voulais dire. Et vous le savez très bien.

Tomek le savait. Bien sûr qu'il le savait. Il n'était pas stupide. Mais il n'allait pas admettre quoi que ce soit à moins que Victoria ait des preuves qui puissent le mettre dans l'embarras.

— Je ne sais rien à propos d'un article, dit-il.

— Rien à voir avec votre petite amie journaliste ?

Tomek secoua la tête et parla d'un ton neutre. — Non. Et je n'apprécie pas cette accusation. À moins que vous n'ayez des preuves qui suggèrent le contraire, je préférerais que vous n'insinuiez pas que j'ai brouillé les frontières entre le personnel et le professionnel.

Le silence s'installa dans le bureau. Du coin de l'œil, Tomek vit les têtes de ses collègues rebondir entre eux comme s'ils regardaient un feuilleton dramatique.

— Très bien, dit-elle. J'étais juste curieuse. Mais si je trouve des preuves qui soutiennent ma théorie, je jure devant Dieu que je vais vous faire vivre un enfer pendant les prochaines semaines.

— J'ai hâte, répondit-il en souriant.

CHAPITRE
VINGT-CINQ

Dans les heures qui ont suivi la réunion, Tomek avait été confiné à son bureau. Il avait finalement commencé à taper le rapport que Victoria lui réclamait depuis longtemps. C'était une tâche longue et laborieuse de condenser les progrès réalisés en petits morceaux d'informations faciles à digérer. Il avait d'abord commencé par ses conclusions de l'autopsie. Elle avait prouvé, sans aucun doute possible, que Morgana s'était noyée. Les ecchymoses autour de son cou indiquaient qu'elle avait été maintenue sous l'eau. Cependant, il n'y avait pratiquement aucune empreinte digitale ou trace d'ADN sur elle qui n'appartenait pas aux Redgrave, à Andrei Pirlog ou à Warren Thomas. Dans leurs tentatives pour sortir son corps du port, ils avaient contaminé toute preuve qui aurait pu les orienter vers le meurtrier.

Mis à part les ecchymoses autour de son cou et l'eau dans ses poumons, il n'y avait rien d'autre d'anormal concernant le corps de Morgana. Elle était en bonne santé. Elle ne buvait pas, ne fumait pas et ne s'adonnait pas aux délices culinaires de son propre restaurant. Néanmoins, ses vêtements et chaussures avaient été envoyés pour un examen externe. Cependant, il y avait un arriéré et il faudrait encore une ou deux semaines avant qu'ils ne reçoivent les résultats. Heureusement, tout cela constituait un rapport bref, et il l'avait terminé en une demi-heure.

En fermant le document sur son ordinateur, il observa le bureau. Il était presque vide. Juste lui, Chey et Nadia qui avaient reçu l'ordre de poursuivre leur travail au bureau. Pendant ce temps, tous les autres étaient sur le terrain, recueillant davantage de témoignages, parlant avec les employés de Morgana et ses clients. Chey avait toujours la tâche peu enviable d'essayer de trouver des images de vidéosurveillance du suspect – et de répondre aux appels du public suite à l'article en ligne d'Abigail. Depuis la publication de l'article, l'équipe avait reçu des centaines d'appels via le standard, chacun prétendant détenir des informations sur l'identité du meurtrier de Morgana. Comme c'était souvent le cas, un grand nombre d'entre eux étaient des plaisantins. Il y avait eu, cependant, un appel au standard qui avait suscité de l'intérêt. Une femme de Southend avait vu un homme émerger de l'eau le matin de la mort de Morgana, entièrement vêtu et couvert de sable, correspondant vaguement à la description du suspect. Comme Tomek et Chey l'avaient supposé, la silhouette s'était fondue dans la civilisation à quelques centaines de mètres de la jetée de Southend. Sean, ce veinard, avait été envoyé pour lui parler.

Cela convenait à Tomek. Il pensait que l'équipe perdait son temps à parler à plus de témoins clés. Son attention se portait sur Andrei Pirlog. Dans son esprit, l'homme avait bien été assassiné, même si Victoria n'était pas d'accord et avait déjà conclu que sa mort était un suicide. Ils attendaient toujours les résultats de l'autopsie et de l'ADN, mais quelque chose dans la mort de cet homme le troublait. Pourquoi se serait-il suicidé ? La vue d'un cadavre avait-elle été trop forte pour lui ? Ou avait-il été réduit au silence, tué pour ce qu'il avait vu – et qui il avait vu – ce matin-là ?

Tomek s'éloigna de son bureau et se dirigea vers la cuisine. En entrant, son téléphone émit un signal. C'était un message de Nick.

Tu es au bureau ? Je vois ta voiture. Je suis dehors.

—

Une rafale de vent arctique le frappa au visage dès qu'il ouvrit la porte du parking. Des vestiges de la tempête Alisha subsistaient, les feuilles étant éparpillées d'un bout à l'autre.

Tomek aperçut Nick un instant plus tard, assis dans sa voiture, son visage à peine visible derrière le reflet du ciel gris sur le pare-brise. Il se dirigea vers le véhicule et y monta. Le chauffage était à pleine puissance, comme s'il entrait dans un sauna.

— Je ne pense pas que tu l'aies assez poussé, dit Tomek, regrettant immédiatement d'avoir apporté son manteau.

— On ressent beaucoup plus le froid quand on atteint mon âge.

— Ça et la vessie fragile.

— D'accord. Ça suffit. Enfoiré.

Nick pointa le bâtiment du doigt.

— Comment est la vie sans moi ?

— Ça dépend à qui tu demandes. Certains diraient qu'elle est meilleure et qu'ils passent le moment de leur vie. D'autres diraient que c'est le pire qu'elle ait jamais été.

— Dans quel camp es-tu ?

— Le second.

— Aussi terrible que ça ?

Tomek expliqua alors à Nick tout ce qui s'était passé depuis sa suspension. Les images de vidéosurveillance, l'incident devant chez les Redgrave, la mort d'Andrei et la fuite dans le journal.

— Puis-je supposer que tu étais impliqué dans cette petite fête à pipi ? demanda Nick.

— Comme un gamin obèse sur un petit gâteau.

— Et elle le sait ?

— Eh bien, elle s'en doute. Elle ne *sait* rien de certain.

Nick soupira, longuement, profondément.

— Ne t'approche pas trop du feu, mon pote. Tu peux t'attirer beaucoup plus d'ennuis quand je ne suis pas là pour te défendre.

C'était le problème. Tomek ne voulait pas que Nick le défende. Plus maintenant. Il était assez grand pour prendre soin de lui-même et assumer les conséquences de ses actes – jusqu'à ce qu'elles aillent trop loin, bien sûr, puis il pourrait avoir besoin d'un coup de main. Mais à ce stade, il aimait à penser qu'il saurait où était la limite.

— Comment se passe ta retraite anticipée ? demanda Tomek.

— Ennuyeuse à mourir. Je veux dire, ne te méprends pas, j'adore pouvoir passer toute la journée avec Lucy, Maggie et Nella, mais Lucy n'a besoin d'être surveillée que jusqu'à un certain point. Elle ne fait que rester assise à regarder la télé. On doit juste s'assurer d'être disponibles quand elle a besoin de nous. Le reste du temps, c'est juste Maggie et moi dans la maison pendant que Daniela est à l'école.

— Comment ça se passe tout ça ? demanda Tomek.

— Mal. Peut-être pire. Certainement pas mieux qu'avant.

— Ça ne fait que quelques jours.

— Exactement. C'est ce qui m'inquiète. Si je m'ennuie déjà, si je redoute déjà de rentrer à la maison après moins d'une demi-semaine, qu'est-ce que ça dit de notre mariage ? Qu'est-ce que ça signifie pour notre avenir ?

Tomek n'avait pas de réponse à cette question.

— Donne-lui du temps. Tu en as parlé à Isabel ?

Nick secoua la tête et soupira à nouveau, cette fois plus profondément.

— Elle est complètement réservée. Elle a encore son retard à rattraper. C'est pourquoi je suis venu te voir. Pour me changer les idées. Me défouler avec un vieil ami.

Merde.

— Je ne sais pas combien je peux t'aider. J'ai mes propres problèmes : Kasia me cache quelque chose, et je n'arrive pas à comprendre ce que c'est.

— Tu as essayé de lui demander ?

— Oui. Évidemment. Est-ce que *tu* as essayé de parler à *ta* femme ?

Nick regarda dans le vide. Sa voix était neutre, presque vide.

— Pas beaucoup. Je sors souvent me promener pour me vider l'esprit, réfléchir à mes pensées. Bien que pendant la tempête, je ne pouvais pas faire ça, donc j'étais forcé de rester à l'intérieur. On a passé une bonne journée à ce moment-là.

— Parce que tu étais forcé et que tu n'avais nulle part où aller ?

Nick hocha la tête. Ça ne s'annonçait pas bien. Discuter de leurs problèmes personnels était une bonne chose, peut-être même thérapeutique, mais Tomek voulait changer de sujet.

— Que penses-tu de la mort d'Andrei ? demanda Tomek.

Si Nick était offensé par ce brusque changement de conversation, il n'en montra rien. Au contraire, il semblait presque soulagé. Ils étaient des mecs, après tout. Deux hommes incapables d'exprimer leurs sentiments et de confronter leurs émotions.

— Ça semble sacrément opportun qu'il se suicide le lendemain du jour où il est le témoin clé d'un meurtre, dit Nick. Et il a été assez gentil pour te laisser la porte ouverte aussi.

— As-tu déjà connu un suicide qui faisait ça ?

Nick chercha dans sa mémoire.

— J'ai eu affaire à quelques cas similaires à cet égard. Des personnes qui n'avaient personne dans leur vie. Qui espéraient être retrouvées à un moment donné. Qui facilitaient la tâche à celui qui les découvrirait. Mais ce n'est pas courant. Surtout quand c'est un témoin clé, comme je l'ai dit. Et encore plus rare quand d'autres témoins clés ont signalé une silhouette debout devant leur fenêtre.

— C'est exactement ce que je pense, mais Victoria semble penser qu'il est trop tôt pour déterminer les circonstances de sa mort. Elle veut attendre que nous obtenions l'ADN et que l'autopsie soit faite.

— Tu pourrais toujours prendre les devants. Avoir un coup d'avance. Ma théorie serait qu'il a été réduit au silence. Que celui qui a tué Morgana est revenu pour lui. La question que tu dois te poser est *comment*, et *pourquoi*, et s'il y a autre chose qui relie les deux.

Tomek ferma les yeux en considérant ce que Nick avait dit. Mais avant qu'il ne puisse s'y attarder, une silhouette attira son attention, traversant le parking, portant un manteau sombre, avec des cheveux noirs, une fine barbe noire, et une écharpe enroulée autour du cou. Des nuages de vapeur s'échappaient rapidement de sa bouche, bien qu'il ne coure pas. Soit il était sérieusement hors de forme, soit il était nerveux à propos de quelque chose ; son rythme cardiaque avait augmenté pour une raison.

— Excuse-moi, dit Tomek en saisissant la poignée de la porte.

— Où vas-tu ?

Tomek désigna l'homme du doigt.

— Quelqu'un qui ressemble beaucoup à notre principal suspect vient d'entrer dans le commissariat.

CHAPITRE
VINGT-SIX

L'homme s'appelait Mariusz Stanciu. Trente-quatre ans, roumain, avec des cheveux noirs courts et une fine barbe noire. Peu après l'avoir repéré depuis le siège passager de la voiture de Nick, Tomek avait traversé le parking en courant et avait abordé l'homme, lui proposant son aide, supposant qu'il était perdu.

L'homme avait répondu :

— Je suis venu me rendre.

Cela avait fait s'accélérer son rythme cardiaque. Le suspect potentiel qui faisait le travail à sa place. Maintenant, vingt minutes plus tard, ils se trouvaient ensemble dans une petite pièce. Sans particularité, vide, à l'exception d'une table et de deux chaises appuyées contre le mur. Dans les coins supérieurs du côté gauche de Tomek, deux caméras surveillaient et enregistraient chacun de leurs mouvements. Mariusz avait opté pour un entretien volontaire, sans assistance professionnelle, et Tomek était plus que ravi d'accepter.

— Merci d'être venu aujourd'hui, commença-t-il. Bien que je doive vous rappeler que, même s'il s'agit d'un entretien volontaire, j'ai le droit de vous arrêter. Vous avez également droit à une assistance juridique tout au long de cette procédure, bien que vous l'ayez déjà refusée. Souhaitez-vous continuer sans ?

Mariusz lui adressa un regard vide. Ses yeux étaient vitreux, comme s'il était plongé dans une réflexion profonde concernant quelque chose en Roumanie.

— Je ne souhaite pas avoir de soutien juridique présent, répondit-il avec un fort accent.

La phrase sonnait polie, presque répétée, comme s'il la tirait de sa mémoire plutôt que de parler naturellement et dans le présent.

— Très bien. Alors j'aimerais que vous commenciez, dit Tomek. Pourquoi êtes-vous venu ici aujourd'hui, Mariusz ?

— J'ai vu... j'ai vu... Il s'arrêta pour se ressaisir. Baissa les yeux vers ses doigts et commença à les entrelacer. J'ai vu à la télévision. Les informations. À propos de la femme qui est morte sur le port. J'ai vu... j'ai vu la description de celui que vous recherchiez.

— Alors pourquoi êtes-vous venu ? Parce que vous étiez effectivement là, ou parce que vous correspondez à la description de quelqu'un qui était là ?

— Parce que j'étais là et que je corresponds à la description.

— Et vous n'êtes venu que maintenant parce que vous avez réalisé que la police vous recherche ?

— Je... je... Mariusz baissa de nouveau les yeux vers ses mains et continua à jouer avec. Pardonnez-moi, mon anglais...

— Ce n'est pas grave, dit calmement Tomek. Prenez tout le temps dont vous avez besoin.

Il n'était pas prêt à tout gâcher si rapidement.

— J'étais là, dit lentement Mariusz, presque comme un robot. Mais je n'ai rien à voir avec sa mort.

Tomek hocha la tête et se détendit dans son siège. Maintenant, c'était à Mariusz de parler. À lui de se taire et d'écouter. De trouver des failles dans son histoire, des éléments qu'il pourrait exploiter et explorer ultérieurement.

— Racontez-moi tout, dit-il, puis il attrapa son pop-corn imaginaire et le plaça à côté de son stylo et de son papier.

Avant de commencer, Mariusz s'éclaircit la gorge.

— Vous voyez, oui, j'étais au port ce matin-là. Oui, j'ai trouvé le corps de la femme - comment s'appelait-elle, Morgana ? Oui, c'est ça. Mais je n'ai rien à voir avec son meurtre. Je l'ai seulement trouvée. Quand les autres personnes sont arrivées au port, j'ai paniqué, je l'ai laissée tomber au sol et puis j'ai fui. Je ne sais pas ce qui m'a pris. Je ne voulais pas qu'ils pensent que j'avais quelque chose à voir avec son meurtre. J'ai paniqué.

Mariusz s'arrêta naturellement et regarda Tomek avec expectative, attendant qu'il réponde, mais comme rien ne venait, l'homme se sentit obligé de continuer.

— Je suis allé dans la mauvaise direction. Je ne voyais pas où j'allais. Et puis la marée est montée. C'était vraiment rapide. Plus rapide que je ne l'avais prévu, et puis je me suis retrouvé près de la jetée. Vous savez, la jetée de Southend. Après ça, j'ai couru vers la rive, couvert de sable, de boue et d'eau. Ensuite, je suis rentré chez moi où je me suis lavé et j'ai nettoyé mes vêtements. Je ne savais pas quoi faire, alors je suis resté à l'intérieur pour le reste de la journée.

Nouvel arrêt naturel. Nouveau regard expectatif. Cette fois, Tomek décida de le satisfaire. Jusqu'à présent, tout ce qu'il avait entendu était cohérent. Mais cela semblait répété. Certains détails que Mariusz avait mentionnés, comme la jetée, comme le lavage du sable et de la boue de ses vêtements, semblaient fabriqués. Comme si on lui avait dit de les dire ou qu'il les avait répétés à plusieurs reprises. Tomek voulait orienter la conversation vers un sujet auquel Mariusz ne s'attendait pas.

— Que faites-vous dans la vie, Mariusz ?

— Dans la vie ? Que voulez-vous dire ?

— Quel est votre travail ? Votre métier ?

— Oh. Je vois. Je... Je suis chauffeur de camion. Je travaille pour une entreprise de transport.

Tomek sourit de la mauvaise prononciation du mot « transport » par l'homme. Cela sonnait comme « transpor ». S'il n'avait pas vécu dans le pays pendant trente-cinq ans, Tomek pensait qu'il aurait fait la même erreur.

— Puis-je avoir le nom de l'entreprise, dit-il, plus comme une affirmation que comme une question.

— Bien sûr. C'est... Une brève pause alors qu'il s'agitait sur son siège, peu sûr de lui. C'est DWG Logistics.

— Depuis combien de temps y travaillez-vous ?

— Trois mois. Je suis encore en, comment dites-vous, période d'essai ?

— Période d'essai, oui. Qu'avez-vous fait les jours suivant la découverte du corps ?

— J'ai travaillé. J'ai dû conduire partout dans le pays. Livrer des commandes à mes clients.

— Parce que vous êtes encore en période d'essai ?

— Oui. Mon travail est très important pour moi. J'ai besoin de le garder aussi longtemps que possible, vous comprenez. J'ai quelque chose d'important de prévu.

Comme le meurtre de quelqu'un d'autre ?

Tomek vit la carotte de cette déclaration se balancer devant lui et mordit.

— Quoi donc ?

— Je vais demander ma petite amie en mariage.

Tomek jeta un coup d'œil à la main droite de l'homme. En Roumanie, comme c'était le cas en Pologne et dans d'autres pays européens, l'alliance se portait à la main droite, plutôt qu'à la gauche.

— Si je ne me trompe pas, on dirait que vous êtes déjà marié ?

Mariusz regarda ses doigts, les couvrit et commença à les masser.

— Ce n'est pas une alliance. C'était un cadeau de mon grand-père avant qu'il ne décède. Je la porte ici pour me souvenir de lui.

Tomek apprécia le sentiment. Il n'avait jamais vraiment connu ses grands-parents. Sa grand-mère paternelle était décédée avant sa naissance tandis que son grand-père maternel était mort quelques mois après sa naissance. Ses frères, Michał et Dawid, avaient passé plus de temps avec leur grand-mère polonaise avant de finalement la laisser en Pologne lorsqu'ils avaient émigré au Royaume-Uni. Il ne l'avait vue qu'une poignée de fois depuis, lors de vacances, d'anniversaires et de funérailles. Quant à son grand-père britannique restant, il avait déménagé en Écosse par amour. Il était apparu que, pendant que sa grand-mère se mourait, son grand-père couchait avec une autre femme et attendait que sa femme décède avant de partir en Écosse avec sa nouvelle amante. Naturellement, cela avait provoqué beaucoup de disputes au sein de la famille, et Tomek ne l'avait ni vu ni entendu depuis. Il doutait que l'homme soit encore en vie.

— Où est votre petite amie maintenant ? demanda Tomek.

— Elle... elle est... revenue en Roumanie. Elle a dû rentrer pour des problèmes... des problèmes familiaux.

— D'accord. Et est-ce qu'elle sait ce qui s'est passé ?

Mariusz secoua innocemment la tête.

— Je ne voulais pas l'inquiéter, expliqua-t-il. N'allez-vous pas me demander pourquoi j'étais au port ?

La question de Mariusz prit Tomek par surprise.

— J'en avais l'intention, répondit-il. Allez-vous me le dire ?

— Bien sûr. Je veux aider l'enquête autant que possible. C'est important pour moi. Vous devez attraper le tueur !

Tomek garda une expression neutre en attendant que l'anxiété psychologique de l'homme prenne le dessus.

— J'ai visité le port parce que je vais y faire ma demande en mariage, comme je l'ai dit. Je voulais, comment dites-vous, *explorer* l'endroit. Je voulais faire un essai et voir à quoi ça ressemblerait pour moi et ma petite amie d'aller là-bas quand je ferai ma demande. Je devais voir si c'était boueux ou humide, et comment était la marée. Je ne m'attendais pas à y trouver un cadavre.

— Certainement pas, répondit Tomek d'un ton neutre. Pouvez-vous vous rappeler à quelle heure vous êtes arrivé sur les lieux du crime ?

Mariusz baissa les yeux vers la table comme s'il espérait y trouver la réponse. Puis il dit :

— Neuf heures trente du matin. Juste après. Je pense que je suis revenu à la plage après onze heures.

— Plus d'une heure plus tard ? C'est long pour revenir...

Les petites ampoules à l'intérieur de la tête de Tomek commençaient à clignoter.

— J'ai dû courir et éviter les flaques. De plus, je suis allé dans la mauvaise direction. Je vous l'ai déjà dit.

— Vous avez raison. Vous l'avez fait. Je vous prie de m'excuser. Avez-vous, lors de votre voyage initial vers le port ce matin-là, vu quelqu'un agir étrangement ou quelque chose d'inhabituel ? Avez-vous vu quelqu'un fuir les lieux du crime ? Avez-vous vu le meurtre avoir lieu ?

Mariusz secoua la tête. Lentement.

— Je suis désolé, dit-il, mais je n'ai rien vu. C'était juste moi. J'aimerais pouvoir être plus utile.

— Vous voulez vraiment aider l'enquête de toutes les manières possibles, n'est-ce pas ?

Mariusz se pencha en avant sur son siège, redressant légèrement son dos.

— Bien sûr. C'est important pour moi. Tout ce dont vous avez besoin.

Tomek en avait assez entendu.

— Dans ce cas, Mariusz Stanciu, je vous arrête pour suspicion du meurtre de Morgana Usyk. Vous n'êtes pas obligé de dire quoi que ce soit, mais ne pas mentionner, lorsque vous êtes interrogé, quelque chose sur lequel vous vous appuierez plus tard au tribunal pourrait nuire à votre défense. Tout ce que vous direz pourra être utilisé comme preuve.

CHAPITRE
VINGT-SEPT

Tomek n'avait pas eu d'autre choix que d'arrêter Mariusz et de le placer en cellule de détention provisoire. Il avait avoué s'être trouvé sur les lieux du crime et être la seule personne présente dans les environs au moment de la mort de Morgana. Pour les vingt-quatre prochaines heures, au minimum, Tomek et son équipe avaient le luxe de pouvoir enquêter sur son lien avec la mort de Morgana sans risque qu'il ne s'échappe ou ne détruise des preuves. Le seul problème qui subsistait, cependant, était de confirmer sa localisation, son emploi et ses déplacements après sa mort. C'était une course contre la montre, mais heureusement, Tomek pensait qu'ils avaient l'équipe pour y parvenir.

Peu après son arrestation, Mariusz avait été conduit au bureau d'enregistrement – ou comme Tomek aimait l'appeler, le bureau des arrestations – où il avait remis ses effets personnels, reçu un survêtement pour se changer, et où on avait prélevé ses empreintes digitales et des échantillons d'ADN. Tomek s'était également assuré de conserver une copie de la photo d'identité judiciaire de l'homme. De façon agaçante, Mariusz y paraissait remarquablement beau. Il n'y avait aucune trace de cette apparence délavée, aucune de ces expressions flétries et épuisées sur le visage de l'homme. Au contraire, il paraissait jeune et plein de vitalité, comme s'il savait qu'il n'avait rien à craindre.

Tomek faisait glisser la photographie entre ses doigts en attendant que la porte d'entrée s'ouvre. À côté de lui se tenait Rachel, qui avait choisi aujourd'hui de laisser ses cheveux détachés. Un instant plus tard, la porte s'ouvrit, et ils furent accueillis par le grand homme. Il était si imposant que son corps passait à peine par l'ouverture. Ce matin, il portait un short de rugby court qui était plus serré qu'un cul de canard et bombait aux mauvais endroits. Sur le haut du corps, il portait un vieux maillot de rugby déchiré et abîmé qui semblait ne plus lui aller depuis vingt ans.

—Tomek... dit Warren timidement. Et... ?

—DC Rachel Hamilton, répondit-elle.

—Vous n'avez pas l'accent du coin.

—C'est parce que je n'en suis pas. Bien que je porte ce badge particulier avec fierté. Je suis une fille du Nord de Londres.

—Qu'est-ce qui vous amène ici ? Ce n'est certainement pas les compétences de leadership de Tomek, je le sais bien. Je l'ai vu sur un terrain de rugby à l'école. Il ne savait pas distinguer sa droite de sa gauche.

Warren plaça sa main sur le haut de l'encadrement de la porte et s'appuya contre le côté, exhibant ses grands triceps et ses muscles dorsaux, les muscles du dos qui donnaient l'impression qu'il avait des ailes. La tentative évidente de flirt et l'étalage de ses plumes comme un paon étaient louables, mais futiles. À moins que Rachel n'ait eu un changement soudain et assez radical de préférences ces dernières semaines, elle était toujours gay et jouait bel et bien dans la même équipe qu'eux deux. Mais Tomek ne voulait pas le lui dire. Il prenait plaisir à regarder la voiture foncer vers l'arbre infranchissable.

—En fait, si, dit Rachel. J'avais entendu tant de choses merveilleuses à son sujet, et puis j'ai été amèrement déçue quand je l'ai finalement rencontré en personne.

—On dit qu'il ne faut jamais rencontrer ses héros, intervint Tomek.

Rachel leva les yeux au ciel, puis se tourna vers Warren, demandant s'ils pouvaient entrer. L'homme s'écarta pour les laisser passer. Alors que Tomek se faufilait devant lui, se serrant comme un renard essayant de passer par le terrier d'un blaireau, Warren dit : « Laisse-moi les blagues, mon vieux. »

—Tu as cru que c'était ma tentative de flirt ?

—Ce n'était pas ça ?

—Bien sûr que si. Désolé, tu as raison. En fait, je pense que je vais te laisser faire. Et si tu as besoin de conseils, elle adore vraiment les blagues qui descendent complètement ABBA.

—ABBA ?

Son groupe préféré.

Tomek hocha la tête, réprimant le sourire narquois qui menaçait d'apparaître sur son visage. —Elle les déteste. Ne peut pas les supporter. Elle pense que ce spectacle virtuel qu'ils ont en ce moment est le plus grand gaspillage d'argent connu de l'humanité.

Le visage de Warren s'illumina comme celui d'un alcoolique à qui on offre un verre. —Super, merci ! Je déteste ABBA aussi !

Un moment plus tard, Tomek et Warren rejoignirent Rachel dans le salon. Elle s'était déjà installée en trouvant une place sur le canapé face à la télévision. Warren proposa à boire, mais tous deux refusèrent.

—Ça a l'air sérieux, dit-il en se déplaçant vers le centre de la pièce.

—Ce matin, nous avons arrêté quelqu'un soupçonné d'avoir assassiné la femme du port, dit Rachel, directe et sans détour.

—Vous avez déjà arrêté quelqu'un ? Qui ?

—C'est pourquoi nous sommes ici, dit Tomek en glissant la main dans sa poche.

Dès que Tomek fit ce mouvement, Warren recula d'un pas, tendant la main devant lui comme s'il se défendait contre un plaquage de rugby d'un adversaire. Ses yeux étaient fous de peur.

—Moi ? Est-ce une façon tordue de me dire que vous êtes venus m'arrêter ?

Tomek et Rachel se regardèrent. Puis éclatèrent de rire.

—Je pense qu'il nous faudrait plus que deux personnes pour faire ça, dit-elle.

—Bien que si tu t'enfuis, je serais peut-être le seul à pouvoir te rattraper, ajouta Tomek.

Cela sembla apaiser les craintes de Warren. Il baissa les mains et laissa tomber ses épaules de quelques centimètres.

—Nous voulions voir si tu peux confirmer l'identité de la personne que nous avons arrêtée, si elle correspond à la description de la personne que tu as vue ce matin-là.

—Êtes-vous allés voir les Américains ?

—Nous en venons juste.

—Et ?

—Je ne vais pas te le dire. Je veux d'abord que tu jettes un coup d'œil à cette photo et que tu me dises si elle correspond à la description que tu as donnée.

Tomek plongea la main dans sa poche et sortit la photo d'identité judiciaire de Mariusz Stanciu. Il la tendit à Warren, qui la prit avec méfiance et observa le visage de loin, les yeux plissés. Puis il se rendit compte qu'il ne trompait personne et se précipita dans la cuisine pour prendre une paire de lunettes de lecture. À son retour, il examina la photographie. Il lui fallut en tout trois secondes pour arriver à une conclusion.

—Je ne peux pas en être certain, dit-il. Je n'ai pas bien vu le visage du type. La seule personne qui a eu le meilleur aperçu de lui était le gars qui était là avant nous. Vous devriez lui montrer.

—Nous adorerions, répondit Tomek en reprenant la photo d'identité des mains de Warren. Mais il est mort.

—Mort ?

—Malheureusement.

—Comment ?

—Suicide. Apparemment. Mais nous enquêtons là-dessus.

Le regard de Warren se tourna vers les fenêtres en baie. —S'il a été assassiné... est-ce que cela signifie qu'il a peut-être été tué parce qu'il a vu le visage de l'homme ?

—Si c'est le cas, alors toi et le reste du groupe de touristes n'avez rien à craindre, répondit Rachel.

—Ils ne l'ont pas vu assez clairement non plus alors ?

Rachel secoua la tête.

—Il semble que la seule personne qui puisse confirmer de manière indéniable si c'est le gars qui a fui la scène du crime soit morte.

—Je suis désolé, répondit Warren.

—Pourquoi t'excuses-tu ? demanda Tomek.

Montrant du doigt le document dans la main de Tomek, il dit : —Ça. J'aimerais pouvoir confirmer si c'était lui. Mais je n'ai tout simplement pas vu son visage. Tout ce que j'ai vu, c'est son manteau. J'étais trop occupé à aider le mari de Kirsty à l'arrière du groupe. Ce gros bâtard n'arrêtait pas de s'embourber.

—Ce n'est pas grave, répondit Rachel avec calme. Tu as déjà été d'une grande aide dans cette enquête de toute façon.

—Bien sûr. Warren claqua des doigts, comme si quelque chose venait de lui traverser l'esprit. —Hé, avez-vous envisagé que ce pourrait être un assassin obsédé par ABBA ? Parce que, si c'est le cas, il passe le temps de sa vie.

Silence. Le visage de Rachel se décomposa. Tomek pouvait à peine contenir son rire.

—Quoi ? demanda Rachel.

—Quoi ?

—Quoi ? dit Tomek, intervenant.

Soudain, le géant du rugby rétrécit à la moitié de sa taille et ressembla à un enfant qui venait d'être humilié dans la cour de récréation. —ABBA... « Dancing Queen »... Non ?

—Non. Pas vraiment.

Rachel lui lança un regard méprisant, puis se tourna vers Tomek, le foudroyant du regard. C'est à ce moment-là que Tomek perdit le contrôle et éclata de rire, plié en deux, s'accrochant au côté du canapé pour se soutenir.

—Je suis désolé. C'est moi qui le lui ai dit. Je pensais que tu apprécierais une blague sur ABBA qui ne vienne pas de moi pour une fois...

—Tu m'as piégé ? balbutia Warren. Tu m'as piégé ? Enfoiré.

—Oui, je partage ce sentiment, dit Rachel, se déplaçant vers le côté de Warren pour qu'ils se liguent tous les deux contre lui. Probablement le plus grand enfoiré que je connaisse. Sinon le plus grand du monde.

Reprenant son sang-froid, Tomek leur sourit avec suffisance, puis s'inclina avec une fausse révérence. Rachel mit rapidement fin à la visite. Tomek aurait été plus qu'heureux de rester et d'entendre d'autres blagues de qualité sur ABBA de Warren, mais selon Rachel, il n'y avait pas de temps. Leur fenêtre pour trouver des preuves contre Mariusz Stanciu se refermait rapidement.

—Tu dois encore m'emmener sur la scène du crime, dit Tomek à Warren alors qu'ils se dirigeaient vers la porte d'entrée.

—Pas après ce petit piège, certainement pas.

—Parfait. On dit demain, à la même heure que pour notre course ?

—Tu veux courir à nouveau ?

—Si ça te va ? Mon corps l'a senti le lendemain, mais une fois que je retrouverai le rythme, je suis sûr que ça ira.

Le visage de Warren rayonna à la perspective d'avoir un partenaire de course. À long terme.

—Allez, Mo Farah, dit Rachel, tapotant l'épaule de Tomek, nous devons retourner au bureau. Il y a une enquête pour meurtre à mener, tu te souviens ?

CHAPITRE
VINGT-HUIT

Tomek tira la chaise de sous la table et s'assit. À côté de lui se trouvait Chey qui, en l'espace de quelques heures, semblait s'être transformé en père de cinq enfants, tous âgés de moins de dix ans. Ses yeux s'étaient enfoncés, il avait perdu des couleurs sur ses joues, et il n'y avait plus ce sourire espiègle auquel Tomek était habitué. Il avait l'air brisé, vaincu.

— Longue journée ? demanda Tomek.

— Tu n'imagines même pas à quel putain de point.

— Tu as l'air d'avoir besoin d'Adderall.

— C'est quoi ça ?

— J'en sais rien, répondit Tomek. C'est un de ces trucs que les Américains disent quand ils voient quelqu'un qui a l'air fatigué.

— Si c'est américain, je n'en veux pas. J'ai vu les documentaires sur Netflix.

Tomek était sur le point de lui demander de développer, mais Victoria venait d'entrer dans la pièce, alors il se retint. Alors qu'elle passait devant lui, Tomek sentit l'atmosphère se refroidir.

— Bien, tout le monde, commença-t-elle, je veux que cette réunion soit courte et efficace. Je veux des mises à jour de chacun d'entre vous, et je veux confirmer si nous pouvons formellement inculper Mariusz Stanciu pour le meurtre de Morgana Usyk.

Elle claqua un dossier de documents sur le bureau avec une force inutilement brutale, puis se tourna vers le tableau blanc en tête de la salle. À côté d'elle se tenait son fidèle chien, Sean, toujours avec son collier de dressage au cou et un marqueur effaçable à sec à la main.

— Chey, commença Rachel. Voudrais-tu nous lancer ?

Tous les regards se tournèrent vers Chey.

— Je ne crois pas avoir le choix, marmonna-t-il entre ses dents. Il brassa quelques papiers pour masquer ses paroles, mais c'était toujours audible. Si Victoria l'avait entendu, elle n'en laissa rien paraître. — Par où voulez-vous que je commence ?

— Par les faits principaux.

— D'accord. Très bien. Donc, j'ai fait tout ce que j'ai pu concernant l'examen des images de vidéosurveillance de la jetée et du front de mer environnant. Maintenant que nous savons où et quand Mariusz dit être revenu sur la terre ferme, cela a aidé à réduire le champ de recherche, mais je ne trouve toujours aucune image de lui le long du front de mer. Il n'y a rien qui pointe vers cette section d'eau à ce moment de la journée. Donc, il aurait pu sortir de l'eau à ce moment précis, mais je ne peux rien en voir.

— Ou bien il mentait, remarqua Tomek.

Son commentaire fut ignoré.

— Martin ? Qu'as-tu trouvé ?

C'était maintenant au tour de DC Martin Brown de parler. Lui, en contraste complet avec Chey, avait l'air frais, comme si c'était son premier jour de travail et qu'il n'était là que depuis dix minutes. Ce qui, comparé au reste de l'équipe, était le cas ; avec Victoria, il était arrivé de Colchester quelques mois auparavant. Il s'intégrait encore dans l'équipe, mais on voyait clairement que les liens étroits avec l'inspectrice demeuraient.

Avant de parler, il repoussa une mèche de cheveux derrière son oreille. — J'ai parlé avec son employeur, DWG Logistics, et ils ont confirmé que Mariusz travaille pour eux. Ils ont envoyé son autorisation de travail, une copie de son passeport - tout. Ils ont même confirmé qu'il travaillait ces derniers jours, et ont envoyé les bordereaux de livraison pour ses trajets à travers le pays.

— Chey... commença Victoria. Peux-tu vérifier cela sur l'ANPR et la vidéosurveillance, s'il te plaît ?

— Quelqu'un d'autre ne pourrait-il pas s'en charger ? répondit-il, de sa voix la plus polie. C'est juste que je suis débordé avec les autres séquences que vous me demandez de trouver.

— Mais tu as déjà établi que tu ne peux pas le trouver. Maintenant je te demande de le chercher à une autre occasion.

Le constable baissa la tête, acquiesçant distraitement et griffonnant une note dans son carnet.

— Tomek... poursuivit Victoria, se tournant vers lui avec une pointe de dédain dans la voix.

— Oui, madame ?

— Qu'ont dit les témoins clés à propos de Mariusz ?

— Ils ne le connaissent ni d'Ève ni d'Adam, répondit-il. Ou, dans ce cas, d'Andrei.

— Quoi ? demanda brusquement Sean, prenant Tomek et tous les autres dans la pièce par surprise.

— Ils ne pouvaient pas affirmer avec certitude qu'il s'agit du même homme. La seule personne qui l'a vu de près était Andrei Pirlog.

— Et maintenant il est mort... dit doucement Victoria, comme si elle se parlait à elle-même.

— Vous pensez toujours que c'est un suicide, madame ? demanda Tomek, mais sa question fut accueillie par le silence. — Oh, et avant que nous passions à autre chose, j'ai dit aux Redgrave que vous avez autorisé une semaine supplémentaire dans leur Airbnb.

— Pourquoi diable aurais-tu fait ça ?

— Eh bien, je pensais que nous pourrions avoir besoin d'eux pour l'enquête, et ils devaient retourner en Amérique demain. Je ne pensais pas que nous pouvions nous permettre de les perdre.

— Alors, tu leur as dit qu'ils pouvaient rester une semaine de plus ?

— Tous frais payés. Nourriture, hébergement, sécurité. Ils sont très reconnaissants.

Les yeux de Victoria se rétrécirent tandis qu'elle serrait la mâchoire. — Je n'arrive pas à y croire. Qu'attends-tu de moi ?

— J'attends que vous teniez parole, madame.

— Je n'ai jamais accepté cela.

— Voulez-vous être celle qui les déçoit, ou préférez-vous que je transmette le message ?

— Je n'ai plus le putain de choix que d'approuver les coûts maintenant, n'est-ce pas ?

Victoria eut besoin d'un moment pour contrôler sa colère avant de poursuivre le reste de la réunion. Son visage avait gonflé, rouge de fureur. Elle se tourna vers DC Anna Kaczmarek, l'agent de liaison familiale.

— Peux-tu t'occuper de ça s'il te plaît ? Donne-leur un budget. Je ne veux pas qu'ils vivent comme s'ils étaient dans le couloir de la mort.

Anna confirma qu'elle s'en chargerait. Puis Victoria s'adressa à DC Oscar Perez. Le Capitaine, comme on l'appelait affectueusement au bureau, en raison de sa correction constante de tout ce que quiconque disait, était resté silencieux tout au long de la conversation. Ce n'était pas son genre. Il trouvait toujours quelque chose à dire. C'était un bon détective, et Tomek l'appréciait beaucoup. Il savait de quoi il parlait. Il était méticuleux, posé et efficace. Tout ce que l'équipe pouvait demander.

— J'ai épluché les réseaux sociaux de Mariusz, et il semble qu'il ne soit arrivé dans le pays que récemment. Pour autant que je puisse en juger, il est arrivé ici il y a un peu plus de trois mois. Il ne publie pas beaucoup, mais c'est suffisant pour me donner un aperçu de sa vie. Rien de plus, malheureusement. Rien n'indique qu'il était là le matin du meurtre.

— Y a-t-il quelque chose qui suggère un lien avec Morgana ?

— Pas encore. Mais je continue à chercher.

— Parfait. Et sa petite amie ? demanda Victoria. Que savons-nous d'elle ?

— Elle est plus prolifique sur les réseaux sociaux. Elle publie beaucoup de contenu. Ou plutôt, elle le faisait. Jusqu'à ce qu'ils arrivent dans le pays, elle publiait presque tous les jours. Maintenant, plus tellement.

— Peux-tu lui parler ? Découvrir si elle sait quelque chose sur les allées et venues de son petit ami.

Martin acquiesça. — J'essaierai de la contacter.

Victoria tapa dans ses mains. — Excellent. Du bon travail, équipe.

Vraiment, du bon travail. Vous faites tous un travail fantastique. Je suis fière de vous tous. Mais il reste encore beaucoup à faire. Beaucoup à accomplir dans les dix-neuf prochaines heures. On attend de vous tous beaucoup de travail acharné, concentration et dévouement. Et je veux être en mesure d'inculper Mariusz Stanciu pour le meurtre de Morgana avant la fin du compte à rebours.

Tomek trouvait que le discours de ralliement de Victoria tenait plus de Boris Johnson que de Winston Churchill. Prétentieux, terne et sans inspiration. C'était peut-être simplement sa façon d'être. Ou peut-être était-ce son dédain rapidement croissant envers elle.

Alors qu'il se glissait hors de la porte, parmi les derniers à partir, il sentit une main sur son dos.

Sean.

— Est-ce que tu... il fit une pause. Est-ce que ça te dérangerait qu'on discute ?

— D'accord... répondit Tomek, s'attardant sur le seuil. Ça a l'air inquiétant.

Sean fit signe à Tomek de s'écarter, puis ferma la porte derrière lui comme s'il était dans un film d'espionnage.

— Tu n'es pas mourant, j'espère ? demanda Tomek.

— Non. Enfin, nous le sommes tous. Juste à des rythmes différents.

— Brillant.

— Mais non, je ne suis pas mourant. Pas de sitôt en tout cas. C'est juste que... Sean mit ses mains dans ses poches et regarda le sol. Tomek eut l'impression qu'il allait être invité au bal de promo. — Certaines choses se sont produites à la maison.

— Ah ?

— Ouais. Rien de grave. J'ai raté... j'ai raté quelques paiements de loyer et maintenant le propriétaire me met dehors. En plus, il cherche aussi à vendre l'endroit, ce qui n'aide pas.

— Payer le loyer à temps aiderait probablement, fit remarquer Tomek. Telle était leur relation - ou plutôt, ce qui avait été autrefois leur amitié - qu'ils pouvaient se parler si franchement l'un à l'autre, sans avoir besoin de flatter, de dorloter. Tout ce qu'ils se disaient mutuellement n'était pas sérieux - même les parties sérieuses. Comme ça devrait être. — Que s'est-il passé ?

— Je me suis juste retrouvé dans des problèmes financiers, répondit Sean.

— Tu n'as pas acheté un distributeur automatique, quand même ?

Tomek faisait référence à leur ami commun, le propriétaire d'un pub qu'ils fréquentaient autrefois, qui avait été victime d'une entreprise commerciale potentiellement lucrative impliquant un distributeur automatique à l'intérieur du pub, des stocks qui étaient censés se renouveler d'eux-mêmes (et se vendre en premier lieu), et un revenu passif qui ne s'arrêtait jamais. Depuis la dernière fois que Tomek lui avait parlé, seul le premier point s'était concrétisé - à un coût initial élevé.

Un sourire narquois traversa le visage de Sean. Le premier que Tomek avait vu depuis longtemps.

— Non, répondit-il, je ne suis pas si stupide.

— C'est moi qui en jugerai, selon la façon dont tu as perdu ton argent.

— Je l'ai juste perdu. Trop de dépenses. Trop de sorties. Trop d'achats inutiles.

— Comme quoi ?

Tomek ne réalisait pas qu'il interrogeait son ami, mais Sean ne faisait rien pour l'arrêter.

— J'ai acheté un ordinateur que je n'utilise pas. De nouveaux écouteurs. Une nouvelle montre. Une nouvelle voiture.

Une nouvelle voiture ? Maintenant Tomek se sentait vraiment en dehors de la boucle. C'était le genre de chose qu'ils auraient partagée l'un avec l'autre. Bien que Tomek s'intéressait très peu aux moyens de transport, il aurait quand même demandé à faire un tour avec lui. Dans les limites de la loi, bien sûr.

— Qu'est-ce que tu as pris ?

— Une Tesla. Toute neuve.

— Ça fait combien de temps que tu l'as ?

— Environ six semaines. Un cadeau de Noël anticipé.

— À crédit ?

Sean baissa la tête encore plus. — Tout était à crédit.

— Donc, tu as raté un paiement.

— Il y a eu un problème avec ma banque. Ils ont merdé.

C'était toujours le cas dans des situations comme celle-ci. Toujours la faute de la banque. Ou de quelqu'un d'autre. Mais jamais de la victime, jamais de celui dont le nom figurait sur les contrats de financement.

— Maintenant, tu es mis à la porte de chez toi ?

— Ça, et le propriétaire vend.

Comment avait-il pu oublier ?

— Qu'est-ce qui t'a poussé à acheter toute cette merde ? demanda Tomek.

— Je ne sais pas ! Je pensais en avoir envie.

— Tu as eu envie de tout ça en l'espace de quelques semaines ?

Le cerveau humain, et la façon dont il avait été conditionné vers la dernière chose, la chose la plus chaude, la plus brillante, continuait à le déconcerter. En grandissant, lui et ses frères n'avaient jamais eu l'argent pour acheter ce qu'ils voulaient. Au lieu de cela, ils étaient toujours obligés de faire du lèche-vitrine, d'espérer, de souhaiter qu'un jour les choses puissent changer. Et même quand cela avait commencé à changer pour eux en tant que famille, quand ses parents avaient créé leurs entreprises respectives au Royaume-Uni, ils avaient toujours gardé l'argent serré, ils l'avaient gardé loin d'eux. Uniquement les essentiels. Ils ne savaient pas quelles turbulences se profilaient à l'horizon, et ils étaient donc prudents. Ils étaient intelligents, conservateurs, et cela l'avait aidé à apprécier ce que c'était que de n'avoir rien.

Fait intéressant, la même chose s'appliquait aussi à Sean. Enfant, Sean avait également su ce que c'était que de n'avoir rien, surtout quand son père était décédé, et il avait donc été obligé de devenir entrepreneurial à l'école, en vendant des bonbons et des snacks avec une belle marge. Il avait ensuite utilisé les profits pour l'essentiel. Nourriture. Eau. Chauffage. Loyer. Comme les parents de Tomek, Sean avait été sensé. Mais maintenant quelque chose avait changé. Les récepteurs de dopamine de son cerveau étaient devenus confus. Et Tomek pensait savoir pourquoi.

Victoria. Soit il le faisait pour l'impressionner, soit elle était la force motrice derrière tout ça.

— Elle est au courant ?

Sean secoua la tête. — Et j'aimerais que ça reste comme ça. C'est embarrassant.

— Embarrassant pour qui ? Toi ou elle ?

Sean ouvrit la bouche mais ne put répondre à la question.

— As-tu parlé aux ressources humaines ? demanda Tomek. Ils ont probablement besoin de le savoir, pour qu'il n'y ait pas de mauvaises surprises plus tard. On ne veut pas te retrouver mort dans un fossé parce que tu ne pouvais pas rembourser un usurier.

— Non, non. Juste les agents de recouvrement à la place.

— Brillant.

Un moment de silence passa entre eux. Sean massait son visage alors qu'il luttait pour trouver les mots. Le son de sa peau frottant contre sa barbe naissante était assourdissant dans la pièce presque silencieuse. Trente secondes s'écoulèrent avant qu'il ne dise enfin ce qu'il devait dire.

— Je me demandais si je pouvais rester chez toi pour quelques nuits, peut-être quelques semaines ? J'aurais seulement besoin d'un canapé-

— Tant mieux, parce que c'est tout ce que tu auras.

— Et je peux payer ma propre nourriture et tout. Je ne prendrais pas trop de place.

Tomek l'examina de la tête aux pieds. — Tu as vu ta taille, non ? Tu auras de la chance si la moitié de toi tient sur le canapé. Laisse-moi voir. Je vais devoir vérifier avec Kasia, voir si elle est d'accord.

— Bien sûr.

— Et Abigail.

— Abigail ? Il y avait de la douleur dans sa voix, comme s'il se sentait relégué au second plan. — Pourquoi as-tu besoin de lui demander ?

— Elle reste souvent chez moi. Elle pourrait trouver ça gênant.

— Tu ne la connais que depuis deux secondes.

Tomek fit un pas en arrière, leva une main vers Sean. — Tu veux ce canapé ou pas ?

CHAPITRE
VINGT-NEUF

L'odeur de bacon et d'huile végétale était la même, familière, mais simultanément différente, étrangère. Comme se glisser dans un lit de la même marque et du même modèle, pour découvrir que ce n'était pas le vôtre.

Comme Boucle d'Or s'introduisant par effraction dans la maison des Trois Ours, quelque chose clochait au café d'Iliana. L'ambiance était étrange. Il y avait moins de clients, et les espaces entre les tables étaient trop étroits, ce qui signifiait qu'on était presque les uns sur les autres, entendant tout ce qui se disait autour. Pour couronner le tout, le café avait un goût exécrable.

Tandis que Victoria et l'équipe concentraient tous leurs efforts pour trouver des preuves accusant Mariusz Stanciu du meurtre de Morgana Usyk, Tomek avait d'autres idées. Pour commencer, il ne pensait pas que l'homme ait eu quoi que ce soit à voir avec son meurtre (il l'avait arrêté uniquement pour déclencher le délai de garde à vue et s'assurer qu'il ne prenne pas la fuite). Il y avait des trous dans l'histoire de Mariusz, sans compter le fait que Chey ne pouvait pas confirmer ses allées et venues et qu'aucun des témoins clés ne pouvait l'identifier formellement. Même si Andrei était encore en vie, Tomek était presque certain que le témoin principal ne l'aurait pas reconnu.

Au lieu de cela, Tomek soupçonnait qu'il y avait autre chose en jeu. Que quelqu'un avait manipulé Mariusz. Ses réponses et son monologue semblaient trop soignés, trop répétés. Et le petit trou dans son récit où il avait dit avoir laissé tomber Morgana sur le sol, alors que les témoignages affirmaient qu'il l'avait laissée tomber dans l'eau. Sans parler de son empressement à faire plaisir et à aider leur enquête, ce qui suggérait à Tomek que c'était quelque chose que quelqu'un lui avait dit de faire. Pourquoi, et qui, il ne le savait pas. Mais il avait l'intention de le découvrir.

Et donc, il était venu au café d'Iliana le long du front de mer de Southend, au milieu d'une petite promenade de boutiques donnant sur l'eau, à quelques kilomètres de son établissement jumeau, celui de Morgana, à Hadleigh. Le restaurant appartenait à son mari, Anton Usyk, un homme que Tomek était impatient de rencontrer pour la deuxième fois. Très peu de progrès avaient été réalisés concernant cet homme, et pour autant que Tomek le sache, c'était nécessaire. Le premier endroit où ils cherchaient généralement dans une enquête comme celle-ci était le parent le plus proche de la victime, en particulier le mari. Et jusqu'à présent, Victoria l'avait laissé filer.

Tomek était impatient de faire la connaissance de l'homme. Et il constatait souvent qu'un cadre familier donnait les meilleurs résultats.

— Bon... après-midi, dit la serveuse. Puis-je... vous... servir quelque chose ?

Son comportement était complètement décalé. Discordant, agité. Il n'y avait aucune confiance dans son expression, ni dans son sourire. Au moins Helena, la serveuse chez Morgana, avait l'air heureuse d'être là. Celle-ci, dont le badge sur sa poitrine indiquait Gina, était malheureuse. Cependant, quand elle répéta la question, Tomek décida de lui accorder le bénéfice du doute. Elle était polonaise, et son anglais était loin d'être parfait. Alors, pour la mettre à l'aise, il lui parla dans leur langue maternelle.

— *Dzień dobry*, dit-il. Bon après-midi.

— Vous parlez polonais ?

— Je *suis* polonais, alors j'espère bien.

Cela lui arracha un rire. Mais il ne dura pas longtemps. Dès que le son avait jailli de sa bouche, elle tourna brusquement la tête vers l'arrière du restaurant.

Le café d'Iliana avait presque exactement la même disposition que celui de Morgana, avec des box sur les côtés de la salle, la caisse enregistreuse tout à droite, et la cuisine ouverte au fond avec les cuisiniers visibles au-dessus d'un comptoir métallique. Curieux, Tomek pivota sur son siège, espérant apercevoir ce qu'elle regardait, mais elle le distraya.

— De quelle région de Pologne venez-vous ? demanda-t-elle.

— Katowice. Et vous ?

Nouveau regard vers la cuisine. — Gdańsk.

— Sympa. Je n'y suis jamais allé. Depuis combien de temps vivez-vous ici ?

— Trois mois.

— Bien. Comment trouvez-vous ça ?

Gina hésita, se tourna vers la cuisine, puis haussa les épaules. — C'est correct... Cette fois, elle parla en anglais.

— Qu'est-ce qui vous a fait quitter votre pays ? demanda-t-il.

Mais avant qu'elle ne puisse répondre, une silhouette s'approcha d'elle, posant une main sur son épaule.

— Tout va bien ici ? demanda l'homme sèchement. Puis, dès qu'Anton Usyk reconnut Tomek, il dit : Ah, Détective. C'est bon de vous revoir.

Il parlait platement, dénué d'émotion. Son visage était vide, inexpressif. Difficile à déchiffrer. Tomek détestait parler aux gens de cette région du monde. Ils ne laissaient jamais rien transparaître. Ne laissaient jamais l'autre personne savoir ce qu'ils pensaient ou ressentaient. C'était comme s'ils étaient tous des espions russes face à un tribunal.

— Content de vous revoir aussi, dit Tomek.

— J'espère que vous êtes ici dans de meilleures circonstances que la dernière fois ?

— Je ne suis pas venu vous annoncer qu'un autre de vos proches est décédé, si c'est ce que vous voulez dire.

— C'est déjà une meilleure nouvelle que pas de nouvelle du tout.

Anton se tourna vers la serveuse, puis revint à Tomek. Que je suis impoli. Vous étiez en train de commander. Mes excuses. Que puis-je vous servir ?

— Un flat white fera l'affaire.

— Parfait. Quelque chose à manger ?

Tomek déclina l'offre. Anton se tourna vers Gina et lui murmura quelque chose en ukrainien. Puis elle s'éloigna rapidement vers le fond du café, où elle se mit immédiatement à s'occuper de ses tâches. Sans rien dire, Anton s'installa sur la chaise en face, ses muscles pectoraux se contractant sous le t-shirt Hugo Boss moulant. — Ça ne vous dérange pas que je vous tienne compagnie ?

— Pas à moins que vous n'avalez très bruyamment ?

Anton ricana. — Seulement quand je parle avec quelqu'un avec qui je n'ai pas envie de discuter.

Un instant plus tard, leurs boissons arrivèrent. Gina les posa sur la table avec hésitation, prudemment, renversant presque le flat white de Tomek sur la surface. Gardant son regard fermement fixé sur Tomek, Anton Usyk porta la tasse à sa bouche et but. Le bruit était inaudible.

— Je vous l'avais dit, déclara-t-il. Je n'ai pas menti à ce sujet, n'est-ce pas ?

— Non, répondit Tomek, tout en se demandant s'il y avait quelque chose sur quoi il *avait* menti.

— Comment avance l'enquête ? demanda Anton. Je n'ai rien entendu.

— Lentement. Mais nous faisons de bons progrès.

— Avez-vous procédé à des arrestations ?

— Pas encore, mentit-il. Nous y travaillons toujours. La zone dans laquelle le tueur a fui est si vaste que c'est plus difficile que prévu. Jusqu'à présent, nous avons l'idée que le tueur aurait pu émerger sur le front de mer près de la jetée. Nous examinons actuellement les caméras de surveillance et les témoignages oculaires de cette période et de cette zone. Notre équipe pense avoir capturé une image de lui sur l'une des caméras. Le plan est de potentiellement communiquer l'information au public bientôt.

Le visage d'Anton était vide, inexpressif. Ne révélant toujours rien.

Tomek avait essayé de l'inciter à laisser échapper quelque chose, mais l'homme avait un visage de joueur de poker professionnel.

— Je suis sûr que vous et votre équipe faites tout votre possible. S'il y a quoi que ce soit que je puisse faire pour aider, alors s'il vous plaît, faites-le-moi savoir.

Une sonnette d'alarme retentit dans la tête de Tomek.

— Vous pourriez effectivement m'aider, dit-il, en sortant son carnet de sa poche. Je me demandais si vous pouviez me dire ce que vous faisiez le matin du meurtre de votre femme.

Pour la première fois, la tête d'Anton tressaillit. Subtil, presque invisible à l'œil nu et non entraîné. Mais pas à celui de Tomek.

— J'ai déjà fait une déposition. Je vous ai déjà dit où j'étais.

— Le passage du temps nous permet parfois de réfléchir différemment aux situations et de les voir sous un nouveau jour, expliqua Tomek, étant volontairement philosophique et obscur. D'ailleurs, vous l'avez dit à mes *collègues*. Vous ne me l'avez pas dit à *moi*.

— Je vois... Anton sirota sa boisson. Qu'est-ce que vous souhaitez savoir ?

— Tout. Mais commençons par vous, votre histoire, l'histoire de votre femme.

— Pourriez-vous être plus précis ?

— Depuis combien de temps êtes-vous au Royaume-Uni ?

— Treize ans, répondit-il sans hésitation. Face à cette question pour lui-même, Tomek devait toujours réfléchir et calculer son âge avant de donner une réponse. Alors que, pour Anton, la réponse était venue en un claquement de doigts. Soit il connaissait l'information par cœur. Soit c'était un mensonge. Morgana et moi sommes venus quand nous avions une vingtaine d'années. Southend est notre foyer depuis.

— Et vous avez tous les deux créé des entreprises très prospères, d'après ce que je vois ?

Anton inclina légèrement la tête. — Nous avons travaillé dur pour en arriver là.

— J'en suis certain. Tomek but une gorgée de son flat white, léchant sa lèvre pour enlever la mousse. Dites-moi, continua-t-il, pourquoi avez-vous deux restaurants ?

— Parce que, comme vous le dites, nous avons du succès.

— Les deux entreprises fonctionnent-elles indépendamment l'une de l'autre, ou vous considérez-vous comme faisant partie d'une chaîne ?

— Séparément. Morgana gère l'établissement de Morgana. Je gère celui d'Iliana. Ce sont deux entreprises distinctes.

— Cela a-t-il déjà créé des frictions entre vous deux, des disputes, de la compétition, des désaccords ? Si l'un de vous réussissait tellement mieux que l'autre, je vois certainement comment ça pourrait arriver. Pour être honnête, je ne suis jamais allé que chez Morgana. Je ne savais même pas que cet endroit existait jusqu'à l'autre jour. Et je pense que c'est le cas pour beaucoup de gens.

— Je suis désolé que vous n'ayez pas fait cette découverte plus tôt.

— Pas moi. Celui de Morgana était bien meilleur.

Nouveau hochement de tête. Un moment pour qu'Anton considère sa réponse. — C'est votre opinion.

Et celle de plusieurs milliers d'autres, si les avis sur Google et Tripadvisor étaient une indication.

— Êtes-vous venu ici pour m'insulter, Détective ? Je n'aime pas être insulté. Surtout par un homme de votre profession. Soudain, le regard d'Anton se rétrécit, son front se plissa. Maintenant, il révélait beaucoup dans son expression. Une émotion en particulier : la rage.

— Je ne suis venu faire rien de tel, répondit Tomek. Je suis juste curieux, les deux d'entre vous ne vous êtes-vous jamais disputés sur la nature compétitive de votre entreprise ?

— Non. Nous sommes une équipe.

— Donc, l'état des entreprises n'est jamais venu s'interposer entre vous deux ?

— Non.

— Et le côté flirteur de Morgana ? On m'a dit qu'elle était très amicale avec beaucoup de ses clients.

— C'est pourquoi son restaurant avait plus de succès. Elle savait comment être amicale avec ses clients. Moi, j'aime être plus drôle.

Parce que vous avez été un tel tonneau de rires jusqu'à présent.

— Le sexe vend, comme on dit, ajouta Anton.

C'était vrai. Et Tomek avait honte d'admettre qu'il y était un peu tombé. Les beaux yeux, le sourire. Pris au piège. Si ce n'avait pas été l'endroit où il avait rencontré Abigail dans un cadre semi-professionnel, cela aurait été ses seules raisons d'y retourner.

— Vous devez être tous les deux très occupés, dit-il, faisant avancer la conversation.

— Oui. Je commence à sept heures du matin, et je pars après huit ou neuf heures certains soirs. Pour Morgana, c'était à peu près la même chose. Parfois, nous restions encore plus longtemps. Il y a beaucoup de choses à gérer.

— J'imagine que vous passiez très peu de temps ensemble.

— C'est le sacrifice que vous devez faire si vous voulez une entreprise prospère.

— Je peux imaginer. Vous deux, rentrant tard, fatigués de la journée. Cela a dû mettre une réelle pression sur votre mariage. Vous frustrant l'un l'autre. Les petites choses qui vous agaçaient. Mais aucun de vous ne dit rien parce que vous êtes fatigués et stressés. Puis ces petites choses commencent à vous irriter de plus en plus. Et toujours, vous ne dites rien parce que vous savez comment c'est. Jusqu'au jour où cette petite chose devient une grande chose. Et quelque chose craque.

— Non, Détective. Vous avez tort. Nous savons ce que c'est que de n'avoir rien du tout sauf l'un l'autre. Nous savons ce que c'est d'être tout en bas. Et maintenant que nous sommes au sommet, rien n'a changé entre nous. Nous sommes humbles, simples. Rien ne s'est interposé entre nous. Rien de ce que vous dites n'est vrai.

Tomek n'y croyait pas. Il y avait toujours un germe de doute dans son esprit concernant les déplacements et le comportement d'Anton. C'était un gars musclé, bien bâti, qui s'entraînait clairement. Les épaules arrondies, les biceps gonflés. Tomek jeta un coup d'œil aux mains d'Anton. Il ne l'avait pas remarqué, mais elles englobaient la tasse avec facilité. Fortes et puissantes, mais avec une touche délicate. Il lui aurait été très facile d'étrangler sa femme avec celles-ci.

— Vous n'avez toujours pas répondu à ma question, dit Tomek, en finissant sa boisson. Que faisiez-vous le matin de la mort de votre femme ?

Le coin de la bouche d'Anton se souleva.— Ce n'est pas la question que vous m'avez posée initialement. Vous m'avez demandé *où* j'étais le matin de sa mort. Mais je vais répondre aux deux en même temps. J'étais ici, travaillant, dans le bureau. Comme je l'ai dit, je commence à sept heures, et je ne quitte pas le bureau avant tard. Il y a une administration importante dont je dois m'occuper.

— Tous les matins ?

— Tous les matins.

— Sans exception ?

— Sans exception.

— Alors, qui a quitté la maison en premier ce matin-là ?

— Moi.

— Et vous ne savez pas où votre femme est allée ?

— Non.

— Et vous ne savez pas pourquoi elle était là-bas ?

— Non. Je ne sais pas pourquoi elle était là-bas.

Tomek se tourna vers Gina, puis commença à admirer le décor, observant les clients. À présent, leur nombre avait augmenté à cinq.

— Une dernière chose, dit-il, avant que j'oublie.

— Oui.

— D'où vient le nom Iliana ?

— C'est le nom de notre fille. Elle est morte pendant la grossesse de Morgana il y a dix ans. C'est la raison pour laquelle nous avons commencé ce restaurant. Iliana est venu en premier, puis celui de Morgana.

Tomek présenta ses condoléances. Anton baissa la tête. Il pouvait voir la douleur sur le visage de l'homme, une émotion pour la première fois. Et aussi un peu de honte. Peut-être était-ce parce que le restaurant portant son nom n'avait pas autant de succès. Qu'il avait en quelque sorte laissé tomber sa mémoire.

Puis l'idée que Morgana ait perdu le bébé pendant sa grossesse le rattrapa. Comme cela avait dû être horrible. Comme cela avait dû être traumatisant. Il y a trois mois, ces pensées ne lui seraient pas venues à l'esprit ; maintenant que Kasia était dans sa vie, les choses avaient changé.

Sur ce, Tomek sortit son portefeuille et posa un billet de dix livres sur la table. Anton le prit et le lui rendit. C'était offert par la maison, dit-il.

Une faveur spéciale, pour tout son dur travail. Tomek remercia l'homme, puis quitta le café.

L'équipe l'attendait peu après, mais il y avait un autre endroit qu'il voulait visiter d'abord.

Quelqu'un dont il savait avec certitude qu'il n'était pas au travail quand il était censé y être le matin de la mort de Morgana.

CHAPITRE
TRENTE

Vlad Boyko vivait dans un appartement d'une chambre au rez-de-chaussée près du cimetière de Leigh. Tomek connaissait très peu l'homme qui y habitait. Le rapport de Sean à son sujet, facilement accessible dans le PNC, était vague, et la recherche rapide qu'il avait demandée à Nadia avait fourni peu d'informations.

Tomek frappa à la porte et attendit. Au-dessus de lui, provenant de l'appartement supérieur, résonnait une musique forte aux basses profondes.

Un instant plus tard, la porte s'ouvrit, et là se tenait Vlad, vêtu d'un t-shirt blanc ordinaire plusieurs tailles trop petit et d'un pantalon de jogging gris.

Tomek avait parié que Vlad serait chez lui. Bien qu'il ignorait ce que faisait à la maison le sous-directeur d'un café dont la propriétaire et gérante avait disparu.

Il voulait le découvrir.

— DS Tomek Bowen, dit-il en agitant sa carte professionnelle devant le visage de l'homme. Puis-je entrer ?

— Quelque chose ne va pas ?

— Pas encore. J'ai juste quelques questions supplémentaires à vous poser sur le matin de la mort de Morgana. Il fait un peu froid dehors, et je détesterais que vous perdiez toute votre chaleur. Puis-je entrer ?

À contrecœur, Vlad s'écarta. Il n'avait aucun pouvoir dans cette situation, sauf s'il voulait avoir l'air suspect en refusant l'accès.

Lorsque Tomek entra, le bruit de la musique au-dessus s'intensifia. Le plafond et les murs vibraient fortement, et il sentait sa peau frémir au rythme des battements.

— Vous avez des voisins très prévenants.

— Ouais.

— Combien de temps ça dure généralement ?

— Toute la journée. Parfois toute la nuit.

— Vous devriez vous plaindre, dit Tomek.

— J'y suis habitué.

Tomek n'en doutait pas, mais c'était quand même un désagrément. Heureusement, il avait été béni avec une voisine merveilleuse sous la forme d'une retraitée de soixante-dix et quelques années qui gardait le bruit au minimum et supportait beaucoup de la part de Tomek et de Kasia, y compris ses pas lourds sur le plancher aux petites heures du matin quand il ne pouvait pas dormir.

Vlad emmena ensuite Tomek dans la cuisine, où il lui proposa du thé ou de l'eau. Tomek refusa les deux.

— Si je prends encore de la caféine, je vais sprinter le long du front de mer toute la nuit.

— D'accord, dit Vlad, à moitié intéressé tout en s'affairant avec la bouilloire pour se préparer une boisson.

— L'avez-vous déjà fait ? Courir le long du front de mer ?

— Non.

— Vous devriez. C'est fantastique. Exaltant. Vous aimez courir ?

— Non. Je ne peux pas dire que j'aime ça.

— J'ai remarqué que vous aviez une belle paire de chaussures de course Hoka près de la porte. Pardonnez-moi...

— Elles sont juste pour le confort. Beaucoup de commentaires que j'ai lus en ligne disaient qu'elles donnent l'impression de marcher sur des nuages.

— J'en lorgne une paire depuis un moment mais je ne peux pas justifier le coût. Elles sont vraiment chères.

Vlad haussa les épaules, laissant entendre que si le coût pouvait être élevé pour Tomek, ce n'était certainement pas le cas pour lui. Peu après, la bouilloire finit de chauffer et le sous-directeur prépara sa tasse de thé.

— Comment avez-vous géré la nouvelle ces derniers jours ? demanda Tomek.

— Ça a été un choc. Difficile.

— Comment se fait-il que vous ne soyez pas au restaurant ?

— C'est mon jour de congé.

— Et comment va tout le monde au restaurant ? Souffrent-ils aussi ?

— Bien sûr. Nous aimions tous Morgana. Nous n'arrivons pas à croire qu'elle n'est plus là.

À la droite de Tomek se trouvait une petite table à manger circulaire en bois. Il la désigna et demanda s'il pouvait s'y asseoir. Vlad confirma.

— Depuis combien de temps connaissez-vous Morgana ? demanda Tomek.

— Depuis que nous avions sept ans.

Intéressant.

— Et depuis combien de temps travaillez-vous avec elle ?

— Plusieurs années. Elle m'a donné ce travail quand je suis arrivé ici. Elle m'a aidé quand j'en avais le plus besoin. Je n'aurais jamais rien fait pour lui faire du mal.

— Personne ne dit que vous l'avez fait, répondit Tomek.

Des réponses comme celle-là étaient toujours plus alarmantes que la plupart. Révélatrices, en fait. Il y avait toujours un sens caché derrière elles.

— Vous dites que vous étiez amis depuis l'enfance, poursuivit-il. Avez-vous toujours été proches ?

— Oui.

— Pas de disputes ou de désaccords entre vous ?

Vlad secoua la tête et croisa les bras sur sa poitrine.

— J'imagine que vous vous faisiez confiance, n'est-ce pas ? Je veux dire, vous vous connaissez depuis l'âge de sept ans. Je parie qu'elle vous a probablement dit des choses que vous avez promis de ne partager avec personne d'autre, et que vous avez probablement partagé avec elle des choses que vous ne vouliez pas que quelqu'un d'autre découvre.

Tomek avait un pic à la main et creusait dans le mur de pierre de l'expression de Vlad. Il y avait un diamant sous son extérieur dur, Tomek pouvait le dire, et il allait l'atteindre.

— Nous nous faisions confiance, oui.

— Vous a-t-elle déjà parlé de désaccords qu'elle aurait eus avec Anton ? Des moments où il aurait pu la frapper, ou quand la violence se serait intensifiée ?

Vlad sourit en coin, laissant échapper un petit ricanement. — Vous pensez être si intelligent, dit-il. Mais vous faites complètement fausse route. Anton ne l'a jamais frappée, il n'a jamais frappé personne.

— Peut-être qu'elle ne vous faisait pas autant confiance que vous le pensez.

Un mélange d'inquiétude et de confusion traversa le visage de Vlad. — De quoi parlez-vous ? Je connais Morgana mieux que la plupart des gens. Elle est comme une sœur pour moi.

— Pas une amante ? demanda Tomek, continuant à marteler, essayant de trouver le bon angle pour fendre la pierre.

— Pardon ? Qu'insinuez-vous ?

— Vos sentiments ont-ils jamais évolué de l'amitié vers quelque chose de plus ? Êtes-vous sûr de ne l'avoir jamais vue comme plus qu'une amie ?

Tomek repensa à sa relation d'enfance avec Saskia Albright. Elle avait été la seule personne à venir vers lui dans la cour de récréation le premier jour d'école en Angleterre. Après cela, ils étaient devenus meilleurs amis. Bien que leur relation se soit distendue au fil des ans, Saskia était maintenant de retour dans sa vie et Tomek tenait à l'y garder. Si leur amitié avait été forte, Tomek s'était toujours demandé s'il y avait quelque chose de plus, quelque chose qu'ils pourraient tous deux explorer mais avaient toujours craint de compromettre leur relation. C'était une ligne difficile et fine à suivre. Une ligne dont il n'était pas sûr de vouloir connaître l'issue.

— Je... je ne sais pas ce que vous voulez dire, dit Vlad. Sauf que l'intonation de sa voix et son expression tremblante racontaient une autre histoire.

— Vous n'avez jamais, à aucun moment, voulu lui demander d'être votre petite amie ou de sortir avec vous ?

— Non...

— Vous n'avez jamais essayé et elle vous a repoussé ?

— Non...

— Je parie que ça fait mal, n'est-ce pas ? Imaginez ça, la voir tous les jours, sachant qu'elle est avec un autre homme, peut-être un homme que vous n'approuvez pas. Je parie que vous pensez qu'elle mérite mieux que lui, n'est-ce pas ? Souhaiteriez-vous être celui qu'elle a épousé ?

— Je ne comprends pas de quoi vous parlez...

— Que s'est-il passé avant sa mort ? demanda Tomek. Lui avez-vous demandé de quitter son mari ? Lui avez-vous promis qu'elle serait plus heureuse avec vous, que vous pourriez vivre tous les deux au restaurant ? Mais ensuite elle a dit non...

— Vous vous trompez, répliqua sèchement Vlad.

— Et vous n'avez pas aimé ça, n'est-ce pas ? Vous avez donc voulu vous assurer que, si vous ne pouviez pas l'avoir, alors personne ne le pourrait.

— Assez ! La voix de Vlad résonna dans tout l'appartement du rez-de-chaussée, noyant le son de la musique au-dessus. Il frappa du poing sur sa jambe, son corps tendu, sa poitrine se soulevant et s'abaissant profondément.

Tomek sourit intérieurement. Il venait de trouver le diamant qu'il cherchait.

— Pourquoi étiez-vous en retard au travail le matin du meurtre de Morgana, Vlad ?

— Parce que j'ai trop dormi, siffla l'homme entre ses dents serrées. Je vous l'ai déjà dit.

— Pas à moi. Pouvez-vous vous rappeler exactement quand vous vous êtes réveillé ?

— C'était après onze heures.

— C'est une sacrée grasse matinée. À quelle heure vous réveillez-vous habituellement pour le travail ?

— Six heures.

— À quelle heure êtes-vous censé commencer ?

— Huit heures.

— Est-ce que cela vous est déjà arrivé avant ?

— Non.

— Mais vous n'êtes pas arrivé au restaurant avant l'heure du déjeuner.

— Qu'est-ce qui vous a pris tant de temps ?

— Je mets du temps à me préparer.

Deux heures. C'était long.

— Que faisiez-vous la nuit précédente ?

— Pourquoi ?

— Je veux juste savoir pourquoi, pour quelqu'un qui n'est jamais en retard, vous êtes soudainement arrivé au travail trois heures plus tard que prévu.

— J'étais fatigué, répondit-il. Travailler au restaurant est intense. Ça m'épuise. À la fin de la journée, je suis fatigué. Tout ce que je fais, c'est aller au travail, rentrer à la maison et dormir. Je ne mange pas. Je ne me douche pas. Mais je le fais quand même. Vous savez pourquoi ? Parce que j'aime ça.

Et parce que vous aimez Morgana.

— Je n'ai rien à voir avec son meurtre, et je ne sais rien à ce sujet. Alors vous pouvez arrêter de me poser toutes ces questions.

Tomek prit cela comme son signal pour partir ; avec le diamant qu'il avait extrait, délicatement niché dans sa poche. Il serra la main de Vlad, puis lui dit qu'il pouvait sortir par lui-même. Plutôt suspicieusement (et Tomek ne pouvait pas lui en vouloir), Vlad ignora l'offre et suivit Tomek jusqu'à la porte. En traversant le couloir, la musique résonnant toujours à travers les murs, quelque chose attira son regard. Une tache de boue sur le sol près d'un petit placard, et les marques petites mais distinctes d'empreintes de pas.

— Qu'est-ce que c'est ? demanda Tomek.

— De la boue, fut la réponse laconique. Comme Anton Usyk, Vlad ne trahissait rien dans son expression.

Sans demander la permission, Tomek ouvrit le placard. À l'intérieur se trouvait une sélection de manteaux - des fins aux épais, des imperméables aux élégants - et une petite collection de chaussures. Les plus remarquables étaient une paire de baskets rouges avec des pointes en plastique dépassant des orteils.

— C'est quoi ce bordel ?

— Christian Louboutin. C'est du designer.

— Vous essayez de contacter des extraterrestres avec ça ?

— Non.

— Ça vous dérange si je les prends ?

— Pour quoi faire ?

— Comme preuve. Pour faire quelques tests dessus.

Vlad hésita. — Je suppose que je n'ai pas le choix, n'est-ce pas ?

— Bien sûr que si. Vous pourriez dire non, et me laisser partir avec des soupçons quant à la raison pour laquelle vous ne vouliez pas les donner. Ou vous pourriez les remettre et n'avoir rien à craindre.

Dans un cas comme dans l'autre, ce n'était pas bon pour Vlad.

Finalement, après quelques grognements et regards dédaigneux, Vlad céda et permit à Tomek d'emporter les chaussures avec lui. Heureusement, il avait un grand sac à preuves à l'arrière de sa voiture pour de telles occasions.

En s'éloignant, Tomek arborait un sourire. Succès. Non seulement il était reparti avec un diamant sous la forme de l'amour indéfectible de Vlad pour Morgana, mais il était également parti avec un diamant physique et tangible. Et elles étaient actuellement assises à côté de lui sur le siège passager, attachées avec la ceinture de sécurité.

CHAPITRE
TRENTE-ET-UN

La dernière destination sur la liste de Tomek pour la journée était la ferme Red Birch, à South Woodham Ferrers. La ferme se trouvait à un peu plus de vingt minutes, mais c'était l'heure de pointe, ce qui rendait le trajet frustrant et plus long. Lorsque Tomek arriva, la nuit commençait à tomber.

La ferme Red Birch était détenue et gérée par Stanley Hutchinson. Plus tôt ce matin, Tomek avait parcouru la liste des suspects et avait trouvé son nom tout en bas. Cet homme, avec beaucoup d'aide des animaux de sa ferme, fournissait à Morgana et Anton la viande et les produits pour leur entreprise. Habituellement, ces produits étaient importés de l'étranger à moindre coût, mais d'une façon ou d'une autre, Stanley et son bétail parvenaient à les facturer à Morgana et Anton à un prix ridiculement bas. Tomek ignorait quelles étaient leurs marges bénéficiaires, mais si le couple pouvait vendre un petit-déjeuner anglais complet à cinq livres, quelqu'un se faisait arnaquer quelque part, et ce n'était visiblement pas le client.

Tomek pensait qu'il valait la peine de parler à l'homme qui entretenait des relations commerciales étroites avec le couple. Son point de vue sur leur relation serait plus subjectif. Il y avait peut-être des choses — des commentaires douteux, des décisions prises à l'insu de l'autre — qu'il avait remarquées et gardées pour lui. Il pourrait détenir des informations précieuses qui auraient échappé à Victoria et à son équipe.

Tomek engagea sa voiture dans l'entrée de la ferme. Une énorme bannière indiquant « Ferme et Zoo de Red Birch » dominait une petite rangée de haies sur la gauche. En entrant dans la vaste étendue de gravier qui servait de parking, il roula dans un nid-de-poule. Son corps rebondit et fut projeté d'un côté à l'autre, et il grimaça à l'idée des dégâts causés au dessous de sa voiture. Cela semblait coûteux, mais ce n'était pas différent des innombrables nids-de-poule qu'on trouvait dans tout le comté. (Il en avait traversé plus d'une douzaine rien qu'en venant.)

La première chose que Tomek remarqua en sortant de la voiture fut l'odeur. Du fumier, mêlé à l'odeur d'herbe fraîchement coupée. Un mélange unique, mais étrangement assez agréable. La ferme comprenait quatre grandes structures de la taille d'un hangar et quelques petits bâtiments en brique situés à une faible distance les uns des autres. Des tracteurs et d'autres machines lourdes parsemaient l'avant-cour. Au-delà s'étendaient de vastes espaces verts, parsemés d'animaux de la taille de fourmis. Au loin, le périmètre du terrain était bordé d'épaisses rangées d'arbres.

Alors que Tomek fermait la portière de sa voiture, un homme portant des bottes en caoutchouc et un fin polaire traversait l'avant-cour d'un bâtiment à l'autre.

— Ça va, mon pote ? lança-t-il à Tomek avec un fort accent de l'Essex. Le zoo est fermé pour la journée, mon gars.

— Heureusement que je ne suis pas venu pour ça, répondit-il, tandis qu'une rafale de vent le frappait de côté. Je cherche le propriétaire.

L'homme tapota la poche de sa polaire. — Vous l'avez devant vous. Il y a un problème ?

Stanley Hutchinson était complètement différent de ce à quoi Tomek s'attendait. Dans son esprit, il avait imaginé un homme corpulent et pompeux, avec un ventre plus grand que son portefeuille et une pression artérielle suggérant qu'il ne faisait jamais le moindre effort physique. Cependant, l'homme qui se tenait devant lui était tout le contraire : grand, mince mais musclé du haut du corps, et beaucoup plus jeune. Tomek l'estimait au début de la trentaine, et la poignée de main de l'homme le surprit également. C'était sans doute le résultat de journées à soulever des dizaines de bottes de foin.

— Non, il n'y a pas de problème, répondit-il. Je viens de la police de l'Essex.

— C'est à propos de Morgana ?

Tomek acquiesça légèrement.

— Vous feriez mieux d'entrer.

Stanley faisait référence à son bureau, une interface ultramoderne et sophistiquée, comprenant un bureau debout, un ordinateur iMac et des meubles élégants. Niché dans un coin de la pièce, avec une machine à café, se trouvait un petit coin salon équipé de deux canapés en cuir noir et d'une petite table basse.

— C'est là que nous tenons nos réunions matinales, dit Stanley. Rien de tel qu'un peu de caféine pour me réveiller aux premières heures du matin.

— Ou pour tenir toute la nuit.

— Exactement. L'été est notre période la plus chargée avec toutes les récoltes, c'est pourquoi nous avons le zoo comme source de revenus supplémentaire qui est ouvert toute l'année. Les enfants adorent venir ici dans la boue et voir tous les animaux. Les parents, un peu moins.

Tomek se rappela l'époque où il était allé à Marsh Farm lors d'une sortie scolaire pendant l'école primaire. Son souvenir était vague, mais l'odeur était vivace et c'est ce qui était resté gravé dans sa mémoire après toutes ces années.

Sur le mur à la gauche de Tomek se trouvait une petite rangée de prix et de boucliers adressés à Stanley et à la ferme. Tomek s'approcha pour mieux les voir. Ils provenaient de diverses associations caritatives à travers le pays, le félicitant et le remerciant pour son parrainage et ses programmes de collecte de fonds.

— Qu'est-ce que c'est que tout ça ? demanda Tomek.

— Juste ma façon de redonner aux gens, dit-il.

— Les affaires doivent bien marcher.

— Ça va. Nous avons eu du mal depuis le Brexit, mais ils ne veulent pas que vous entendiez parler de ça.

Stanley lui proposa une tasse de café, mais Tomek refusa. Il en avait assez eu pour une journée.

— Je crois comprendre qu'un de mes collègues est venu vous voir depuis la mort de Morgana en début de semaine ?

— Oui. Une femme charmante. Rachel, je crois que c'était son nom. C'est terrible ce qui lui est arrivé. Nous sommes tous encore un peu sous le choc, mais nous n'avons pas eu le temps de faire notre deuil ou de l'assimiler car les choses ne s'arrêtent pas ici. J'aimerais que ce soit le cas, mais vous devez savoir ce que c'est. Constant, constant, constant. Comme un hamster dans une roue d'entraînement.

— Ou une poule qui pond des œufs, ajouta Tomek, ce qui valut un sourire appréciateur de Stanley. Connaissiez-vous bien Morgana ?

Stanley haussa les épaules. — Je dirais que oui. Nous sommes son fournisseur, à elle et à Anton, depuis plus de dix ans, depuis qu'ils ont démarré l'entreprise. Anton s'occupe de toute la logistique, tandis que Morgana est responsable des finances.

— Vraiment ? Alors c'est elle la patronne de l'entreprise ?

Stanley hocha la tête. — Le stéréotype est inversé avec celle-là. C'est une vraie femme d'affaires, une véritable entrepreneuse. Elle sait marchander, négocier et obtenir ce qu'elle veut. C'est probablement pourquoi beaucoup de gars dans le coin l'aimaient tant. Elle vient toujours voir comment sa viande est préparée, comment les œufs se développent, comment les choses se passent.

— Est-ce comme ça qu'elle réussissait à payer si peu pour ses produits ? demanda Tomek. Parce qu'elle vous faisait les yeux doux ?

Stanley n'apprécia pas la remarque sournoise. — Comme je l'ai dit, nous faisons beaucoup d'affaires avec elle, dit-il, avec une pointe de dédain dans la voix. Elle était l'une de mes premières clientes quand j'ai repris l'entreprise de mon père après son décès, et depuis, je n'ai jamais vu de raison de lui facturer plus que nécessaire. Nous lui expédions environ deux tonnes de produits chaque année, la plupart étant nos meilleurs morceaux de viande. Ne vous méprenez pas, nous réalisons toujours un profit avec son entreprise, mais les marges sont extrêmement minces.

— Comment vous permettez-vous de faire tourner cet endroit alors ?

— Nous avons d'autres clients. Nous faisons beaucoup de vente en gros aux épiceries et à d'autres chaînes de restaurants, c'est là que nous gagnons la majorité de notre argent, mais nous offrons simplement nos meilleurs prix à nos meilleurs clients. C'est ainsi que ça a toujours fonctionné.

— Pensez-vous que cela va changer à l'avenir ? demanda Tomek.

— Tout dépend de ce qu'Anton décidera de faire avec l'entreprise. Il pourrait fermer Morgana's, il pourrait le garder ouvert. Je crois même qu'il y avait des discussions pour en ouvrir un troisième.

— Qui dirigerait celui-là ?

Stanley hésita, haussa les épaules, sans s'engager. — J'ai essayé de me tenir à l'écart de ces conversations. Ça ne me concernait pas, et chaque fois que j'entendais les choses s'échauffer entre eux, je m'éloignais.

Intéressant, pensa Tomek. Quelque chose qu'Anton avait négligé de mentionner. Peut-être était-ce le désaccord qui les avait poussés à bout. Peut-être était-ce le désaccord qui avait conduit Anton à la tuer. Tomek prit note.

— Et qu'en est-il de votre relation personnelle avec Morgana ? demanda-t-il.

— Que voulez-vous dire ?

— Je crois comprendre qu'elle était assez flirteuse. Vous venez de dire vous-même que tous les garçons du coin l'aimaient. Avez-vous déjà tenté quoi que ce soit avec elle ?

L'offense de Stanley se transforma en rage. — Absolument pas ! Pourquoi mettrais-je en péril notre collaboration pour quelque chose d'aussi stupide ?

— Parce que certaines choses sont plus importantes que les affaires.

Il secoua la tête violemment, presque au point de donner la nausée à Tomek rien qu'en le regardant. — Jamais. Je ne ferais jamais quelque chose d'aussi immoral et prétentieux.

— J'en conclus qu'il n'y a pas de Madame Hutchinson alors ?

Il secoua la tête. — Il y en avait une. Elle a décidé qu'elle ne supportait plus l'odeur de merde. Ça et les longues heures. Elle m'accusait d'être plus marié à la ferme qu'à elle, bien que cela ait contribué à payer son Range Rover et ses bijoux, n'est-ce pas ? Elle n'était pas très heureuse d'entendre tout ça. Quoi qu'il en soit, c'est de l'histoire ancienne — *elle* est partie — et j'ai tourné la page.

Tomek acquiesça, puis orienta la conversation.

— Ma collègue vous a-t-elle demandé où vous étiez l'autre jour ?

— Oui. Et je lui ai dit que j'étais ici. Tôt. Probablement avant que vous ne soyez réveillé. Le ton de Stanley s'était soudainement durci, sans doute aidé par l'accusation de Tomek selon laquelle l'homme était également tombé amoureux de Morgana.

— Quelqu'un peut corroborer cela ?

— Que diriez-vous des quinze personnes qui travaillent pour moi ? Stanley pointa vers la porte. Puis, presque comme si c'était répété, une silhouette passa devant la fenêtre du sol au plafond. Et n'oubliez pas les vingt-cinq vaches, les cent cinquante moutons, les trente-sept poules, et les neuf cochons — désolé, *huit*, nous venons d'en emmener un à l'abattoir.

— Puis-je jeter un coup d'œil ? demanda Tomek.

— Autour de la ferme ? Est-ce parce que vous voulez voir les animaux ou parce que vous voulez les interroger sur mes allées et venues ?

— Les deux.

Tomek commençait à apprécier Stanley. L'homme avait le sens de l'humour, et c'était agréable de traiter avec quelqu'un qui n'avait pas l'air de venir d'apprendre que le prix de son lait augmentait de vingt pour cent. Peut-être était-ce parce qu'il était un gars de l'Essex de A à Z — de sa façon de parler à sa façon de s'habiller, même jusqu'à ses cheveux qui étaient coiffés en arrière — que Tomek ressentait une certaine affinité avec lui.

La marche jusqu'aux animaux fut brève. Les premiers qu'ils rencontrèrent étaient les cochons. Huit au total, tous dans différents états de saleté, tous presque aussi grands que la voiture de Tomek. Alors qu'il s'approchait du bord de leur enclos, ils se précipitèrent vers lui, grognant et soufflant comme des démons. Là, Stanley expliqua qu'ils se comportaient ainsi parce qu'ils avaient probablement faim, car ils avaient mangé pour la dernière fois quelques jours auparavant. Il essayait de les garder aussi maigres que possible, car c'était bon pour la viande lorsqu'ils iraient finalement à l'abattoir, avait ajouté Stanley.

Ensuite, il y avait les poules, auxquelles Tomek n'accordait pas beaucoup de temps. Il ne savait pas pourquoi, mais elles l'avaient toujours effrayé. Son corps se tendait et les poils de ses bras picotaient chaque fois qu'il en voyait une. Peut-être était-ce leur façon de marcher ou la façon dont leurs têtes oscillaient d'avant en arrière à chaque pas, mais il y avait quelque chose en elles qui le mettait mal à l'aise. Il était impatient de sortir de là le plus vite possible, mais pas avant que Stanley ne lui ait demandé d'imaginer ce que ce serait d'être picoré à mort. Et, avec cette image terrifiante en tête, ils se dirigèrent vers les vaches. Ce soir-là, elles avaient été rentrées et étaient toutes alignées, branchées à des machines à traire. Le bruit des machines lourdes était assourdissant et prit Tomek par surprise. Quand ils partirent, le son résonnant encore dans les oreilles de Tomek, ils traversèrent directement un petit champ vers une série d'enclos. Le véritable zoo, avait dit Stanley. Là, ils trouvèrent un petit troupeau de moutons, des agneaux, des ânes, des lamas, des chèvres, des lapins et un porc-épic, ce qui déstabilisa un peu Tomek. Tout au long de la visite, Tomek écouta poliment, mais son cerveau était occupé à examiner et à scruter les visages de ceux qui travaillaient à la ferme, les comparant à la description de leur principal suspect. Bien que Stanley n'ait peut-être rien à voir avec le meurtre de Morgana, si ses collègues pouvaient vraiment confirmer ses allées et venues, rien ne disait que quelqu'un d'autre à la ferme n'avait pas commis le crime. Et jusqu'à présent, il n'en avait vu aucun.

— Merci de m'avoir fait faire le tour et d'avoir répondu à mes questions, dit-il à Stanley juste avant de partir. Je devrais peut-être amener ma fille quand le zoo sera à nouveau ouvert.

— Oh, c'est une petite ?

— Elle a treize ans. Donc pas si petite. Mais je ne voulais pas dire qu'elle vienne les voir, répondit-il. Je voulais dire comme un travail. Quelque chose à faire. Je ne peux pas m'empêcher de penser que pelleter de la merde pourrait la divertir et l'exciter autant que ça le fait pour les enfants. Je sais que ça me ferait certainement plaisir de la faire décrocher de son téléphone. Elle pourrait bien avoir besoin d'une distraction.

CHAPITRE
TRENTE-DEUX

Tomek avait perdu son sourire lorsqu'il était rentré chez lui. Pendant les vingt minutes de trajet, il avait reçu un appel de sa mère, le premier depuis longtemps, les invitant, lui, Abigail et Kasia, à dîner le lendemain soir. Tomek avait tergiversé autant que possible jusqu'à ce que sa mère le harcèle pour avoir une réponse. À la fin de l'appel, il avait promis de la tenir au courant dans la soirée.

Ce n'était pas qu'il ne voulait pas voir ses parents ; c'était simplement que les dernières rencontres ne s'étaient pas bien terminées. Sans compter que leur relation avait été perturbée pendant près de trente ans. Depuis la mort de son frère, ses parents (en particulier sa mère) l'avaient exclu de la famille, mais récemment, ils avaient tous commencé à se réconcilier. Tomek leur avait présenté Kasia, ce qui avait été un choc. Il ne pouvait pas leur en vouloir pour ça. « Salut, Maman, voici une adolescente, ma fille, dont j'ignorais l'existence jusqu'à il y a quelques semaines. » Ce genre de nouvelles nécessitait une préparation et une dose malsaine d'alcool.

Avant cela, Tomek avait emmené une ancienne partenaire à un repas une fois, pour honorer l'anniversaire de la mort de son frère. Cela s'était terminé par une dispute monumentale et Tomek qui partait en trombe pendant le plat principal.

Et c'était *cela* qui préoccupait Tomek. Emmener Abigail. Sa nouvelle petite amie. La présenter à la famille.

C'était une étape importante dans leur relation. Cela signifiait un engagement à long terme, qu'il était dans cette histoire pour durer. Tomek ne se souvenait que de deux autres petites amies qu'il avait présentées à sa famille. L'une s'était avérée être la mère de son enfant, l'autre une tueuse en série. Ce n'était pas une décision qu'il prenait à la légère. Et sur le chemin du retour, il s'était embarqué pour la banlieue des Seconds Doutes, où il avait analysé chaque détail de sa relation avec Abigail. L'aimait-il, ou était-ce trop tôt ? Voyait-il un avenir avec elle, ou n'était-ce qu'un peu d'amusement pour l'instant ? Voulait-il être avec elle à long terme ? Elle avait quelques années de moins que lui, et même s'ils n'en avaient pas discuté, il savait qu'elle voulait des enfants. Kasia serait-elle suffisante, ou en voulait-elle davantage ? Était-il prêt à accueillir dans le monde un autre rejeton de Tomek Bowen ? Il avait quarante ans, était à un stade confortable de sa carrière. En avait-il la force ?

Il n'en savait rien. Et il n'était pas prêt à affronter ce genre de questions tout de suite. Alors, comme toujours, il a repoussé les questions – et les réponses – au fond de son esprit, où il s'en occuperait plus tard.

Quand que ce soit.

Heureusement, quand il est rentré, il a été distrait par Kasia. Sa fille avait enfilé des vêtements décontractés et regardait la télévision, étalée sur le canapé, le visage plongé dans son téléphone, lorsqu'il a franchi la porte d'entrée.

— Comment était l'école ?

— Bien.

— Tu es sûre ?

— Ouais.

— Tu me le dirais si ce n'était pas le cas ?

— Ouais.

Menteuse. Il lui avait fallu beaucoup d'efforts pour lui soutirer des informations au café l'autre jour, et même à ce moment-là, elle n'avait pas été honnête avec lui.

— Tu ne devineras jamais où je suis allé aujourd'hui, dit-il.

— D'accord.

— Tu veux savoir où ?

— Ouais.

— Alors devine.

Elle gémit et roula des yeux, le visage toujours fondu dans son téléphone portable.

— Je ne sais pas. Tu ne peux pas simplement me le dire ?

— Non. Tu dois deviner.

— Je ne sais pas. Au travail ?

— Oui. Je suis allé au travail, tu as raison. Mais ce n'est pas de ça dont je parle. Je suis allé dans une ferme pédagogique aujourd'hui. Près de chez Mamie et Papi.

— Pourquoi ?

— Pour le travail. C'est ouvert au public. J'ai pensé que ça pourrait te plaire d'y aller ?

— À la ferme pédagogique ? Je n'ai pas cinq ans, Papa.

Tomek sourit d'un air narquois.

— Je ne voulais pas dire que tu y ailles pour t'amuser. Je voulais dire que tu y travailles – que tu traies les vaches, que tu nourrisses les poules, que tu nettoies les enclos des cochons.

— Beurk, non ! Elle se redressa d'un coup, balançant ses jambes sur le côté du canapé avec dégoût.

— Pourquoi je voudrais faire ça ? Ça a l'air horrible.

La suggestion avait eu exactement l'effet escompté.

— De toute façon, poursuivit-elle, j'ai treize ans. Je ne peux pas encore travailler. C'est contre la loi.

— C'est moi la loi.

Kasia roula à nouveau des yeux.

— Tu es tellement énervant parfois, dit-elle, puis elle perdit rapidement tout intérêt et reporta son attention sur son téléphone.

— Et si on allait chez ta mamie et ton papi demain pour un repas à la place ? demanda-t-il en se dirigeant vers la table à manger.

— Nous tous ?

— Je n'ai pas encore demandé à Abigail. Je voulais d'abord voir si ça te tentait, et si ça ne te dérangeait pas qu'elle soit là.

Kasia abaissa son téléphone sur sa poitrine.

— Pourquoi je ne voudrais pas qu'elle soit là ?

— Je demande juste.

Il avait choisi la voie de la lâcheté. Faire reposer la décision sur elle. De cette façon, il n'aurait pas à affronter la conversation gênante par la suite ; Abigail ne pourrait pas se disputer ou se fâcher avec Kasia parce qu'elle ne voulait pas qu'elle les accompagne. Ce serait elle la méchante.

— Je n'ai pas de problème avec sa venue, répondit Kasia. La décision avait été prise pour lui.

— Et je n'ai pas de projets avec mes amis, donc on peut y aller.

Mais Tomek avait cessé d'écouter. Son attention était concentrée sur la pile de lettres sur la table à manger qui avait été posée là à la hâte, éparpillée sur la surface. Ses yeux cherchaient son nom dans l'écriture manuscrite, le cachet de HMP Wakefield en haut du document.

Mais il n'y avait rien.

Pas aujourd'hui.

— Papa ? La voix de Kasia le tira de ses pensées.

— Oui, répondit-il d'un ton distrait.

— Tu m'as entendue ?

— Oui, ma puce, dit-il, fixant toujours les lettres, au cas où son esprit l'aurait manquée d'une manière ou d'une autre.

— Qu'est-ce que j'ai dit ?

— Que... que tu n'as pas d'amis.

— Quoi ? Non ! J'ai dit que je ne fais rien avec mes amis, donc on peut y aller. Je n'arrive pas à croire que tu aies dit que je n'avais pas d'amis.

Merde.

Maintenant, il n'avait pas d'autre choix que d'inviter Abigail. Il espérait juste qu'elle serait trop occupée.

CHAPITRE
TRENTE-TROIS

Il faisait nuit noire lorsque Tomek rejoignit Warren à la rampe de lancement, un peu avant six heures du matin. L'homme était bien équipé pour le voyage : une cagoule qui lui descendait jusqu'en dessous des genoux, un short épais avec une couche thermique en dessous, et une lampe frontale qui aveugla Tomek lorsqu'il la dirigea vers ses yeux.

Tomek, en comparaison, était terriblement mal préparé et peu couvert. Son seul point positif était la lampe frontale qu'il avait trouvée dans le placard sous l'évier. À part ça, il portait ses meilleures baskets, un sweat à capuche léger et un short de course — sans la couche thermique. Un oubli, dans sa précipitation et son état de fatigue.

— J'espère que tu ne t'attends pas à ce que ces chaussures soient encore fonctionnelles quand on reviendra, remarqua Warren.

— Si ce n'est pas le cas, je facturerai une nouvelle paire à ta compagnie de tourisme.

Warren rit, puis leur fit signe de commencer. Lorsque Tomek émergea de derrière la digue, posant le pied sur le sable, il reçut une rafale de vent en plein visage. Les dernières bourrasques de la tempête avaient frappé sa fenêtre toute la nuit et l'avaient privé de sommeil. Ça, et l'excitation d'enfin pouvoir se rendre jusqu'au port.

Au pied de la rampe, Tomek s'arrêta et examina les alentours. Obscurité partout. Peu importe la direction dans laquelle il regardait. Les nuages au-dessus étaient épais, il n'y avait aucun signe du soleil à l'horizon, et les seules lumières qu'il pouvait voir au loin étaient les petites points lumineux des réverbères provenant du Kent de l'autre côté de l'estuaire.

Il y avait cependant une lumière particulière qui attira l'attention de Tomek. Rouge, clignotant rythmiquement au loin.

— C'est là qu'on va ?

— Tu l'as dit.

— Heureusement qu'on a les lampes frontales.

— Crois-moi, répliqua Warren. Tu ne voudrais pas t'en passer.

Il avait raison. Les premières centaines de mètres furent instables et angoissantes. Tomek regardait constamment ses pieds pendant qu'il avançait péniblement à travers les ruisseaux et les sillons dans le sable, de peur de trébucher et de se tordre la cheville. Plus ils s'éloignaient de la sécurité du rivage, plus il faisait sombre, et Tomek était reconnaissant d'avoir un ami avec lui, quelqu'un qui savait ce qu'il faisait. Warren, quant à lui, semblait détendu, à l'aise. Il trottinait à son rythme habituel, tête haute, éclairant le chemin quelques mètres devant lui en permanence. Ses pieds frappaient méthodiquement le sable. Il avait trouvé le rythme de la course avec facilité, alors que Tomek luttait à chaque pas.

Il lui fallut encore quelques centaines de mètres pour trouver ses marques, et arrivé à mi-parcours, il trouva enfin son rythme. À partir de ce moment, il put suivre Warren, et ils coururent épaule contre épaule, s'éclaboussant mutuellement les jambes avec les dernières traces de la marée. Ils trottaient en silence, se concentrant sur leur destination et sur le rythme de leur respiration.

Un peu plus de trente minutes plus tard, ils arrivèrent. Les profondes tranchées sur la plage les avaient forcés à serpenter, ajoutant un mile supplémentaire à leur voyage. Quand la silhouette du port apparut finalement sur fond noir, les genoux de Tomek ressemblaient à de la gelée. Patauger dans le sable mou et la boue avait été plus dur pour ses muscles qu'il ne l'avait prévu. Il avait besoin de s'asseoir. Mais il n'y avait pas de temps. Avant de partir, Warren lui avait fait comprendre l'importance d'être aussi rapide et efficace que possible. Selon ses estimations, ils avaient un peu plus de trente minutes avant de devoir repartir pour éviter l'arrivée imminente de la marée. Habituellement, il donnait moins de temps à ses clients. Mais, grâce à la justification de Tomek pour être là, il avait eu droit à plus.

Haletant fortement, Tomek se plia en deux et posa ses mains sur ses genoux.

— Je suis tellement content que tu aies été avec moi pour ça, dit-il. Je n'aurais eu aucune idée d'où j'allais.

— Je commence à avoir des doutes sur le fait de te facturer, répondit Warren en s'approchant, saisissant la main de Tomek et le tirant vers le haut. Tu dois te tenir droit et ouvrir ta poitrine si tu veux reprendre ton souffle.

Puis il frappa le ventre de Tomek, plus grassouillet que d'habitude.

— Et respire avec ton ventre. Tu rempliras davantage tes poumons.

Tomek fit ce qu'on lui disait, et au bout de quelques minutes, il se sentit de nouveau normal. Les hommes de quarante ans n'étaient pas censés faire ce genre d'exercice, surtout s'ils n'en avaient pas fait depuis des mois. (Et la course qu'ils avaient faite la veille n'avait pas beaucoup contribué à le préparer.)

Plaçant ses mains sur ses hanches, Tomek examina le port. Il était plus grand qu'il ne l'avait imaginé, mais avec ce niveau de luminosité, il était presque impossible de fouiller le site. Et la lampe frontale ne pouvait faire que tant.

Pendant qu'ils attendaient que le soleil rampe au-dessus de l'horizon, Tomek imagina les événements qui avaient conduit à la mort de Morgana. Warren lui avait montré l'endroit où ils avaient trouvé son corps, et Tomek l'avait imaginée debout là, attendant dans le froid, se recroquevillant contre le vent et la pluie. Puis une silhouette était apparue. Les deux avaient commencé à parler, tranquillement, aimablement au début. Puis quelque chose avait changé. Les choses s'étaient échauffées. Quelqu'un avait donné un coup de poing, raté. Puis Morgana avait été poussée sur le sable. Une lutte s'était ensuivie. Elle s'était débattue contre son agresseur, mais c'était inutile. Il l'avait maîtrisée, était plus fort qu'elle, et avait utilisé tout son poids pour la maintenir. Pour la noyer. Tomek imaginait la lutte de Morgana : visage submergé sous l'eau, bulles s'échappant de sa bouche alors qu'elle criait à son assassin d'arrêter, ses mains s'agitant vers le visage de l'agresseur — *ratant*, également, car aucune trace d'ADN n'avait été trouvée sous ses ongles.

Celui qui l'avait tuée l'avait fait rapidement et efficacement, ne laissant aucune trace.

Vingt minutes plus tard, le soleil fit finalement son apparition, donnant vie aux alentours. Maintenant, Tomek pouvait clairement voir le port et toutes ses particularités. Le seul problème était qu'il ne leur restait que dix minutes pour le fouiller.

Tomek ne savait pas ce qu'il s'attendait à trouver, si tant est qu'il trouve quelque chose. Il y avait la possibilité bien réelle et inquiétante qu'il soit trop tard. Que tout ce qui avait été laissé par inadvertance par le tueur ait déjà succombé à la tempête et à la marée déchaînée, y compris le téléphone de Morgana.

Tomek pataugea dans le petit fossé d'eau jusqu'à ce qu'il lui arrive aux genoux. Puis il tendit les bras au-dessus de sa tête, ses doigts cherchant une rainure ou un rivet, quelque chose pour assurer sa prise sur le béton. Quand il l'eut trouvé, il cala son pied contre le mur et se hissa au sommet du port. Il n'imaginait pas la force nécessaire pour y hisser quelqu'un d'autre, encore moins un corps sans vie. Andrei et les Redgrave, et même Morgana elle-même, avaient eu de la chance que Warren soit là avec eux.

Dès que Tomek passa par-dessus le sommet, il fut envahi par un sentiment de déception écrasant. L'intérieur du port était divisé en d'énormes carrés creux, trois par quatre comme une nouvelle version de Sudoku. Il regarda en bas. L'eau battait doucement contre l'intérieur de la structure.

Mais il n'y avait rien. Rien qui flottait là-dedans, rien qui était coincé dans les recoins et les trous qui s'étaient formés au fil des décennies.

Tout espoir de trouver quelque chose avait complètement disparu.

— Et tu dis que c'est ici que vous avez soulevé son corps ? cria Tomek à Warren en contrebas.

— Exactement là où tu te tiens.

— Et ensuite ?

— Les enfants criaient, ce qui rendait difficile de se concentrer. Nous avons essayé de la ranimer mais Andrei l'avait déjà fait. J'ai ensuite appelé les garde-côtes car j'avais mon talkie-walkie avec moi, et nous avons attendu. En bas d'abord, mais ensuite, avec la marée montante, nous sommes montés plus haut. Après environ dix minutes d'attente, Andrei et moi sommes montés sur ce pylône et avons commencé à agiter les bras pour qu'ils nous voient.

Tomek se tourna vers le pylône. Sa lumière rouge vif continuait de clignoter toutes les quelques secondes. Alors qu'il commençait à se diriger vers lui, son téléphone vibra dans la poche de son short.

C'était Rachel.

Il répondit.

— Bonjour, patron, dit-elle. J'espère que je ne t'ai pas réveillé.

— Pas du tout.

Une rafale de vent souffla à travers le téléphone.

— Bon sang, où es-tu ?

— Au pied du port Mulberry. Je me gèle les jambes et le cul.

C'est alors qu'il réalisa qu'il n'avait plus senti la moitié inférieure de son corps depuis leur arrivée.

— Qu'est-ce qui se passe ? Qu'est-ce qui est si important que tu aies dû m'appeler pendant ma période de méditation ?

— Certains d'entre nous ont travaillé toute la nuit pour rassembler des preuves contre Mariusz, expliqua Rachel, avec une pointe de sarcasme. Pendant que tu méditais, Lorna vient de signaler qu'elle a trouvé des traces d'ADN sous les ongles d'Andrei Pirlog.

— À qui ?

— Andrei Pirlog, dit-elle. Le gars que tu as trouvé dans la baignoire.

— Non, pas lui. Je sais qui il est. Je voulais dire, l'ADN de qui ?

Un petit rire.

— Je sais ce que tu voulais dire. Je plaisantais. Je pense que tu dois retourner méditer, ta tête est encore toute embrouillée.

Tomek soupira. La sensation dans ses jambes empirait tandis que le vent continuait à le fouetter.

— Dis-le-moi simplement, cria-t-il dans le combiné.

— L'ADN sous les ongles d'Andrei Pirlog appartient à Mariusz.

CHAPITRE
TRENTE-QUATRE

Tomek arborait un sourire suffisant en déambulant dans la salle des opérations, un sourire qui criait victoire. Et à en juger par l'expression de Victoria, elle n'avait qu'une envie à ce moment-là : le lui faire ravaler.

Ses premiers mots envers elle n'ont rien fait pour apaiser ce désir.

— Qu'est-ce que tu disais déjà à propos du suicide d'Andrei ? J'avais l'impression que tu étais suffisamment confiante pour y mettre ta maison en jeu.

— Et toi, qu'est-ce que tu disais à propos de Mariusz qui n'avait rien à voir avec le meurtre de Morgana ? répliqua Victoria.

— On n'en est toujours pas certains.

— Les causes de décès sont identiques.

Tomek haussa les épaules.

— Ça ne prouve rien. L'ADN prouve que ma théorie était correcte. La tienne n'est toujours qu'une théorie.

— Ça suffit.

— Je dis simplement...

— Eh bien, ne dis rien. Personne ne veut entendre ce que tu as à dire.

Tomek avait entendu cette phrase tant de fois dans sa vie qu'il commençait à croire qu'elle était vraie. Mais comment pouvait-il s'en empêcher alors qu'il venait juste d'être prouvé qu'il avait raison ?

— Où est Mariusz maintenant ? demanda Tomek, soudainement conscient qu'il y avait d'autres personnes dans la pièce.

Martin Brown répondit en pointant du doigt l'écran plat sur le mur adjacent. Tomek avait été tellement préoccupé à provoquer Victoria qu'il n'avait même pas remarqué l'homme à l'écran, assis dans une salle d'interrogatoire, avec un avocat présent. En face de lui se trouvaient Sean et Oscar.

— Ça fait vingt minutes, ajouta Martin. Tu arrives juste à temps. Il est sur le point d'apprendre pour l'ADN.

Captivé, Tomek tira une chaise de la table, son attention absorbée par l'écran.

— Reconnaissez-vous cet homme ? demanda Sean à Mariusz, puis il fit glisser une photo d'Andrei sur la table. Cet homme a été tué dans son appartement à Southend il y a quelques jours. Le reconnaissez-vous ?

— Non... sans commentaire, répondit Mariusz, sur ses gardes.

Tomek remarqua immédiatement l'hésitation dans sa voix. L'homme à l'écran était totalement différent de celui face auquel il s'était assis vingt-quatre heures plus tôt. Ses épaules étaient voûtées, son dos arqué comme un bossu, et sa tête pendait bas. Il jouait avec ses doigts et sa jambe rebondissait vigoureusement. Tomek n'avait rien remarqué de tout cela auparavant. Avant, il était le modèle même du sang-froid. Mais maintenant, il était rongé par la peur. Tomek soupçonnait que ce n'était pas uniquement dû à l'image devant lui. Tomek soupçonnait qu'il y avait autre chose en cause.

— Son nom est Andrei Pirlog, poursuivit Oscar. Reconnaissez-vous ce nom ?

— Non... sans commentaire.

Mariusz ne pouvait détacher ses yeux de la photo devant lui. Il la fixait intensément, comme si elle lui parlait.

— Nous avons des raisons de croire que vous le connaissez, dit Oscar. En fait, nous avons des raisons de croire que vous savez aussi où il habite. Êtes-vous sûr de n'avoir jamais rencontré cet homme auparavant ?

— Je... je ne sais pas quoi dire. Je... je...

Mariusz se tourna vers son avocat. L'homme assis à côté de lui leva légèrement la main, puis l'abaissa. En retour, la respiration lourde de Mariusz se stabilisa, et il dit :

— Sans commentaire.

— Intéressant. C'était maintenant au tour de Sean de prendre la barre. Ce matin, nous avons trouvé votre ADN sous les ongles d'Andrei. Nous avons également trouvé des traces de votre ADN dans sa salle de bain et autour de sa gorge. Les preuves suggèrent que vous étiez présent quand il a été tué. Peut-être êtes-vous la personne qui l'a tué.

— Non... je...

Nouveau regard vers son avocat.

— S'il vous plaît, aidez-moi.

L'homme n'offrit aucune réponse.

— Vous devriez nous aider, Mariusz, continua Sean. C'est le moment de nous dire ce qui s'est passé. Vous l'avez tué, n'est-ce pas, Mariusz ?

La voix de Sean imposait autorité et attention dans l'espace confiné de la salle d'interrogatoire.

— Vous l'avez tué et vous avez fait croire à un suicide.

— Non. S'il vous plaît. Ce n'est pas moi. Ma petite amie, elle... je...

— Travailliez-vous avec votre petite amie ?

— Non ! Jamais. Non.

— A-t-elle eu quelque chose à voir avec le meurtre d'Andrei ? Était-elle votre complice ?

Mariusz secoua frénétiquement la tête.

— Non. Vous devez comprendre, elle n'a rien à voir avec tout ça. Elle est innocente. Tout comme moi. Je ne sais pas quoi faire.

— Les indices indiquent le contraire, interrompit Oscar. Les preuves ADN sont irréfutables. Vous ne pouvez pas vous cacher derrière ça.

— Que va... Que va-t-il m'arriver ? demanda Mariusz.

Soudain, sa respiration rapide ralentit et sa jambe cessa de rebondir.

— Nous allons vous inculper pour le meurtre d'Andrei Pirlog, répondit Oscar. Peu après, vous serez envoyé en prison où vous resterez en détention provisoire. Y a-t-il autre chose que vous aimeriez dire ?

— Aidez-moi. S'il vous plaît. Je ne sais pas quoi faire. Ma petite amie.

La voix de Mariusz était vide, sans émotion, presque robotique. Cela mettait Tomek mal à l'aise, hérissant les cheveux sur sa nuque. Puis Mariusz ajouta :

— Je ne l'ai pas fait. Je n'ai pas tué Morgana. Vous devez me croire.

<hr>

Malheureusement pour Mariusz, personne dans l'équipe ne le croyait. Au contraire, ils étaient tous à ses trousses, tous désireux de trouver les preuves dont ils avaient besoin pour prouver qu'il avait été celui qui avait noyé Morgana. Après tout, comme Victoria l'avait déjà fait remarquer, s'il pouvait le faire à un homme adulte dans sa baignoire, alors il n'aurait aucun mal à le faire à une femme au milieu de la plage ouverte, entourée uniquement d'eau.

Tout le monde dans l'équipe croyait que Mariusz était responsable du meurtre de Morgana.

Tout le monde sauf Tomek.

Il ne savait pas pourquoi, mais quelque chose ne lui semblait pas juste. Que Mariusz soit allé au milieu de l'estuaire dans le but de trouver l'endroit parfait pour sa demande en mariage, ait trouvé Morgana, l'ait tuée, se soit enfui de la scène, puis ait assassiné Andrei Pirlog de la même manière. Les preuves contre lui pour le meurtre d'Andrei étaient irréfutables. Tomek ne pouvait pas le nier. Les preuves l'avaient placé dans la salle de bain au moment de la mort d'Andrei. Et quant à la motivation derrière son meurtre, il était concevable que Mariusz l'ait suivi et l'ait tué pour avoir été au mauvais endroit au mauvais moment. Tout cela avait un sens pour Tomek. Mais ce qui n'avait pas de sens pour lui, c'était le lien entre Mariusz et Morgana. Et d'après leurs enquêtes initiales, il n'y en avait pas.

Tomek pressentait qu'il aurait du mal à convaincre l'équipe. Victoria en particulier.

Il avait essayé, peu après la fin de l'interrogatoire, mais elle l'avait rabroué, lui rappelant les preuves contre Mariusz : plusieurs témoignages oculaires, dont l'un était maintenant mort ; une silhouette correspondant à sa description à l'extérieur de la propriété Airbnb des Redgrave ; et une histoire de couverture qui avait plus de trous qu'une passoire. En bref, ça ne s'annonçait pas bien pour le chauffeur poids lourd.

Mais Tomek était toujours convaincu qu'il y avait autre chose. Et si l'équipe n'était pas prête à découvrir ce que c'était, alors il devrait le faire seul.

Mais d'abord, il avait un appel à passer.

Toute cette discussion sur les prisons et les arrestations lui avait rappelé une chose. Une personne.

Nathan Burrows.

La lettre.

Les choses avaient été si mouvementées avec l'enquête qu'il avait complètement oublié d'appeler la prison. Après avoir quitté la salle des opérations, Tomek s'éclipsa dans une petite pièce généralement utilisée pour les réunions en tête-à-tête et les conversations privées. Ou, si vous étiez Rachel ou Martin, pour un moment de calme afin de se concentrer sur des tâches importantes.

Tomek ferma doucement la porte et sortit son téléphone. Alors qu'il s'asseyait à la table, il composa le numéro de la prison de Wakefield. Il s'attendait à ce que l'appel soit rapide, mais la bureaucratie pénitentiaire et les restrictions budgétaires en avaient décidé autrement. Le premier obstacle était le système automatisé robotique qui lui offrait huit options distinctes. Puis, après avoir navigué dans le premier ensemble de choix, on lui en proposa cinq de plus. Finalement, après avoir progressé dans le labyrinthe automatisé, il put parler à un humain.

— Est-ce quelqu'un du service postal de la prison ? demanda-t-il, dubitatif.

— Non, vous êtes arrivé au mauvais service, mon petit, répondit la femme avec un fort accent du Yorkshire.

Putain de merde. Comment cela pouvait-il être si difficile ?

— Pouvez-vous me transférer vers eux ?

— Désolée, mon petit.

Puis la ligne fut coupée. Tomek serra le téléphone dans son poing et grinça des dents.

Il essaya à nouveau. La deuxième fois, il arriva au standard principal.

À la troisième tentative, il y parvint.

— Putain, enfin, dit-il à la personne au bout de la ligne.

— Désolé, mon pote, dit la voix. Ils rendent ces choses difficiles exprès, je te jure. Je ne pense même pas qu'un des gars de la NASA pourrait nous joindre du premier coup s'ils essayaient.

Tomek se calma immédiatement, sa frustration s'estompant tandis qu'il écoutait les tons doux de l'homme le mettre à l'aise.

— Comment puis-je t'aider ?

Pour une fois, c'était agréable de parler à quelqu'un au téléphone qui ne semblait pas détester son travail. C'était un changement plaisant par rapport à certains des conglomérats et des banques auxquels il avait parlé dans le passé.

— Je m'appelle DS Tomek Bowen, de la police d'Essex. J'ai visité l'autre semaine un détenu nommé Nathan Burrows.

— Ah, M. Burrows... On le connaît tous par ici.

Cela n'a pas vraiment apaisé les craintes de Tomek.

— Eh bien, plus tôt cette semaine, j'ai reçu une lettre, livrée à mon adresse personnelle, de Nathan.

— Je comprends.

— Ce que je veux savoir, c'est comment il a découvert mon adresse. Cet homme a tué mon frère il y a trente ans. Je ne veux pas qu'il ait facilement accès à mon adresse. Il connaît aussi l'existence de ma fille et de ma compagne, ce que je ne lui ai certainement jamais dit. Ces informations ne sont pas censées être de notoriété publique.

L'homme à l'autre bout de la ligne fit une pause.

— Quand as-tu dit que tu as visité ?

Tomek le lui dit.

— Et à quelle heure ?

— Trois heures.

Une autre pause. Un autre moment d'attente.

— Je viens de vérifier le registre du système de visiteurs, et je vois que tes coordonnées y figurent.

— Y compris mon adresse ?

L'homme confirma que son adresse personnelle s'y trouvait.

— Mais c'est un système sécurisé. Il n'y a aucun moyen qu'il ait pu y accéder.

— Qu'en est-il de quelqu'un de votre équipe ? demanda Tomek, réalisant à quel point la question sonnait mal après l'avoir posée.

— Que veux-tu dire ? Suggères-tu qu'un de nos gardiens de prison a divulgué ton adresse ?

C'était une possibilité sérieuse. Une qu'il n'était pas prêt à écarter sous prétexte qu'un employé actuel de la prison essayait de le convaincre du contraire.

— Je sais que tu pourrais penser qu'on est tous corrompus, mais ce n'est pas le cas, dit l'homme, soudainement sur la défensive.

— Hé, répondit-il, je sais ce que c'est. Je suis flic. On subit ce genre de préjugés tout le temps. Ça fait partie du métier. Mais ce que je voulais dire, c'est que peut-être quelqu'un du service la lui a donnée par inadvertance, sans s'en rendre compte. Peut-être qu'ils ont détourné le regard de l'ordinateur à un moment et Nathan l'a vue. Ou...

Ou quelqu'un de corrompu l'a notée et l'a passée sous la porte. Il ne pouvait qu'imaginer quel genre de rémunération le gardien aurait reçu. De la drogue, de l'argent ? Il n'en faudrait pas beaucoup.

— Malheureusement, nos systèmes ne me permettent pas de voir qui, le cas échéant, a accédé à tes informations. Je vais devoir enquêter davantage là-dessus.

— Toi personnellement ?

— Eh bien, non. Je veux dire, quelqu'un devra enquêter là-dessus. Je peux me renseigner entre-temps.

Tomek était sceptique. Les chances que quelqu'un admette avoir divulgué ses informations privées et confidentielles à un meurtrier condamné étaient aussi minces que l'enveloppe dans laquelle la lettre était arrivée. Et il ne pensait pas que la personne responsable était prête à faire des changements soudains dans ses perspectives de carrière et à se manifester. C'était une cause perdue.

— Tout ce que tu peux faire pour aider serait grandement apprécié, dit Tomek, se massant le front.

— Super. Y a-t-il autre chose dont je peux t'aider ?

CHAPITRE
TRENTE-CINQ

Le reste de l'après-midi s'est évanoui en un éclair. Tomek avait passé ce temps à digérer l'interrogatoire de Mariusz, le regardant encore et encore. Après sa troisième écoute, il restait convaincu qu'il y avait quelque chose de louche. Le seul problème, c'est qu'il ne savait pas quoi. L'atmosphère au bureau était à la jubilation et au triomphe. Ils avaient attrapé leur homme, et beaucoup allaient célébrer au pub en fin de journée. Heureusement pour Tomek, il avait une excuse.

Un trajet de quarante minutes jusqu'à la maison de ses parents pour un dîner qui ne l'enchantait guère.

Tomek avait choisi de conduire. En partie parce qu'il connaissait le chemin, et en partie parce qu'Abigail n'aimait pas conduire dans l'obscurité. Pendant le trajet, tous les trois avaient parlé de leur journée. Celle de Kasia, comme toujours, avait été « bien », et rien de plus. Celle d'Abigail, similairement, avait été relativement calme. Il n'y avait pas eu de nouvelles fracassantes à rapporter, pas d'histoires passionnantes à partager avec la communauté. Son visage s'était illuminé après que Tomek lui eut annoncé la nouvelle concernant Mariusz. Bien qu'il lui ait demandé de garder l'information pour elle pour le moment. Ou du moins d'attendre qu'elle soit partagée officiellement avec le journal.

— Pourquoi me fais-tu attendre ? demanda Abigail tandis qu'il négociait un virage serré sur une étroite route de campagne.

— Je ne suis pas convaincu que ce soit notre homme, répondit-il.

— Ton sens de l'araignée qui te titille ?

— Beurk ! répondit Kasia depuis l'arrière. Son visage était illuminé d'une lueur bleutée provenant de son téléphone. C'est dégoûtant. Ne dites pas des trucs comme ça quand je suis là. *S'il vous plaît.*

Tomek lui lança un regard noir dans le rétroviseur. — Tu sais que ce n'est pas ce qu'elle voulait dire, Kash.

— Non, je ne sais pas. Je vous connais tous les deux. C'est dégoûtant.

— C'est naturel, interrompit Abigail. Tu es un peu trop jeune pour t'impliquer dans ce genre de choses, mais c'est important que tu sois au courant, et que tu saches à quel point c'est naturel.

Tomek n'en croyait pas ses oreilles. La dernière chose qu'il voulait maintenant était d'entendre sa fille et sa petite amie avoir une conversation sur le sexe juste avant qu'il ne rencontre ses parents. Mais il était trop abasourdi pour dire quoi que ce soit.

— Je sais comment tout ça fonctionne, répliqua Kasia avec venin. Tu n'as pas besoin de m'apprendre quoi que ce soit.

— Alors, tu sais ce que sont les orgasmes et l'éjaculation ?

— Quoi ?

— Abi ! hurla Tomek, puis se tourna vers elle. Elle le regarda, confuse, comme si elle venait de franchir la ligne de départ d'une course et ne savait pas ce qu'elle était censée faire ensuite.

— Qu'est-ce qui ne va pas ? demanda Abigail.

— Elle a *treize ans*.

— Et alors ? Je connaissais ce genre de choses quand j'avais son âge. C'est important de connaître son corps et d'être suffisamment à l'aise pour l'explorer. J'ai un bon livre que tu peux...

Tomek frappa le volant de sa main. — Bon, ça suffit. Plus un mot. Rien de vous deux jusqu'à ce qu'on arrive.

Par chance, le reste du trajet ne dura que dix minutes. Tomek était encore sous le choc en sortant de la voiture. Alors que tous les trois se dirigeaient vers la porte d'entrée, une lumière de sécurité s'alluma, et Tomek vit la douleur et l'anxiété sur le visage de Kasia, et un sentiment de fierté sur celui d'Abigail. Pendant ce temps, le sien était celui du choc et de l'horreur.

— Tomek, Kasia ! s'écria sa mère, Izabela, en ouvrant la porte. *Cześć* ! Elle se pencha pour embrasser sa petite-fille, puis prit Tomek dans ses bras. En s'éloignant, elle le regarda d'un air suspicieux. — Ça va ? Tu es très pâle.

— Un peu mortifié, mais ça ira. Puis il se souvint de sa petite amie qui se tenait maladroitement à côté de lui. — Maman, voici Abigail. Abigail, voici ma mère.

— Enchantée de vous rencontrer, dit Abigail, en tendant la main pour serrer celle d'Izabela.

— Tout le plaisir est pour moi. Izabela écarta la main d'Abigail et l'enveloppa dans ses bras à la place. — Nous sommes une famille qui aime les câlins, dit-elle. Je dois dire que tu es très jolie. Je parie que tu as des tas d'hommes qui se jettent à tes pieds. Qu'est-ce qui ne va pas chez toi ? Qu'est-ce qui t'a fait choisir mon fils ?

Le commentaire suscita un petit rire des filles, mais Tomek était le seul à ne pas participer.

— Eh bien, je...

— Ne réponds pas à la question ! dit-il à Abigail, puis saisissant sa mère par les épaules, la fit tourner, et la poussa à l'intérieur. Dès qu'il entra, il se précipita à la recherche de son père, Perry. L'homme serait capable de le sauver d'un complot des trois femmes les plus importantes de sa vie.

Tomek le trouva dans la cuisine, terminant de verser le dernier d'une bouteille de vin dans quatre verres séparés. — J'espère que tu aimes le blanc, dit Perry.

— Je suis content avec n'importe quoi, répondit Tomek.

— Pas toi. Ta copine. Perry regarda par-dessus l'épaule de Tomek et tendit un verre à Abigail, qui suivait de près. Une fois qu'ils se furent présentés, sans lancer d'autres attaques verbales contre Tomek, Perry distribua un verre aux adultes. Puis il tourna son attention vers Kasia. — Et pour la conductrice désignée ce soir, une bouteille de cola Fentimans.

— Tu t'en es souvenu ? Le visage de Kasia s'illumina.

— Bien sûr.

— Wow, merci ! Papa ne me laisse jamais en boire.

— Parce que ça coûte une fortune, répondit Tomek. Peut-être que si tu acceptais ce job que je t'ai trouvé au zoo, tu pourrais t'acheter autant de Fentimans que tu veux.

— Un job ? Dans un *zoo* ? L'angoisse dans la voix d'Izabela était palpable tandis qu'elle massait ses ongles parfaitement manucurés dans ses cheveux.

— Ce n'est pas un vrai job, répliqua Kasia avec humeur. C'était juste l'idée que papa se fait d'une blague.

— Il est fort pour ça, répondit Perry en donnant une tape dans le dos de Tomek. Je pense que j'ai commencé à travailler quand j'avais à peu près ton âge, en fait, Kasia. Dans un atelier avec le fils d'un des collègues de mon père.

— Tu es sûr que ce n'était pas une cheminée ? Ils envoyaient encore des enfants les ramoner quand tu avais cet âge, non ?

Perry fit un clin d'œil et donna une tape amicale sur le bras de Tomek. — Tu vois, voilà encore l'humour de ton père. Je ne sais pas d'où il le tient. Parce que le mien est bien supérieur au sien, tu ne trouves pas, Kash ?

— Ouais, répondit Kasia en sirotant sa boisson. Celui de papa est plus gênant que drôle.

— Je n'arrête pas de lui dire que c'est mon rôle. Ça a toujours été le tien pour moi.

— Mais tu le prenais toujours tellement au sérieux, dit Izabela en posant sa main sur son avant-bras. Tu étais si sensible à ça. Tu te souviens de cette fois où tu as pleuré quand papa t'a dit que tes yeux deviendraient carrés si tu continuais à fixer la télé et qu'ils finiraient par te sortir de la tête ?

— J'avais sept ans ! Tomek secoua la tête et se tourna vers Abigail, qui arborait un énorme sourire sur son visage. C'était clair qu'elle s'amusait. Qu'elle ne se sentait pas du tout mal à l'aise. Et que tout cela s'était fait à ses dépens. — Mes parents, mesdames et messieurs, terrorisant un enfant de sept ans.

— Tu n'étais pas spécial. Tes frères ont subi le même traitement.

Et c'était exactement ça. Il n'était pas spécial. Pas aux yeux de ses parents. Pas comparé à ses frères. Il ne s'était jamais senti comme le favori, en grandissant. En tant que benjamin, c'est ce qu'il avait anticipé. C'est ce que toutes les sitcoms et séries télé te faisaient croire. Mais ça n'avait pas été sa réalité. Et ce sentiment s'était seulement aggravé après la mort de Michał.

Heureusement, quelqu'un d'autre avait lancé un autre sujet de conversation – peut-être Abigail, peut-être sa mère – mais il n'y prêtait pas attention. Son esprit s'était égaré vers des pensées concernant Michał et Nathan Burrows. À la lettre. À la conversation qu'ils avaient eue quelques semaines auparavant.

Parler de la mort de Michał ne finissait jamais bien entre eux trois. C'était un sujet douloureux, pour des raisons évidentes, mais c'était empiré par le fait que Tomek n'avait jamais été capable de donner à ses parents, en particulier à sa mère, une clôture sur ce qui lui était arrivé. La possibilité qu'un second tueur soit quelque part dehors, évitant la capture après toutes ces années, et personne sauf Tomek n'étant capable de l'identifier, avait creusé un fossé entre eux. Tomek ne croyait pas un mot de ce que Nathan avait dit. Il savait ce qu'il avait vu, et il avait vu une seconde silhouette planant au-dessus du corps sans vie de son frère. Mais sa mère avait-elle besoin de savoir ça ? Pouvait-il réparer les choses et combler le fossé entre eux en admettant finalement que tout cela avait fait partie de son imagination fragile et déformée après tout ce temps ? Le croirait-elle ? Cela lui accorderait-il enfin la clôture dont elle avait besoin après plus de trente ans de souffrance ?

Tomek n'en était pas si sûr. Mais il n'y avait qu'une seule façon de le savoir.

Pour leur dîner, Izabela avait préparé le plat favori de la famille : des *pierogi*. Un repas simple composé de boulettes farcies à la viande, servies dans une dose peu diététique de sauce.

— Pour Abigail j'ai préparé autre chose, au cas où tu n'aimerais pas, dit Izabela avec un sourire chaleureux.

— Je suis ouverte à tout, dit Abigail en en portant un à ses lèvres avec sa fourchette.

Le bruit qui sortit de sa bouche contredisait l'expression sur son visage. Tout comme ses mots. — Délicieux, dit-elle.

Tout le monde dans la pièce sentit qu'elle mentait, mais comme elle, ils étaient tous trop polis pour dire quoi que ce soit.

Pendant un bref moment, ils mangèrent en silence. Il ne fallut pas longtemps pour que la conversation tourne autour du travail. Tomek avait espéré qu'ils apprendraient à mieux connaître Abigail, mais il aurait eu plus de chance à la loterie.

— Tu as de grosses affaires en ce moment ? demanda son père.

— Juste quelques-unes.

— Des affaires où l'on peut t'aider ?

— Abigail a fait tout ce dont j'avais besoin que quelqu'un d'autre fasse.

— Ah bon ?

Tomek lui donna un coup de coude pour qu'elle explique. C'était plus sûr comme ça. Elle ne pouvait relayer que les informations qu'elle avait obtenues de Tomek ou d'Anna. De cette façon, rien d'important qu'elle ne savait pas encore ne pourrait sortir.

Abigail finit sa bouchée, péniblement, et dit : — Vous connaissez cette femme qui a été retrouvée dans l'estuaire l'autre jour ?

— Non ?

— Eh bien, elle a été tuée à environ un kilomètre et demi. Noyée. J'ai diffusé le signalement du suspect.

— *Et* ? demanda Perry, les yeux fixés sur Tomek.

— Nous avons arrêté quelqu'un en relation avec le décès ce matin, répondit Tomek d'un ton neutre.

— Pourquoi est-ce que je sens un « mais » ?

— Parce que je ne pense pas qu'il l'ait fait. Je pense qu'on s'est trompé de gars ou que quelqu'un d'autre était impliqué d'une manière ou d'une autre.

Perry ricana. — L'histoire de ta vie ça, hein, fiston ?

Tomek se mordit la lèvre inférieure. Il s'attendait à ce commentaire de la part de sa mère, mais pas de son père. C'était peut-être pour cela que Perry l'avait dit, parce qu'il savait que Tomek ne riposterait pas.

— En parlant de ça, commença Tomek, s'éclaircissant la gorge. L'autre semaine, je suis allé voir Nathan.

— Nathan ? répéta Perry. Qui est Nathan ?

— Tu n'as pas… dit Izabela, sa voix inhabituellement profonde.

— Si, Maman.

— Qui est Nathan ? demanda Perry, mais personne ne répondit. La conversation entre Tomek et sa mère continua.

— Pourquoi as-tu fait ça ? Comment as-tu pu ?

— J'avais besoin de savoir.

— Pas comme ça. Il ne mérite pas ça.

— Quelqu'un va-t-il me dire qui est Nathan ? demanda Perry.

Le bruit d'une fourchette claquant sur la table les distrait tous. — La personne qui a tué Michał !

Tous les regards se tournèrent vers Kasia. Son couteau et sa fourchette étaient sur la table, laissant des traces de sauce sur la nappe parfaitement blanche et récemment repassée.

— Merci, Kasieńka. Perry se tourna vers Tomek, son visage abattu. — *Le* Nathan ? Vraiment ? Pourquoi es-tu allé là-bas ?

— Comme je l'ai dit, j'avais besoin de savoir. J'avais besoin de réponses.

— Et tu les as obtenues ?

Tomek baissa son regard, puis le releva vers Kasia, puis Abigail, avant de finalement revenir vers ses parents.

— Oui.

— Vas-tu nous le dire, ou vas-tu parler en énigmes ?

Tomek inspira profondément, lentement. — Il n'y avait personne, dit-il. Il n'y avait pas d'autre tueur. Il m'a dit que je m'étais complètement trompé. Toutes ces années, c'était dans ma tête.

Tomek se réveilla en sursaut.

Pas à cause d'un cauchemar. Pas parce qu'il imaginait Nathan Burrows et le deuxième tueur dans son esprit. Mais parce que son téléphone s'était mis à sonner juste à côté de sa tête. Le bruit ressemblait à un coup de feu, l'appareil vibrant sur le meuble IKEA.

Les yeux mi-clos, il tendit la main vers l'appareil. Il vit le nom de Sean en haut de l'écran. Il gémit. Il était presque six heures. Son réveil devait sonner vingt minutes plus tard. Mais quelque chose lui disait qu'il ne pourrait pas se rendormir après cet appel.

— Oui ? dit-il.

— Salut, champion, répondit la voix agaçante et joviale. Je ne t'ai pas réveillé, j'espère ?

— Est-ce que les avions volent dans le ciel ?

— Quoi ? Ah. Je comprends. Pas mal. Bien joué.

— Pas ma meilleure réplique. Mais bon, à quoi peut-on s'attendre quand je viens juste de me réveiller ?

Au moment où il prononçait ces mots, Abigail s'agita à côté de lui. Elle avait habituellement le sommeil léger et s'était réveillée plusieurs fois au son de son alarme depuis qu'ils avaient commencé à sortir ensemble, mais les trois verres de vin et les nombreuses assiettes de nourriture avaient eu raison d'elle. Il se glissa hors du lit et fila dans le salon.

— Est-ce que ce que je vais entendre va me plaire ? demanda-t-il.

— Probablement pas. Mariusz Stanciu est mort. Assassiné. Tué dans sa cellule de prison hier soir.

CHAPITRE
TRENTE-SEPT

Selon le rapport des gardiens de prison, Mariusz avait été déclaré mort à 22 h 39, environ dix minutes après avoir été placé dans sa cellule pour la nuit. La cause du décès avait été attribuée à des coups de couteau. Trente-huit coups. Son meurtrier s'était échappé de sa cellule, avait maîtrisé les gardiens et s'était glissé dans la cellule de Mariusz. Mariusz était seul, s'adaptant à sa nouvelle vie carcérale sans personne pour le consoler, quand le tueur avait fait irruption. Le temps que les gardiens réagissent et trouvent une autre clé, environ trois minutes plus tard, Mariusz s'était vidé de son sang et était mort sur le sol. Pendant ce temps, son assassin se tenait au fond de la cellule, le visage pressé contre le mur, les bras au-dessus de la tête comme s'il se faisait arrêter pour la première fois. Il se rendait, admettant sa défaite. Mais cela n'a pas empêché les gardiens de le projeter contre le mur, sept corps armés l'écrasant contre le béton. Ni de le frapper à plusieurs reprises avec leurs matraques et de le jeter à terre comme un vulgaire morceau de viande.

L'homme s'appelait Denis Danyluk, et il purgeait actuellement une peine à perpétuité pour meurtre.

Tomek et Sean avaient été envoyés pour l'interroger. La décision venait de Victoria. En tant que membres les plus grands et les plus imposants physiquement de l'équipe, ils étaient les candidats parfaits pour cette mission. Le fait qu'ils soient tous deux seconds derrière elle dans la hiérarchie était également un atout.

Ils furent conduits dans une petite pièce vide qui rappelait à Tomek les salles d'interrogatoire du commissariat. Au milieu se trouvait une petite table, à peine assez grande pour une personne, et encore moins pour trois. Avachi sur sa chaise, leur faisant face, se tenait un homme chauve, corpulent, avec des épaules presque aussi larges que la table elle-même. Son expression affichait un profond dédain. Au-dessus de son œil gauche, une lacération d'environ cinq centimètres semblait avoir coupé jusqu'à l'os. Ses yeux étaient de la couleur du plafond, et son nez était cassé à au moins deux endroits. Denis n'était pas en surpoids, mais il n'avait pas non plus cinq pour cent de masse graisseuse. Malgré sa vie en prison vingt-quatre heures sur vingt-quatre, il avait l'air de bien manger – très bien même.

Lorsqu'ils s'approchèrent, Denis se leva de sa chaise et tendit la main. Tomek fut déconcerté par sa taille imposante. C'était comme se retrouver face à John Coffey dans *La Ligne verte*. Il comprenait maintenant pourquoi ils étaient les mieux placés pour cette mission. Il prit son courage à deux mains.

— Je m'appelle Denis, dit-il avec un fort accent d'Europe de l'Est. C'est bon de vous rencontrer. Je vous attendais.

Ni Tomek ni Sean ne choisirent de lui serrer la main. Au lieu de cela, ils tirèrent leurs chaises et s'assirent. Dans les coins supérieurs de la pièce, des lumières rouges clignotaient tandis que les caméras vidéo enregistraient chacun de leurs mouvements. C'était une maigre consolation de savoir que la protection n'était qu'à quelques secondes de distance, bien que, vu sa taille, Tomek était convaincu que l'homme pourrait les éliminer tous les deux avant l'arrivée des renforts – et se tenir face au mur, les mains au-dessus de la tête, avec quelques secondes d'avance.

— Nous avons besoin que vous nous racontiez tout ce qui s'est passé avant la mort de Mariusz, dit Sean.

Denis haussa les épaules.

— C'est simple. Je me suis introduit dans sa cellule. Puis je l'ai tué.

— Comment êtes-vous entré dans sa cellule ?

— Le gardien est venu. J'ai volé sa clé.

— Comment ?

— Je l'ai prise au gardien.

— Et ?

— J'ai fait semblant d'avoir des problèmes d'estomac.

— Ensuite ?

— J'ai volé la clé, je suis entré dans la cellule de Mariusz, puis je l'ai tué.

— Comment ?

Sans dire un mot, Denis s'éloigna de la table et se leva. Tomek se tendit immédiatement, se préparant à une altercation. Mais elle ne vint pas. Au lieu de cela, Denis commença à mimer comment il avait tué Mariusz.

— J'ai foncé, commença-t-il, je l'ai attrapé par la chemise, puis je l'ai poussé contre le mur. Ensuite, je l'ai poignardé. Trente-huit fois. J'ai compté. Une pour chaque année de la vie de Morgana. Il était mort avant de toucher le sol. Puis j'ai laissé tomber le couteau et je me suis tenu près du mur. Comme ça.

Denis pressa son corps contre un côté du mur et plaça ses mains au-dessus de sa tête.

— Peu après, les gardiens sont arrivés. C'est bien ça ?

— C'est exact, répondit Denis en parlant face au mur.

— Vous pouvez revenir maintenant, dit Tomek.

Un rire profond.

— Pardonnez-moi. J'ai l'habitude d'être dans cette position.

Tomek n'en doutait pas. Il ne doutait pas non plus de la version des faits de l'homme. Elle correspondait à ce qu'il avait lu dans le rapport. Qu'il avait fait irruption et l'avait tué sans un moment d'hésitation. Que c'était prémédité. Que Denis savait que Mariusz arrivait en prison, qu'il savait dans quelle cellule il serait.

Les questions qui occupaient l'esprit de Tomek étaient comment, et pourquoi ?

— Pourquoi l'avez-vous tué ? demanda-t-il une fois que Denis fut revenu à sa place.

— Vengeance.

— Vengeance pour quoi ?
— Parce qu'il a tué Morgana.
— En quoi cela vous concerne-t-il ?
— Parce qu'elle est ma sœur.

CHAPITRE
TRENTE-HUIT

Tomek avait été assommé par la nouvelle et il avait eu besoin de temps pour digérer l'information, mais c'était du temps qu'il ne pouvait pas se permettre de perdre. Heureusement, Sean était venu à son secours et avait mené le reste de l'entretien jusqu'à ce que Tomek retrouve suffisamment de sang-froid pour le rejoindre. Il n'arrivait pas à y croire. Ou plutôt, il ne voulait pas y croire.

C'était la première fois que Tomek et l'équipe entendaient parler d'une famille de Morgana en dehors de son mari, et encore moins d'un frère qui était en prison. Son nom n'était apparu dans aucune de leurs enquêtes, déclarations de témoins ou recherches. Il n'avait simplement pas existé. Mais maintenant, il existait. C'était peut-être ce que Morgana avait voulu. Peut-être avait-elle été tellement dégoûtée et déçue par les actions de son frère qu'elle l'avait complètement exclu de sa vie, l'avait enfermé dans un coin de son esprit en jetant la clé, et avait demandé à tout le monde d'en faire autant. Ce ne serait pas la pire chose qu'elle aurait pu faire.

Sean avait remis en question la validité de ses déclarations. Mais, pour contrer cela, Denis avait accepté de fournir un échantillon d'ADN, et au moment où Tomek et Sean étaient partis, l'échantillon était emballé et prêt à être envoyé pour analyse. Seul le temps dirait si Denis disait la vérité.

Quoi qu'il en soit, l'homme avait tout de même tué Mariusz, l'avait abattu de sang-froid, et pour cela, il risquait une peine encore plus longue. Ajoutée à sa peine actuelle, il semblait évident que Denis ne sortirait jamais de prison. Déjà incarcéré pour le meurtre d'un homme de vingt-cinq ans lors d'un incident de violence aléatoire, il était clair que Denis allait mourir entre les quatre murs de sa cellule. Et il ne pouvait rien faire pour changer ce fait. Aucun test ADN, aucun nombre d'aveux n'y changerait quoi que ce soit.

En entrant dans la salle des opérations, quarante minutes plus tard, l'esprit de Tomek fourmillait d'idées et de pensées. Il avait besoin de les traiter toutes et, avant de faire quoi que ce soit d'autre, il se dirigea directement vers son bureau et commença à les noter sur un bloc-notes. Quand il eut terminé, les notes étaient à peine lisibles :

Morgana

Iliana

Lien Denis et Mariusz - qu'est-ce qui les connecte ?

Denis - organisateur de tout depuis la prison ?

Mariusz et Andrei - connexion ?

Peut-être aucun lien du tout ?

Aléatoire ?

Andrei, adresse d'Andrei - Mariusz

Connexion ?

Pendant un long moment, Tomek fixa la liste. Jusqu'à ce que les mots perdent leur sens, devenant de simples gribouillis et des lignes sur une page. Dans sa tête, tout avait un sens, mais il manquait quelque chose. Quelque chose au fond de son esprit qu'il n'arrivait pas à atteindre, à saisir et à jeter sur la page.

Il fixa la liste un moment de plus.

L'indécision s'insinua en lui, et soudain, il n'avait aucune idée par où commencer.

Heureusement, la décision fut prise pour lui.

— Sergent, lança un Chey hésitant.

— Oui, Monsieur Pepper ?

— Appelez-moi docteur.

— Non. Je ne vais pas faire ça.

Chey haussa les épaules, puis dit : — Tu passes à côté d'un humour de qualité supérieure.

— Je prends le risque. Qu'est-ce que tu veux ?

Chey tira la chaise à côté de Tomek et s'y laissa tomber. Tout en croisant une jambe sur l'autre, il dit : — J'étais en train de regarder...

— Fais attention où tu regardes et qui tu regardes, mon pote. Je ne voudrais pas t'arrêter pour voyeurisme.

— Très drôle. Mais ce n'est pas ce que je voulais dire. Ce que je voulais dire, c'est que j'étais en train de *réfléchir*...

— Certains pourraient dire que c'est encore plus dangereux.

L'excitation qui se lisait plus tôt sur le visage de Chey s'évanouit progressivement à mesure que Tomek la lui vidait.

— Désolé, dit-il, en donnant un coup de poing joueur sur le bras de l'agent. Je plaisante, juste pour stimuler la créativité, c'est tout. Tu as toute mon attention.

Chey parut incertain. — Eh bien, pendant que tu étais absent, l'équipe a cherché des informations sur Denis, tout ce qu'elle pouvait trouver. Mais je voulais m'attarder encore un peu sur Mariusz.

— D'accord.

— J'ai revu les images de vidéosurveillance le long du front de mer, essayant de trouver toute trace de lui autour de l'heure du meurtre de Morgana. J'ai même regardé les images du matin pour voir si je pouvais le trouver en train de sortir pour tuer Morgana.

— Et ?

— Toujours rien.

— Avons-nous trouvé un lien entre Mariusz et Morgana ? demanda Tomek. Son esprit essayait d'effacer ses pensées et ses idées pour repartir à zéro avec les informations de Chey.

— Non, mais l'équipe cherche toujours.

— D'accord. Y a-t-il autre chose, ou est-ce tout ce que tu es venu me dire ?

Chey secoua la tête. — Bien sûr que non. J'ai trouvé quelque chose que tu pourrais trouver intéressant.

Tomek se frotta les mains. — Vas-y.

— Eh bien, je repensais à ce que tu as dit à propos de la silhouette à l'extérieur de l'Airbnb des Redgrave. Comment cette silhouette, en supposant que c'était le tueur, aurait-elle pu obtenir cette information ? Elle n'est disponible que dans nos systèmes, ou bien il connaissait suffisamment bien les Redgrave pour savoir où ils séjournaient. La seule personne qui correspond à ce profil est Warren Thomas.

Tomek se crispa inconfortablement sur son siège.

— Mais ensuite, il ne correspond pas au profil et à la description qu'ils ont tous donnés de l'agresseur. Je veux dire, j'ai *vu* Warren, et on *verrait* clairement la différence entre lui et Mariusz. Alors ça m'a fait réfléchir. L'autre possibilité est qu'il ait accédé d'une manière ou d'une autre à l'adresse des Redgrave via nos systèmes.

— Ou il les a suivis chez eux après qu'ils aient donné leurs témoignages au commissariat ? dit Tomek.

Chey claqua des doigts en formant un pistolet. — J'espérais que tu dirais ça. En fait, je savais que tu le dirais. Je te lis comme un livre ouvert, Sergent. D'ailleurs, c'est toi qui m'as donné l'id—

— Tu disais ? interrompit Tomek.

— Oui. Bien. Désolé. J'espérais que tu dirais ça parce que j'ai examiné l'implication de Mariusz avec Andrei. Là encore, pour autant qu'on puisse en juger, il n'y a pas de relation directe ou de connexion entre eux deux.

— Ce qui implique que Mariusz a tué Andrei parce qu'il était au mauvais endroit au mauvais moment.

— Exact, oui. C'est l'implication, du moins. Et la seule façon dont il aurait pu découvrir où vivait Andrei est soit en accédant aux informations sur nos systèmes, soit en...

— Soit en suivant Andrei jusqu'à chez lui après sa déposition.

Encore un pistolet avec les doigts. — Exactement ! Donc, grâce à ton inspiration sage et professionnelle, j'ai regardé les images de vidéosurveillance du commissariat autour du moment où il est venu faire sa déposition et au moment où il est parti. J'ai également regardé les images de vidéosurveillance autour de son appartement au-dessus du restaurant chinois peu après, en faisant correspondre toutes les voitures qui avaient quitté le commissariat et qui étaient passées devant la caméra la plus proche.

— Et ? Tomek se sentit légèrement pencher vers l'avant.

— Et rien.

— Que veux-tu dire, rien ?

— Il n'y a aucune trace de Mariusz à l'extérieur du commissariat. Je n'ai pas non plus trouvé de descriptions ou de plaques d'immatriculation de véhicules correspondant à la fois ici et à l'appartement d'Andrei, ce qui signifie qu'il n'a pas non plus été suivi chez lui en voiture.

— Alors comment Mariusz savait-il où vivait Andrei ? demanda Tomek, bien qu'il se perdît à nouveau dans ses pensées.

— N'est-ce pas évident ?

C'était évident. Mais Tomek devait réfléchir aux implications.

— C'est la deuxième possibilité, continua Chey. Mariusz a réussi à accéder aux informations depuis nos systèmes. Ou quelqu'un l'a fait pour lui.

Tomek se tourna lentement vers lui, les yeux s'écarquillant de désespoir.

— Est-ce que... est-ce que tu sais qui ?

Chey ne put dissimuler l'excitation sur son visage. — J'attendais que tu reviennes, Sergent, dit-il. Victoria m'a donné une autre tâche pendant ton absence.

Évidemment.

Tomek jeta un coup d'œil vers le bureau de Chey. — Tu l'as ouvert maintenant ?

Chey acquiesça. Tomek se leva de sa chaise avant Chey et se précipita vers son bureau. Il tapota son poignet à plusieurs reprises, comme pour presser le jeune homme.

Le constable perçut l'urgence et sauta les dernières étapes. Sur son siège, il se connecta à son ordinateur et chargea l'écran. En haut se trouvait une petite barre de recherche. Chey saisit le nom d'Andrei Pirlog et appuya sur Entrée.

Un instant plus tard, un petit journal apparut à l'écran. Les yeux de Tomek parcoururent rapidement l'information, regardant d'abord les dates puis le nom du compte qui avait accédé à son dossier.

Et c'est alors qu'il le vit.

CHAPITRE
TRENTE-NEUF

Mercifullment, Tomek ne reconnut pas le nom qui s'affichait sur l'écran. Il n'osait même pas imaginer comment la conversation se serait déroulée s'il avait s'agi de quelqu'un de l'équipe. Que quelqu'un qu'il connaissait intimement ait divulgé les informations personnelles d'Andrei à un tueur.

Le nom qui était apparu sur l'écran appartenait à un certain Gavin Barker.

Une recherche rapide du nom de Gavin dans la base de données interne de la police avait révélé qu'il travaillait pour l'équipe de Sécurité Policière, dans le même bureau que le Commissaire à la Police, aux Incendies et à la Criminalité, Brendan Door. En voyant le nom du PFCC, l'esprit de Tomek s'était mis à tourner. Quelques semaines auparavant, Brendan, ainsi que certaines des élites et personnalités les plus respectées de la ville, notamment le député local, le maire, un homme d'affaires éminent et le directeur du journal d'Abigail, le *Southend Echo*, avaient été inculpés pour trafic de femmes d'Europe de l'Est afin qu'elles deviennent leurs jouets décadents et débauches dans leur club exclusif réservé aux membres, au cœur de Southend. Brendan était actuellement en détention provisoire pendant que l'enquête progressait.

Tomek et Chey étaient assis patiemment dans une petite salle d'attente. Ils étaient perchés sur des sièges inconfortables faits d'un tissu rugueux qui rappelait à Tomek le canapé de ses grands-parents en Pologne. Derrière le bureau se trouvait une femme qui semblait être du genre à perdre le contrôle d'elle-même lors d'un exercice d'évacuation incendie, quelqu'un qui serait la première à crier et à se précipiter par la fenêtre si la situation l'exigeait — légèrement névrosée et tendue. Dès qu'elle avait compris qui étaient Tomek et Chey, et pourquoi ils étaient là, elle s'était précipitée sur le téléphone pour appeler Gavin, impatiente de le contacter, s'excusant profusément pendant qu'ils attendaient.

Cinq secondes pour qu'il réponde.

Cinq minutes pour qu'il apparaisse.

Gavin était un homme petit et discret, avec une grande bouche et une coiffure courte et hérissée qui nécessitait beaucoup trop de gel, et qui n'était plus à la mode depuis le début des années 2000. Malgré sa taille, il avait une sacrée poigne.

— J'espère que ce sera rapide ? demanda-t-il en abaissant ses mains.

— Probablement pas, répondit Tomek. Vous devriez envisager d'annuler tous les rendez-vous ou réunions que vous avez prévus.

Sans rien dire, Gavin pivota sur place et s'élança à travers une double porte. Son bureau n'était pas loin, mais l'homme les devançait largement, et au moment où ils le rattrapèrent, Gavin était déjà assis derrière son bureau, les attendant comme un directeur d'école qui s'apprête à réprimander deux enfants en école buissonnière.

— Si c'est au sujet de l'enquête sur Brendan, j'ai déjà répondu à toutes les questions possibles là-dessus.

— Nous en avons juste quelques autres, si vous voulez bien nous faire ce plaisir.

— Vous faire ce plaisir ? Qu'est-ce que ça veut dire ?

— Nous avons juste quelques questions supplémentaires qui nécessitent des réponses.

— Je vous l'ai déjà dit, j'ai discuté de tout ce qu'il y avait à discuter sur Brendan.

— Qui a parlé de Brendan ?

— Vous... ? Il semblait maintenant incertain.

— Non, pas du tout. Si c'est ce que la réceptionniste vous a dit, je suis désolé, mais vous avez été mal informé.

— Si ce n'est pas à propos de lui, alors de quoi s'agit-il ?

— Nous pensons que vous le savez.

Tomek se percha sur le bord de la chaise, posa une main sur la table, puis fit signe à Chey. Le constable sortit de sa poche un morceau de papier.

— Avez-vous entendu parler du corps qui a été trouvé près de Mulberry Harbour l'autre jour ?

Les yeux de Gavin firent l'aller-retour entre Tomek et Chey. — Je crois avoir vu quelque chose à ce sujet. Sa voix était tremblante, nerveuse, comme s'il savait où tout cela menait.

— Eh bien, continua Tomek, peu après ces événements, un des principaux témoins a été tué. Ne dites rien cependant, nous gardons cette partie assez confidentielle. C'est tellement dommage, parce que c'était vraiment un type bien. Comme la femme, il nous a été enlevé trop tôt. Vous pouvez croire que le salaud qui a fait ça, il s'est présenté de nulle part ?

— De nulle part, répéta Chey.

— Enfin, pas exactement de nulle part. Il a eu un petit coup de pouce du *Southend Echo*. Après qu'ils ont publié sa description au public, il s'est senti obligé de se manifester, vous voyez ? Mais ce n'est pas le seul coup de pouce qu'a eu notre tueur, n'est-ce pas, Chey ?

— Non, Chef.

— Non, certainement pas, poursuivit Tomek, en secouant la tête. Voyez-vous, Gavin, quelqu'un a donné à notre tueur l'adresse du témoin oculaire. Vous pouvez croire ça ? Tomek se pencha plus près. Gavin se sentit obligé de faire de même. Les rides autour de ses yeux s'étaient creusées et son front s'était plissé. Tomek crut aussi voir une goutte de sueur se former au bord de sa ligne de cheveux qui s'amincissait.

— Et... le truc fou c'est... continua Tomek. L'appréhension sur le visage de Gavin grandissait. Ça venait de quelque part dans *ce* bureau.

Le soulagement sur le visage de Gavin fut si soudain et intense que Tomek le sentit presque sur sa joue.

Tomek baissa la voix. — Et nous pensons que *vous* pourriez nous aider à déterminer qui...

Les yeux de Gavin s'écarquillèrent. — Vous pensez... vous pensez que quelqu'un de ce bureau a divulgué l'adresse de quelqu'un à un... à un tueur ?

— Oh, oui.

— Et vous pensez que je peux vous aider à découvrir qui aurait pu le faire ?

— Oui, mais nous allons avoir besoin que vous soyez extrêmement discret à ce sujet. Nous ne pouvons pas laisser l'information se répandre. Il y a des gens dangereux dans ce monde. C'est une jungle là-dehors, et qui sait de quoi ils sont capables.

— D'accord. Oui. Je comprends. C'est... c'est intéressant. Très intéressant. Gavin semblait soudain plongé dans ses pensées, se tapotant le menton, détournant le regard de Tomek. — Avez-vous... avez-vous une idée de qui ça pourrait être ?

— Tim de la comptabilité.

— Tim de la comptabilité ? Vraiment ? Je... Je n'aurais jamais cru qu'il en était capable.

— C'est parce qu'il n'existe pas, dit brusquement Tomek. Il n'y a pas de Tim à la comptabilité. Nous l'avons inventé. Mais vous n'avez pas inventé l'adresse d'Andrei Pirlog, n'est-ce pas ? Vous l'avez trouvée exactement où vous en aviez besoin, et vous l'avez donnée directement à son assassin, n'est-ce pas ?

Le visage de Gavin se tordit en une grimace de protestation. — De quoi parlez-vous ? Comment osez-vous m'accuser...

Tomek le fit taire avec le morceau de papier qu'il attendait de dégainer.

— C'est bien votre nom là, n'est-ce pas ? Et c'est l'adresse IP de cet ordinateur précis — ne vous inquiétez pas, nous l'avons fait vérifier par l'informatique avant de venir. Nous avons également vérifié votre agenda et les caméras de surveillance du bâtiment, et tous indiquent que vous étiez ici même, assis à ce bureau lorsque vous avez consulté le profil d'Andrei dans le système.

Gavin ouvrit et ferma la bouche pour parler, mais rien n'en sortit.

— Je n'arrive pas à croire que vous alliez laisser un homme innocent, bien que fictif, être accusé de quelque chose qu'il n'a pas fait. Pauvre Tim de la comptabilité. N'avez-vous aucune honte, Gavin ?

— Vous ne pouvez pas me faire ça, répondit l'homme. Vous n'avez aucune preuve.

— Je viens de vous la montrer. Êtes-vous en plein délire ?

— Non, je...

— Qui vous a demandé de divulguer l'adresse ?

— Personne, je...

— Qui vous l'a demandé ?

— Je ne sais pas. J'ai juste reçu un SMS.

— Disant quoi ?

— Il demandait simplement l'adresse. C'est tout.

— Avez-vous toujours le message ?

— Non. Je l'ai supprimé dès que j'ai envoyé l'information.

— Pourquoi ? Pourquoi vous ?

— Je ne sais pas. Je... J'aimerais pouvoir vous le dire.

— Vous mentez.

— Non ! Je vous le promets, je ne mens pas !

— Alors je vous suggère de nous dire tout ce que nous avons besoin de savoir.

Du coin de l'œil, il vit Chey sortir un petit appareil d'enregistrement audio de sa poche et le poser sur la table. Gavin l'examina avec méfiance, et tandis qu'il parlait, ses yeux s'y posaient fréquemment.

— Écoutez, je..., commença-t-il, balbutiant de façon incohérente, incapable d'articuler ses mots. Il inspira brusquement, se ressaisit. — Je sais comment ça paraît. Vraiment. Mais je n'ai rien fait de mal. Rien du tout. L'autre jour, j'étais à Leigh, je marchais le long de Broadway avec ma femme et mes deux filles, juste en train de me mêler de mes affaires, quand j'ai reçu ce texto. Il venait d'un numéro inconnu, avec une photo de ma famille marchant dans la rue. Elle avait dû être prise environ cinq minutes plus tôt. Ils étaient devant le Co-op, en train de m'attendre pendant que j'étais passé à la boutique de souvenirs de l'autre côté de la rue. J'ai regardé autour de moi pour voir si quelqu'un était encore là, mais je n'avais aucune idée de qui je cherchais. Et c'était bondé, aussi, donc je n'avais aucune chance de les trouver.

— Que disait le message ? demanda Tomek.

— Quelque chose du genre : « Nous savons tout sur vous, nous savons tout sur votre famille. Répondez avec l'adresse d'un certain Andrei Pirlog » – je ne sais pas si je le prononce correctement...

— Je ne pense pas que ça le dérange, l'interrompit Tomek. Il est mort à cause de vous.

Gavin tressaillit à cette remarque mais continua quand même. — « Donnez-nous l'adresse d'un certain Andrei Pirlog sinon nous tuerons votre famille. » Naturellement, je n'allais pas rester là sans rien faire.

— Alors vous avez fait tuer quelqu'un d'autre à la place.

— Je n'ai tué personne ! Gavin frappa la paume de sa main sur la table. La seule personne à sursauter fut Gavin lui-même.

— Non, vous avez raison, dit Tomek, baissant légèrement le ton. Il a simplement été noyé dans sa propre baignoire pendant que vous restiez pratiquement là à regarder.

Gavin se mordit la lèvre inférieure. Une fine couche de larmes commença à se former au coin de ses yeux tandis que la réalité s'imposait à lui.

— Est-ce la seule chose qu'on vous a demandé de faire ?

Ils l'avaient perdu. Gavin fixait le vide au milieu du bureau, perdu dans ses pensées profondes et spiralées.

— Gavin, j'ai besoin que vous me répondiez.

Finalement, après ce qui semblait être une éternité, il leva la tête. — Ils m'ont aussi demandé d'aller à la prison.

— Quand ?

— Hier. Je devais y aller avant l'arrivée d'un nouveau détenu.

— À qui avez-vous parlé ? demanda Chey.

— Un homme nommé Denis. Je... on m'a dit de découvrir quand quelqu'un arrivait, quelqu'un appelé Mari-*oosh*, ou peu importe son nom. Ils... ils voulaient que je transmette le message.

— Quel message ?

— Dois-je vraiment tout épeler ?

— C'est le minimum que vous devez à ces personnes, répondit Tomek sèchement.

Gavin s'éclaircit la gorge. — Ils voulaient que Denis tue Mari-*oosh*. Il devait entrer en prison ce soir-là, et ils voulaient que Denis le tue.

— Et vous avez accepté ? demanda Chey.

Gavin se tourna lentement vers le constable. — Avez-vous une famille, mon vieux ? Non, bien sûr que non. Regardez-vous, vous avez à peine douze ans. Qu'est-ce que vous en savez ? Vous ne pouvez pas juger à moins de savoir ce que c'est d'avoir ses proches menacés. J'ai fait ce que je devais faire pour protéger ma famille.

— Même si cela signifiait tuer deux personnes ?

L'expression de Gavin changea soudainement. — J'ai fait ce que je devais faire pour protéger ma famille.

Cette fois, il n'y avait aucun remords dans sa voix, comme s'il avait soudainement accepté sa décision et la peine qui en découlerait.

Tomek était furieux contre cet homme. S'il était seulement venu voir la police d'abord, ils auraient pu protéger Gavin et sa famille, et potentiellement sauver deux vies. Mais l'homme avait pris les choses en main, et maintenant il en paierait le prix fort.

CHAPITRE
QUARANTE

L'atmosphère dans la salle de crise était morose, abattue. Les espoirs et les attentes s'étaient évanouis, et de nombreux visages confus fixaient la table ou les murs d'un regard vide. L'optimisme, malgré l'inculpation réussie pour le meurtre d'Andrei Pirlog, refluait aussi vite que la marée descendante.

— Je suis attristée et choquée d'apprendre la nouvelle du meurtre de Mariusz, dit Victoria lentement, calmement, avec une voix mesurée. Elle se tenait la tête haute et le dos droit. Cette fois, aucun fidèle limier à ses côtés ; Sean était assis parmi les autres autour de la table. — Mais grâce à la diligence de Tomek et Chey, nous avons réussi à comprendre pourquoi il est mort. Messieurs, pourriez-vous nous expliquer ?

C'est ce qu'ils firent. Mais pas avant que Tomek n'ait souligné l'erreur flagrante dans la déclaration initiale de Victoria : que les trente-huit plaies sur le corps de Mariusz avaient été la *véritable* raison de sa mort, et non leur rigueur dans l'accomplissement de leur travail. Quoi qu'il en soit, Tomek avait laissé Chey expliquer l'implication active de Gavin dans la mort de cet homme à l'équipe. C'était une occasion pour le constable de se développer et de prendre davantage confiance dans son rôle. Quand il eut terminé, Victoria ouvrit la séance aux questions, auxquelles Chey avait pu répondre de façon concise et sans hésitation.

— J'aimerais profiter de ce moment pour passer en revue ce que nous savons, ce que nous ne savons pas, et ce que nous voulons savoir. Je pense que nous avons tous besoin de comprendre ce qui s'est passé ces derniers jours pour y donner un sens et enfin clore cette affaire.

Un doux murmure parcourut l'équipe.

Les troupes étant rassemblées, Victoria se lança dans la bataille et se tourna vers les tableaux derrière elle. Au cours des derniers jours, l'équipe avait placé des documents, des informations, des faits, des images, des photographies de scènes de crime et des preuves au mur pour construire une carte mentale complète de l'enquête. En haut à gauche se trouvait une petite photographie de Mulberry Harbour, avec quelques faits brefs sur le monument. À côté se trouvait une image de Morgana, tirée de ses réseaux sociaux ; la femme de trente-huit ans souriait avec exubérance à l'objectif. — À 9 h 52, nous avons reçu l'appel d'urgence de Warren Thomas à Mulberry Harbour disant qu'ils avaient trouvé le corps de Morgana. Étaient présents à ce moment-là Andrei Pirlog, maintenant décédé, Warren Thomas lui-même, Kirsty Redgrave, et sa famille de quatre personnes. Leurs noms étaient écrits sous l'image de Morgana, et Victoria pointait chacun d'eux en parlant. — Un suspect, de corpulence moyenne, avec des cheveux noirs courts et une fine barbe noire, portant un manteau et une écharpe noirs, a été vu tenant le corps de Morgana. Il a ensuite fui la scène, se dirigeant vers l'ouest, en direction de la jetée de Southend, où il a refait surface quelque part par ici.

Avec son stylo, Victoria traça une flèche sur une carte de Southend, du port à la jetée, puis une autre ligne pointant vers le haut. Elle s'arrêta en atteignant la terre ferme.

— À cette heure du matin, la marée montait rapidement, laissant nos témoins clés isolés. En conséquence, ils ont été forcés de hisser le corps, et eux-mêmes, sur le port, où ils ont attendu les secours. Une fois ramenés à terre, ils ont été conduits au poste pour déposer leurs déclarations. La seule personne à avoir eu la meilleure vue de notre suspect était Andrei Pirlog. Victoria tapota le nom de l'homme avec son stylo. — Peu après, Andrei a été retrouvé mort dans sa salle de bain. Initialement considéré comme un suicide, l'ADN retrouvé sous les ongles d'Andrei confirme que Mariusz Stanciu, un transporteur pour DWG Logistics, était présent. Nous savons maintenant que Mariusz a tué Andrei, les preuves sont irréfutables, et nous savons également que c'est lui qui a fui la scène du crime de Morgana.

— Non, ce n'est pas le cas, interrompit Tomek.

Victoria lui lança le regard de quelqu'un qui vient d'être empêché d'arriver premier à la ligne d'arrivée d'un marathon. La fureur se dessinait sur les traits de son visage.

— Si, c'est le cas.

Tomek secoua la tête. — Tout ce que nous avons, c'est sa parole. Il s'est manifesté de nulle part parce qu'il correspondait à la description dans les journaux.

— Que vous avez fait fuiter.

— Ça n'a rien à voir.

— Donc vous l'admettez ? insista Victoria.

— Non. Me laisserez-vous finir ? Merci. Comme je le disais, Mariusz s'est manifesté parce qu'il correspondait à la description dans le journal. Quand il m'a parlé, il m'a dit qu'il n'avait rien à voir avec la mort de Morgana, qu'il avait trouvé le corps comme ça, et qu'il avait fui la scène parce qu'il savait comment ça paraîtrait. Quand j'ai montré sa photo aux Redgrave et à Warren Thomas, ils n'ont pas pu dire avec certitude que c'était lui. La seule personne qui le pouvait était Andrei.

— Qu'il a tué.

— Oui, mais cela ne signifie pas qu'il est celui qui a tué Morgana, ou qu'il était même là-bas.

— Tout indique que si, intervint Martin. — Il était là au port, il a été repéré, il a fui, puis il a tué la personne qui l'avait le mieux vu. Ça ne présage rien de bon.

— Je sais comment ça paraît, répondit Tomek avec un profond soupir. — Mais vous n'étiez pas assis en face de lui dans cette salle d'interrogatoire. Vous ne l'avez pas entendu. Vous n'avez pas entendu à quel point il semblait calme et... robotique. Un autre soupir, cette fois plus profond, plus long. — Je crois ce que je crois, et je ne crois pas qu'il ait tué Morgana.

— Et sa petite amie ? demanda Martin, continuant à peser dans la discussion.

— Quoi, sa petite amie ? demanda Tomek.

— Dans sa déclaration, il a dit qu'il était là pour trouver un endroit parfait pour demander sa petite amie en mariage. Où est-elle ? Existe-t-elle ?

— Oui, répondit sèchement Oscar. Il se leva de sa chaise et pointa une photographie de l'autre côté du mur. On y voyait une femme vive, souriante derrière une épaisse écharpe qui lui enveloppait le cou et le menton. En arrière-plan, il y avait un escalier et un bâtiment. — Elle existe, poursuivit-il, mais je n'ai pas pu la contacter parce qu'elle est retournée en Roumanie.

— Ce qui corrobore ce que Mariusz a dit à son sujet, ajouta Tomek. — Il a dit qu'elle était rentrée chez elle pour voir sa famille.

— Rien de tout cela n'est pertinent, interrompit Sean. — Ce qui est pertinent, c'est de savoir pourquoi Mariusz, un homme qui apparaît de nulle part – littéralement, dans ce cas – tuerait Andrei s'il n'avait rien à voir avec le meurtre de Morgana. Pourquoi tuerait-il un homme innocent s'il était innocent lui-même ?

Tomek n'ayant pas de réponse immédiate, il posa plutôt une question. — Est-ce que quelqu'un a trouvé un lien entre Mariusz et Morgana ?

Tous les yeux se tournèrent vers l'un des tableaux. Au centre figuraient deux images, Mariusz et Morgana, avec une ligne s'étirant entre elles et un grand point d'interrogation souligné plusieurs fois en dessous.

— Non, en résumé, répondit Rachel.

Tomek haussa les épaules et lança un regard suffisant au reste de l'équipe. — CQFD.

— Passons, commença Victoria. — Nous reviendrons à Mariusz et Morgana. Mais puisque nous en sommes au sujet de Mariusz, il vient d'être tué en prison par le frère de Morgana, Denis Danyluk. Qui a les dernières informations à son sujet ?

— Nous enquêtons toujours sur lui, répondit Rachel. — Nous n'avons pas eu assez de temps pour rassembler beaucoup d'éléments.

— Rien du tout ?

— Eh bien, il vient d'Ukraine, comme Morgana. Il a été emprisonné pour le meurtre d'un homme de vingt-cinq ans. L'ayant poignardé à mort. On craignait que ce soit lié à une affaire tribale, de drogue, de gang, ou même territoriale, mais rien ne le prouvait. Un jour, Denis s'est disputé, a perdu la tête, puis a poignardé un homme à mort. Nous ne saurons s'il est apparenté à Morgana que lorsque les résultats ADN reviendront.

— Aucune mention d'elle dans aucun de ses dossiers ? Jamais indiquée comme personne à contacter en cas d'urgence ? Vice versa ?

Rachel secoua la tête. Victoria se déplaça alors vers une section vierge du tableau blanc et commença à griffonner une brève liste de tâches à accomplir. La première tâche sur la liste était de parler avec le mari et les associés de Morgana pour vérifier la validité de l'affirmation de Denis Danyluk. Les personnes les plus proches d'elle sauraient si elle avait un frère ou non. En particulier son mari, Anton.

Ensuite, la conversation passa brièvement à l'implication de Gavin Barker dans le meurtre de Mariusz en prison, et comment il avait informé le prisonnier de l'arrivée imminente de Mariusz.

— Quelqu'un a dit à Gavin de divulguer l'adresse d'Andrei, expliqua Tomek. — Puis, une fois Mariusz inculpé, ils ont dit à Gavin de prévenir Denis Danyluk de son arrivée. Quelqu'un, celui qui est derrière ces messages, voulait clairement qu'Andrei et Mariusz meurent. Maintenant, comprenez-vous pourquoi je ne pense pas que Mariusz ait tué Morgana ? Quelqu'un d'autre l'a fait, ils ont envoyé Mariusz pour avouer, et ils ont couvert leurs traces depuis.

Personne ne répondit. Tous les regards s'évitaient, jusqu'à ce que Martin soit assez courageux pour reprendre la parole. Il écarta une mèche de cheveux de ses yeux et la plaça derrière son oreille. — Peut-être que ces événements sont sans rapport. Peut-être que le meurtre de Mariusz est un événement distinct. Il y a encore beaucoup de choses que nous ne savons pas sur Mariusz. Peut-être avait-il des ennemis.

Tomek ricana. — Je vous en prie. Il n'est dans le pays que depuis trois mois. Continuez à penser cela si vous voulez, mais je pense que nous devrions nous concentrer sur la découverte de la personne qui a envoyé ces SMS. Et j'ai l'intention de le faire pendant que la police scientifique essaie de faire de même.

— Pour les battre de vitesse ? demanda Victoria, avec une pointe d'indignation dans la voix.

— Non, pour que nous puissions être prêts avec un mandat d'arrêt le moment venu.

CHAPITRE
QUARANTE-ET-UN

— Teflon Tommy !

Le cri avait retenti derrière lui alors qu'il sortait de la salle d'enquête, et il lui fallut un moment pour réaliser qu'on s'adressait à lui.

Il n'avait pas entendu ce surnom depuis un certain temps. Teflon Tommy. Ainsi nommé parce que rien ne collait à sa peau. Et il y avait eu une période, pendant les premières années de sa carrière, où il avait contrarié pas mal de gens, froissé quelques susceptibilités, enfreint les règles à plusieurs reprises, et pourtant rien n'avait pu lui coller aux basques. Grâce, en grande partie, à Nick. Le commissaire principal avait toujours été là pour le défendre, et ce surnom était né entre eux deux. L'ironie, c'était qu'au début, le nom avait collé, mais avec le temps, et à mesure qu'il avait mûri et s'était transformé en un détective plus compétent et respectueux des règles (ces termes étaient utilisés de façon approximative pour le décrire), le surnom était resté fidèle à sa nature et avait glissé hors d'usage.

— T-Bone !

Un autre appel, un autre surnom. Celui-ci faisait référence à son amour pour les entrecôtes. C'était Tomek lui-même qui s'était attribué ce sobriquet, mais tout le monde ne l'avait pas adopté.

Perplexe, Tomek se retourna vers le propriétaire de la voix. Il s'attendait à moitié à voir un ancien collègue, un de ceux qui se collaient à lui à chaque occasion, s'accrochaient à ses basques et riaient à toutes ses blagues. Il avait connu quelques sangsues de ce genre au cours de sa carrière, suçant le sang de son sens de l'humour. Au lieu de cela, c'était Sean. Tenant la porte ouverte, sa main étalée sur la surface comme une éclaboussure de sang.

— Ça va, mec ?

Tomek répondit lentement. — Ouais... C'est quoi ces surnoms ? Tu flirtes avec moi ou tu me veux quelque chose ?

— Un peu des deux. Celui qui marche.

— C'est à propos de la chambre ?

Sean devint soudain timide et baissa la voix. — Ouais. Je me demandais si tu avais eu l'occasion de parler aux filles, d'obtenir leur accord ?

Tomek se gratta la joue. — Désolé, mec. Pas encore. Ça m'est complètement sorti de la tête – un peu comme mon nom, hein ! Mais Sean ne voyait pas le côté amusant de la chose. Ses yeux se baissèrent et il hocha lentement la tête. — Écoute, laisse-moi leur parler ce soir. Je te donnerai une réponse demain, ça te va ?

— Ouais. Super, merci.

— Tu dois déménager quand ?

— Dès que possible, vraiment. J'aimerais rester aussi longtemps que possible, par pure provocation – je veux dire, ce connard me met à la porte, après tout. Mais l'ambiance devient un peu toxique là-bas, et je pense que ça a plus de sens d'en partir le plus tôt possible, si tu vois ce que je veux dire ?

Tomek comprenait parfaitement. Il posa une main sur l'épaule de Sean. — Laisse-moi m'en occuper, mec. On te trouvera un endroit.

Le visage de Sean s'illumina. — Merci, mec. J'apprécie vraiment. T'es un bon ami. Tu le sais, hein ?

CHAPITRE
QUARANTE-DEUX

Depuis qu'il avait vu le nom de Gavin Barker apparaître sur l'écran, Tomek avait immédiatement pensé à un homme qui pourrait être impliqué d'une manière ou d'une autre. Brendan Door, le Commissaire à la Police, aux Incendies et à la Criminalité d'Essex. Brendan était un homme mauvais qui n'avait montré que peu de remords pour ses actions, et il était impossible pour Tomek de ne pas penser à lui.

L'homme était actuellement en détention provisoire à la prison de Bedford pendant que l'enquête et le procès concernant son trafic sexuel progressaient. Tomek avait essayé d'obtenir une rencontre peu après que Victoria ait terminé son compte-rendu d'urgence, mais il était trop tard. Les heures de visite étaient passées, et il n'y avait aucune chance de lui parler ce soir-là. Tomek avait donc été contraint de remettre à plus tard, au lendemain.

Il était parti pour la prison de Bedford avant le lever du soleil, manquant sa course matinale avec Warren. Le trajet avait été long et épuisant, comme si le monde entier avait décidé de quitter la maison exactement en même temps que lui, et il s'était retrouvé pare-chocs contre pare-chocs tout du long. Le seul point positif qu'il avait tiré de cette expérience était d'avoir pu écouter quelques épisodes d'un nouveau podcast qu'il essayait. *The Crime Detectives*, ça s'appelait, mettant en scène un couple marié qui se prenait pour des détectives amateurs et passait l'épisode entier à discuter de véritables affaires non résolues. Chaque semaine, ils allaient faire des recherches et revenaient avec plus d'informations, faisant progresser l'enquête petit à petit. Tomek admirait leur ingéniosité et leur ténacité, et d'après les deux épisodes qu'il avait écoutés, il enviait les progrès qu'ils avaient réalisés. Il savait par expérience combien il était parfois difficile de mener une enquête et de trouver le tueur, et il les admirait néanmoins grandement. Il n'était pas sûr de continuer à écouter ce podcast, cependant. Non pas parce qu'il n'aimait pas les progrès qu'ils réalisaient et que cela le faisait se sentir inutile, mais parce qu'il s'était tellement impliqué dans leurs discussions et à écouter leurs voix qu'il avait failli avoir un accident à plusieurs reprises. Il semblait incapable de conduire et d'écouter un podcast en même temps. Il pensait qu'ils auraient dû indiquer cela sur l'emballage, comme ils le faisaient pour les médicaments.

Après être arrivé à la prison et avoir passé les différents contrôles, Tomek avait été dirigé vers une salle de réunion séparée, loin de la population générale, où il avait attendu l'arrivée de Brendan. Le prisonnier avait dû approuver la rencontre avant que Tomek puisse s'asseoir en face de lui, et à sa surprise, Brendan avait accepté. Finalement, après dix minutes d'attente, l'homme était entré dans la pièce, et Tomek avait immédiatement perçu ce que la prison lui avait fait. En si peu de temps, son visage était devenu hagard, ses bajoues s'affaissant suite à la perte de poids soudaine et drastique. Il marchait lentement, le dos voûté, les épaules tombantes, la tête basse. Voilà un homme qui, lors des rares occasions où Tomek l'avait rencontré, se tenait fièrement, avec arrogance, fort de son anonymat et de son statut. Maintenant, il semblait brisé et flétri. Son air d'arrogance avait été battu et volé. Les policiers, même corrompus, restaient parmi les détenus les plus détestés en prison, juste après les violeurs et les pédophiles. Mais malgré cela, il y avait encore un mince voile de pouvoir derrière lui, comme si celui-ci n'avait pas été complètement anéanti.

Brendan tira la chaise de sous la table et s'assit.

— J'ai passé toute la nuit à penser à aujourd'hui, dit-il de sa voix habituellement grave et rauque.

— Pareillement, répondit Tomek.

— Bien que pour des raisons très différentes, j'en suis sûr. Ils ne m'ont pas laissé savoir de quoi il s'agissait, alors mon imagination s'est emballée.

Tomek réfléchit à cette déclaration un moment.

— J'espère ne pas vous décevoir.

Alors qu'il était sur le point d'expliquer la raison de sa visite, Brendan l'interrompit.

— Comment va mon pote ?

— Lequel ?

— Nick. Mon pote, Nick. Comment va-t-il ?

— Suspendu, grâce à vous.

— Vraiment ?

Tomek inclina légèrement la tête.

— Suspendu, en attendant une enquête complète sur tout lien avec vous et ce que vous et vos amis faisiez.

Une ébauche de sourire narquois apparut sur le visage de Brendan. Un peu de pouvoir lui revenait.

— Ah, oui. Il y a eu cette fois où je l'ai invité à devenir membre des Sept de Southend.

C'était une nouvelle pour Tomek.

— Heureusement qu'il a dit non, répondit-il, essayant de cacher la surprise dans sa voix.

Le sourire narquois se transforma en un rictus entendu.

— C'est ce qu'il vous a dit ?

Les yeux de Tomek se plissèrent.

— Qu'est-ce que ça veut dire ?

— Rien, répondit Brendan. Je suis sûr que votre vertueux commissaire principal n'a rien à craindre. Je suis sûr qu'il sera de retour à l'heure du dîner.

Cela déstabilisa légèrement Tomek. Que la possibilité qu'un de ses amis les plus proches dans le service ait pu accepter de devenir membre d'un club directement impliqué dans le trafic sexuel. Plus encore, que Nick lui ait menti. Il avait juré qu'il n'y avait rien d'autre que Tomek devait savoir, juste qu'il avait été inclus dans quelques événements et qu'il n'avait absolument aucune implication dans le club.

Maintenant, Tomek n'en était plus si sûr.

— Quoi qu'il en soit, dit Brendan, maintenant que ce petit parasite nage dans votre tête, voudriez-vous m'expliquer pourquoi vous êtes ici ?

Tomek s'éclaircit la gorge.

— Est-ce que le nom de Morgana Usyk vous dit quelque chose ?

— Vous voulez dire la femme qui est morte sur le port l'autre jour ? C'est pour ça que vous êtes là ?

Tomek ne dit rien.

— Qu'est-ce que ça a à voir avec moi ? J'ai été ici tout ce temps. Parole de scout. Brendan leva trois doigts en l'air.

— Donc, vous n'avez jamais entendu ce nom auparavant ?

— Seulement aux informations.

— Et Mariusz Stanciu ?

Brendan fouilla dans sa mémoire pendant une seconde entière.

— Non. Désolé.

— Pas de problème. Celui-ci pourrait vous rafraîchir la mémoire, poursuivit Tomek. Que pouvez-vous me dire sur Gavin Barker ?

— Qui ?

— Gavin Barker, de votre bureau... le chef de l'équipe Policing Plus Sûr.

— Ah, vous voulez dire Gavin le Boiteux ! Pourquoi ? Qu'est-ce qu'il a fait ? Il n'a rien à voir avec les personnes que vous avez mentionnées, n'est-ce pas ?

Tomek pinça les lèvres. Cela ne se passait pas comme il l'avait prévu. La nuit dernière, il avait élaboré un plan – bref, simple – pour obtenir les informations dont il avait besoin. Mais cela ne fonctionnait pas. L'homme ne savait rien. Peut-être que Tomek avait tellement voulu que Brendan soit impliqué qu'il s'en était presque convaincu, mais il y avait quelque chose dans la réaction de l'homme qui suggérait qu'il n'avait eu aucun lien avec Morgana, Mariusz, ou tout cela.

— Que pouvez-vous me dire sur Gavin ? demanda Tomek, essayant de ne pas laisser paraître sa déception.

— Qu'aimeriez-vous savoir ?

— Sa personnalité. Comment est-il au bureau ?

— Une mauviette. Un lâche. Ensuite, allez, je peux voir sur votre visage que vous avez quelque chose que vous voulez vraiment me demander, mais quelque chose vous en empêche. Allez, Tomek, qu'est-ce que c'est ? Ce n'est pas dans vos habitudes de vous retenir de dire ce que vous avez vraiment en tête.

Tomek ne pensait pas que l'homme le connaissait assez bien pour porter ce genre de jugement, mais dans l'ensemble, c'était assez précis.

— Que savez-vous d'un homme nommé Andrei Pirlog ? demanda Tomek, sa voix vacillant légèrement.

— Jamais entendu parler de lui.

Presque aussi rapide que la dernière fois.

— Vous êtes sûr ?

Brendan croisa les bras sur sa poitrine.

— Absolument. Jamais entendu parler de lui. Et c'est le genre de nom dont on se souvient, non ? Comme le milieu de terrain. Maintenant, si vous n'allez pas dire ce pour quoi vous êtes venu ici, alors nous ferions aussi bien d'en terminer. La prison peut être un endroit très occupé parfois, et j'ai beaucoup de choses à faire.

— Comme planifier le meurtre de quelqu'un ?

Tomek avait initialement prévu de garder ce commentaire dans sa tête, mais il avait échappé à ses lèvres sans hésitation, comme s'il avait une volonté propre.

L'excitation se manifesta sur le visage de Brendan, et il se pencha en avant sur son siège.

— Voilà. Bingo. Vous pensez que j'ai quelque chose à voir avec un meurtre ? Laissez-moi deviner, vous pensez que moi, pour une raison quelconque, j'ai fait tuer cette femme, Morgana, et que ça avait quelque chose à voir avec Gavin et ces deux autres gars que vous avez nommés ? Oh, Tomek. Vous n'avez pas vraiment réfléchi à tout ça, n'est-ce pas ? Je ne connais aucune de ces personnes. Je n'ai jamais entendu parler d'elles de ma vie. Et vous le savez que je ne les connais pas, n'est-ce pas ? Vous n'avez aucune preuve qui suggère que je les connais, et vous le savez. Vous êtes venu ici en pensant que j'allais me retourner et vous dire tout ce que vous vouliez entendre. Mais ça ne s'est pas passé comme vous le vouliez. C'est drôle comme la vie fonctionne de cette façon. Toutes les cartes que vous aviez sont maintenant sur la table, face visible, et vous avez perdu.

C'est la main la plus merdique que j'ai vue. Vous êtes censé être intelligent, un sergent-détective, rien de moins. J'attendais mieux de vous.

Et il attendait mieux de lui-même. Il avait complètement foiré cet entretien. Il s'était effondré. Bien qu'il était encore possible que Brendan mente, qu'il connaisse Morgana, Andrei ou Mariusz, et qu'il ait été au courant des messages adressés à Gavin, Tomek savait quand il était battu.

Il quitta la salle d'entretien avec une boule dans la gorge et un poids lourd sur la poitrine. Dès qu'il sauta dans la voiture, son Bluetooth se connecta automatiquement à son téléphone et commença à diffuser le podcast. Il tendit la main vers l'appareil et l'éteignit. La dernière chose dont il voulait se rappeler était qu'un couple marié, sans expérience préalable, sans formation, sans rien, faisait un meilleur travail que lui dans celui qu'il faisait depuis près de vingt ans.

Avant de quitter le parking, Tomek changea l'adresse sur son GPS. Il avait un détour à faire.

CHAPITRE
QUARANTE-TROIS

Nick habitait à la périphérie de Rochford, une petite ville située à quelques minutes en voiture du quartier général de la brigade criminelle. Sur la route, Tomek avait croisé au moins une demi-douzaine de pelotons. Environ vingt personnes qui faisaient du vélo en plein milieu de journée, en plein milieu de semaine. Que faisaient-ils le reste du temps ? N'avaient-ils pas de travail ? Ou peut-être étaient-ils tous si bien payés qu'ils pouvaient se permettre de prendre quatre heures par jour pour pédaler dans la campagne.

Tomek n'avait jamais été un grand adepte du cyclisme. La course à pied, le football, le rugby, oui. Des sports de contact physique, que ce soit avec ses pieds contre le bitume ou une épaule dans l'abdomen. De plus, il ne pensait pas avoir le physique approprié. Il mesurait plus d'un mètre quatre-vingts, avec des jambes aussi épaisses que des troncs d'arbres, et à en juger par la taille moyenne de ceux qu'il avait croisés, il faisait la largeur de trois d'entre eux. Son corps était trop lourd dans la partie supérieure et il basculerait à la première rafale de vent.

Les cyclistes n'étaient cependant pas le pire aspect du voyage. Venir directement de la prison de Bedford avait pris plus de temps que prévu, cette fois à cause d'un accident sur la M25. Il avait envisagé de reporter la visite au lendemain, mais il ne voulait pas attendre, laisser ses pensées et ses soupçons fermenter dans son esprit.

Mieux valait procéder ainsi.

Tomek quitta la route pour s'engager dans l'allée de Nick. Là, au milieu de l'allée gravillonnée, se trouvaient le Range Rover juvénile de Nick et la Citroën Berlingo discrète et sobre de Maggie. Depuis l'accident de leur fille, ils avaient dû modifier la voiture familiale pour y faire entrer Lucy et son fauteuil roulant. Le même type de modifications n'avait pas été apporté au Range, remarqua-t-il.

Le jardin de devant était rempli de statues et d'ornements en pierre. À quelques mètres de la porte d'entrée se trouvait un petit étang. Une statue en marbre d'un jeune garçon ailé, de l'eau jaillissant de sa bouche, trônait fièrement au milieu. Le bruit de l'eau qui se déversait dans l'étang l'apaisa, et tandis qu'il attendait que la porte s'ouvre, il ferma les yeux et se concentra sur sa respiration.

Inspiration. Expiration. Inspiration. Expiration.

Répétant la conversation dans sa tête.

— Tomek ? lança une voix excitée qui le tira de ses pensées. Que fais-tu ici ? Quelle agréable surprise !

Tomek ouvrit les yeux pour voir Maggie, l'épouse de Nick, debout devant lui. Elle semblait plus petite que dans son souvenir, plus âgée, plus fragile. En peu de temps, les cernes sous ses yeux s'étaient creusés et pendaient maintenant sur son visage. Ses yeux étaient injectés de sang et ses joues avaient perdu leur couleur. S'occuper de leur fille handicapée ne lui avait pas fait de cadeau, et Tomek sentit une vague de compassion enfler dans son estomac.

Il tendit les bras et l'étreignit.

— Je me suis dit que je passerais dire bonjour, mentit-il. Ça fait un moment.

— Pas de Kasia ?

Tomek secoua la tête, puis regarda derrière lui au cas où elle serait miraculeusement apparue sans qu'il s'en rende compte. — Je viens du travail, dit-il. Mais je peux toujours l'amener une autre fois.

— Oh, ce serait merveilleux. Ça nous ferait plaisir. On pourrait tous dîner ensemble. Un rôti du dimanche. C'est le préféré de la famille.

Tomek sourit. — Ça me semble parfait. Dis-moi quand et je m'assurerai que nous sommes disponibles.

— Oh, tu peux compter là-dessus !

L'excitation dans la voix de Maggie était débordante. Comme si c'était la première fois qu'elle le rencontrait après avoir tant entendu parler de lui. Comme si c'était la première fois qu'elle voyait ou rencontrait quelqu'un d'autre que son mari et ses filles depuis plus de dix ans. Elle l'entraîna avec empressement dans la maison, lui dit sans détour qu'il pouvait garder ses chaussures s'il le souhaitait, que ça ne la dérangeait pas, elle ni personne d'autre, qu'elle pourrait nettoyer après, puis l'emmena dans la cuisine. L'espace était exactement comme il s'en souvenait. Sol en carrelage de pierre, table et chaises en bois, îlot au centre de la cuisine, cuisinière Aga en fonte sur le côté. Rustique, démodé, comme dans un épisode d'*Échappées rurales*.

Maggie se précipita vers un placard et prit un verre.

— De l'eau ? Du vin ? Du whisky ? Ce que tu veux, on l'a.

— Les cinq W moins connus du journalisme, plaisanta-t-il. De l'eau, c'est parfait. Je ne voudrais pas rentrer chez moi en conduisant sous influence. Quel exemple ça donnerait !

Maggie éclata de rire. — Ha ! Bien sûr. Que je suis bête.

Quand elle lui tendit le verre, elle lui massa innocemment le bras. Peut-être le premier contact humain qu'elle avait eu depuis un moment.

— Comment vas-tu ? demanda-t-elle.

— Oh, tu sais, occupé avec le travail. Occupé avec Kasia.

— Elle te tient en haleine ?

— Tu peux le dire. Qui aurait cru que les adolescents pouvaient être si déroutants ?

— Essaie d'en avoir deux.

— Comment vont-elles ? demanda Tomek. Daniela s'en sort bien à l'école ?

— Oh, elle vole de ses propres ailes. Première de sa classe dans toutes les matières. Elle adore ça. Nous sommes si fiers d'elle.

La façon dont elle l'avait dit laissait entendre qu'ils n'étaient pas fiers de Lucy, celle qui était assise quelque part dans une pièce de la maison, regardant la télévision, causant l'énorme fissure dans le mariage de Nick et Maggie.

— Je suis content de l'entendre, dit Tomek. As-tu des nouvelles de Robbie récemment ?

À la mention du nom de son fils, l'excitation disparut des joues de Maggie. Après plusieurs années de désaccords et de chamailleries, Robbie était parti pour la marine à l'âge de seize ans. Il avait déserté la famille et limité les contacts au minimum. Le départ avait été difficile pour eux en tant qu'unité, et Tomek avait été là pour aider Nick à ramasser les morceaux, le consolant dans son bureau, offrant les quelques mots de sagesse qu'il pouvait puiser dans son expérience. Par coïncidence, l'expérience de Tomek en tant qu'étranger dans sa propre famille avait aidé Nick à voir les choses du point de vue de Robbie, un angle qu'il n'avait peut-être pas envisagé, et à faire quelques progrès pour améliorer leur relation.

Maggie baissa la tête et posa une main sur le plan de travail pour se soutenir. — Non, répondit-elle faiblement. Nous n'avons pas eu de nouvelles depuis un moment. Bien que nous sachions qu'il est en sécurité et qu'on s'occupe bien de lui.

— J'ai entendu aux informations l'autre jour qu'ils pourraient réintroduire le service national si la situation dégénère. Heureusement, quand ça arrivera, je serai juste en dehors de la tranche d'âge.

Tomek ne savait pas pourquoi il avait dit cela. Pour combler le vide, masquer le silence, peut-être.

— Oui, tu devrais t'estimer chanceux.

Une brève pause.

— Et... commença-t-il. Et comment vas-*tu* ? Tu prends soin de toi ?

Maggie ouvrit la bouche, mais fut interrompue par l'ouverture de la porte de la cuisine. Debout, figé dans l'encadrement de la porte, se trouvait Nick.

— Tomek... Qu'est-ce que tu fais ici ? On aurait dit qu'il venait d'être pris en flagrant délit.

— Tomek est juste passé dire bonjour.

— Bonjour ? répéta Nick. Plus personne ne passe simplement pour dire bonjour. On n'est plus dans les années quatre-vingt. Et Tomek *en particulier* ne passe pas juste pour dire bonjour. Il veut quelque chose. Qu'est-ce que tu veux, Bowen ?

Nick relâcha sa prise sur la poignée et entra dans la pièce.

— Ne parle pas à notre invité comme ça, dit Maggie, volant à la défense de Tomek. Tu vois, c'est pour ça qu'on n'a plus personne qui vient nous voir.

— Non, on n'a plus personne qui vient nous voir parce qu'on n'invite personne.

— Et à qui la faute ? dit-elle. C'est toi qui es toujours dehors. C'est toi qui connais plus de gens que moi.

Maggie croisa les bras sur sa poitrine et soupira profondément. Ça devait être de famille.

La tête de Tomek oscillait entre eux alors qu'ils commençaient leur dispute. Il n'avait pas eu l'intention de provoquer un désaccord, mais maintenant il comprenait ce dont Nick s'était plaint. Les querelles, les plus petites choses démesurément amplifiées, le goût amer que tout cela laissait dans la bouche de chacun. Il y avait beaucoup de choses qu'ils ne se disaient pas, et certaines d'entre elles ressortaient devant lui.

— On ne va pas faire ça ici, dit Nick, mettant rapidement fin à la dispute. Pas maintenant. Il se tourna vers Tomek. Tu es venu me voir, je présume ?

— Eh bien, je...

— Tu n'as plus besoin de mentir, gamin.

Tomek se tourna lentement vers Maggie, qui arborait un air de défaite. — Est-ce que je peux voir Lucy avant qu'on monte ?

— Tu veux la *voir* ? demanda Nick.

— Oui, si ça ne dérange pas ?

— Pourquoi dis-tu ça comme si c'était une mauvaise chose, Nick ? demanda Maggie, le dédain dans sa voix palpable.

Nick lui lança instantanément un regard qui disait « ne commence pas ». Puis dit : — Je ne m'attendais pas à ce que tu viennes jusqu'ici pour vouloir la voir aussi.

Tomek haussa les épaules. — Ce n'est pas un problème du tout. Je suis sûr qu'elle pourrait apprécier la compagnie, et Kasia demande toujours de ses nouvelles.

Un demi-mensonge. Kasia avait mentionné le nom de Lucy deux fois depuis l'incident, mais ils n'avaient pas besoin de le savoir.

Un sourire que Tomek n'avait pas vu depuis longtemps s'étira sur le visage de son ami. — Dans ce cas, viens par ici.

Tomek suivit Nick à travers le couloir jusqu'au second salon à l'arrière de la maison, où Lucy était assise de l'autre côté de la porte. À travers les murs, Tomek pouvait entendre le son de la télévision qui jouait fort. Quelque chose rempli de rires enregistrés.

Alors que Tomek s'approchait de la porte, Nick posa une main sur sa poitrine.

— Je dois te prévenir, elle n'est plus la même qu'avant, dit-il.

— Je sais, répondit Tomek. Tu me l'as dit. Plusieurs fois. Mais je n'ai pas peur. Elle n'est pas contagieuse. D'ailleurs, j'ai vu pire. Bien pire, tu te souviens ?

Nick grogna, puis ouvrit la porte. Il fallut quelques instants à Lucy pour enregistrer leur arrivée, et quand elle le fit, elle tourna lentement la tête. Des calculs se lisaient sur son visage alors qu'elle essayait de se rappeler qui était Tomek. Avec un peu d'aide de Nick, elle s'en souvint.

— Comment ça va, gamine ? demanda Tomek en jetant un coup d'œil à l'écran de télévision. Elle regardait *Friends*.

— À part un énorme trou sur le côté de ma tête, ça va, répondit Lucy de bonne humeur. Bien que papa te dira probablement que j'ai la peste ou quelque chose comme ça.

Tomek rit. — Il s'inquiète juste parce qu'il vieillit. Il pense qu'à la prochaine grippe, ce sera peut-être la fin pour lui.

Cette fois, ce fut au tour de Lucy de rire. Sa voix couvrit le son de la télé et traversa le reste de la maison. Tomek se demanda combien de temps s'était écoulé depuis la dernière fois que l'adolescente de seize ans avait ri comme ça. Depuis la dernière fois qu'elle avait ressenti ne serait-ce qu'une parcelle de bonheur. Si les histoires de Nick étaient révélatrices, pas du tout depuis l'accident.

— Est-ce que tes professeurs t'ont envoyé des devoirs et des notes de révision ? demanda Tomek.

Mais elle ne répondit pas. Du moins, pas immédiatement. Son cerveau s'était déconnecté et concentré à nouveau sur l'émission avant de finalement revenir à lui.

— Des devoirs ?

— Oui. Kasia a reçu beaucoup de devoirs et de notes de cours quand elle était absente pendant une semaine ou deux. Les professeurs disaient que c'était pour l'occuper, mais c'était bien la dernière chose qu'elle voulait faire.

— Oh... Non... Je ne crois pas. Elle se tourna vers Nick. Est-ce que... Papa ?

— Non, ma chérie, tu n'en as pas. Et même si c'était le cas, je ne te les donnerais pas. Le travail scolaire est la dernière chose dont tu devrais t'inquiéter.

— Oh... D'accord.

— Tu devrais t'estimer chanceuse, lui dit Tomek. Je n'étais pas aussi gentil avec ma fille.

— Ouais...

Et puis il la perdit complètement. Ses yeux se voilèrent et son attention revint progressivement à la télévision comme une girouette par temps calme. Nick prit cela comme un signal pour partir et tira Tomek hors de la pièce. Fermant la porte derrière lui, il dit : — Merci d'avoir fait ça. Tu n'étais pas obligé.

— Je ne l'ai pas fait pour toi. Je l'ai fait pour elle. J'aimerais amener Kasia un après-midi. Ça pourrait lui remonter le moral, faire travailler son esprit différemment. En plus, je pense que Kasia doit probablement déborder de potins de l'école.

— Mais elles ne sont pas dans la même année.

— Les enfants bavardent quand même, Nick. Tu es allé à l'école, non ? Ou étaient-ils en train de les présenter au grand public quand tu avais cet âge ?

— Va te faire foutre.

Sur ces mots, Nick l'emmena à l'étage dans son bureau. La pièce était sombre, mais pas de façon déprimante. Il y avait peu de lumière, et celle qui passait par les fenêtres était absorbée par le mobilier en bois foncé des étagères et du grand bureau au milieu. C'était davantage comme un bureau tiré d'un roman d'Agatha Christie que le lieu de travail d'un inspecteur-chef de police.

Nick ne prit pas la peine de s'asseoir derrière son bureau.

— De quoi s'agit-il, Tomek ? Devrais-je m'inquiéter que tu sois venu à l'improviste ?

— Ça dépend de ce que tu vas me dire.

— À propos de quoi ?

— À propos de Brendan.

— Qu'est-ce que tu as à voir avec ça ?

— Je viens de lui parler. Quelqu'un de son bureau a divulgué des informations.

— À propos de quoi ?

— L'affaire du port. Il a révélé au meurtrier d'Andrei Pirlog où habitait Andrei, et maintenant son meurtrier a été tué, grâce à quelqu'un du bureau du PFCC qui a également divulgué cette information. Il y a beaucoup de choses à te raconter.

— Donc, quelqu'un tire les ficelles et appuie sur les bons boutons pour faire tuer les personnes nécessaires ? demanda Nick, les calculs dans son esprit se reflétant sur son visage.

— Je vois que tu n'es pas encore prêt à raccrocher, remarqua Tomek.

— Et tu penses que Brendan a quelque chose à voir avec ça ?

— Je le *pensais*. Mais maintenant je n'en suis plus si sûr.

— Alors où est-ce que je me situe dans tout ça ?

Tomek retint son souffle.

— Il a dit quelque chose qui a soulevé des soupçons. À propos de ton implication avec le Southend Seven.

Nick soupira profondément, passa sa main sur son crâne. — Et tu l'as cru ?

— J'ai juste besoin de savoir si c'est vrai.

— Qu'a-t-il dit ?

— Est-ce vrai ?

— Tu ne me fais pas confiance ?

— Est-ce vrai, Nick ?

L'évitement flagrant de l'inspecteur en chef l'inquiétait.

— Je ne vais pas répondre à la question à moins de savoir de quoi on m'accuse.

— Il était vague, répondit Tomek. Il m'a fait douter de ta version des faits. Il a fait allusion au fait que tu *avais* rejoint le club, et que tu avais assisté à quelques événements là-bas...

Un autre soupir, cette fois-ci moins empreint de désespoir.

— Et tu l'as cru ?

— En ce moment, je ne sais pas quoi croire. Tu m'as promis que l'IOPC ne trouverait rien.

— Alors crois ce que je vais te dire. Nick arrêta de passer ses mains sur sa tête et se redressa. Oui, il a raison, je suis allé au Southend Seven - *une fois !* - mais je n'ai rien vu et je n'ai rien fait. Il n'y avait pas de drogue et il n'y avait définitivement pas de prostitution pendant que j'y étais. C'était une soirée tranquille, on pourrait dire. Après ça, je n'y suis jamais retourné.

— Qu'est-ce qui t'a fait rester à l'écart ?

Nick baissa la tête. — C'était trop... trop éloigné de la vie - *ma* vie - de la société. Tous ces gens là-bas se détestent, ils détestent leur vie, leurs mariages, leurs enfants. Ils vivent dans leurs petites bulles où ils sont les seules personnes qui comptent. Ils sont tous là à se caresser mutuellement l'ego, et je ne voulais pas en faire partie. Ce n'est pas qui je suis, ce n'est pas ce que je défends. Alors, j'ai poliment décliné. Et maintenant j'ai l'impression que Brendan traîne mon nom dans la boue, ce petit connard de merde.

— N'hésite pas à dire ce que tu penses vraiment de lui, monsieur, répliqua Tomek avec un faible sourire sur le visage.

Les deux rirent, mais c'était teinté d'une légère gêne. Tomek croyait l'inspecteur en chef, son *ami*, bien sûr qu'il le croyait, mais la graine du doute plantée par Brendan était encore fermement ancrée dans son esprit, et il ne savait pas ce qu'il faudrait pour la supprimer.

CHAPITRE
QUARANTE-QUATRE

Tomek repoussa cette graine de doute au fond de son esprit alors qu'il dépassait l'aéroport de Southend en direction du centre-ville. Le vent s'était levé, et une légère pluie tambourinait sur le toit métallique. Il coupa le son des essuie-glaces qui balayaient doucement son champ de vision dans un bruit sourd. Son esprit était totalement concentré sur la tâche suivante.

Anton Usyk.

Le mari soi-disant aimant de Morgana.

Rachel avait appelé Tomek pendant qu'il était chez Nick, lui demandant de la retrouver au domicile des Usyk à seize heures. Mais en raison de la nature prévenante de Maggie, celle-ci avait insisté pour qu'il reste encore un peu, le temps d'un autre verre d'eau et d'une conversation supplémentaire. En conséquence, il avait repoussé le rendez-vous avec Rachel à dix-sept heures. Lorsqu'il arriva finalement, elle l'attendait dans sa Ford Fiesta, garée de travers sur le trottoir.

Tomek gara sa voiture quelques places derrière la sienne et s'approcha lentement. Le visage de Rachel était illuminé d'une douce teinte bleue dans le rétroviseur. Distraite par son téléphone. Inconsciente de ses mouvements. Puis il ouvrit soudainement la portière et fit un pas en arrière. Le hurlement qui jaillit de sa bouche traversa la rue et résonna dans ses tympans pendant quelques secondes.

— Putain de merde ! cria-t-elle en détachant sa ceinture et en bondissant hors de la voiture. Tu aurais pu me faire faire une crise cardiaque, bordel, espèce d'abruti en chinos !

Tomek ricana, puis baissa les yeux vers son pantalon.

— Hé, qu'est-ce qui ne va pas avec mes chinos ?

— Rien, je n'aurais simplement pas choisi cette couleur pour toi, dit-elle calmement. Puis, se rappelant qu'elle était censée être en colère contre lui, elle le frappa sur la poitrine. — Pourquoi t'as fait *ça*, bordel ?

— Pour rire.

— Tu ne riras plus quand je me vengerai dix fois plus fort.

— Ça ressemble à une menace. Ta mère ne t'a jamais appris à traiter tes aînés avec respect ?

— Pas quand ce sont des connards.

Quand Rachel se calma, une minute ou deux plus tard, ils se dirigèrent vers la maison d'Anton et Morgana. Immédiatement après sa mort, une équipe de policiers en uniforme et d'officiers de la police scientifique avait été envoyée pour recueillir des échantillons et des preuves ADN, donc Anton n'était pas étranger à la présence de policiers chez lui. Cependant, quand il ouvrit la porte, il parut inquiet de les voir là.

— De quoi s'agit-il ? demanda-t-il. Laissez-moi deviner, vous avez encore quelques questions ?

— Elles sont importantes, répondit Rachel. Nous vous serions reconnaissants de nous laisser entrer, ajouta-t-elle poliment, bien que son intonation ne lui laissât pas le choix.

L'intérieur de la maison des Usyk contrastait fortement avec celui de Nick. Il n'y avait aucune identité, aucun signe que quelqu'un y avait vécu pendant les treize dernières années. Les murs étaient vides, les carreaux de la cuisine tout simples, les meubles semblaient sortir tout droit d'un catalogue IKEA. Pour un couple manifestement aisé, avec les restaurants de Morgana et d'Iliana générant des profits (selon les recherches que Nadia avait faites au registre du commerce), la maison d'Anton et Morgana était modeste, discrète, volant bien en dessous des radars. Rien d'extravagant, rien d'ostentatoire, rien d'excessif. Ils vivaient largement en deçà de leurs moyens, et cela se voyait. Peut-être était-ce parce qu'ils étaient rarement à la maison qu'ils ne lui avaient donné aucun caractère, ou peut-être était-ce simplement le reflet de leurs personnalités. Il était clair qu'Anton dépensait tous leurs bénéfices en vêtements de marque. Tomek était tout de même soulagé que la maison ne corresponde pas aux miroirs à strass criards et aux meubles roses de leurs restaurants respectifs.

Anton les conduisit dans la cuisine. La pièce était équipée d'une petite table à manger et de chaises, et était séparée du reste de la maison. Une petite fenêtre donnait sur le côté de la propriété voisine.

— Je vous proposerais bien une boisson chaude, mais j'en ai assez vu pour la journée, dit Anton, laissant déjà entendre qu'il allait se montrer peu coopératif.

— Je suppose que vous ressentez probablement la même chose pour la nourriture quand vous rentrez chez vous ? se moqua Tomek en tirant une chaise de la table à manger et en croisant les jambes.

— J'imagine que vous ne supportez plus les *gens* à la fin de votre journée, dit Anton d'une voix morne.

— Cette conversation devrait donc être intéressante.

Sentant la tension dans l'air, Rachel s'éclaircit la gorge et s'interposa entre eux. Dans des situations comme celle-ci, elle était la représentante la plus professionnelle, et dans ce cas, Tomek était plus qu'heureux de la laisser prendre le relais.

— Monsieur Usyk, l'autre jour, un homme a été tué en prison. Il avait été arrêté et inculpé en lien avec le meurtre de votre femme.

— Bien.

— Pardon ?

— C'est bien.

L'intuition de Tomek commença à s'éveiller. Tout comme celle de Rachel, car son visage se crispa.

— Que voulez-vous dire par « bien » ?

— Il a reçu ce qu'il méritait.

— Vous dites cela comme si vous saviez quelque chose sur ce qui lui est arrivé ?

Anton, le visage impassible, ses yeux noirs perçants fixés sur Rachel, secoua la tête.

— Est-ce que le manchot pense que c'est mal quand l'orque mange un phoque ?

Tomek ricana à cette citation énigmatique digne d'Eric Cantona, puis demanda :

— Lequel êtes-vous ? Le manchot, l'orque ou le phoque ?

Il était évident pour tous dans la pièce que Mariusz avait été le phoque, ce qui ne laissait que deux options pour Anton : l'orque ou le manchot. Et à ce moment précis, l'intuition de Tomek lui disait qu'Anton Usyk était l'orque noir et blanc, le prédateur de quatre tonnes. Mais cela soulevait une question évidente : qui était le troisième membre ? Qui était le manchot ?

— *Je* suis le manchot, répondit Anton. L'homme qui a été tué est le phoque, et l'homme qui l'a tué est l'orque.

Rachel et Tomek échangèrent un regard déconcerté.

— L'homme qui a tué la victime - l'homme que vous appelez l'orque dans cette analogie bizarre et confuse - est quelqu'un que nous pensons que vous connaissez. Quelqu'un que nous croyons que vous connaissez très bien.

— Qui ? La voix d'Anton resta plate, statique.

— Un homme nommé Denis Danyluk.

— Nous ne prononçons pas son nom dans cette maison.

— Vous le connaissez ?

— Oui.

— Qui est-il ?

— Le frère de Morgana.

— Pourquoi n'êtes-vous pas autorisé à le mentionner ? demanda Tomek, se penchant en avant sur son siège.

— Parce que Morgana l'a interdit. Il a trahi sa famille et son nom de famille quand il a tué cet homme.

— Mais qu'en est-il maintenant ? Ne s'est-il pas racheté maintenant que vous savez qu'il a tué l'homme arrêté en lien avec le meurtre de votre femme ?

Anton ne répondit pas.

— Il a sûrement trouvé la rédemption à vos yeux ? Il a obtenu justice pour l'homme qui a tué Morgana.

Le visage d'Anton ne bougea pas. Comme la dernière fois qu'ils s'étaient rencontrés, son expression ne trahissait rien.

— Ce qu'il a fait à cet homme était inacceptable-

— Lequel ? Le gars qu'il a tué il y a des années ou celui qu'il a tué l'autre jour.

— Les deux.

— Donc, tuer en général est mauvais à vos yeux ?

Anton déplaça son poids d'un pied à l'autre. Rachel fit un pas en arrière pour dégager l'espace entre eux.

— N'êtes-vous pas d'accord ? Tuer, de quelque façon que ce soit, n'est pas permis.

— Pourquoi cela ?

— Parce que c'est contre Dieu, répondit Anton.

Tomek sourit en coin.

— Je vois. Alors où Dieu se situe-t-il dans votre petite hiérarchie de la chaîne alimentaire ?

Anton contracta ses muscles. Ce n'était qu'un petit mouvement infime, mais Tomek vit l'homme se tendre.

— Il n'y figure pas, répondit Anton.

— Intéressant. Tomek se pencha en arrière sur sa chaise.

— Quand avez-vous parlé à Denis pour la dernière fois ? interrompit Rachel, désireuse de faire avancer la conversation et de sortir de cette étrange tension entre Tomek et Anton.

— Pas depuis avant sa condamnation.

— Et c'était quand exactement ?

— Je... Je ne me souviens pas de la date exacte.

— Et le mois ?

— Je... Je ne m'en souviens pas. Ça fait si longtemps.

— Pourriez-vous au moins nous donner l'année ?

Le visage d'Anton se tordit, plongé dans ses pensées.

— Il y a huit ans, je pense. Comme je l'ai dit, nous ne parlons pas de lui. Nous n'avons pas discuté de lui depuis qu'il est allé en prison. Cela bouleversait trop Morgana. Elle pleurait toujours quand on le mentionnait dans une conversation.

— Je vois. Je peux comprendre cela. Ça a dû être très dur pour elle et sa famille.

— Ça l'était. Elle a pleuré pendant des mois après.

Rachel se déplaça vers l'autre côté de la cuisine et s'appuya contre le comptoir. Elle lissa le devant de sa veste et croisa les bras.

— Pourquoi ne nous avez-vous pas mentionné plus tôt qu'elle avait un frère ?

— Que voulez-vous dire ? demanda Anton, manifestement pour gagner du temps.

— Si vous saviez qu'elle avait un frère en prison, pourquoi n'avez-vous rien dit quand nous vous avons parlé de son meurtre pour la première fois ?

— Quelle différence cela aurait-il fait ? Il n'avait rien à voir avec sa mort. Il n'était pas nécessaire de le mentionner. En ce qui nous concerne, il n'existe pas. C'est pourquoi je ne vous ai rien dit.

Rachel hocha la tête, s'éclaircit la gorge. Elle n'avait pas de réponse. Tomek non plus. Il n'y avait plus rien à discuter. Tomek remercia l'homme pour son temps, s'excusa de l'avoir dérangé, puis partit. En sortant de la cuisine, il demanda s'il pouvait utiliser les toilettes.

— Non, répondit Anton. Les toilettes ne fonctionnent pas en ce moment. J'ai essayé de les réparer cet après-midi.

— Qu'avez-vous utilisé entre-temps ?

— Le restaurant.

— C'est un sacré trajet juste pour pisser. Vous devez souhaiter être vraiment un manchot, non ? Comme ça, vous pourriez y aller quand vous voulez.

Les coins des lèvres d'Anton se soulevèrent en un sourire forcé tandis qu'il tenait la porte ouverte pour lui.

— Bon de vous voir, Détectives, dit-il. Prenez soin de vous.

En sortant de la maison, Tomek se tourna vers Rachel et murmura :

— Quelque chose me dit qu'il ne le pense pas le moins du monde.

CHAPITRE
QUARANTE-CINQ

Quelque chose manquait. Quelque chose que Tomek n'arrivait pas à identifier précisément.

L'atmosphère. L'odeur. L'aspect. L'emplacement.

Iliana's était complètement différent de Morgana's à tous égards, mais quand on réduisait les deux établissements à leurs fondamentaux, ils étaient exactement identiques. Ils servaient la même nourriture. Ils étaient décorés dans un style similaire. Et ils occupaient tous deux d'excellentes positions dans leurs quartiers respectifs — si rien d'autre, Iliana's bénéficiait d'un plus grand passage le long du front de mer. Tomek ne comprenait pas pourquoi Morgana's était alors financièrement le restaurant le plus prospère. Il ne pensait pas que cela tenait uniquement au fait qu'elle accueillait les clients avec un sourire chaleureux. Il devait y avoir quelque chose qui manquait.

Bien qu'il ait une idée, une justification aux différences significatives de chiffre d'affaires.

La possibilité que Morgana et son mari vendaient de la drogue par l'intermédiaire de leurs restaurants lui avait brièvement traversé l'esprit après que le lien entre Gavin Barker et Brendan Door avait été établi. Ce n'était un secret pour personne que la drogue, en particulier la cocaïne, était très présente lors des soirées au Southend Seven Gentlemen's Club. Cela avait été bien documenté dans les journaux suite à l'enquête, et

Tomek l'avait vu de ses propres yeux sur une photographie accrochée à l'un des murs du bâtiment. Mais la drogue avait bien dû entrer d'une façon ou d'une autre, ce qui signifiait qu'il fallait un fournisseur. La théorie voulait que Richard Stafford, recherché et surveillé par la brigade des stupéfiants depuis des années, était le fournisseur, mais rien n'avait abouti.

Tomek avait commencé à penser qu'il pourrait y avoir un lien quelque part. Un lien ténu, mais un lien néanmoins.

Peut-être que Morgana et son mari avaient été approchés par Richard Stafford. Peut-être avaient-ils accepté de vendre de la drogue par l'intermédiaire du restaurant, de blanchir l'argent, puis de donner une partie du produit au club de gentlemen. En retour, ils seraient protégés par la police grâce à Brendan Door. Peut-être y avait-il eu un différend suite à l'arrestation de Brendan. Peut-être que les Usyk craignaient que leurs noms ne soient révélés. Peut-être que Brendan et Richard Stafford avaient ordonné l'assassinat de Morgana, que Mariusz avait été engagé pour ça, et qu'il s'était appuyé sur Gavin pour couvrir cette brèche dans la foulée. Peut-être que le meurtre de Morgana avait été un message à Anton : continue à vendre de la drogue, continue à suivre nos ordres et à nous envoyer l'argent, sinon nous te tuerons.

Tomek pensait que c'était un peu tiré par les cheveux, mais il avait connu des situations bien plus étranges. Et au moins, cela expliquerait en partie pourquoi Anton était un tel connard misérable, mis à part l'évidence que sa femme était morte.

Tomek entretenait ces pensées, jonglait avec elles, lorsque la serveuse s'approcha de sa table. C'était la même fille que la dernière fois. Gina. Elle portait la même tenue que la dernière fois où Tomek l'avait vue, sauf que cette fois, elle était légèrement plus serrée, coupée au milieu, et elle portait considérablement plus de maquillage, dans un effort, supposait-il, pour attirer plus de clients.

— Vous êtes revenu, dit-elle.

— Je me suis tellement amusé la dernière fois que je ne pouvais pas attendre de revenir.

Elle vit clair dans son mensonge, mais lui offrit quand même un petit rire étouffé et forcé. En lui tendant le menu, elle jeta un rapide coup d'œil vers la cuisine.

— Est-ce que le patron travaille ce matin ? demanda Tomek.

— Oui. Il est à l'arrière.

— A-t-il réussi à faire réparer ses toilettes ?

La confusion balaya son visage. — Les toilettes ? Il y en a là-bas sur votre gauche.

— Non, je voulais dire que les toilettes d'Anton ont... Tomek la regarda en souriant. — Tu sais quoi ? Peu importe. Il posa le menu. Il connaissait déjà sa commande. — Depuis combien de temps travailles-tu pour Anton ?

Gina jeta un nouveau regard en arrière. Tomek fut tenté de faire de même, mais il garda son regard fixé sur elle.

— Quelques semaines maintenant, répondit-elle, sa voix aussi basse qu'un murmure.

— Tu aimes ça ?

— C'est correct, je suppose.

— Que faisais-tu avant de travailler ici ?

— J'étais dans un autre café.

— Morgana's ?

À la mention de son nom, les yeux de Gina s'élargirent légèrement, et ses pupilles se dilatèrent.

— C'est bon, dit-il. Tu peux dire son nom.

— Oui. Bien sûr. Je sais. C'est juste...

Tomek prit un moment avant de répondre. Elle se balançait d'un pied sur l'autre, grattant sa cuisse avec des ongles qui avaient été rongés jusqu'à ce qu'il n'en reste presque rien.

— Préférerais-tu parler en polonais ? demanda-t-il dans cette langue.

Hésitation. — S'il te plaît, répondit-elle de la même façon.

— Est-ce que tu la connaissais ? Morgana ?

— Je l'ai rencontrée seulement une fois, peut-être deux. Elle... Un autre regard vers l'arrière. — Elle est venue un jour, en colère, mais—

Et puis elle s'arrêta, se replia sur elle-même, et continua à griffonner sur le morceau de papier entre ses doigts.

Un moment plus tard, Anton arriva, posant une main sur son

épaule. Elle commença à trembler, le papier et le stylo rebondissant d'un côté à l'autre tandis qu'elle était subitement saisie par la nervosité.

— Donc c'est un café et des œufs sur toast ? dit-elle.

Tomek fut déconcerté un instant, puis il comprit ce qu'elle faisait.

— Oui, s'il vous plaît, ce serait parfait.

Elle partit. Anton la regarda s'éloigner, puis une fois qu'elle fut hors de vue, il s'assit en face de lui.

— Bonjour, Anton, dit Tomek en se versant un verre d'eau du robinet de la carafe qui avait été fournie. — Ça va, mon pote ? Comment va la plomberie ? Tout est réparé ?

— Pas tout à fait, répondit sèchement Anton. — J'attends quelqu'un qui doit passer cet après-midi.

— Super. Eh bien, comme je l'ai dit hier soir, c'est une bonne chose que vous ayez cet endroit, sinon, vous auriez dû faire vos besoins dehors comme un renard sauvage, ou dans votre cas, un pingouin sauvage. Ou était-ce une orque ?

Anton ne dit rien, continuant à le fixer. Il était assis avec les doigts entrelacés, les mains posées calmement sur la surface. Aujourd'hui, il avait opté pour un haut Prada et un pantalon assorti.

— Pourquoi êtes-vous ici, Détective ?

Tomek se décala sur le côté, de sorte que ses jambes dépassaient du box, puis croisa une jambe sur l'autre.

— Je suis ici pour goûter à nouveau votre excellente cuisine, bien sûr. Après avoir vu les derniers comptes au Registre du Commerce, j'ai pensé que cet endroit pourrait avoir besoin de clients.

— Merci, dit-il, mais nous ne voulons pas de votre clientèle ici.

— Maintenant je comprends pourquoi cet endroit ne marche pas si bien. Je ne connais rien à l'industrie hôtelière, mais je ne recommanderais pas d'insulter tous vos clients. Pensez aux avis sur Tripadvisor !

Le visage impassible et inflexible ne dit rien.

Avant que Tomek ne puisse l'antagoniser davantage, Gina revint, deux tasses et soucoupes en main. Elle posa délicatement la tasse devant Tomek, lui souriant en le faisant, puis l'autre devant Anton.

— Merci.

— *Nie ma za co.*

— Oui, merci. Tu peux y aller maintenant, lui ordonna Anton avec un geste de la main dédaigneux.

Sans rien dire, la femme partit et se précipita vers la cuisine. Dès qu'elle fut hors de portée de voix, Tomek prit un sachet de sucre du petit récipient sur la table, le battit entre ses doigts, puis le versa dans sa boisson. Tandis qu'il remuait le contenu, il sentit le regard implacable d'Anton qui le brûlait. L'homme n'avait pas bougé depuis cinq minutes, et la seule indication qu'il n'était pas mort était la montée et la descente régulières de sa poitrine.

— J'attends toujours avec impatience nos conversations, Anton, dit Tomek. — En parlant de ça, je suis content que vous soyez passé, en fait. Vous... vous ne connaîtriez pas par hasard le nom de Brendan Door, n'est-ce pas ?

Le visage d'Anton ne révéla rien.

— Non ? Vous ne sauriez rien des rumeurs qui circulent, par hasard ?

Tomek pouvait voir sur le visage de l'homme qu'il voulait mordre à l'hameçon. Tout ce que Tomek avait à faire était de lui donner assez de temps pour se convaincre que c'était la bonne chose à faire.

— Quelles... quelles rumeurs ?

Appât. Ligne. Hameçon.

— Certains disent que vous faites passer de la drogue par les restaurants - les deux. Vous ne feriez pas ça, n'est-ce pas, Anton ?

— Bien sûr que non. Vous pouvez vérifier si vous voulez. Nous n'avons rien à cacher.

Tomek pensait qu'il pourrait bien faire cela, quand Anton le remercia pour sa visite, lui dit qu'il n'était pas le bienvenu à revenir, puis se leva pour partir.

— Si tôt ? demanda Tomek. — J'espérais en apprendre plus sur vous.

Mais alors la nourriture arriva, et le désir d'antagoniser et d'interroger Anton disparut rapidement. Pendant les dix minutes suivantes, il prit son temps avec la nourriture, coupant délicatement son toast en petits carrés, mâchant lentement, faisant une pause après chaque bouchée, regardant le front de mer en contrebas. Admirant le paysage. C'était la première fois qu'il remarquait l'eau à l'horizon, miroitant sous la faible lumière du soleil tandis que les ondulations poursuivaient leur chemin aléatoire et absurde vers Londres. Au loin, Tomek crut voir la petite tache du port Mulberry. Puis son esprit se tourna vers le matin de la mort de Morgana. Avait-elle conduit devant Iliana's en se dirigeant vers la cale de mise à l'eau ? Avait-elle fixé le port en conduisant le long du front de mer ? Savait-elle qu'elle se dirigeait vers sa mort ?

Les pensées de Tomek furent perturbées par un client entrant dans le café. Il retourna rapidement son attention à sa nourriture. Après avoir fini les dernières bouchées, il poussa l'assiette sur le côté et but le reste de sa boisson. Beaucoup trop sucrée à son goût, mais tolérable. Alors qu'il la glissait devant lui, il remarqua un petit morceau de papier blanc teinté d'une légère touche de brun, coincé dessous. Regardant autour de lui, s'assurant qu'Anton était hors de vue, il pinça ses doigts ensemble et le retira soigneusement.

C'était un mot. Écrit à la main.

De Gina.

En polonais.

Dehors. Ce soir. 22 h. Il y a quelque chose que vous devez savoir.

CHAPITRE
QUARANTE-SIX

Aussitôt que Tomek franchit l'entrée, il fut arrêté par une voix douce et délicate qui l'interpellait.

— Bonsoir, Tomek.

Sa voisine. Edith. La retraitée qui habitait en dessous d'eux.

— Salut, dit-il. Tout va bien ? C'est déjà l'heure de relever le compteur d'eau ?

— Non. Rien de tout ça. Elle referma sa porte derrière elle. Elle portait un manteau épais et un bonnet en laine vert foncé. Ils vivaient dans une maison reconvertie, et le seul espace qu'ils partageaient était le petit hall qui séparait leurs deux appartements. C'était étroit, et un courant d'air froid s'infiltrait par une fissure dans un mur de briques. Je sors dîner avec une vieille amie, en fait, poursuivit-elle.

— C'est sympa.

Dans son esprit, le compte à rebours jusqu'à vingt-deux heures s'égrenait.

Tic.

Tac.

Tic.

Il se força à ne pas regarder sa montre.

— Oui, ça devrait être agréable. C'est une ancienne collègue. Ça fait quelques années qu'on ne s'est pas vues. Trop longtemps, en fait.

Beaucoup trop longtemps. C'est quelque chose qu'on aurait dû faire il y a des mois, voire des années. Mais... tu sais comment c'est. La vie se met en travers. On est tous tellement occupés par nos propres vies qu'on oublie parfois d'y inclure les autres.

— Ouais, dit Tomek, son esprit dérivant doucement vers Sean et Warren.

— Et puis à la fin, on passe ses dernières années seul, à essayer de rattraper le temps perdu.

Tomek posa une main sur son épaule. — Tu n'es pas seule, lui dit-il. Tu as toujours Kasia et moi. Chaque fois que tu te sens seule, tu peux toujours venir frapper pour voir ce qu'elle fait.

— Oh, tu es trop gentil, Dieu te bénisse, mais j'imagine qu'à son âge, elle a tellement d'amis qu'ils la tiennent tous occupée du matin au soir.

Tomek n'était pas sûr de ce « tellement ». Un ou deux, oui, mais quel mal ferait un de plus ? Peut-être que ça ferait du bien à Kasia de parler avec quelqu'un en dehors de sa tranche d'âge. Peut-être pourrait-elle se confier à Edith. Peut-être que la retraitée pourrait être l'oreille discrète, calme et expérimentée dont elle avait besoin. La figure maternelle que Kasia n'avait pas.

— Pas du tout, dit-il. Je te l'enverrai ce week-end. Je lui donnerai un de nos jeux de société pour que vous puissiez jouer ensemble, et si je suis libre, je viendrai me joindre à vous aussi, si ça te va ?

Le visage d'Edith s'illumina. — J'aimerais beaucoup. Merci.

Dès qu'elle fut partie, Tomek enfonça sa clé dans la serrure et grimpa les escaliers deux à deux. Il fit irruption par la porte en haut des marches et trouva Kasia assise sur le canapé, encore en train de faire défiler l'écran de son téléphone.

— Te voilà, dit-il. Justement la personne que je cherchais.

— Salut.

— J'ai reçu du courrier ?

Sans répondre, son attention entièrement focalisée sur son écran, elle pointa du doigt la table. Une grande boîte marron avait été posée négligemment sur la surface, dans un angle bizarre.

— Tu ne vas pas l'ouvrir ?

— Pourquoi je ferais ça ? demanda-t-elle. Elle t'est adressée.

— Oui. Mais elle est *pour* toi.

Intriguée, Kasia déroula ses jambes du côté du canapé et, comme un animal méfiant s'approchant de la proie d'un autre prédateur, elle tendit prudemment la main vers la boîte et commença à l'ouvrir. Elle gratta le ruban adhésif et les coins avec ses ongles avant de finalement s'avouer vaincue et de demander une paire de ciseaux. Tomek les lui tendit, et elle découpa facilement l'emballage.

Quand elle l'ouvrit enfin, son visage s'illumina. À l'intérieur, sous le carton et le papier d'emballage, se trouvait le rose saumon de la bouteille qu'elle avait demandée l'autre jour. Une tasse Winston. Près de trente centimètres de haut et quelques centimètres de large, elle était assez grande pour assommer quelqu'un.

— Putain de bordel, dit-il. Regarde-moi la taille de ce truc. Au moins, tu en as pour ton argent.

— Et en cas d'incendie, ce machin sera toujours debout – ça, c'est un bon rapport qualité-prix.

Tomek la lui prit pour l'examiner lui-même. — Espérons qu'il n'y en aura pas de sitôt. Du moins pas dans le coin.

La tasse était lourde, comme un parpaing, et avait une finition mate. Il dévissa le bouchon (après quelques tentatives infructueuses) et regarda à l'intérieur. Le contenant était en acier et au fond, il vit son reflet, agrandi aux mauvais endroits à cause de la conception concave. Tomek saisit fermement la poignée et commença à la balancer, la fouettant dans un mouvement descendant. — En y réfléchissant, tu pourras toujours utiliser ce truc pour te défendre.

Alors que Tomek l'élevait au-dessus de sa tête pour donner le coup final à son adversaire imaginaire, Kasia intervint et la lui prit. — Espérons que rien de tel n'arrive non plus.

— Oui, dit-il. Tu as raison.

Quelques instants passèrent, et il observa Kasia interagir avec la tasse. À présent, l'excitation était retombée et c'était devenu un simple objet inanimé. Bien qu'il ne pensât pas qu'il y ait grand-chose à s'enthousiasmer pour une tasse – ce n'était guère un iPhone – il aurait pensé qu'elle serait un peu plus heureuse.

— Qu'est-ce qui ne va pas ? demanda-t-il. Ce n'est pas le bon modèle ?

— Non. Si ! Si, c'est le bon. Je l'adore. Merci.

Elle se déplaça vers lui et lui fit un câlin.

— Alors pourquoi as-tu l'air de ne pas être contente ?

— Je le suis. Vraiment. Merci, mais tu n'avais pas à le faire. Je me sens coupable maintenant, mal de l'avoir demandé. Tu avais raison, c'est idiot.

— Pas si ça te rend heureuse. Souviens-toi de ça.

La leçon de vie fut perdue pour Kasia, qui lui offrit un sourire forcé, le remercia encore, puis retourna à sa place sur le canapé.

Tomek consulta sa montre. 20 h 30. Il lui restait un peu moins de deux heures avant le rendez-vous, mais il était nerveux, anxieux d'arriver à l'heure, de s'assurer de ne pas le rater. Il ne savait pas ce que Gina avait à lui dire, mais si c'était quelque chose qu'elle ne se sentait pas confiante ou à l'aise de lui dire en personne – sous les oreilles omnipotentes d'Anton – alors cela devait être important.

Tomek passa l'heure suivante sur les nerfs, vérifiant constamment sa montre et regardant son téléphone pour l'heure. Il était pris dans cette phase d'attente exaspérante. Comme à l'aéroport, en attendant l'avion. Ou un rendez-vous chez le médecin. Quand on ne peut rien faire d'autre qu'attendre, et qu'aucune distraction qu'on essaie ne fonctionne. Finalement, il s'occupa en prenant soin de Kasia. La nourrir, regarder la télévision avec elle, faire semblant de s'intéresser à ses programmes abrutissants.

Il essaya de se détendre, mais en vain.

Quand le moment fut enfin venu pour lui de partir, il se rendit compte qu'il ne lui avait pas parlé de sa journée ; il avait été tellement concentré sur le rendez-vous que cela lui avait complètement échappé.

— Je suis allé voir Lucy aujourd'hui.

— Lucy qui ?

Tomek la regarda d'un air vide. Il espérait que la déception sur son visage était évidente. — Ton amie, Lucy. Lucy Cleaves.

— Ah, d'accord. Désolée, je pensais que tu parlais de quelqu'un d'autre.

— Hmm. Bref, j'ai dit qu'on irait la voir une fois en famille.

— Pourquoi ?

Tomek n'arrivait pas à croire ce qu'il entendait. — Parce que c'est ton amie, et elle a besoin de ton soutien. Elle s'est sentie seule depuis son incident.

— Mais j'allais retrouver quelqu'un d'autre ce week-end.

— Qui ?

— Yasmin.

— Yasmin, qui était présente le même soir sur la plage ?

— Ouais.

— Plus maintenant. Tu viens, point final. On n'en discute plus. Si tu étais à sa place, tu apprécierais la compagnie. Ne sois pas si égoïste.

Kasia abaissa son téléphone sur sa poitrine. — Est-ce qu'Abigail viendra ?

Tomek hésita avant de répondre. — Je ne l'ai pas invitée. Et je n'avais pas l'intention de le faire, si tu veux savoir.

Il posa sa main sur la porte. Une dernière vérification de l'heure.

— Avant que je parte, dit-il, tu te souviens de Sean, mon collègue ?

— Le grand gars ?

— Ouais.

— Oui, je me souviens de lui.

— Eh bien, il se fait expulser de chez lui et a besoin d'un endroit où rester. Il a demandé s'il pouvait dormir sur le canapé pendant quelques nuits jusqu'à ce qu'il trouve un logement plus permanent, mais j'ai dit que je te demanderais d'abord.

— Et qu'est-ce que tu en penses, toi ?

— Je n'aime pas trop l'idée, mais je ne serai d'accord que si ça ne te dérange pas qu'il soit là.

— Alors *maintenant* tu me consultes. Quand il s'agit de tes amis. Mais quand il s'agit de voir mes amis et de mes projets, tu as déjà décidé pour moi.

— Je ne fais pas ça. Tomek inspira profondément. Ce n'est pas la même chose, et tu le sais.

Ce n'était pas la même chose, n'est-ce pas ?

CHAPITRE
QUARANTE-SEPT

Une légère pluie avait commencé à tomber presque au moment où il était sorti de la voiture. Après cinq minutes d'attente, elle s'était intensifiée, devenant de plus en plus forte, jusqu'à ce qu'il soit finalement contraint de se réfugier dans la sécurité et l'abri de son siège conducteur, d'où il devrait surveiller et attendre Gina depuis le confort de sa sellerie en cuir.

Mais elle n'était pas là.

Après dix minutes, toujours aucun signe d'elle.

Puis dix minutes sont devenues vingt.

Vingt sont devenues trente.

À la trente et unième minute, la pluie était devenue horizontale et fouettait la voiture de tous côtés. Les essuie-glaces, malgré tous leurs efforts, menaient un combat perdu d'avance. Et Tomek ressentait rapidement la même chose.

Ce qui l'énervait le plus, c'était qu'il n'avait pas de numéro pour la joindre, aucun moyen de la contacter discrètement.

Toute cette attente. Pour rien.

Il essayait de ne pas penser qu'il lui était arrivé quelque chose de grave. Au contraire, il espérait qu'elle avait eu peur, ou qu'elle avait changé d'avis. Ou peut-être même qu'elle avait simplement été distraite par quelque chose à la maison. Une urgence familiale, un événement familial qu'elle avait inscrit deux fois sur le calendrier. Mais la façon dont Anton se comportait avec elle, dont il lui parlait, la touchait, dont il l'intimidait subrepticement... et ces regards rapides et nerveux vers la cuisine - Tomek n'avait pas aimé tout ça.

La sensation qu'Anton pouvait apparaître à tout moment s'infiltra dans la voiture, et son imagination prit le dessus ; alors qu'il jetait un coup d'œil dans le rétroviseur, il crut voir l'homme assis sur la banquette arrière, son regard imperturbable le poursuivant.

— Putain de bordel de merde ! cria-t-il, son rythme cardiaque s'accélérant brusquement.

Ce n'était qu'un reflet de lumière rebondissant maladroitement sur une ceinture de sécurité. Mais en se retournant pour reprendre son souffle, quelque chose d'autre attira son attention. Une silhouette. Mince, petite, la même corpulence que Gina, portant un manteau léger avec une capuche rabattue sur sa tête. Il semblait mal équipé pour affronter la pluie.

Incertain que ce soit elle, Tomek ouvrit doucement la portière et se dirigea vers la silhouette.

— Bonjour... dit-il avec prudence.

Au son de sa voix, la femme se retourna brusquement. La faible lumière du réverbère non loin de l'entrée du café révéla qu'il s'agissait de quelqu'un d'autre, une inconnue.

Elle laissa échapper un petit cri. — Quoi ? siffla-t-elle, son accent d'Essex prononcé. T'es qui, toi ?

— Personne. Peu importe. Tomek fit demi-tour pour partir. — Désolé de vous avoir dérangée. Passez une bonne...

— À l'aide ! Que quelqu'un m'aide !

Sa voix porta dans le vent. Dès que Tomek l'entendit, il panique, oublia qu'il était policier, et se précipita vers sa voiture. Le temps qu'il y arrive, elle avait déjà disparu ; elle s'était enfuie dans l'obscurité du front de mer à quelques centaines de mètres. Tomek décida qu'il ne voulait pas rester plus longtemps, que ça n'en valait pas la peine, et rentra donc chez lui.

Demain, se dit-il alors qu'il traversait les rues de Southend à toute vitesse, nerveux. Demain. Il reviendrait demain pour lui parler.

CHAPITRE
QUARANTE-HUIT

Tomek était assis dans la même place de parking. Il était un peu avant huit heures, et aucun signe de vie n'émanait de chez Iliana. Les trottoirs, en revanche, étaient bondés de navetteurs se précipitant vers la gare, traversant les différentes ruelles et raccourcis, mais toujours aucune trace de Gina.

En fait, aucun signe de quiconque qu'il connaissait.

Peu après huit heures, une femme que Tomek ne connaissait pas s'approcha du restaurant. Elle marchait avec l'assurance de quelqu'un qui savait ce qu'elle faisait, plutôt qu'un client avançant timidement vers le restaurant pour voir s'il était ouvert.

Quand Tomek aperçut ses clés, il sortit de la voiture d'un bond et se précipita vers elle.

— Désolée, nous ne sommes pas encore ouverts, dit-elle sans le regarder. Veuillez patienter.

Tomek ouvrit la bouche, mais rien n'en sortit. Quelque chose l'avait submergé, éteignant son esprit, et il ne savait plus quoi dire. Finalement, il se contenta de répondre :

— Bien sûr. Je suis heureux d'attendre.

Puis il passa les dix minutes suivantes à l'extérieur comme un client mécontent voulant retourner un article acheté la veille, sauf qu'en entrant, il ne se précipita pas vers la caisse pour jeter l'objet comme si c'était la faute du vendeur si l'article n'allait pas. Au lieu de cela, Tomek se dirigea directement vers son box sur le côté de la salle. Cette fois, il faisait face à l'autre côté et observait désormais la cuisine. Il scruta les visages. Il n'en reconnaissait aucun. C'était une équipe entièrement renouvelée : tous des hommes, tous portant le même tablier blanc. Tomek était certain de n'avoir jamais vu aucun d'entre eux auparavant.

Cette pensée lui rappela quelque chose.

Alors qu'il était assis là, attendant qu'un membre du personnel vienne vers lui, il sortit son téléphone et chargea le site web d'Iliana. En haut de la page se trouvait une bannière blanche, avec le logo Tripadvisor. Tomek cliqua sur la bannière et fut dirigé vers la page du restaurant sur le site d'avis.

Juste sous le logo du café se trouvait leur note : 2,4/5.

Pas très attrayant pour les clients potentiels ou les touristes cherchant un endroit agréable à visiter. Morgana's, en revanche, s'affichait fièrement avec un solide 4,3/5. Loin d'être parfait, mais bien meilleur qu'Iliana. Anton menait le café à sa perte, et en lisant certains commentaires des clients, en commençant évidemment par les plus bas, il comprit pourquoi. Une litanie de messages disant que le service client était merdique, que le personnel était impoli, et qu'ils ne voyaient jamais deux fois le même employé. Certaines de ses réponses préférées étaient : « On serait probablement mieux servi dans une prison russe », « Je préférerais chier dans une tasse et le manger plutôt que de revenir ici - ça aurait probablement meilleur goût », « Il y a quelqu'un de nouveau toutes les cinq minutes, ils doivent avoir un taux de rotation plus élevé que la chambre d'une prostituée ». Et sa préférée : « Je n'amènerais même pas mon pire ennemi ici. Cet endroit est pire que l'enfer. » Tomek pensait que c'était peut-être un peu exagéré, mais les gens avaient droit à leur opinion, et il n'allait pas commencer à se disputer avec eux en ligne. C'était là que la folie commençait.

Heureusement, il fut détourné des critiques acerbes par la femme qu'il avait rencontrée dehors. Son visage était impassible, et son attitude l'était tout autant. Ils n'étaient ouverts que depuis cinq minutes et elle semblait déjà en avoir assez.

— Que voulez-vous ? demanda-t-elle. Europe de l'Est, bien qu'elle parlât avec un accent américain.

— Où est la femme qui était là hier ? demanda-t-il.

— Quelle femme ?

— Gina.

— Je... je ne sais pas. C'est mon premier jour.

— D'accord, dit-il, confus. Je ne veux rien boire pour l'instant. Je vais attendre.

— Vous voulez attendre ?

— Oui.

— Vous allez juste rester assis là ?

— Oui.

— Vous ne voulez pas une boisson ou quoi que ce soit ?

— Pas pour l'instant, merci.

— D'accord...

Sur ces mots, elle se détourna de lui et se dirigea vers la cuisine. Pendant un long moment, il fut la seule personne présente, et comme il n'avait rien commandé, le personnel de cuisine n'avait pas grand-chose à faire, alors ils se regroupèrent, discutant entre eux, le regardant constamment. Tomek essaya de ne pas devenir paranoïaque et de le prendre personnellement - qu'ils se moquaient de ses cheveux, ou de la façon dont sa barbe ne se rejoignait pas tout à fait sur sa joue - au lieu de cela, il essaya d'écouter, d'observer. Au fil des années, il avait développé l'art d'écouter sans écouter, et aimait penser qu'il pouvait saisir des choses de loin (bien qu'Abigail aurait dit le contraire). D'après ce qu'il pouvait déchiffrer, ils parlaient roumain. Mais bien que les langues fussent très similaires, il était incapable d'en saisir le sens.

Ce n'est que lorsqu'un second client entra qu'il fit signe à la serveuse de revenir.

— Où est Anton ? lui demanda-t-il.

— Anton ?

— Le type qui vous a embauchée.

— Oui... Elle se tendit soudainement, effrayée. Je connais Anton. Je... je ne sais pas où est Anton. Personne ne l'a vu depuis hier.

— Qui ?

— Pardon ?

Tomek réalisa qu'il allait devoir parler en phrases complètes s'il voulait obtenir une réponse de sa part.

— Qui, parmi le personnel de cuisine qui travaille aujourd'hui, ne l'a pas vu depuis hier ?

Les rouages tournaient lentement dans sa tête alors qu'elle luttait pour traiter la question. *Qu'elle aille se faire foutre*, pensa-t-il. Il n'avait pas le temps d'attendre. Pas alors qu'il n'y avait toujours aucun signe de Gina. Il se glissa hors du box, décollant son postérieur et ses jambes du similicuir, et se précipita vers la cuisine. Il donna un coup de poing pour attirer l'attention des cuisiniers, puis une fois qu'il l'eut, dit :

— Est-ce que quelqu'un sait où est Anton ?

Cinq visages perplexes et déconcertés le dévisagèrent, comme s'il parlait une langue étrangère. Il n'échappa pas à Tomek que beaucoup d'entre eux ne le comprenaient probablement pas.

— Anton. Votre patron, réitéra-t-il. Est-ce que quelqu'un sait où il est ?

Toujours rien. Puis l'un d'eux s'avança. Il semblait fatigué, abattu, avec une paire de lunettes cassées pendants mollement sur le bout de son nez crochu.

— Anton ne travaille pas aujourd'hui, dit l'homme dans un anglais presque parfait.

— Savez-vous où il est ? demanda Tomek.

— Non. Il ne l'a pas dit.

— Et *vous* lui avez parlé, n'est-ce pas ?

— Oui.

— Quand ?

— Ce matin. Sur son portable. Il a appelé pour dire.

— D'accord. Tomek se détourna pour traiter l'information. Ni Anton ni Gina n'étaient venus. Il était un peu plus de neuf heures du matin et il n'y avait toujours aucun signe d'elle, et Tomek commençait à penser qu'elle ne se montrerait pas. Anton avait-il découvert leur rencontre secrète ? Lui avait-il fait quelque chose d'horrible ?

Tomek commença à imaginer le pire. Avant qu'il puisse agir, son téléphone vibra dans sa poche. Il y plongea la main et récupéra l'appareil. Dans sa précipitation, il répondit sans regarder l'identifiant de l'appelant.

— DS Bowen, dit-il.

— Tomek ? C'est Rachel.

Tomek s'éloigna de la cuisine et retourna à sa place. À présent, la serveuse était passée à un autre client.

— Ah, Mademoiselle Hamilton. Si vous appelez au nom d'une certaine inspectrice pour savoir pourquoi je ne suis pas encore venu au bureau, vous pouvez lui dire que je fais un travail important.

— Quoi ? Taisez-vous. Ça n'a rien à voir avec ça. C'est à propos du téléphone de Mariusz.

Tomek commença à enfoncer le couteau dans la serviette, déchirant le tissu.

— Je vous écoute, dit-il.

— La police scientifique vient de finir de l'examiner. J'ai leur rapport juste devant moi.

— Et ?

— Et ils ont trouvé une photo sur le téléphone de Mariusz qu'il avait envoyée à un numéro masqué le matin de la mort d'Andrei.

Tomek savait déjà ce qui allait suivre.

— La photo était d'Andrei Pirlog, mort dans sa salle de bain. Il n'y avait aucun texte, aucun contexte derrière l'image. C'était presque comme si c'était...

— Une preuve, termina Tomek pour elle. Une preuve qu'Andrei était mort. Il fit glisser ses jambes hors du box et commença à se faufiler dehors à nouveau. Je suis en route maintenant. Je serai là dans cinq minutes.

Il sortit précipitamment du restaurant et sprinta vers sa voiture. Alors qu'il fermait la porte derrière lui, son téléphone commença à vibrer à nouveau. Encore une fois, dans sa hâte, il répondit sans vérifier.

— Ne me dites pas que vous avez trouvé une autre photo, dit-il.

— Euh... vint la réponse confuse. Tomek jeta un coup d'œil à son téléphone, vit l'identifiant de l'appelant et jura dans sa barbe. C'est bien le Détective Bowen ? C'est Kirsty Redgrave. Où êtes-vous ? Pouvons-nous nous rencontrer ? Nous avons quelque chose que vous voudriez peut-être entendre...

CHAPITRE
QUARANTE-NEUF

Tomek avait choisi le Morgana's.

Lorsqu'il est arrivé vingt minutes plus tard, les Redgrave l'attendaient déjà. Kirsty a bondi de son siège et lui a serré la main dès qu'elle l'a aperçu.

— Merci infiniment d'être venu, a-t-elle dit, la gratitude imprégnant chacune de ses syllabes.

— Ce n'est vraiment pas un problème, a répondu Tomek. Désolé pour mon retard. Cette fichue circulation était un cauchemar.

— Oh, oui. Nous avons remarqué. Il y a beaucoup de feux de signalisation ici. Mais c'est quelque chose que nous, Américains, faisons vraiment bien. Vous auriez dû nous voir quand nous sommes arrivés à notre premier rond-point.

Tomek a souri poliment, bien qu'il soit impatient d'en finir au plus vite. La nouvelle de la photographie l'avait préoccupé pendant tout le trajet.

Kirsty lui a présenté sa famille.

— Voici Jimmy, mon mari. Patricia, ma fille. Annabel, ma belle-mère, et Nelson, mon fils.

Tomek a immédiatement pensé à la brute de *Les Simpson* - ha-ha ! - et il devait admettre que la ressemblance était presque troublante. Ses cheveux étaient plaqués en arrière en une houppe, séparés de chaque côté de son front, ses épaules mêlaient graisse et premiers signes de muscles, et son nez potelé était trop ressemblant.

Tomek s'est assis en face du jeune homme, se calant entre Kirsty et son mari. Annabel, la belle-mère, a entouré Nelson d'un bras.

— Voudrais-tu boire quelque chose ? a demandé Kirsty à Tomek.

Il était sur le point de refuser quand il a réalisé qu'ils ne feraient que l'ajouter à leur note de frais avant de repartir en Amérique, et donc s'il pouvait en avoir un aux frais de Victoria, il serait idiot de dire non.

— Je tuerais pour une boisson, merci.

Après avoir commandé, il a demandé : — Comment profitez-vous de votre séjour prolongé ? J'espère que tout a été réglé concernant l'hébergement et la location de voiture ?

— Oui, a-t-elle dit en posant une main sur son épaule. Tout a été magnifique. Tout le monde a été si serviable. Et Anna - oh mon dieu, nous *adorons* Anna.

— Oui, c'est une perle rare.

— Non seulement ça, mais elle est si gentille et compatissante. Nous aurions besoin de quelqu'un comme elle à l'université.

— Eh bien, elle est à nous, a dit Tomek, et vous n'avez pas le droit de nous la prendre.

La famille Redgrave a ri, chuchotant entre eux comme s'il était exclu d'une plaisanterie privée que seule Anna aurait comprise. Une partie de lui se demandait s'ils étaient membres d'une secte, et si c'était une partie de leur processus d'initiation pour tenter de le recruter. D'abord, ils avaient eu Anna, maintenant c'était son tour.

Il a repoussé cette pensée au fond de son esprit.

— Et la silhouette que vous avez vue ? a-t-il demandé, pour faire avancer la conversation. D'autres apparitions depuis ?

Kirsty a posé une main sur la sienne. — Heureusement, rien. Nous n'avons ni vu ni entendu un mot de la part des voisins, ni de bruits dans le jardin, ni même aperçu quelqu'un de l'autre côté de la route. Quelque chose semble les avoir effrayés.

Ouais, un type nommé Denis Danyluk pourrait y être pour quelque chose, a pensé Tomek.

— Je suis content de l'entendre. Mais si ce n'est pas pour ça que vous m'avez fait venir, alors pourquoi ?

Kirsty n'a pas répondu. Au lieu de cela, elle a désigné son fils.

Au début, le jeune garçon n'arrivait pas à soutenir le regard de Tomek. Il a baissé les yeux sur ses doigts et a joué avec. Puis, après que Nelson eut cherché du soutien auprès de sa mère, et qu'elle le lui eut accordé avec un léger hochement de tête, il a trouvé assez de courage pour parler.

— Eh bien, l'autre jour - je veux dire hier soir...

Ha-ha ! Tomek a entendu ce son emblématique dans sa tête dès que l'adolescent a parlé.

Nelson a hésité. Il avait rencontré un obstacle et ne savait pas comment continuer.

— C'est bon, Nels. Tu peux lui dire. Tu n'es pas en difficulté, a dit Kirsty, venant à son secours.

Cela semblait réconforter le garçon. — Eh bien, c'était hier soir. Nous marchions le long du front de mer. Nous venions de dîner sur la grand-rue et je voulais jeter un œil aux salles de jeux. D'abord, nous sommes allés à celle près du Kursaal, puis nous avons continué notre chemin. Ensuite, alors que nous sortions d'un des endroits le long de la promenade, quelque chose a attiré mon attention.

La promenade, comme si Southend-on-Sea était l'équivalent plus miteux et plus pauvre de Vegas.

— C'était un homme, habillé de noir, a poursuivi Nelson.

— D'accord.

— Les mêmes vêtements que l'homme qui a fui la scène de crime sur la plage.

— D'accord.

— Il me l'a rappelé.

— Qui ?

— La personne qui s'est enfuie !

— D'accord... Penses-tu que c'était lui ?

— Je ne sais pas.

— D'accord.

Tomek ne savait pas où cela menait. Tout ce qu'ils avaient vu, c'était un homme qui ressemblait à la silhouette qui avait fui la scène - Mariusz, qui était mort.

— Dis-lui le reste, a insisté Kirsty, tendant le bras à travers la table pour prendre celui de son fils. Il y a quelque chose qu'il ne te dit pas, a-t-elle dit à Tomek.

Nelson est redevenu timide, baissant la tête. — Je... je ne pensais pas que c'était important sur le moment, tu vois, et c'est parce que personne d'autre ne les avait remarquées que j'ai cru les avoir imaginées sur la plage.

— Remarqué quoi, Nelson ?

— Hier soir, l'homme du front de mer portait les mêmes chaussures. C'est ce qui m'a fait me souvenir...

— Quelles chaussures ?

— Il portait une paire de Christian Louboutin rouges.

Tomek a regardé le gamin d'un air perplexe.

— Des chaussures de créateur, a expliqué Patricia, la fille de Kirsty, en lui mettant son téléphone sous le nez. Sur l'écran se trouvait l'image d'une paire de baskets montantes rouges avec des clous qui semblaient provenir d'un jouet sexuel BDSM sur les bouts.

Tomek les a instantanément reconnues.

CHAPITRE
CINQUANTE

Elle ne s'était jamais attendue à cela. Ce n'était pas ce que sa vie était censée être. Ce n'était pas ce qu'elle avait prévu. Elle avait espéré une existence plus épanouissante, plus fructueuse, tant pour elle que pour sa famille en Roumanie. Mais les choses avaient changé si vite, si vertigineusement vite, qu'elle avait à peine eu le temps de comprendre et d'assimiler tout cela.

Elle se trouvait dans une petite pièce. Elle en était certaine. Il faisait noir comme dans un four, cela aussi était identifiable. Mais elle n'avait aucune idée du temps qu'elle y avait passé. Le temps était devenu distant, hors de portée, mais elle savait qu'elle était là depuis assez longtemps pour connaître cette boîte. Ses recoins et ses anfractuosités. Ses surfaces lisses et solides. À tel point que la boîte était presque devenue une amie.

Au début, elle avait hurlé, pleuré. Frappé du poing et donné des coups de pied contre les murs de béton. Jusqu'à ce que la douleur devienne trop insupportable pour continuer.

Elle ne savait pas ce qu'elle avait fait pour mériter cela, quelle série de malheureux événements l'avait menée ici. Elle ne savait pas non plus comment elle allait s'en sortir.

Il semblait certain qu'elle allait mourir. Pas d'eau, pas de nourriture. Bientôt, il n'y aurait plus d'air.

Elle mourrait soit de faim, soit de déshydratation, soit d'asphyxie. Selon ce qui arriverait en premier.

Mais elle préférait ne pas y penser. Au lieu de cela, elle occupait ses pensées avec des souvenirs de chez elle, de son mari, de ses parents. Comment ils avaient pris soin d'elle pendant son enfance, combien elle était reconnaissante pour tout ce qu'ils avaient fait, les sacrifices qu'ils avaient consentis. Ils se demandaient tous probablement où elle était, comme la dernière fois qu'une chose similaire s'était produite. Quand elle était plus jeune. Une petite fille. Elle jouait à la plage avec sa sœur pendant les vacances. Toutes les deux étaient parties à la recherche de toilettes. Après avoir ignoré leur père qui leur répétait plusieurs fois d'utiliser la mer comme toilettes — « Papa ! C'est dégoûtant ! » — elles avaient fini par partir, main dans la main, le sable se déplaçant sous leurs orteils. Elles avaient trouvé une cabine convenable à quelques centaines de mètres à l'intérieur des terres peu après, mais elle était sale, puante, couverte d'urine et avec du papier toilette usagé sur le sol. La poignée était rouillée et nécessitait beaucoup d'efforts pour l'ouvrir, et des graffitis couvraient les murs comme à l'intérieur d'un asile de fous. Tout dans une langue étrangère. Rien n'avait de sens. Mais c'était peut-être une bonne chose ; elle avait vu certaines des choses que les vandales et les enfants écrivaient sur les murs de nos jours et cela la dégoûtait.

La cabine était à peine assez grande pour l'une d'entre elles, et encore moins pour deux, et en tant que cadette, sa sœur aînée égoïste l'avait envoyée en premier. Elle avait tellement envie de faire pipi qu'elle avait pu ignorer la saleté, et avait même oublié de placer du papier toilette sur la lunette pour que moins de germes entrent en contact avec sa peau. Une fois qu'elle eut terminé, la saleté de l'endroit lui apparut clairement et elle tenta de s'échapper aussi vite que possible. Dans sa hâte, cependant, elle avait cassé la poignée de la porte, s'enfermant à l'intérieur. Elle avait frappé la porte à plusieurs reprises, hurlant jusqu'à ce que ses poumons explosent et qu'elle manque d'air. Sa sœur avait crié aussi, leurs cris séparés seulement par une fine pièce de métal.

Puis sa sœur lui avait dit qu'elle allait chercher de l'aide, qu'elle promettait de revenir. Quelques secondes plus tard, elle était partie, la laissant seule dans la cabine nauséabonde.

Les dix premières minutes avaient été remplies d'optimisme et d'espoir que sa sœur trouverait du soutien et reviendrait rapidement. Mais au fur et à mesure que le temps passait, ce sentiment s'amenuisait, et la panique commençait à s'installer. Et si personne ne revenait ? Et si sa sœur l'avait oubliée, ou lui jouait un tour élaboré ? Et si quelque chose était arrivé à sa sœur ?

Crier. Frapper la porte.

Tout comme maintenant.

Bien qu'à présent, l'espoir ait presque disparu.

Après ce qui avait semblé être deux heures dans la cabine mais n'avait été que trente minutes, sa sœur était revenue avec de l'aide. Et quelques minutes plus tard, elle avait été sauvée. Elle n'avait jamais serré sa famille aussi fort dans ses bras.

Mais maintenant, il n'y avait personne à étreindre. Personne pour la sauver. Personne pour la secourir des ténèbres.

Elle chercha le coin de la pièce, ses doigts courant le long de la surface lisse. Quand elle le trouva, elle se laissa glisser jusqu'au sol, se recroquevillant en boule, et ramenant ses genoux contre sa poitrine. Puis elle commença à sangloter, d'épaisses larmes coulant sur son visage. Elles ne durèrent pas longtemps. Son corps était si déshydraté qu'elle n'avait plus rien, plus rien à donner. Au lieu de cela, elle baissa la tête sur ses genoux et ferma les yeux de force. Son imagination délirante et déshydratée commença à créer des scénarios et des images folles dans sa tête — des cow-boys, des montagnes, des poissons qu'elle n'avait jamais vus que sur un écran de télévision, son magasin préféré qu'elle était autorisée à visiter.

Et puis elle entendit un son.

Au début, elle pensa que c'était la caisse enregistreuse qui s'ouvrait dans son esprit. Mais ensuite, elle l'entendit à nouveau et réalisa que ce n'était pas cela du tout. C'était *quelque chose*.

Quelque chose dans le monde réel.

Quelque chose à proximité, en dehors des limites de la petite boîte.

Un moment plus tard, elle entendit le bruit du métal qui claque contre du métal.

Puis la lumière fit irruption. L'aveuglant.

Ce fut longtemps avant qu'elle puisse les rouvrir. Quand elle le fit, elle vit une silhouette debout devant elle, un démon noir et massif sur fond de blanc pur.

— Lève-toi, dit-il. Viens avec moi.

CHAPITRE
CINQUANTE-ET-UN

Tomek avait trouvé l'homme qu'il cherchait dans le café de Morgana, assis dans l'arrière-salle, feignant d'être occupé. Avec l'aide de deux agents en uniforme, Tomek l'avait arrêté, soupçonné du meurtre de Morgana Usyk.

L'homme était maintenant assis en face de lui dans la salle d'interrogatoire numéro un. À ses côtés se trouvait son avocate, et Rachel était assise à côté de Tomek. Ils lui avaient rappelé ses droits et étaient maintenant prêts à commencer.

Tomek s'éclaircit la gorge avant de commencer.

— Vlad, il y a juste quelques points supplémentaires que nous aimerions éclaircir concernant vos allées et venues le matin du décès de Morgana.

L'homme ne dit rien.

— Dans votre déclaration initiale, vous nous avez dit que vous aviez fait la grasse matinée et que vous étiez encore au lit. Vous souvenez-vous avoir dit cela ?

— Sans commentaire.

— Vous avez ensuite précisé que vous vous étiez réveillé juste après onze heures. C'est bien ça ?

— Sans commentaire.

— Vous maintenez cette version ?

— Sans commentaire.

— Pouvez-vous vous rappeler à quelle heure vous êtes arrivé au café ce matin-là ?

L'expression de Vlad resta impassible. — Sans commentaire.

— Laissez-moi vous rafraîchir la mémoire alors. Tomek ouvrit un petit dossier et en sortit une feuille qu'il posa dessus. — Notre équipe est arrivée à 12 h 45 et vous n'étiez toujours pas là. Selon les rapports de notre équipe, vous n'êtes pas apparu avant une heure passée. Vous voyez où je veux en venir ?

— Sans commentaire.

Tomek laissa échapper un petit soupir.

— Y a-t-il quelqu'un qui peut corroborer vos allées et venues ce matin-là ? demanda Rachel. Parce qu'à l'heure actuelle, nous n'avons que votre parole. Et vu la tournure que prennent les choses, cela vous place directement dans le cadre d'un meurtre.

Les yeux de Vlad se plissèrent tandis qu'il tournait lentement la tête vers Rachel. — Sans. Commentaire.

— Très bien, répondit-elle.

Tomek ouvrit à nouveau le dossier et en sortit deux nouvelles feuilles. Sur celles-ci figuraient quatre images fixes prises sous différents angles des caméras de vidéosurveillance du front de mer de Southend. Après la découverte des Redgrave au sujet des chaussures, Chey avait réexaminé les images de vidéosurveillance du front de mer, cette fois-ci à la recherche d'une paire de Christian Louboutin rouges, et avait trouvé celui qu'ils pensaient être leur principal suspect, émergeant de l'eau près de la jetée. Le visage de la silhouette était cependant toujours déformé et couvert par la capuche et l'écharpe. Mais on voyait clairement qui ils pensaient que c'était.

Dans les photos placées devant Vlad, Tomek avait pris la décision de recadrer pour ne pas montrer les chaussures.

Pour l'instant.

— Reconnaissez-vous l'homme sur ces photos ? demanda Rachel en les faisant glisser vers lui.

Vlad les ignora complètement.

— Sans commentaire.

— C'est la personne que nous soupçonnons d'avoir tué votre patronne, votre amie la plus proche. Reconnaissez-vous cette personne ?

Rachel tapota les images de ses doigts à plusieurs reprises, provoquant un bref coup d'œil de l'homme. Un battement de paupières.

— Sans commentaire, dit-il, puis il regarda une seconde fois en se calant dans son siège. Une petite lueur de reconnaissance brilla dans ses yeux.

Une autre feuille. Une autre photographie. Cette fois, c'était l'image qu'avait prise Mariusz d'Andrei dans la baignoire.

— Et cette image ? Reconnaissez-vous la personne sur celle-ci ?

Maintenant, Vlad ne pouvait plus en détacher son regard. Il prit la feuille et examina la photo de l'homme mort.

— Sans commentaire.

Tomek soupira de nouveau. Ils allaient passer un long après-midi.

— Avez-vous déjà vu cette photo auparavant ? répéta Tomek.

— Sans commentaire.

— Connaissez-vous quelqu'un qui l'aurait vue ?

Les yeux de Vlad se dirigèrent vers le mur.

— Sans commentaire.

— Où étiez-vous jeudi dernier ? demanda-t-il, le jour de la mort d'Andrei. Décrivez-nous ce que vous faisiez.

— Sans commentaire.

Impasse. Il ne révélait rien. Ils allaient devoir essayer plus fort. Tomek plongea à nouveau la main dans le dossier et sortit sa carte maîtresse : les mêmes images de l'homme sur le front de mer, mais avec une subtile différence. Les chaussures rouges, rehaussées et saturées pour les rendre encore plus évidentes sur la page.

— Et l'homme sur *ces* photographies ? demanda Tomek. Reconnaissez-vous quelque chose chez lui maintenant ?

Tomek fit glisser le papier contenant les images du front de mer vers Vlad. Finalement, l'homme craqua et jeta un coup d'œil aux images. Il les prit, les tenant directement devant son visage pour que ni Tomek ni Rachel ne puissent voir sa réaction. Puis, quelques instants plus tard, il reposa le papier et chuchota à l'oreille de son avocate.

— Mon client souhaiterait demander une pause, si c'est possible. Il a besoin d'aller aux toilettes, et nous avons certaines choses à discuter avant d'aller plus loin.

—

Tomek leur accorda quinze minutes. Pendant qu'ils attendaient, Rachel et lui retournèrent dans la salle des opérations. L'espace était silencieux à leur retour, toute l'attention étant concentrée sur eux pour une mise à jour.

— Nous faisons une petite sieste, déclara Tomek. La récréation reprend dans quinze minutes.

Alors que Tomek regagnait son bureau, une voix l'appela.

— Chef !

Cela venait du bureau de Chey. Le jeune agent se leva de son siège et se traîna vers lui en boitant.

— Qu'est-ce qui t'arrive ? demanda-t-il.

— J'ai trébuché dehors. Un accident complet.

— Non... parce que le faire exprès serait bizarre. À moins que tu ne cherches à nous poursuivre en justice, auquel cas, je ne peux que t'encourager.

— Merci pour l'idée, dit Chey. Tu as une minute ?

— Pour mon ami ? Bien sûr.

Chey sourit, puis traîna Tomek jusqu'à son bureau.

— Tu prends une pause au bon moment, dit-il. Je ne voulais pas vous interrompre, mais l'analyse de composition des chaussures récupérées chez Vlad vient d'arriver.

— Et alors ?

— Il y a une correspondance entre les chaussures de Vlad et les échantillons de boue et de sable trouvés sur les vêtements de Morgana.

— Ce qui signifie ?

— Que ces chaussures étaient présentes sur la scène de crime dans les vasières.

— Ce qui signifie que Vlad était celui qu'Andrei avait repéré en train de tenir la tête de Morgana.

— Ce qui signifie que Vlad pourrait savoir ce qui lui est arrivé, ajouta Chey.

— Ou qu'il l'a fait lui-même.

Tomek fut soudain envahi par l'euphorie. Les chaussures. Ces satanées chaussures criardes et horribles. Il avait eu raison de les soupçonner. Il ne pouvait s'empêcher de ressentir une certaine fierté.

À la fin des quinze minutes, Tomek et Rachel quittèrent la salle des opérations. Avant que Tomek ne puisse atteindre l'ascenseur, Sean l'aborda.

— Ça peut attendre, mon pote ? demanda-t-il. Nous sommes sur le point de redescendre.

— Oui. C'est juste rapide - la chambre.

— Quoi à propos ?

— Je n'en ai plus besoin de toute façon, dit-il. Je vais emménager avec Victoria.

— C'est bien. Ça nous évite d'avoir une conversation gênante.

— Ah bon ?

— Ouais. Kasia n'était pas très enthousiaste à l'idée d'avoir un homme inconnu vivant dans notre maison, mentit-il. Kasia n'avait pas de problème avec cela. Après qu'il l'eut pressée pour obtenir une réponse par oui ou par non, elle avait dit que c'était bien tant qu'elle pouvait prendre sa douche en premier le matin. Mais Sean n'avait pas besoin de le savoir.

Tomek fut le dernier à entrer dans la salle d'interrogatoire.

— Mes excuses, dit-il en se précipitant vers sa chaise. J'espère que je n'ai rien manqué.

— Pas encore, répondit Rachel. Nous t'attendions. Je crois comprendre que Vlad a quelque chose qu'il aimerait partager ?

— Oui, répondit l'avocate en se tournant vers Vlad.

Tomek se prépara. Allait-il avouer ? Ou allait-il essayer de se sortir de cette situation d'une manière ou d'une autre ?

Tomek était presque au bord de son siège.

Se penchant en avant, Vlad posa ses coudes sur la table et dit : — Je sais ce que vous allez dire. Les chaussures. Celles que vous avez envoyées pour analyse l'autre jour. Je sais qu'elles vont correspondre. Je sais que vous allez trouver la même boue et le même sable que sur le corps de Morgana.

Tomek prit un moment pour se ressaisir. — Comment le savez-vous, Vlad ?

— Eh bien, il n'y a qu'une seule explication possible, n'est-ce pas ? Parce qu'on dirait que c'est moi qui l'ai tuée.

— Ça semble correct, répondit Tomek, faisant de son mieux pour ne pas dévoiler son jeu.

— Mais je veux que quelque chose soit parfaitement clair. Officiellement.

Tomek ne dit rien. Il attendit que l'homme continue.

— Allez-y... répondit Rachel.

— Je n'ai rien à voir avec son meurtre. Le matin où elle est morte, j'ai fait la grasse matinée, comme je vous l'ai dit. Mais je ne l'ai pas tuée.

— Pouvez-vous développer, s'il vous plaît ?

— Je ne sais rien de ce qui s'est passé sur la plage ce matin-là. C'est un fait. Mais je sais ce qui est arrivé à ces chaussures.

Tomek avait du mal à suivre. — Je vais avoir besoin que vous soyez plus explicite.

Vlad soupira. — Les chaussures. Elles ne sont pas à moi. On me les a données, on m'a dit de les garder.

— Par qui ?

Vlad fit une pause et dévisagea Tomek et Rachel pendant quelques instants avant de répondre.

— Elles appartiennent à Anton Usyk. Et je peux le prouver.

CHAPITRE
CINQUANTE-DEUX

Selon la « preuve » de Vlad, Anton avait déposé les chaussures un matin, et il avait tout documenté sur la caméra de sa sonnette de sécurité. Suite à l'interrogatoire, Tomek et Chey ont accédé à distance aux images vidéo depuis le téléphone de Vlad pour chercher cette preuve. Ils l'avaient trouvée une heure plus tard : Anton se tenant devant la porte d'entrée, portant un épais manteau noir avec une écharpe enroulée étroitement autour du cou, tenant les chaussures rouges dans ses mains, les passant à Vlad. Il était ensuite entré dans la maison, emportant les chaussures avec lui, et était reparti vingt minutes plus tard, se précipitant vers sa voiture.

La vidéo confirmait pratiquement qu'Anton s'était trouvé sur la scène du crime, que c'était lui qu'Andrei avait aperçu, et qu'il avait fui le port. Par conséquent, cela le plaçait dans le cadre du meurtre de sa femme. Le seul problème maintenant était d'essayer de le retrouver. Selon les rapports, il ne s'était toujours pas présenté au travail ce matin, et personne ne l'avait vu depuis la veille au soir.

— Alors c'est ça, dit Anna, après que Tomek eut convoqué une réunion et demandé à Chey d'expliquer les images vidéo à l'équipe. C'est Anton qui a tué Morgana. C'est lui qui l'a fait ?

— Possiblement, oui, répondit Tomek. Il leva les mains en signe de reddition pour apaiser les regards furieux. Mais nous n'avons pas encore terminé. Il y a encore beaucoup de choses qui n'ont pas de sens.

— Comme quoi ? siffla Victoria, comme si c'était de sa faute si l'enquête était si complexe.

— Comme le fait que Morgana se soit rendue au port en voiture – *seule*. Elle y était allée pour rencontrer quelqu'un, ou peut-être simplement pour se promener – nous ne savons pas. Mais quand elle est arrivée là-bas, elle est tombée sur son mari, qui a ensuite procédé à la tuer. Il est alors pris en flagrant délit, fuit la scène, donne ses chaussures pleines de sable au directeur adjoint d'un de ses restaurants pour qu'il les « garde en sécurité », puis envoie Mariusz comme bouc émissaire pour en prendre la responsabilité. Ce que je veux savoir, c'est quel est le lien entre les deux ? Quel est aussi le lien avec Gavin ? Était-ce Anton qui lui disait de divulguer les informations, ou Vlad était-il impliqué d'une manière ou d'une autre ?

— Tu penses qu'Anton a orchestré toute cette affaire depuis le début ? demanda Victoria. Elle n'aurait pas pu sembler plus stupide si elle avait essayé, comme quelqu'un qui demanderait à un ado de la génération Z quels sont les premiers nombres premiers et qui penserait que cela avait quelque chose à voir avec les coordonnées du service client d'une plateforme de streaming.

— C'est mon hypothèse, répondit Tomek. Anton a tué sa femme, a fui la scène et a transmis les preuves à Vlad. Il a ensuite réalisé que l'étau se resserrerait bientôt sur lui, étant le mari et donc le suspect évident, et il a donc fait en sorte que Mariusz tue Andrei dans son appartement, puis se rende pour avouer sa présence au port. Il ne s'attendait probablement pas à ce que nous découvrions la vérité sur le faux suicide si rapidement.

— Donc, les photos sur le téléphone de Mariusz ont été envoyées à Anton ?

— Ce serait mon hypothèse, répondit Tomek avec un hochement de tête.

— Et les messages à Gavin, notre lanceur d'alerte ? Victoria commença à se déplacer autour des tableaux blancs, tapotant le nom et le visage de chacun avec son marqueur en parlant. Tu penses qu'Anton a fait pression sur Gavin pour qu'il divulgue des informations à Denis Danyluk en prison ?

— C'est ainsi que je le vois.

— Mais si Denis est le frère de Morgana, pourquoi n'est-il pas allé directement voir Denis pour le meurtre de Mariusz en prison ?

Tomek réfléchit un moment à cette question. — Peut-être qu'il savait que ce serait la piste évidente que nous suivrions. Il a impliqué Gavin pour brouiller les pistes et nous détourner. Il est intelligent. Il n'a rien fait lui-même. Dans tous les cas, à l'exception du meurtre de sa femme, il a fait faire le travail par quelqu'un d'autre : Mariusz pour tuer Andrei ; Denis pour tuer Mariusz ; et j'imagine que si nous envoyons Vlad et Gavin en prison, il va aussi trouver un moyen de les faire tuer.

Cette sombre idée apporta un moment de réflexion à l'équipe.

— Je veillerai à ce que Gavin soit placé sous protection pour personnes vulnérables, de même pour Vlad si nous trouvons suffisamment de preuves pour le poursuivre.

— Suffisamment de preuves ? répéta Tomek. Nous avons la preuve qu'il a aidé à dissimuler un meurtre. Il a menti à la police sur ce qui s'est passé ce jour-là. Il en savait beaucoup plus qu'il ne nous l'a dit, et je pense qu'il en sait encore beaucoup plus qu'il ne nous a pas encore révélé. Il n'y a rien de conditionnel là-dedans. Nous avons vingt-quatre heures pour trouver des preuves plus concrètes contre lui, et je dis que nous utilisions chaque seconde dont nous disposons.

Tomek se propulsa hors de sa chaise, se fraya un chemin entre ses collègues autour de l'énorme table et prit le marqueur pour tableau blanc des mains de Victoria. Saisissant la gomme, il effaça quelques griffonnages inutiles et créa un cercle massif au milieu de l'espace. À l'intérieur, il écrivit le nom d'Anton, puis ajouta cinq branches séparées à la toile d'araignée avec un nom dans chacune.

Mariusz Stanciu.

Gavin Barker.

Vlad Boyko.

Brendan Door.

Denis Danyluk.

Alors qu'il remettait le capuchon sur le stylo, il tapota les noms dans le sens des aiguilles d'une montre.

— Nous devons trouver des liens entre Anton et tous ces hommes. Comment sont-ils liés, qu'est-ce qui a poussé Anton à les choisir ? À part les liens évidents – Vlad, le directeur adjoint, et Denis, son supposé beau-frère – nous devons nous demander ce qui les relie. '

Tomek fit une pause et examina la salle. Il regardait un groupe de visages attentifs, enthousiastes et prêts. Il ne se souvenait pas de la dernière fois qu'il avait vu cela. En ce bref instant, dans cette courte pause, il avait l'impression que l'enquête était la sienne et qu'il dirigeait l'équipe désormais.

Malheureusement, la réalité serait légèrement différente.

Au moment où Tomek allait retourner à sa place, Chey leva timidement la main. — Je peux aller plus loin et répondre à certaines de ces questions.

Tomek recula d'un pas, maintenant sa position d'autorité perçue.

— Je vous en prie, Monsieur Pepper, la parole est à vous.

Chey s'éclaircit la gorge. — Premièrement, Denis Danyluk mentait quand il a dit qu'il était apparenté à Morgana.

— Pardon ?

— J'ai vérifié ses comptes de médias sociaux et j'ai demandé des documents d'Ukraine, et il n'y a aucune mention de Denis Danyluk dans aucun d'eux. Ils ne partagent même pas le même nom. Rien sur les réseaux sociaux. Rien sur les proches. Rien sur les actes de naissance, les arbres généalogiques ou les documents médicaux. Rien qui suggère qu'ils soient même vaguement apparentés.

Tomek se tourna vers le tableau et souligna le nom de Denis. — Cela fait donc quatre connexions que nous devons trouver, dit-il, puis il se tourna vers le jeune agent. Bon travail, mon pote. Autre chose ?

L'homme se redressa, stimulé par le retour positif. — Eh bien, pendant que nous sommes sur le sujet des médias sociaux, j'ai cherché d'éventuelles connexions entre les Usyk et Gavin et Mariusz, en utilisant les comptes du restaurant comme base. Il semble qu'ils aient été créés par Morgana, car elle était beaucoup plus présente sur Instagram et TikTok que son mari. Dans quelques publications, j'ai vu Gavin aller chez Iliana plusieurs fois. Il a été présenté sur leurs pages assez souvent et a même laissé l'un des avis les plus positifs sur Tripadvisor.

Tomek désigna Oscar et dit à l'homme de noter d'interroger Gavin à ce sujet à un moment donné.

— Autre chose ?

— J'ai aussi brièvement examiné le téléphone de Vlad avant que nous l'envoyions à l'analyse numérique, et je ne pense pas qu'il soit celui qui a envoyé les messages à Gavin, ni qu'il ait reçu les photos d'Andrei dans la baignoire.

— Donc, Vlad est hors de cause ? mentionna Anna.

— Pas tout à fait, corrigea Tomek. Comme je l'ai dit tout à l'heure, il n'est pas blanc comme neige dans tout ça, et je garantis qu'il y a encore des choses qu'il garde pour lui. Alors pourquoi ne pas rassembler tout ce dont nous avons besoin, mettre tous nos atouts dans notre jeu et tout ça, puis le lui présenter au dernier moment ? Il se tourna vers Victoria. On pourrait envisager une prolongation de garde à vue ?

Victoria réfléchit un moment. — Je peux examiner cette possibilité.

— Parfait, merci.

Tomek pouvait sentir que le cours de l'enquête tournait rapidement en sa faveur. Si Victoria n'était pas prudente, elle risquait de se retrouver échouée sur le port et de se noyer.

Une pensée lui vint alors. — Qu'en est-il d'une connexion entre Anton Usyk et Mariusz Stanciu ? demanda-t-il à Chey, mais la question était ouverte au reste de la pièce.

Martin saisit l'opportunité à deux mains. — J'ai peut-être quelque chose pour vous, Sergent, dit-il. Il s'avère que la société de transport pour laquelle Mariusz travaille, DWG Logistics, livre la nourriture et les fournitures aux cafés.

— C'est vrai ?

— Oui, Sergent.

Les rouages commencèrent à tourner dans le cerveau de Tomek.

— C'est là-dessus que nous devons nous concentrer. Il dessina un grand cercle entre les noms d'Anton et Mariusz sur le tableau. Nous devons découvrir à quel point ces deux-là se connaissent. N'oublions pas que Mariusz n'est dans le pays que depuis trois mois... Et autre chose que nous devrions examiner : quelqu'un sait-il où diable se trouve Anton ?

CHAPITRE
CINQUANTE-TROIS

Mariusz étant mort en prison, et Anton ayant disparu de la surface de la terre, il ne restait qu'une seule personne à qui Tomek pouvait parler et qui les connaissait tous les deux.

La ferme Red Birch était toujours ouverte et, à sa surprise, toujours fréquentée. C'était presque l'heure de la fermeture, et il y avait au moins dix voitures garées sur le parking. Après avoir évité de justesse plusieurs nids-de-poule, Tomek se gara, sortit de la voiture et se dirigea vers le bureau de Stanley.

Tomek frappa à la fenêtre mais n'obtint aucune réponse. Plaçant ses mains en visière, il colla son nez contre la vitre. Vide. Puis il passa quelques instants à chercher quelqu'un, à chercher de l'aide. Comme personne n'apparaissait, il partit à sa recherche.

— Excusez-moi, mon brave, lança Tomek à un homme portant un balai, qui venait de sortir de l'enclos des chevaux. Il portait une salopette rentrée dans des bottes en caoutchouc. Ses cheveux étaient rouge flamboyant et sa barbe rousse épaisse l'était tout autant.

— Bonjour..., dit-il avec prudence.

— Savez-vous où je pourrais trouver Stanley ?

L'homme pointa du doigt sans regarder. — Avec les cochons, dit-il, puis il continua sa course.

— Ramener le bacon à la maison, hein ? dit Tomek à l'homme, mais sa plaisanterie tomba dans l'oreille d'un sourd.

En se rendant à l'enclos des cochons, il croisa une jeune famille de quatre personnes, qui éloignait les deux enfants des moutons. Ils hurlaient, suppliant de rester, mais les parents devaient rentrer pour le dîner, disaient-ils.

Finalement, il arriva à l'enclos des cochons et trouva l'homme qu'il cherchait.

— Inspecteur..., dit Stanley d'un ton ferme, avec une pointe de méfiance dans la voix. — Vous n'êtes pas venu m'annoncer qu'une autre personne est décédée, n'est-ce pas ?

Aujourd'hui, il portait un gilet sans manches d'une couleur différente. Son pantalon et ses bottes étaient kaki mais s'étaient salis de boue. Dans ses mains, il tenait un seau vert avec une paire de gants.

— Des millions de personnes sont mortes depuis notre dernière conversation, dit Tomek.

— Eh bien, c'est... Je suppose... Je suppose que vous avez raison.

Tomek pointa le seau.

— Que faites-vous ?

— C'est l'heure du repas.

Tomek se tourna vers les cochons. Sept au total. Un de moins que la dernière fois, bien qu'il ne fallait pas être un génie pour comprendre pourquoi. C'étaient des créatures laides et répugnantes. Poilues, sales, couvertes de leur propre merde. Tomek ne les avait jamais aimés. Mais il aimait bien les manger. Il aimait penser qu'ils étaient l'incarnation même de la beauté qui est toujours à l'intérieur.

— Vous voulez essayer ? demanda Stanley, tendant le seau à Tomek. — Ils sont assez pleins mais je pense qu'ils peuvent supporter encore quelques bouchées.

Tomek leva les mains et recula de quelques pas, secouant la tête. — Je ne pourrais pas. Non merci. Pas pour moi.

— Vous êtes sûr ?

— Oui. Ce costume... il est vraiment beau. De créateur. Il doit être nettoyé à sec toutes les deux semaines. Je ne voudrais pas le salir. De plus, je ne voudrais pas trop les nourrir.

Stanley ricana. — Ce sont des cochons. Ils mangeront tout ce que vous leur donnez tant qu'ils ont assez faim. Ils ont meilleur goût comme ça.

Tomek se retourna pour les regarder à nouveau. L'une des bêtes venait juste de s'approcher de lui, grognant et reniflant comme un zombie dans un film catastrophe.

— Il aime quelque chose sur votre pantalon, dit Stanley.

— Oui. Ça s'appelle de l'argent, répondit Tomek en retirant sa jambe. Ce faisant, quelque chose attira son regard, brillant parmi la saleté. Une boucle d'oreille ornée d'une pierre verte, qui étincelait à la lumière. Tomek avait trop peur de la ramasser, alors il la pointa du doigt. — Je crois que quelqu'un a perdu quelque chose.

Confus, Stanley s'accroupit pour l'examiner. Il plaça sa main dans l'enclos avec aisance et repoussa la curiosité des cochons d'un coup puissant.

— La voilà ! s'exclama-t-il. — Voilà la petite saloperie. Une de nos clientes l'a perdue tout à l'heure. Nous l'avons cherchée partout. Vous auriez dû nous voir. J'ai eu de la boue dans des endroits que je ne pensais même pas possibles.

Tomek pensa à une blague mais décida de la garder pour lui. Ni le moment, ni le lieu, ni la compagnie.

Stanley mit la boucle d'oreille dans sa poche et se leva. — Je lui téléphonerai plus tard. En attendant, comment puis-je vous aider ?

— Pourrions-nous parler dans votre bureau ?

— Dans un endroit plus privé ? Absolument.

En se rendant au bureau, Tomek vit de nouveau l'homme roux au balai. Il lui fit un signe de tête, mais n'en reçut pas en retour.

— Ne vous inquiétez pas pour lui, il est juste grognon parce que je lui ai dit qu'il travaillerait hors site pour le reste de la semaine, dit Stanley en tenant la porte ouverte à Tomek. — Une boisson ? Thé ? Café ?

— Irlandais ?

Stanley parut choqué. — Seulement si vous le voulez !

Tomek secoua la tête et commanda une tasse de thé. Le liquide brûlant réchauffa son corps et apaisa la douleur qui avait commencé dans sa gorge ce matin-là.

— Alors…, commença Stanley en se laissant tomber dans le fauteuil en cuir en face. — Avez-vous des nouvelles sur ce qui est arrivé à Morgana ?

— Oui. Ce qui est en partie la raison de ma présence.

— D'accord.

— Deux raisons, en fait. La première est de savoir si vous avez eu des nouvelles d'Anton récemment. A-t-il essayé de vous contacter ?

Les yeux de l'homme s'écarquillèrent. — Anton ? Anton a fait ça ?

— Nous enquêtons, répondit Tomek, éludant la question. — Mais pour l'instant, nous n'arrivons pas à le localiser. Savez-vous où il pourrait être ?

Stanley secoua lentement la tête, regardant fixement le magazine agricole sur la table basse, plongé dans ses pensées. — Non, je n'ai rien entendu de lui depuis le matin de sa mort.

— Et seriez-vous prêt à fournir des preuves pour appuyer cela ?

— Bien sûr. Tenez.

Stanley sortit son téléphone de la poche de sa poitrine et le passa à Tomek - déverrouillé et prêt à l'emploi. Tomek le prit et commença à parcourir les derniers SMS de l'homme, ses e-mails, WhatsApp, et même ses comptes de réseaux sociaux. Cela ressemblait à une violation de la vie privée, ce que c'était essentiellement, mais l'homme avait consenti. Et il n'y avait rien là. Rien qui ne saute immédiatement aux yeux de Tomek. Pas de messages avec un numéro inconnu, très peu de conversations récentes qui correspondaient à la période écoulée depuis la mort de Morgana, et il n'y avait pas de photos dans son album supprimé ou dans le dossier récemment supprimé. Tomek avait regardé les photos avec prudence, de peur de trouver quelque chose de plus qu'il ne s'y attendait. Au lieu de cela, il trouva des gros plans de certains animaux de la ferme. Certains mignons, d'autres pas tellement. En rendant le téléphone, il remercia l'homme.

— Pas de problème. Puis-je vous demander pourquoi vous cherchez Anton ? Juste par curiosité. Vous n'êtes pas obligé de le dire si vous ne pouvez pas.

Tomek fit une pause. — Disons simplement que nous pensons qu'il y a des choses qu'il ne nous dit pas.

— J'espère qu'il n'est pas parti trop loin.

— Vous ne l'avez pas vu se cacher autour des enclos des animaux, n'est-ce pas ? Je dirais qu'il s'intègre probablement très bien avec les ânes.

Stanley éclata d'un rire grinçant. — Nous avons un lama particulier qui ne l'a jamais apprécié quand il venait en visite. Il lui crachait toujours dessus.

— Il n'est probablement pas le seul. Certains des avis sur Tripadvisor donnaient l'impression qu'ils lui cracheraient dessus s'ils le pouvaient. Tomek but une gorgée de sa boisson, puis la posa.

— Si je vois quelque chose, je vous contacterai immédiatement. Il en va de même pour mon équipe. Nous voulons aider votre enquête de toutes les façons possibles.

— C'est super. Nous l'apprécions vraiment. Avez-vous du temps pour quelques questions supplémentaires ?

— Bien sûr. Tout ce que vous voulez.

Tomek sortit son carnet, appuyant son stylo sur le papier. — Est-ce que le nom de Mariusz Stanciu vous dit quelque chose ?

— Petit Mario ? La voix de Stanley se remplit de joie. — C'est notre livreur. Il collecte nos produits et les livre à tous nos fournisseurs. Il livre également d'autres choses pour nous.

— Comme quoi ?

— Des trucs ennuyeux. Du foin. Des graines. De l'engrais. Tout ce dont nous avons besoin pour faire fonctionner la ferme.

Tomek ne connaissait rien à l'agriculture et ne pouvait donc pas comprendre l'ampleur de ce qui était nécessaire, mais il imaginait que c'était beaucoup.

— Je pense que nous avons commencé à utiliser DWG Logistics il y a environ cinq ans, continua Stanley.

— Et depuis combien de temps Mariusz fait-il des livraisons ?

Stanley souffla de l'air chaud entre ses dents. — Quelques mois ? Peut-être trois ? Mais il est déjà un favori ici. Il a un bon sens de l'humour.

Dommage, pensa Tomek, qu'il n'ait pas pu connaître ce côté de Mariusz. Au lieu de cela, il avait eu affaire à un petit homme effrayé et paniqué. Un petit homme effrayé et paniqué qui avait reçu l'ordre de tuer Andrei Pirlog puis de le documenter.

— Savez-vous quelque chose sur sa relation avec Anton ?

— Relation professionnelle ou personnelle ?

— N'importe, dit Tomek avec un haussement d'épaules.

— Je sais que Mario faisait beaucoup de livraisons pour moi à Anton. Je sais qu'il était toujours au téléphone avec lui, semblait-il, probablement en train de discuter de choses de travail, et parfois de football, mais à part ça, je ne pourrais pas vraiment vous dire. Désolé.

— Ne vous inquiétez pas, dit-il en se frappant le genou et en faisant mine de partir. — Je ne m'attendais pas à grand-chose.

CHAPITRE
CINQUANTE-QUATRE

Deux jours s'étaient écoulés et toujours aucune trace d'Anton Usyk. Un mandat d'arrêt avait été émis contre lui, et Abigail et l'équipe du *Southend Echo* avaient publié sa photo en ligne. L'affaire avait même fait les gros titres nationaux, et des hordes de journalistes et de reporters s'étaient massées devant le quartier général comme des groupies devant une rock star. Chaque fois que Tomek essayait de traverser la foule, c'était comme se battre contre les cochons à la ferme. Et jusqu'à présent, tout cela avait été en vain.

Ils avaient épuisé toutes les pistes disponibles. Les contacts dans ses carnets d'adresses, les amis sur les réseaux sociaux, et même les autres fournisseurs et clients qu'ils avaient trouvés dans les registres. Deux malheureux de l'équipe, Chey et Anna, avaient même eu la tâche peu enviable d'appeler tous leurs anciens employés et de rencontrer ceux qui vivaient encore dans le pays. Beaucoup étaient soit retournés dans leur pays d'origine, soit impossibles à contacter.

Pendant ce temps, Vlad était toujours en cellule. En l'absence de Nick, Victoria avait demandé l'autorisation de prolonger sa garde à vue jusqu'à trente-six heures. Selon les estimations de Tomek, il leur restait un peu moins de deux heures. L'équipe continuait de rassembler autant d'informations que possible, et le sentiment général était qu'ils en avaient assez pour l'inculper d'entrave à la justice. Plusieurs tentatives avaient été faites pour le faire craquer, pour fissurer sa façade, mais il n'avait pas cédé. Il maintenait toujours qu'il n'avait aucune idée d'où se trouvait Anton.

Le téléphone de l'homme était éteint. Il ne s'était pas connecté à ses comptes de réseaux sociaux, ni même à son email, depuis trois jours, depuis la veille du jour où Tomek devait rencontrer la serveuse, Gina, et personne ne semblait savoir où il était. Une alerte avait été émise dans tous les ports avec son nom et son visage, donc s'il tentait de fuir le pays, il n'y parviendrait pas. Certains, pas Tomek, avaient émis l'hypothèse qu'il avait peut-être fui le pays pour retourner en Ukraine à l'arrière d'un camion. Mais si c'était le cas, Tomek et son équipe ne pouvaient pas faire grand-chose, si ce n'est prévenir les autorités ukrainiennes de son éventuel retour.

Il devait être *quelque part*. Il devait se cacher, attendre, espérant que tout cela allait se tasser. Tomek en était convaincu.

Quant à Gina, elle aussi semblait avoir disparu de la surface de la Terre. Tomek avait parlé avec autant d'employés d'Iliana que possible, mais personne ne l'avait vue, n'avait de ses nouvelles, ni même ne se souvenait d'elle. C'était comme si elle n'avait jamais existé.

Tomek se gara sur le parking et sortit de la voiture. Devant lui se trouvait l'établissement d'Iliana. À travers les fenêtres du sol au plafond, sur lesquelles la condensation montait lentement, il vit que c'était vide. Il n'y avait ni gérant, ni assistant gérant. Tomek se demandait comment l'endroit fonctionnait. Il devait y avoir un leader quelque part, un second qui savait ce qu'il faisait mais était peut-être passé sous le radar, s'était tenu caché tout ce temps. Tomek était prêt à parier qu'il saurait où Anton se cachait.

Il claqua la portière de la voiture et se dirigea vers le restaurant. L'atmosphère à l'intérieur était comme toujours. Le son de la graisse qui grésillait dans la cuisine à l'arrière, la musique qui jouait en fond, la machine à café qui ronronnait en mélangeant les grains de café, le bruit des conversations d'Europe de l'Est, tous parlant les uns par-dessus les autres. La seule différence était le personnel. Tomek ne reconnaissait aucun des visages présents l'autre jour. Même la serveuse qui s'approcha de lui était différente de celle qui avait remplacé Gina.

D'où diable sortent-ils tous ? se demanda-t-il. C'était comme s'ils les cultivaient dans un laboratoire à l'arrière.

— Bonjour, monsieur, dit-elle, plus joviale et enthousiaste que ses prédécesseurs. Table pour un ?

— S'il vous plaît, répondit Tomek, son attention uniquement concentrée sur la zone de cuisine.

Quelque chose avait traversé son champ de vision, le distrayant. Une touffe de cheveux roux, avec une barbe assortie. Portant un tablier. Alors que la femme le dirigeait vers sa table, il l'ignora et continua vers la cuisine. Là, il contourna le comptoir et se fraya un chemin parmi les corps. L'homme qu'il cherchait lui tournait le dos, occupé à retourner deux œufs à la fois, utilisant une technique et une spatule que Tomek n'avait jamais vues auparavant.

Il tapota l'épaule de l'homme.

En sursautant, l'homme se retourna et laissa tomber l'un des œufs sur le sol. La graisse et le jaune éclaboussèrent les chaussures de Tomek et les poignets de son pantalon. Cela laisserait sans doute une tache, mais Tomek s'en moquait. Il était plus fasciné par l'homme devant lui. Avec les cheveux roux et la barbe. Les pommettes et le regard vide. L'homme qui, seulement quarante-huit heures auparavant, tenait un balai au lieu d'une spatule. Un homme qui pelletait de la merde au lieu de retourner des œufs.

— Vous ne devriez pas être ici, monsieur, dit-il, son expression vide, perdue. C'est réservé au personnel.

Puis vinrent les autres cris. Les mains qui le tiraient en arrière. Les visages antagonistes qui se dressaient face à lui. Tomek, abasourdi et stupéfait, se sentit manipulé et manœuvré hors de la cuisine.

Pendant longtemps, il resta là, figé, de l'autre côté du comptoir de la cuisine, fixant intensément le visage du chef. Ce ne fut qu'au bout d'un moment qu'il reprit ses esprits et réalisa ce qu'il devait faire.

Tomek mit la main dans sa poche et sortit sa carte professionnelle. Puis il pointa du doigt l'homme aux cheveux roux.

— Puis-je vous parler concernant...

L'homme s'enfuit. Il jeta la spatule en direction de Tomek, le manquant de loin, puis saisit une poêle à frire sur la surface et la lança après lui. Tomek se lança à sa poursuite, se précipitant vers l'entrée de la cuisine, bousculant les corps immobiles sur son chemin. L'homme était petit, agile et beaucoup plus rapide que Tomek qui, malgré les deux courses qu'il avait récemment faites, peinait à suivre.

Il le poursuivit à travers l'arrière du bâtiment, jusqu'au petit parking du personnel qui n'était assez grand que pour deux voitures. Le reste de l'espace était occupé par des poubelles de recyclage sur roues. Dès qu'il atteignit la lumière du jour, le chef saisit l'une des poubelles et la fit rouler devant Tomek pour tenter de le retarder. Cela eut peu d'effet car Tomek parvint à la contourner d'un bond - un souvenir de ses jours de rugby. Puis l'homme tourna au coin du bâtiment et se dirigea vers le front de mer. Tomek continua à le poursuivre, les jambes battant, les pieds tapant sur le goudron. Il maintint sa respiration stable et rythmée, inspirant par le nez, expirant par la bouche. Souhaitant, priant que l'homme n'atteigne pas le front de mer. C'était bondé, rempli d'obstacles - des gens - qui ne s'écartaient pas toujours.

Le seul avantage que Tomek avait était qu'il connaissait bien le front de mer, y avait couru des centaines de fois, et savait donc comment gérer son allure, comment rester dans la course. Cette dynamique, cet avantage, serait perdu si le fuyard se dirigeait vers le sable. Ce qu'il fit précisément.

— Arrêtez ! hurla Tomek. Arrêtez-vous immédiatement !

Un groupe de coureurs, vêtus de tenues néon vives et de shorts minuscules qui montraient trop de choses au goût de Tomek, venaient vers eux. Bêtement, ils obéirent à son ordre et s'arrêtèrent de courir, laissant le chef se faufiler autour d'eux et mettre le pied sur la plage.

Tomek les maudit en passant, espérant que chacun d'eux se torde la cheville ou se déchire un genou.

La surface sous ses pieds passa d'un goudron solide et stable à un sable laborieux, inégal et imprévisible. Des morceaux de pierre et des coquillages volaient derrière le chef et, portés par le vent, arrivaient dans le visage de Tomek. Il cracha et ferma les yeux pour les empêcher d'entrer, mais c'était inutile.

Il gagnait cependant du terrain, plus à sa propre surprise qu'à celle de quiconque. Soit la course avec Warren jusqu'au port avait eu un impact, soit le chef avait largement sous-estimé l'effort nécessaire pour courir sur le sable. Ils approchaient de la jetée, se rapprochant du bord de l'eau. Tomek ne savait pas quelle était la stratégie de l'homme, mais elle n'était pas bien pensée. Et en quelques centaines de mètres, son corps lui hurlant de s'arrêter, il rattrapa l'homme et sauta sur son dos.

L'atterrissage fut doux, pour la plupart ; dans la chute, Tomek sentit un genou heurter son entrejambe. La douleur fulgura dans cette zone et enfla rapidement jusqu'à son estomac. Il hurla d'agonie, mais ce n'était pas le moment. Il ne pouvait pas se permettre de laisser l'homme partir, et donc, dans son angoisse, il enfourcha l'homme, le plaquant au sol, une main tenant son entrejambe, l'autre appuyant sur l'arrière de la tête de l'homme.

— Je n'ai rien fait ! cria l'homme, crachant du sable et des algues.

— Les innocents ne s'enfuient pas, mon vieux.

CHAPITRE
CINQUANTE-CINQ

Tomek était dans la salle de réunion depuis vingt minutes, respirant profondément, essayant de surmonter la douleur dans son estomac, quand Chey et Rachel sont entrés.

— Tu te sens mieux, Sarge ?

— Non. C'est remonté jusqu'à ma poitrine maintenant. Je le sens dans ma gorge.

Rachel ricana.

— Les *hommes*. Vous adorez exagérer les choses. La grippe masculine...

— C'est une vraie maladie, d'ailleurs !

— Le moindre bobo, et vous vous attendez à ce qu'on soit à votre service à chaque fois.

— C'est pour ça que tu as choisi les femmes plutôt que les hommes ?

— Évidemment. C'est la seule raison pour laquelle je suis lesbienne.

Les yeux de Chey s'écarquillèrent, et il se tourna vers Rachel comme un personnage de dessin animé.

— Tu es...

— Oui, Chey. Je le suis. J'aime les femmes, et je n'espérais pas que ça se saurait de cette façon, mais je suppose que c'est fait. Mais nous ne parlons pas de moi maintenant, nous parlons de Tomek et du petit coup qu'il a pris dans les parties génitales. À cela je dis, bienvenue dans notre monde. Essaie ça une semaine par mois, mais au lieu d'une douleur ponctuelle, imagine qu'on te frappe les couilles sans arrêt. Encore et encore.

Elle mima des coups de poing sur un sac de boxe.

— Je vous admire pour ça, dit-il. Vraiment. Kasia m'en parle tout le temps. Parfois trop. Mais je pense que tu dois travailler ton crochet du droit.

— Même quand tu souffres, tu restes un connard.

Il lui fit un pistolet avec le pouce et l'index.

— Rien ne me fera changer, ma belle. Qu'est-ce que notre apprenti Usain Bolt raconte ?

Les agents échangèrent un regard.

— En fait, monsieur, c'est ce que Vlad dit qui est prioritaire en ce moment.

— Dans quel sens ?

— Eh bien, il sait que son temps est écoulé et il pense que c'est le moment de négocier.

— Il veut une porte de sortie ?

— Il n'y a aucune chance que cela arrive, répondit Rachel. Plutôt, il veut le beurre et l'argent du beurre. Il prétend avoir quelque chose qui pourrait nous intéresser.

— Si c'est ce que je crois, nous n'avons pas besoin de lui, dit Tomek, en se levant précautionneusement. Ses genoux craquèrent tandis qu'il étirait ses jambes.

— Alors je pense que tu devrais avoir une petite conversation avec Victoria, dit Chey. L'entretien a déjà commencé.

Putain de merde.

Tomek se faufila devant eux et se fraya un chemin par la porte, boitant en se dirigeant vers la salle des incidents majeurs. Là, au milieu de la pièce, Victoria et le reste de l'équipe regardaient Martin mener l'interrogatoire sur l'écran de télévision comme s'ils étaient au cinéma.

— N'acceptez rien, dit-il.

Victoria se tourna vers lui, le mépris dans les yeux.

— Je vous demande pardon ?

— N'acceptez rien de ce qu'il veut. Pas encore.

— Pourquoi devrions-nous attendre ? C'est presque terminé.

— Le type que j'ai arrêté, dit Tomek entre deux halètements. La marche jusqu'à la salle d'interrogatoire l'avait vraiment épuisé. Je l'ai reconnu de la ferme. Je pense qu'il se passe quelque chose là-bas, et je pense qu'il pourrait être en mesure de nous dire quoi exactement.

— Alors, que suggérez-vous ?

— Qu'on mette Vlad au pied du mur. Dites-lui que nous avons arrêté quelqu'un de la ferme - c'est important que vous mentionniez ce point précis - et que nous allons simplement obtenir tout ce dont nous avons besoin de lui. Vlad va déjà aller en prison pour très longtemps, il n'y a rien qu'il puisse faire pour empêcher cela. Ensuite, une fois que nous aurons obtenu les informations dont nous avons besoin de ce rouquin dans la cellule, nous les présenterons à Vlad et pourrons éventuellement lui demander de combler certaines lacunes si nécessaire.

Victoria réfléchit un moment. Il pouvait voir sur son visage qu'elle n'était pas prête à conclure un accord de quelque nature que ce soit avec Vlad pour des informations qu'il pourrait ou non posséder. Mais il voyait aussi qu'elle ne voulait pas que Tomek ait raison.

Elle avait un choix difficile à faire. L'ego ou la vie de personnes innocentes.

Au final, la vie des innocents l'emporta.

— Que ferez-vous si vous avez tort ?

Tomek haussa les épaules.

— Alors quelqu'un devra avoir la conversation gênante avec Vlad où nous admettons que nous avons peut-être abattu toutes nos cartes trop tôt.

Quelques instants passèrent. Victoria luttait avec la décision.

Puis elle se tourna vers Sean et dit :

— Descendez tout de suite. Dites à Martin d'attendre. Voyons ce que Tomek peut tirer de son suspect d'abord.

CHAPITRE
CINQUANTE-SIX

Tomek aimait penser qu'il ne ressentait pas la pression, qu'il y était en quelque sorte immunisé. Qu'au fil des années, il avait appris à la gérer et à la transformer, à la manipuler à son avantage. Après tout, il avait affronté seul la mort de son frère. Il avait appris à grandir et à faire face aux difficultés et aux revers de la vie sans conseils ni soutien de ses parents. Et pourtant, en entrant dans la salle d'interrogatoire, il sentit ses genoux légèrement vaciller et un nœud se former dans son estomac.

Soit c'était le trac, soit la sensation du coup reçu dans les parties génitales continuait de le tourmenter.

Il mit cela sur le compte de la seconde option.

Dans sa main, il tenait un petit document que lui avait remis l'officier de garde. Il y figurait le nom de l'homme, sa date de naissance et d'autres informations qui avaient été recueillies lors de son enregistrement au commissariat.

— Alors... Alfie, commença Tomek en s'asseyant face à l'homme. Comment allez-vous aujourd'hui ?

— J'ai rien fait de mal.

— Ça reste à voir. Comme je l'ai dit sur la plage, les personnes innocentes...

— Ouais, elles s'enfuient pas. J'ai bien entendu.

— Parfait. Nous avons donc déjà pu constater que vos capacités d'écoute sont à la hauteur. Qu'en est-il de votre aptitude à comprendre et à répondre aux questions ?

— Quoi ?

Tomek pencha la tête. — Un début difficile. Essayons à nouveau, voulez-vous ? Pouvez-vous me confirmer votre nom, âge et date de naissance ?

— C'est la même chose, imbécile.

Tomek pointa son stylo vers lui. — Voilà une bonne note pour la partie logique, félicitations.

— De quoi vous parlez, putain ? Pourquoi je suis ici, bordel ? J'ai rien fait de mal.

Alfie était un homme de petite taille, un peu moins d'un mètre soixante-dix, avec des épaules étroites, mais il y avait dans sa constitution quelque chose qui suggérait qu'il ne serait pas déplacé sur un ring de boxe. Ses mouvements étaient nerveux, comme s'il avait pris une petite dose de quelque chose avant son service en cuisine, et il faisait constamment craquer ses articulations. Tomek aimait penser qu'il pourrait dominer l'homme physiquement, mais il n'était pas prêt à se lancer dans une bagarre, pas alors que la partie inférieure de son corps se remettait encore de son précédent passage sur le ring.

— Je me demandais si vous pourriez répondre à quelques questions, dit Tomek. En êtes-vous capable ?

— Pas quand j'ai rien fait de mal.

— Excellent. J'aimerais commencer par savoir depuis combien de temps vous travaillez chez Iliana's.

— J'y travaille pas.

— Alors que faisiez-vous dans la cuisine ? Un peu de bénévolat ?

— Justement, oui.

Tomek fut pris au dépourvu. Il ne s'attendait pas à cette réponse.

— Développez.

— Je donnais un coup de main, dit-il. Stanley m'a demandé d'aller les aider. Il a dit qu'ils avaient besoin que je couvre un service.

Tomek se rappela les paroles de Stanley : *Ne vous inquiétez pas pour lui, il est juste grognon parce que je lui ai dit qu'il travaillerait hors site pour le reste de la semaine.*

— Pourquoi ?

— Parce qu'ils n'ont plus personne en charge là-bas. Stanley a dit qu'ils devaient maintenir l'entreprise à flot d'une manière ou d'une autre. C'est l'un de nos plus gros clients.

— Vous êtes au courant qu'une des propriétaires est morte et que l'autre est recherché en lien avec son meurtre ?

Alfie haussa les épaules. — Je ne l'étais pas, mais maintenant je le suis.

— Et Stanley le sait aussi. Alors pourquoi vous envoie-t-il aider ?

Alfie se laissa tomber contre le dossier de sa chaise et croisa les bras sur sa poitrine. — Qu'on emmerde un type qui fait du travail philanthropique, qui aide sa communauté.

Tomek se souvint des prix et distinctions dans le bureau de Stanley.

— Oui... il est doué pour ça, n'est-ce pas ?

— Je pense qu'il pourrait essayer d'acheter l'endroit s'il arrive quoi que ce soit.

Intéressant, pensa Tomek. Très intéressant.

— Combien de fois vous a-t-on demandé d'aider au restaurant ?

— Lequel ?

— L'un ou l'autre.

— Une seule fois, répondit Alfie.

— Et depuis combien de temps travaillez-vous pour Stanley ?

— Environ six ans maintenant.

— Ça fait longtemps.

Alfie haussa les épaules. — Ça me plaît. C'est un bon patron. Il paie correctement. Il ne prend pas d'argent supplémentaire pour lui. Et puis, j'aime le travail. Je ne vois pas où est le problème ?

Tomek choisit de ne pas répondre à la question. Du moins pas tout de suite. Soit Alfie était un joueur de poker exceptionnellement doué qui ne laissait rien transparaître, soit il n'avait réellement aucune idée de ce qui n'allait pas. Il n'y avait qu'une façon de le savoir.

— Pourquoi vous êtes-vous enfui ? demanda Tomek.

— Réflexe.

— De votre jeunesse ?

Dès que le nom d'Alfie avait été entré dans le système, une poignée d'arrestations antérieures étaient apparues. Vandalisme, école buissonnière, petit vol. Tout au long de son adolescence, il avait passé son temps à taguer les murs de Basildon et à voler des bonbons dans les magasins quand il aurait dû être à l'école.

— Dès que j'ai vu votre carte, quelque chose s'est emparé de moi.

— La culpabilité ? La paranoïa ?

— L'instinct.

— Dommage que vos pieds ne fonctionnent pas aussi vite que vos instincts, dit Tomek en jetant un coup d'œil à la feuille. Quatre arrestations. Maintenant cinq. Heureusement qu'aucune n'a décidé de porter plainte.

Alfie enfouit ses mains plus profondément sous ses aisselles. Le bruit des articulations qui craquent résonna sous sa peau. — C'est pas un crime d'aider les gens. Vous n'avez rien pour me poursuivre. Comme pour toutes les précédentes. Maintenant, si c'est tout, j'aimerais partir.

CHAPITRE
CINQUANTE-SEPT

Tomek n'avait pas d'autre choix que de laisser partir Alfie. Aucun crime n'avait été commis, et il ne pouvait pas le garder en cellule pendant qu'ils attendaient de rassembler des preuves. Au lieu de cela, il faudrait procéder dans l'autre sens. Trouver les preuves, puis le faire revenir. Mais à moins que Tomek ne puisse le placer sur les lieux du meurtre de Morgana, il n'était pas très optimiste.

Il retourna dans la salle des opérations avec un sourire forcé et prétentieux sur le visage.

— Tu as merdé, n'est-ce pas ? fut la première chose que Victoria lui dit.

— Je ne l'exprimerais pas comme ça.

— Comment l'exprimerais-tu alors ?

— C'était voué à l'échec. Il donnait juste un coup de main au restaurant.

— D'accord. Et donc tu l'as laissé partir ?

— Oui, madame. Pas envie de mettre davantage à l'épreuve nos ressources déjà limitées.

Victoria mit ses mains sur sa tête, d'une manière un peu trop théâtrale à son goût. — Je n'arrive pas à y croire, bordel. Tu m'avais assuré que c'était gagné d'avance.

Tomek haussa les épaules. — On ne peut pas gagner à tous les coups.

— Comment peux-tu être aussi désinvolte ? Maintenant, on va devoir retourner là-bas avec Vlad, la queue entre les jambes et le pantalon sur les chevilles. Il ne va rien nous donner à moins d'obtenir exactement ce qu'il veut.

— Si, il va le faire, répondit Tomek.

Il fut accueilli par un visage impassible. Son argument était passé complètement au-dessus de la tête de Victoria.

— Qu'est-ce que tu veux dire ?

— Il ne sait pas que nous avons merdé...

— Que *tu* as merdé, siffla Victoria en insistant pour le corriger.

— C'est du pareil au même. En ce moment, il est assis dans sa cellule, paranoïaque à l'idée de passer les prochaines années en prison avec le regret de ne pas avoir partagé ses informations avec nous plus tôt. Il va vouloir tout faire pour nous dire ce qu'il sait, pour négocier avec nous autant que possible parce que nous allons lui dire que nous savons déjà tout. C'est nous qui avons toujours le pouvoir.

Maintenant, cela commençait à avoir du sens pour elle. Son regard tomba au sol et elle baissa les mains sur ses hanches.

— Mais cela ne fonctionnera, poursuivit Tomek, que si nous donnons l'impression de tout savoir. S'il voit à travers notre façade, *là*, on est foutus.

— Ah, donc c'est seulement à ce moment-là qu'on devrait se considérer dans la merde ? Brillant.

Le sourire réapparut sur le visage de Tomek, cette fois avec un peu plus de sincérité. — Exactement. C'est pourquoi je ne m'inquiète pas.

— C'est parce que ce n'est pas ton cul qui est en jeu. Victoria se tourna vers l'équipe assise autour de la table. — Quelles autres pistes d'enquête avons-nous ouvertes actuellement ?

Silence, hormis le bruit de papiers froissés tandis que ses collègues faisaient semblant de chercher une réponse à la question qui n'existait pas.

— Rien ? Merde ! Elle se retourna vers Tomek. — Donc, c'est la seule source solide dont nous disposons.

Tomek haussa les épaules. — Il semblerait, madame. C'est votre décision. C'est pour ça que vous êtes grassement payée.

Elle lui lança un regard méprisant.

— Tu as raison, Tomek. C'est pour ça que je suis grassement payée, c'est pourquoi je confie cette tâche à quelqu'un en qui j'ai confiance, quelqu'un qui, selon moi, va mener cette affaire jusqu'au bout. Elle fit un geste vers l'homme le plus proche d'elle. — Sean, j'aimerais que tu t'occupes de ça, s'il te plaît.

Quelle surprise.

La patronne pourrie et son chien de garde fidèle qui veillent encore l'un sur l'autre.

— Candidat parfait, dit Tomek entre ses dents, puis il retourna s'asseoir tandis que l'équipe commençait à élaborer une stratégie pour la deuxième partie de l'entretien avec Vlad. En toute honnêteté, Tomek était un peu soulagé de ne pas entendre son nom. Il s'attendait à ce que Victoria le choisisse comme une sorte d'occasion de se racheter pour avoir merdé en premier lieu, mais maintenant que cette responsabilité était tombée sur quelqu'un d'autre, il pouvait se détendre sachant que ce ne serait pas sur ses épaules si tout partait en vrille. Et on disait qu'il n'était pas un joueur d'équipe...

Trente minutes plus tard, l'équipe avait finalisé la stratégie et, armé de celle-ci, Sean partit pour la salle d'interrogatoire. Au moment où Martin et Oscar avaient installé le flux vidéo en direct, l'entretien avait commencé.

C'était la première fois que Tomek voyait l'homme depuis son arrestation initiale. Il semblait battu, renfermé, plus maigre - beaucoup plus maigre, comme s'il avait fait une grève de la faim et que personne ne l'avait remarqué. À côté de lui se trouvait son avocat, avachi sur la table, le dos aussi arqué que les arches dorées du logo McDonald's. Sur l'écran, Sean leur tournait le dos, mais Tomek savait que son ami avait adopté son visage de combat - une expression sévère et impassible qui ne laisserait rien transparaître.

— Merci d'être revenu, commença Sean.

— Comment ça s'est passé ? Votre autre suspect vous a tout dit ?

— Ça reste à voir, dit Sean. Nous espérons simplement que vous pourrez combler certaines lacunes pour nous.

Une brève pause s'installa dans la pièce, et pendant quelques instants, personne ne bougea. Au début, Tomek avait pensé que le flux s'était figé, mais quand il vit Vlad s'essuyer le dessous du nez, il réalisa qu'il avait tort. Il réalisa aussi que Sean avait vendu la mèche.

— Combler les lacunes ? répéta Vlad. Vous ne savez rien du tout, n'est-ce pas ? Vous voulez que *je* comble les lacunes ? C'est pratiquement me demander de vous donner gratuitement tout ce que je sais.

Merde.

Vlad croisa les bras sur sa poitrine et s'affala dans son siège. — Ce genre d'information n'est pas gratuit, et il n'est certainement pas bon marché non plus, j'en ai peur. Mon offre initiale tient toujours.

Double merde.

Sean avait vendu la mèche. Il avait tout gâché plus vite qu'un puceau perdant sa virginité. Bien sûr, ils avaient élaboré un plan de secours lors de leur réunion stratégique improvisée, mais ils ne s'attendaient pas à en avoir besoin si tôt.

Tomek regarda les visages muets et surpris de ses collègues. Celui de Victoria, cependant, était un chef-d'œuvre. Elle était assise en avant, les coudes posés sur ses genoux, le visage dans les mains, plissant les yeux à travers les espaces entre ses doigts.

— Je n'arrive pas à y croire, dit-elle. Putain de bordel de merde. Quelqu'un peut descendre l'aider ?

— Je pense que c'est déjà irrécupérable, dit quelqu'un dans l'équipe.

Tomek était trop concentré sur l'écran pour remarquer qui l'avait dit. Sur le flux, Sean se déplaça inconfortablement sur son siège et commença à jouer avec les documents qu'il avait en main.

— Nous ne pouvons pas vous accorder l'immunité, dit-il.

— Pourquoi pas ? répondit Vlad.

— Parce que ça ne fonctionne pas comme ça. Si un crime a été commis, vous serez puni pour cela.

— Donc, vous ne savez vraiment rien, dit Vlad. Il entrelaça ses doigts comme M. Burns des *Simpson*. — Je pense que cela signifie que vous voudrez accepter mes conditions.

— Nous ne pouvons pas. Comment savoir si vous avez réellement des preuves et des informations pertinentes pour l'affaire ?

Vlad se pencha en avant sur son siège. — Et si nous faisions un marché ? D'abord, vous me donnez l'immunité ou la protection des témoins. Ensuite, je vous dirai tout. Si vous ne pensez pas que les preuves que je vous donne en valent la peine, alors l'accord est annulé.

— Donc, vous seriez prêt à nous laisser décider si nous valorisons suffisamment l'information pour vous accorder l'immunité ?

Tomek hurla intérieurement. *Non ! Ne dis pas ça, espèce d'abruti !*

— En fait, vous avez raison, poursuivit Vlad, ça n'a pas de sens. Oubliez ça. C'est à prendre ou à laisser.

Tomek n'arrivait pas à croire ce qu'il entendait. Non seulement Sean avait dévoilé leur jeu, mais il avait également réussi à convaincre Vlad de ne pas leur offrir la meilleure alternative. Si Vlad leur avait donné des informations menant à une arrestation, ils n'étaient nullement obligés - hormis par la parole de Sean - de donner suite à une quelconque paperasse qui pourrait mener à une forme d'immunité ou à son entrée dans le programme de protection des témoins. C'était leur meilleure chance d'extraire les informations de la tête de Vlad, et il l'avait gâchée.

Tomek n'avait jamais vu un accident de voiture se produire juste devant lui. Mais maintenant, si. Et c'était spectaculaire.

CHAPITRE
CINQUANTE-HUIT

Sean n'avait pas le sourire quand il était revenu dans la salle des opérations. Contrairement à Tomek, il n'avait pas de plan B et n'avait pas pu regarder ses collègues dans les yeux. La première chose que Victoria et lui avaient faite était de se rendre dans son bureau, où Tomek imaginait qu'elle le consolait contre sa poitrine. Cela laissait l'équipe ne sachant que faire. Suite à la fuite soudaine de Victoria, il y avait un manque de direction, alors Tomek prit sur lui de prendre les choses en main, de donner un semblant de leadership et de s'élever dans ce rôle, une compétence qu'il avait vue chez beaucoup avant lui, alors combien cela pouvait-il être difficile ?

Tomek se tourna vers le mur de tableaux blancs devant lui et passa quelques instants à scanner les informations, regardant les liens, les lignes qui connectaient leurs suspects les uns aux autres.

— Mesdames et messieurs, notre objectif principal maintenant est de trouver Anton Usyk. Si nous pouvons le trouver, nous pourrons peut-être le faire chanter comme un canari, ou pisser comme un octogénaire, comme Chey l'a si éloquemment exprimé par le passé.

— Tout à fait, Chef, remarqua l'agent.

— Avant que je ne parte dans une direction, quelqu'un a-t-il une mise à jour sur ses mouvements ? Des observations possibles ?

Martin fut le premier à parler. Il baissa lentement les mains. — J'ai reçu beaucoup d'appels de personnes répondant aux communiqués de presse et jusqu'à présent, elles signalent toutes avoir vu le même homme correspondant à la description d'Anton. Mais personne n'a fourni quoi que ce soit de significatif. C'est surprenant, le nombre de personnes, particulièrement des personnes âgées, qui appellent pour nous souhaiter bonne chance avec tout ça.

— Ça ne nous aide pas beaucoup.

— Je sais, mais ça restaure un peu ta foi en l'humanité.

— Hmm. C'est comme quand les célébrités postent sur Twitter leurs pensées et prières aux familles touchées par la guerre ou la dernière tuerie. Des mots vides, creux et sans signification.

— Ça s'appelle X maintenant, Chef, ajouta Chey.

Un téléphone commença à sonner dans le bureau principal. Martin sauta de son siège et se précipita pour répondre.

— Personne ne l'appelle comme ça, poursuivit Tomek. Ils disent toujours « X, anciennement Twitter ». Mais ce n'est pas le sujet. Je pense que nous avons des choses plus importantes à nous préoccuper que le nom d'une entreprise de médias sociaux.

Tomek regarda autour de la pièce, attendant que quelqu'un d'autre parle. Juste au moment où il allait ouvrir la bouche, Martin réapparut à la porte.

— Chef, dit-il, haletant, je ne sais pas si ça vaut la peine de vérifier, mais un corps vient d'être découvert sur l'île Two Tree. Le cycliste qui l'a trouvé pense que ça pourrait être Anton.

CHAPITRE
CINQUANTE-NEUF

Two Tree Island était une zone de marais salants de près de trois cents hectares. En tant que réserve naturelle gérée par le Wildlife Trust, elle abritait des milliers d'oiseaux aquatiques et d'échassiers. Ces terres avaient été récupérées sur la mer au XVIIIe siècle après l'érection d'une digue et avaient servi à l'agriculture, mais elles étaient désormais un lieu prisé des promeneurs, cyclistes, passionnés de nature et ornithologues, avec plusieurs observatoires dispersés dans la région.

Tomek et Rachel étaient arrivés trente minutes après l'appel téléphonique. L'accès à l'île n'était possible que par l'un des différents sentiers, et ils avaient passé vingt minutes à essayer de se frayer un chemin à travers les passerelles. Ce n'est qu'en apercevant un agent en uniforme revenant de la scène de crime qu'ils l'avaient trouvée.

— Tu sais quoi, dit Tomek. En trente-cinq ans dans ce pays, je crois que je ne suis jamais venu ici.

Tomek regarda derrière lui. Au loin s'étendait la côte du Sud de l'Essex. Hadleigh sur la gauche, avec le château qui se détachait sur l'horizon au sommet de la colline, puis Leigh-on-Sea, Chalkwell, et Southend au-delà. Par beau temps, Tomek aurait pu voir la jetée, mais le temps s'était dégradé. Ces dernières heures, des nuages s'étaient formés au-dessus de leurs têtes, menaçant de pluie et apportant avec eux un manteau d'obscurité.

À quelques centaines de mètres, une tente blanche d'analyses médico-légales avait été dressée au-dessus du corps, le chemin avait été barré par un ruban de police bleu et blanc, et un petit groupe d'agents en uniforme s'occupait de la scène. Juste devant le ruban de police se tenait un homme vêtu de Lycra, tenant son vélo de course d'une main, en train de parler avec un agent de police.

À côté d'eux se trouvait un autre agent tenant un bloc-notes et un stylo.

— Bonjour, dit Tomek en montrant rapidement sa carte professionnelle et en s'inscrivant.

— Bonjour, répondit l'homme.

Tomek et Rachel étaient déjà vêtus de combinaisons blanches médico-légales. Il en gardait toujours quelques-unes dans le coffre de sa voiture pour ce genre d'éventualités. Une fois qu'ils se furent tous deux inscrits, ils passèrent sous le ruban et se dirigèrent nonchalamment vers la scène de crime. Là, ils trouvèrent un homme qui se présenta comme Leon Ridpath, le responsable de la scène de crime.

— La victime est un homme d'une trentaine d'années, dit-il en commençant à leur décrire efficacement la scène. D'après ce qu'on peut voir, il a été assommé à mort avec un objet contondant. Traumatisme à l'arrière du crâne, probablement style exécution. Un peu de sang sur sa nuque, mais une partie a dû être emportée par la pluie.

— Depuis combien de temps est-il là ?

— Ce n'est pas à moi de le dire. Mais pas longtemps. Enfin... voyez par vous-même.

Tomek fut le premier à entrer dans la tente. Il poussa le rabat, puis le tint pour Rachel. L'homme gisait face contre terre sur l'herbe, ses traits cachés. Il portait un jean bleu foncé, des chaussures de course et un imperméable vert clair. Rien dans la tenue de l'homme ne suggérait que la victime était fan des mêmes marques de luxe et de créateurs qu'Anton, mais peut-être était-ce le déguisement parfait pour un homme en fuite après avoir tué sa femme.

— Avez-vous trouvé des papiers d'identité dans ses poches ? demanda Rachel tandis que Tomek posait une main sur l'épaule de l'homme.

Leon appela l'un des agents de la scène de crime. Un instant plus tard, une silhouette répondit : « Oui. Son permis de conduire. »

— Comment s'appelle-t-il ? demanda Tomek en retournant l'homme sur le côté.

Mais il connaissait la réponse avant même de l'entendre.

— Ce n'est pas lui, dit Tomek.

— Qui est-ce ? demanda Rachel.

— Reece Cartwright, répondit l'agent de la police scientifique.

Le soupir qui s'échappa de la bouche de Rachel était audible malgré son masque et le vent qui commençait à faire onduler le tissu de la tente.

— Merde, murmura Tomek.

— Il y a un problème ? demanda Leon.

— Non. C'est juste que... nous pensions que ça pouvait être quelqu'un que nous recherchions.

———

Il faisait déjà nuit lorsque Tomek et Rachel en eurent fini avec la scène. Ils avaient une nouvelle victime. Le proche de quelqu'un, l'ami de quelqu'un, l'être cher de quelqu'un. Ils n'auraient pas pu simplement l'abandonner là parce qu'il n'était pas Anton Usyk. Cela aurait été immoral et contraire à l'éthique. Quelqu'un avait tué Reece Cartwright, donc une nouvelle enquête pour meurtre devait être lancée. Mais pour l'instant, ce n'était pas la priorité de Tomek. Ils avaient tout ce dont ils avaient besoin pour commencer - la déposition du cycliste qui l'avait trouvé, un rapport du responsable de la scène de crime, et un rapport du médecin légiste qui arriverait dans les prochains jours. Tomek et l'équipe devraient commencer à interroger la famille et les amis de l'homme. Mais Tomek voulait d'abord mener l'affaire du meurtre de Morgana jusqu'au bout. Il avait besoin de clore cette affaire. Et cette sensation, ce désir apaisant, ne disparaîtrait pas tant qu'ils n'auraient pas trouvé Anton.

Mais la vie ne fonctionnait pas toujours comme ça. Elle n'était pas toujours aussi clémente.

Comme il l'avait appris à ses dépens.

Des pensées concernant Nathan Burrows et la lettre lui revinrent alors qu'il retirait sa combinaison médico-légale et montait dans sa voiture. Plusieurs jours s'étaient écoulés depuis qu'il avait reçu la lettre, et il avait espéré que ce serait un incident isolé. Mais l'idée que l'homme connaissait désormais son adresse continuait à peser sur lui, et il avait commencé à suspecter et à questionner ceux qui avaient accès à cette information. Quelqu'un avait dû la communiquer à Nathan. Pendant un bref instant, le nom de Gavin Barker lui vint à l'esprit. Que l'homme avait été manipulé par Brendan Door d'une façon ou d'une autre - essayant de se venger de son arrestation en lien avec les Sept de Southend - mais il rejeta rapidement cette idée. C'était ridicule d'y penser.

Alors que Tomek insérait la clé dans le contact, Rachel se glissa sur le siège passager. Le bruit de la pluie frappant le toit remplit l'habitacle. Elle était en train d'attacher ses cheveux en queue de cheval quand elle dit : « On va le trouver. J'ai un pressentiment. »

— Tu es sûre que ce n'est pas juste le café de ce matin ?

— C'est peut-être un peu des deux.

Tomek allait répondre quand son téléphone sonna. C'était Chey qui appelait. « Attends une seconde », dit-il, puis il répondit : « Monsieur Pepper... J'espère que vous avez quelque chose d'excitant pour nous. »

— Seulement si vous me promettez de me laisser être votre meilleur ami.

Tomek leva les yeux au ciel.

— Si vous continuez avec ce chantage, vous descendrez de plus en plus dans la liste.

Un moment de réflexion.

— D'accord. Mais vous le regretterez.

— Allez-y. Dites-moi. *S'il vous plaît.*

— Les experts en informatique ont finalement pu localiser la source des messages de chantage qui ont été envoyés à Gavin Barker.

— Bien.

— Ils provenaient d'un téléphone jetable.

— Bien.

— Ils ont également détecté un signal du téléphone d'Anton Usyk.

— Ce salaud est vivant ?

— Et stupide, apparemment.

— Où ? Dites-moi où !

Tomek démarra la voiture et commençait déjà à faire marche arrière quand Chey répondit.

— Les deux proviennent de Red Birch Farm, Sergent.

CHAPITRE
SOIXANTE

Tomek avait été déçu de ne pas trouver Anton sur Two Tree Island. Il s'était fait des illusions pour finalement revenir à la réalité. Il essayait de ne pas faire la même chose maintenant, mais c'était une tâche impossible. C'était une piste. Une vraie piste concrète. Il n'y avait aucune ambiguïté ni doute quand il s'agissait de relevés téléphoniques, de technologie et de données.

Le téléphone d'Anton avait été allumé. Pour quelle raison, ils ne le savaient pas. Mais ils allaient le découvrir.

La seule chose ambiguë était de savoir qui l'avait allumé. Anton ? Ou quelqu'un d'autre à la ferme ?

Ce qui signifiait qu'il n'y avait qu'une seule autre personne que ça pouvait être.

Stanley Hutchinson.

Tomek était en tête du convoi, montrant le chemin. Derrière lui suivait toute l'équipe, conduisant à deux par voiture. À l'arrière du groupe se trouvaient deux véhicules de police en uniforme, avec d'autres venant de postes voisins en chemin. Il était important qu'ils arrivent tous en même temps, qu'ils lancent l'attaque par surprise. L'autre problème auquel ils étaient confrontés était la taille même de la ferme. Avec plus de 120 hectares, on estimait qu'il faudrait placer au moins une centaine d'agents autour du périmètre pour empêcher quiconque de fuir. Une entreprise colossale qui nécessitait planification et temps – un temps qu'ils n'avaient pas. Anton, ou du moins son téléphone, pouvait s'éteindre et se déplacer à tout moment. Ils devaient équilibrer efficacité et intelligence. Et cette tâche était revenue à Tomek et Victoria.

Il faisait nuit dehors, depuis un peu plus de deux heures, et les routes étaient calmes. La pluie s'était intensifiée, et ils étaient tous vêtus d'anoraks et de chaussures de randonnée – prêts à traverser les champs en courant si nécessaire.

Tomek fit sortir la voiture de la route, entra dans le parking, accéléra autant que possible jusqu'au bureau du fermier, puis s'arrêta en dérapant, soulevant des pierres et du gravier derrière lui. Avant même que le moteur ne soit éteint, il était sorti et sprintait vers le bureau. Des lumières bleues et blanches dansaient sur les surfaces des bâtiments environnants, et l'air immobile était ponctué par le bruit des voitures qui s'arrêtaient, des pas sur le gravier et des portières qui claquaient.

Tomek fut le premier au bureau.

Verrouillé.

En mettant ses mains en visière, il scruta à travers la vitre. Les lumières étaient éteintes et personne n'était à l'intérieur.

« Merde. »

Puis il repartit vers le bâtiment suivant. À présent, l'équipe avait commencé à se déployer autour du domaine, se déplaçant aussi discrètement que possible, approchant chaque bâtiment avec prudence, à la recherche de signes de vie.

Puis les cris ont commencé. Profonds, terrifiés, agonisants.

Au début, Tomek pensait qu'ils venaient de l'un des membres de l'équipe. Que peut-être quelqu'un était tombé ou s'était blessé avec une lourde machine. Mais dès qu'il entendit le ton changer en un cri aigu, il s'élança dans cette direction. Le son venait de l'enclos à cochons, de l'autre côté de la ferme. De tous les bâtiments, c'était le seul avec des lumières allumées.

Quelques instants plus tard, il franchit la lourde porte en bois, sans se soucier de ce dans quoi il s'engageait. Il ressentit une vive douleur traverser son épaule, mais il l'ignora parce que la douleur d'ouvrir une porte n'était rien comparée à la douleur de ce qui se passait juste devant lui.

Debout à l'extérieur de l'enclos à cochons se tenaient Stanley Hutchinson, Alfie, et plusieurs autres visages que Tomek reconnaissait de ses récentes visites chez Iliana. Au centre de l'enclos, cependant, se trouvait Anton. Entouré par sept bêtes voraces. Au sol, se tortillant, se débattant, essayant de s'en sortir. Il était nu et couvert de sang.

Tellement de sang.

Tellement de hurlements.

Tomek ne réfléchit pas. Il agit.

Il sauta par-dessus la barrière et atterrit dans l'enclos. Il était reconnaissant d'avoir des chaussures de randonnée alors qu'il pataugeait dans la saleté. Derrière lui, quelqu'un cria : « Police ! Arrêtez ! » Mais c'était déjà trop tard. Stanley et ses complices s'étaient enfuis. Tandis que certains agents les poursuivaient, d'autres restèrent sur place.

« Tomek ! »

Il regarda derrière lui pour voir Sean grimper par-dessus la clôture. Tomek reporta son attention sur l'homme au milieu de l'enclos. Alors que les cris continuaient, Tomek enroula ses bras autour du cou d'un des cochons et commença à le tirer loin d'Anton, mais c'était futile. La bête pesait vingt fois plus que lui. Sentant sa lutte, Sean se joignit à lui, et à eux deux, ils parvinrent à repousser la bête de quelques pas. Mais ils étaient en infériorité numérique et en désavantage de force. Alors que Tomek tournait son attention vers un autre cochon, il sentit quelque chose de tranchant dans son dos. Une balle ? Un couteau ? Ni l'un ni l'autre. La tête dure comme la pierre du cochon qu'il venait de repousser le renversant. Tomek fut jeté au sol. Il tomba face la première dans la boue. Et quand il leva les yeux, il vit Anton au milieu de tout ça. Au milieu du foin, de la saleté, du sang, des cochons. Sa peau avait été arrachée de son corps, ses membres ne tenant que par leurs dernières fibres, par des morceaux de chair et de muscle. Son visage avait été déchiré en deux, et alors que Tomek tendait la main pour attraper ce qu'il en restait, un des cochons enroula sa gueule autour de la gorge d'Anton et l'arracha. Le sang gicla sur le visage de Tomek comme une peinture de Jackson Pollock. Il hurla.

Puis la réalisation s'imposa à lui : que s'il ne bougeait pas – *maintenant* ! – il serait le prochain. Les cochons le prendraient comme dessert.

Enfonçant ses doigts dans la saleté, cherchant une prise dans la boue, il se poussa sur ses genoux. Mais il y avait un cochon sur lui, le chevauchant. Il pouvait sentir la respiration chaude et fumante de l'animal s'abattant sur sa nuque et sa tête, le museau humide reniflant et fouillant ses cheveux.

« Tomek ! » appela quelqu'un, mais il ne pouvait pas l'entendre. Le bruit était noyé par le son des grognements, des deux tonnes de chair et de viande se tenant au-dessus de lui.

Tout ce qu'il pouvait penser à faire était de placer sa main sur sa tête et de rester immobile, de faire le mort. Pour qu'ils puissent s'ennuyer de lui, que leurs estomacs soient assez pleins pour l'ignorer.

Ça n'a pas fonctionné. Alors qu'il était allongé là, il sentit quelque chose sur son pied, puis—

Son corps glissa à travers la boue, volant sous le cochon. Des mains commencèrent à l'agripper, se glissant sous ses bras et le soulevant sur ses pieds. À travers la boue dans et autour de ses yeux, il vit Sean en face de lui. Son ami l'avait tiré de sous le ventre de la bête et l'avait mis en sécurité.

« Sean... » dit-il.

« Pas le temps pour ça maintenant, mon pote, » dit son ami en plaçant le bras de Tomek par-dessus son épaule et en s'accroupissant pour placer son bras entre les jambes de Tomek. C'était la première fois qu'on le portait comme un pompier. Dans son état délirant et ahuri, il trébucha une fois que ses pieds entrèrent en contact avec le sol solide, et il s'effondra sur le béton.

« Tu es en sécurité maintenant, mon pote, » dit Sean, en lui tapotant amicalement les joues.

« Anton... » chuchota-t-il faiblement.

Sean se retourna pour faire face aux cochons. « Parti. Tu as fait de ton mieux, mais nous étions trop tard. »

« Et Stanley ? »

« On l'a eu ! » cria quelqu'un de l'autre côté de l'enclos. « On le met à l'arrière de la voiture maintenant. »

Sean se déplaça vers le côté de Tomek, plaçant une main sur son dos. « Tu entends ça, mon pote ? On l'a eu. C'est fini. Allez, viens, on va te nettoyer. Tu as vraiment sale mine. »

CHAPITRE
SOIXANTE-ET-UN

Plusieurs heures plus tard, Tomek était propre, avait fait son compte-rendu et était prêt à reprendre son travail — contre l'avis de Victoria. Elle l'avait harcelé pour qu'il se repose, dorme, assimile ce qui lui était arrivé, mais il ne pouvait pas, ne voulait pas.

Au lieu de cela, il voulait entendre ce que Stanley Hutchinson avait à dire, comment il s'inscrivait dans toute cette affaire, et quel rôle il avait joué dans la mort de Morgana.

Mais son interrogatoire avait été décevant. Sans grande surprise, l'homme avait répondu « sans commentaire » à toutes les questions. Il en allait de même pour ses complices et le reste du personnel de la ferme qui avait été arrêté sur place. Ils gardaient tous le silence, unis dans leur volonté de cacher la vérité.

Finalement, après ce qui s'était avéré être une nuit infructueuse, Tomek avait suivi le conseil de Victoria et était rentré chez lui. Il était arrivé après minuit. Kasia dormait, alors il s'était directement mis au lit, où le sommeil l'avait fui. Des pensées et des images de ce qui s'était passé défilaient dans sa tête, apparaissant dans son esprit, agrandies, zoomées comme sous un microscope. Pour la première fois depuis des années, il avait fait un cauchemar différent. Un nouveau cauchemar. Un où il rêvait qu'il se faisait dévorer par du porc.

Au matin, il était réveillé avant même qu'il ne fasse jour. Au lieu de se lever, il resta sous les couvertures, fixant le plafond, regrettant le réconfort qu'Abigail lui apportait à ses côtés. Cela faisait quelques nuits qu'elle n'avait pas dormi chez lui et elle commençait à lui manquer.

Quand il fut l'heure de réveiller Kasia, il bascula ses jambes hors du lit et se rendit dans sa chambre.

— Bonjour, dit-il en la réveillant. C'est l'heure d'aller à l'école.

Elle ouvrit des yeux ensommeillés, en frottant le sommeil qui s'y attardait. — Quand es-tu rentré ?

— Après minuit. Comment s'est passée ta soirée ?

— Bien. J'ai un peu travaillé.

— Super. Il y a quelque chose que je dois te dire quand tu seras prête pour l'école. Je vais préparer les œufs en attendant.

Le petit-déjeuner composé de toast et d'œufs brouillés qu'il lui avait préparé était posé sur le comptoir depuis cinq minutes quand elle arriva enfin. En la regardant, il remarqua quelque chose de différent chez elle.

Ses cheveux avaient été brossés et bouclés, et elle s'était maquillée plus que d'habitude.

— Tu es très jolie, dit-il. Pour qui t'es-tu faite belle ?

— Pourquoi faudrait-il que ce soit *pour* quelqu'un ? Pourquoi je ne pourrais pas l'avoir fait pour moi-même, pour me sentir bien ?

Tomek leva les mains en signe de reddition. — Oui. Bien vu. Tu m'as eu. Il posa l'assiette devant elle. — Mange vite, ils sont sur le point de passer de froids à congelés.

— Ha ha... dit-elle d'un ton sarcastique en sautant sur la chaise. Vas-y alors, qu'as-tu à me dire ? Tu t'es enfin débarrassé d'Abigail ?

Tomek ferma la porte du placard. — Non, mais bien essayé. Content de voir où tu en es finalement. Non, c'est à propos d'hier soir. Pourquoi j'étais en retard...

Et puis il lui raconta. Dans les moindres détails, à l'exception de certaines informations graphiques dont elle n'avait pas besoin de connaître. Comme la façon dont le cou d'Anton avait explosé devant lui. Comment il avait été couvert du sang d'un autre homme et avait passé trente minutes sous les douches du commissariat, à frotter, à se nettoyer de cette tache indélébile jusqu'à ce que sa peau devienne rouge.

— Oh mon Dieu, tu as failli mourir ! s'écria-t-elle après qu'il eut terminé.

— *Failli* étant le mot important. Sans Sean, j'aurais peut-être pu y passer.

— Je parie que tu te sens coupable de ne plus être son ami...

Tomek lui lança un regard moqueur. — Ce n'est pas le moment pour une leçon de morale, Kash. Je pensais juste que tu devrais savoir. Au nom de l'honnêteté et de la transparence entre nous. Maintenant, prépare-toi. Je vais te déposer.

Alors qu'il était resté éveillé, retournant les pensées dans sa tête — dont la principale était à quel point il avait frôlé la mort — il avait décidé de passer plus de temps avec elle, de faire plus souvent les petites choses, comme l'emmener à l'école, lui préparer un petit-déjeuner frais le matin. Ce n'était que des détails, mais il savait qu'ils les apprécieraient tous les deux dans les années à venir.

Leur temps était précieux, et il ne voulait pas le laisser filer.

Vingt minutes plus tard, il lui fit au revoir de la main à la grille de l'école, puis se dirigea vers le commissariat. Le bureau bourdonnait d'activité. Des visages et des corps qu'il ne reconnaissait pas se déplaçaient d'un côté à l'autre de la pièce. Des inspecteurs d'autres parties de la région avaient été rapidement mobilisés pour aider, y compris un inconnu qui était assis à son bureau. Tomek passa les secondes suivantes à chercher Sean. Il le trouva dans la cuisine, en train de se faire un café.

— Je t'en fais un ? demanda Sean.

— S'il te plaît. Bien que je sois tellement habitué à ceux de Morgana récemment, je pense que rien ne sera comparable.

— Eh bien, il va falloir t'y faire, dit Sean en préparant une tasse de café instantané pour Tomek.

Après la lui avoir tendue, ils quittèrent la cuisine et se dirigèrent vers la salle des opérations.

— Qu'est-ce que j'ai manqué ? demanda Tomek.

— Rien. Anton est toujours mort. L'autopsie de son corps sera effectuée cet après-midi, bien qu'il ne faille pas être devin pour savoir comment il est mort, étant donné que nous y étions tous.

— En plein dedans. Littéralement.

Sean sourit. — Stanley ne cède toujours pas. Il répond toujours « sans commentaire ». C'est pareil pour ses amis de la ferme.

Sean pointa les tableaux blancs. Depuis la dernière fois qu'il les avait vus, toutes les informations concernant la mort de Morgana avaient été effacées et remplacées par des images de la ferme et de Stanley Hutchinson.

— Sait-on pourquoi Anton était là-bas ? demanda Tomek.

— Notre hypothèse est qu'il était retenu par Stanley et que son téléphone aurait été allumé par erreur. À l'heure actuelle, nous pensons que Stanley l'a gardé captif pour une raison quelconque — peut-être en représailles pour le meurtre de Morgana, et dans une tentative de fuite, Anton aurait allumé son téléphone. Nous ne savons pas. Et nous ne le saurons peut-être jamais.

Tomek parcourut les informations sur les tableaux qui avaient été rassemblées à la hâte pendant la nuit.

— Je me demande comment il s'inscrit dans tout ça, dit-il en regardant l'image de Stanley Hutchinson.

— Victoria pense qu'il pourrait être celui qui a tué Morgana.

— Mais il ne correspond pas à la description. Il ne ressemble en rien à la personne que nous recherchons. Et nous avons la preuve qu'Anton était là, les images de vidéosurveillance, les chaussures, le témoignage de Vlad. Tomek se tourna vers Sean et vit la conviction dans ses yeux. — Tu ressens la même chose, n'est-ce pas ?

— Je suis plutôt d'accord avec toi. Je ne vois pas comment il s'intègre.

Une idée surgit dans l'esprit de Tomek. Il lui donna une tape dans le dos. — Tu peux être celui qui le lui dira alors, mon pote. N'oublie pas de garder le personnel et le professionnel séparés, d'accord ?

Tomek se retourna et se dirigea vers la sortie.

— Hé, où vas-tu ?

Tomek posa une main sur l'encadrement de la porte.

— Parler à quelqu'un qui, je pense, peut enfin répondre à toutes nos questions.

CHAPITRE
SOIXANTE-DEUX

Tomek détestait l'air suffisant qu'arborait cet homme. Mais il devait bien l'admettre : si les rôles avaient été inversés, il aurait fait exactement la même chose. Cela ne rendait pas le comportement de l'homme plus supportable pour autant.

Tomek avait perdu le compte du temps de garde à vue de Vlad. Tout ce qu'il savait, c'est que ça durait depuis longtemps, et qu'ils allaient bientôt devoir l'inculper pour complicité de meurtre et entrave à la justice. Et il pourrait ajouter une accusation de meurtre à son casier.

Il posa un document face contre table et appuya sa main dessus.

— Vlad... commença-t-il.

— Je ne parlerai pas tant que je n'aurai pas mon accord. L'offre est là, sur la table. Je peux vous dire qui a tué Morgana.

— Je pense déjà le savoir.

— Si vous le dites. Mais vous ne serez pas sûr, n'est-ce pas ?

Tomek hésita, tapota le papier. — Nous avons réfléchi à votre offre. Vraiment. Tout semble très prometteur. Mais quelles garanties avons-nous que ce que vous dites est vrai ?

— J'ai des preuves...

— Parce que d'abord, je voulais vous informer de ce qui s'est passé en dehors des quatre murs de votre cellule. La nuit dernière, Anton a été tué. Voulez-vous savoir comment il a été tué ?

— Je peux deviner.

— Il a été dévoré par des cochons.

Tomek fit une pause pour évaluer la réaction de l'homme ; ses pupilles se dilatèrent et ses lèvres s'entrouvrirent.

— C'est ce que vous aviez deviné ? demanda Tomek.

Le choc et l'acceptation semblèrent l'envahir. Comme s'il s'attendait à l'entendre, mais que c'était quand même une surprise.

— Oui... ça aurait pu... l'avez-vous vu ?

— J'étais en plein milieu, répondit Tomek. J'ai essayé de le sauver, mais j'étais trop tard. Par conséquent, nous avons arrêté Stanley Hutchinson et tout son personnel de la Ferme et Zoo de Red Birch pour son meurtre. Et maintenant qu'Anton est mort, nous n'avons plus besoin de poursuivre notre enquête sur le meurtre de Morgana. Tomek fit un bruit et un geste affirmatif. — Nous avons Anton pour le meurtre de Morgana. Nous avons Stanley Hutchinson pour le meurtre d'Anton. Nous avons Denis Danyluk pour le meurtre de Mariusz. Nous avions Mariusz pour le meurtre d'Andrei. Nous avons Gavin Barker pour fuite d'informations confidentielles. Et bien sûr, nous vous avons pour entrave à la justice. Il me semble que toutes les affaires sont classées.

Le sourire narquois de Vlad diminua un peu.

— Vous vous trompez, dit-il, catégorique.

— À propos de quelle partie ?

— La personne qui a tué Morgana. Il est mort depuis un moment maintenant.

Tomek fut stupéfait par cette déclaration. Vlad venait de révéler son atout sans même avoir conclu d'accord. Tomek attribua cela à la fierté, au désir de prouver que Tomek avait tort, et qu'il possédait réellement les informations qu'ils voulaient.

Parfois, les gens ne pouvaient pas s'en empêcher.

L'ego prenait le dessus.

C'est comme ça qu'on fait, Sean !

Mais la question suivante s'avérait délicate. *Qui* avait tué Morgana ? C'était pile ou face, soit tort soit raison, et il misa tout sur un seul nom qui lui venait à l'esprit.

— Mariusz ? dit-il. C'était vraiment Mariusz qui a tué Morgana, puis il a tué Andrei après ?

Vlad secoua la tête. Alors qu'il s'apprêtait à répondre, son avocat se pencha pour lui chuchoter à l'oreille, pour lui offrir un conseil avisé. Mais Vlad le repoussa d'un geste de la main. C'était son terrain de jeu maintenant, et personne d'autre n'y était admis.

— Faux. C'était Andrei.

Tomek sentit ses yeux s'écarquiller de surprise. — Andrei Pirlog, le témoin clé ? Du port ?

Vlad hocha la tête, son regard se rétrécissant.

Tomek avait du mal à digérer cette information.

Andrei. Morgana. Anton.

Comment tout cela s'emboîtait-il ?

Il avait l'impression d'avoir besoin d'une minute. Mais il n'en avait pas. Des centaines de pensées, d'images et de scénarios tournoyaient dans sa tête. Heureusement, il avait devant lui un homme prêt à tout partager.

— Andrei a tué Morgana, dit Vlad avec un sentiment de soulagement dans la voix. Elle... elle... comment dire ? Ces dernières années, elle a fait entrer... elle a fait passer clandestinement des personnes dans le pays. De son pays d'origine et des pays voisins. Roumanie, Pologne, Lettonie, Biélorussie. Ils lui payaient de grosses sommes d'argent pour être ici, mais ensuite elle les gardait, les enfermait et les forçait à travailler au restaurant.

— Les restaurants ?

— Non. *Restaurant*. Au singulier.

— Lequel ? Les images s'étaient maintenant arrêtées, et son cerveau était entré en mode d'hyper-concentration, où il écoutait chaque syllabe, chaque prononciation sortant de la bouche de Vlad.

— Iliana's. Anton s'occupait d'eux. Il était chargé de les surveiller pendant que Morgana orchestrait tout depuis son bureau.

Cela expliquait le grand roulement de personnel et les commentaires sur Tripadvisor.

— Que voulez-vous dire par « il les surveillait » ?

— Il s'assurait qu'ils ne dépassaient pas les bornes, qu'ils ne parlaient à personne de ce qui leur arrivait.

Gina... de Pologne. Anton a dû la retrouver. Il a dû découvrir... Un nœud se forma dans l'estomac de Tomek. Il essaya de l'avaler, mais il ne bougea pas.

— Comment sortent-ils ? demanda Tomek, puis il expliqua à Vlad que chaque fois qu'il était allé au restaurant, il semblait y avoir un nouveau visage. — Où vont-ils ?

— Ailleurs. La ferme, le...

— Red Birch Farm ?

Vlad acquiesça. — Ils y travaillent, entre la ferme et Iliana's. C'est comme ça qu'ils les gardent sous contrôle étroit. Ils les font travailler de longues heures et ne les payent pas. Puis ils gardent les bénéfices pour eux-mêmes. Stanley est dans le coup depuis le début.

Tomek laissa échapper un lent souffle par les narines. Il s'était trompé. Il n'y avait pas d'histoire de drogue. Au lieu de cela, il s'agissait d'un trafic d'un autre genre.

— Comment Andrei s'intègre-t-il dans tout ça ? demanda-t-il, les questions tourbillonnant dans sa tête comme prises dans un mixeur.

— J'ai menti quand j'ai dit que personne ne s'en sort. *Lui* l'a fait. La première et dernière fois.

— Que voulez-vous dire ? Racontez-moi comment c'est arrivé.

Les épaules de Vlad s'étaient légèrement affaissées. On voyait clairement à sa réaction qu'il gardait cette information depuis longtemps, et c'était un soulagement de tout mettre au grand jour.

— Andrei était venu avec sa femme, Tatiana. Ils allaient commencer une vie ensemble ici au Royaume-Uni, mais elle leur a été volée par Morgana et Anton. Morgana, elle, elle était à la tête de tout. La tête du serpent. Elle était responsable de tous ceux qui venaient. Stanley aidait à faciliter leur entrée dans le pays...

Mariusz et DWG Logistics.

— Mais je ne voulais rien avoir à faire avec ça. Je lui ai dit dès le premier jour que c'était mal. Mais je ne voulais pas quitter le restaurant, et elle ne pouvait pas me laisser partir à cause de ce que je savais. Alors, nous sommes parvenus à un accord. Il n'y aurait rien de ce genre dans notre restaurant. Ce serait une entreprise légitime avec des propriétaires légitimes.

Des propriétaires semi-légitimes, pensa Tomek.

— Tous nos employés chez Morgana's sont en règle, tout est légal. Ils n'ont aucune idée de ce qui se passe. Ils étaient complètement tenus à l'écart. Mais il y avait un problème. Un jour, Andrei travaillait avec nous. Je ne sais pas comment, ni pourquoi. Morgana le traitait comme s'il était un nouveau venu pour le reste du personnel. Et lors de son « premier jour », il a décidé de voler de l'argent dans la caisse. Il voulait s'en sortir, il voulait sa liberté. Alors il l'a prise. Mais avant qu'il puisse retourner auprès de sa femme, Anton l'a trouvée en premier. Andrei a disparu pendant un court moment. Nous ne savions pas où il était allé ni ce qu'il avait fait de l'argent.

Cela expliquait pourquoi l'appartement où ils l'avaient trouvé semblait vide depuis un certain temps.

— Pour tout ce qu'ils savaient, Andrei aurait pu aller à la police. Mais son amour pour sa femme était si fort qu'il s'est fait discret pendant quelques jours. Entre-temps, Morgana avait dit au reste du personnel de cuisine qu'il n'avait pas tenu le coup, qu'il n'avait pas pu supporter la pression d'être en cuisine. Jusqu'à ce que quelques jours plus tard, il revienne au restaurant. Lui et Morgana se sont assis à table, en pleine discussion. On aurait dit qu'il était venu demander son travail. C'est à ce moment-là qu'ils ont convenu de se rencontrer...

— Au port ?

— Oui. Andrei rendrait l'argent et Morgana serait là avec sa femme, Tatiana.

— Et il croyait qu'ils la lui remettraient, comme ça ?

— Il était désespéré. Il était dans un pays étranger, avec peu d'argent, sans endroit où séjourner, et personne pour lui tenir compagnie. Qu'auriez-vous fait ?

Tomek réfléchit à ce point un instant. La réponse était qu'il n'en aurait pas eu la moindre idée.

Il était fasciné. Il avait besoin d'en entendre plus.

— Que s'est-il passé ensuite ?

Vlad s'éclaircit la gorge. — Eh bien, d'après ce que je comprends, Andrei y est allé avec l'argent, mais quand il est arrivé, il n'y avait que Morgana. Pas de femme. Pas d'échange.

— Alors il l'a tuée ?

Vlad hocha la tête. Tomek essaya d'imaginer la scène dans sa tête. L'homme, victime de trafic dans un pays étranger, seul, désespéré, sa dernière chance de retrouver sa femme à portée de main, seulement pour découvrir qu'elle était partie et qu'il ne la reverrait jamais. La rage, la jalousie, la fureur l'auraient submergé. Puis il s'est vengé et l'a noyée. Mais ensuite ?

— Andrei était l'un de nos témoins clés, dit Tomek, confus. Tous les autres témoins corroborent et disent avoir vu Andrei *marcher vers* la scène, puis quelqu'un d'autre s'enfuir.

— Anton, répondit Vlad sèchement. Anton regardait toute la scène se dérouler. Il était là comme renfort, on pourrait dire. J'avais l'impression qu'ils allaient tuer Andrei ce jour-là, mais il les a devancés. Et après avoir tué Morgana, Andrei a fui les lieux. Mais pour une raison quelconque, il est revenu. C'est à ce moment qu'il a vu Anton dans l'eau, tenant la tête de sa femme. Puis les Américains sont arrivés.

Tomek inspira profondément. Il s'était complètement trompé. *Ils* s'étaient tous trompés. Anton n'avait pas tué sa femme. C'était Andrei. L'homme qui était là depuis le début. Le témoin clé que personne n'avait pensé à remettre en question.

Il pouvait reconstituer le reste de l'histoire lui-même : Anton, enragé par la mort de sa femme, avait cherché à se venger. Il savait qu'Andrei serait obligé de donner une adresse au commissariat, alors il avait fait pression sur la seule personne qu'il connaissait qui pouvait y accéder, Gavin Barker, qui avait visité Iliana's lors de ses diverses pauses déjeuner ces dernières semaines. Puis il avait convaincu Mariusz de tuer Andrei et de le faire passer pour un suicide. Et comme seul bout de ficelle qui traînait, il avait ensuite sollicité l'aide de Denis Danyluk pour tout boucler.

C'était une histoire élaborée de vengeance et de trahison, que Tomek n'avait jamais vue venir.

— Comment savez-vous tout cela ? demanda-t-il.

— Anton m'a tout raconté quand il a déposé les chaussures.

— Et c'est pourquoi vous aviez besoin de la protection des témoins, de l'immunité... ?

Vlad hocha la tête. — Maintenant, je n'ai plus rien à craindre. Pour la première fois, le sourire sur son visage était empreint d'un léger sentiment d'espoir, celui de pouvoir purger sa peine sans la menace d'Anton ou de Stanley Hutchinson planant au-dessus de ses épaules.

Il y avait encore une question dans l'esprit de Tomek.

— Pourquoi Stanley a-t-il tué Anton ?

Vlad haussa les épaules. — Vous devrez le lui demander.

Tomek déposa la feuille de papier face contre le bureau de Victoria. Elle écarta une mèche de cheveux et baissa les yeux dessus.

— Tu l'as ? demanda-t-elle.

— Signé et daté, répondit-il. Jette un œil.

Avec appréhension, Victoria retourna le papier. L'espoir dans ses yeux s'éteignit immédiatement. Au bas du document qui acceptait d'intégrer Vlad dans le programme de protection des témoins, Tomek avait griffonné les mots « VLAD L'EMPALEUR, ROUMANIE » en majuscules.

— Qu'est-ce que c'est ? demanda-t-elle, lui lançant un regard noir.

— Une blague. Ma façon de dire que c'est comme ça qu'on fait.

— De quoi tu parles ?

Tomek épousseta son épaule. — Pas besoin. Je l'ai fait pisser comme un octogénaire.

— Une confession complète ?

Tomek s'inclina avec ironie. — À votre service, Votre Altesse Royale.

— Connard.

— Un connard qui obtient des résultats, note bien. Rappelle-toi de ça.

Tomek se dirigea vers la sortie, incapable d'effacer le sourire suffisant de son visage. Maintenant, il savait ce que Vlad avait ressenti tout ce temps.

— Attends ! Attends ! le rappela-t-elle. Tu ne vas pas me dire ce qui se passe, bordel ?

Tomek posa sa main sur la poignée de la porte. — Tu sais, depuis que tu es assise dans le fauteuil de Nick, tu jures beaucoup plus.

— Parce que des connards comme toi continuent à m'énerver avec des conneries mesquines comme celle-là !

Tu n'as encore rien vu.

Tomek ouvrit la porte.

— Tu ne peux pas partir sans me dire ce qui s'est passé…

— Ne vous inquiétez pas, madame, dit-il en sortant de la pièce. Tout sera dans mon rapport.

Le bruit de la porte qui se fermait fut assourdissant. De l'autre côté, il entendit Victoria gémir puis soupirer profondément.

Lui tournant le dos, il se dirigea vers la salle des enquêtes, où il trouva la majorité de ses collègues en train de remplacer certaines des images et informations de l'enquête par la victime qui avait été retrouvée sur Two Tree Island la veille.

— Déjà ? dit Tomek.

— L'inspecteur nous a demandé de nous concentrer sur ceci en priorité.

Pas de repos pour les méchants.

Tomek décida d'aider. Alors qu'il retirait quelques feuilles de papier, son esprit devint vide, et il commença à penser à Andrei, à l'affaire, aux questions sans réponse. Comme où étaient gardées les victimes ? Qu'était-il arrivé à la femme d'Andrei ?

Et puis il le vit.

Une impression d'un selfie, pris dans un restaurant en Roumanie. Andrei et sa femme, Tatiana, souriants, tous deux bien habillés, elle tenant sa main vers la caméra. Andrei venait de la demander en mariage, mais ce n'était pas la bague au doigt qui attira son attention. C'était la boucle d'oreille verte en forme de bijou qui pendait de son lobe gauche. La même que Tomek avait trouvée dans l'enclos à cochons l'autre jour.

Qu'est-ce que Stanley Hutchinson lui avait dit lors de sa première visite ?

Ce sont des cochons. Ils mangeront tout ce que vous leur donnez tant qu'ils sont assez affamés.

Elle aussi avait été donnée à manger aux cochons.

Tomek n'en revenait pas. La preuve était là, juste devant lui. Et il l'avait complètement manquée. Combien d'autres étaient morts comme ça ? Combien d'autres personnes avaient été mangées par les cochons de la ferme ? Et si elles ne quittaient jamais la ferme ?

Et puis il comprit. La question plus pertinente était : combien de fois avait-il fini par manger de la chair humaine sans le savoir ?

Les cochons... le bacon... Morgana's... Iliana's.

Nous leur expédions environ deux tonnes de produits chaque année, pour la plupart nos meilleurs morceaux de viande.

Était-ce ce qui rendait le bacon si bon ? De la chair humaine ?

Parfois dans la vie, il y avait certaines choses qu'il valait mieux ne pas savoir.

CHAPITRE
SOIXANTE-TROIS

Tomek savourait la pluie qui caressait son visage, le vent qui mordait chaque pore de sa peau, l'eau qui éclaboussait ses jambes, engourdissant ses cuisses et ses orteils.

Il avait besoin de traiter tout ce qui s'était passé, de l'absorber, de le digérer. Et il n'y avait pas de meilleure façon de le faire qu'en courant. À ses côtés, peinant à suivre le rythme de Tomek, se trouvait Warren Thomas qui, pendant un moment, avait été considéré par Tomek comme le meurtrier de Morgana. Mais il était content de n'avoir jamais exprimé cette inquiétude, même s'il avait senti des murmures à ce sujet parmi ses collègues. Quelle humiliation cela aurait été.

C'était le lendemain de la confession de Vlad, et son premier jour de congé complet depuis un certain temps. L'équipe avait porté plainte contre Vlad, Stanley, Alfie et le reste des employés de la ferme. Ils avaient commencé le processus pour essayer de retrouver les victimes du réseau de traite d'êtres humains de Morgana et d'Anton, mais cela s'avérait difficile. Des équipes de bénévoles et de personnel de soutien, ainsi que des techniciens de scène de crime et des agents en uniforme, avaient bouclé la ferme et commencé à saisir tous les biens comme preuves, tout en fouillant les centaines d'hectares de terrain à la recherche de signes de vie.

Tomek n'avait pas beaucoup d'espoir.

Ils couraient depuis vingt minutes. Ils avaient commencé un peu plus à l'intérieur des terres, longeant d'abord la côte avant de mettre le pied sur le sable, et se trouvaient maintenant à mi-chemin de leur destination. Le port se dressait au loin, intimidant, lugubre. Il se demandait combien de secrets il renfermait, combien de vies et de morts il avait vues au fil des années, quelles histoires il avait à raconter.

Andrei et Morgana lui en avaient ajouté une de plus à la liste.

Le reste de la course jusqu'au port fut étonnamment facile. Tomek avait trouvé un regain d'énergie et avait pris de l'avance, battant Warren de quelques centaines de mètres.

— Quelqu'un a trouvé un second souffle, dit Warren en le rattrapant. Ou peut-être que c'est juste des gaz ?

Haletant, Tomek était plié en deux, les mains sur les genoux. — J'ai quelque chose en moi que j'ai besoin d'évacuer, c'est certain.

De la colère. De la frustration. Du chagrin.

De l'angoisse. De la peur. De la culpabilité.

Il ressentait tout cela.

Il se laissa tomber en arrière, s'assit sur le sable humide et reprit son souffle.

— J'ai besoin d'une minute, dit-il.

— Je ne suis pas surpris.

— Non, pas à cause de ça. Il se tourna vers le port à sa gauche.

— À cause de ce qui s'est passé ? demanda Warren.

Tomek hocha la tête. — J'ai beaucoup de choses à assimiler. Pense-y... quelqu'un est mort juste ici. Quelqu'un a été assassiné.

— Tragique, je sais. Mais d'après ce que tu m'as raconté, on dirait qu'ils le méritaient.

— C'est possible... mais...

Tomek s'interrompit. Quelque chose avait attiré son attention. La lumière rouge clignotante au sommet du port. Curieux, il se leva et la pointa du doigt.

— Raconte-moi ce qui s'est passé ce matin-là.

— Vraiment ? On a déjà parlé de ça.

— Je sais, je sais. Mais beaucoup de choses se sont passées depuis et j'ai oublié.

Warren soupira, plaça ses mains sur ses hanches. — On a trouvé le corps, on a signalé la découverte, puis on est montés sur le port.

Tomek se dirigea lentement vers le pylône, incapable de détacher son regard de lui. — Oui, mais quoi *spécifiquement* ? La dernière fois, tu as dit que toi et Andrei étiez allés au point le plus élevé ?

— Je croyais que tu avais dit que tu ne te souvenais pas ?

— Warren... Tomek lui lança un regard moqueur. — S'il te plaît. C'est important.

L'homme soupira. — D'accord. Tu as raison. Ce type et moi sommes montés jusqu'en haut.

— Bien. Et qu'est-ce que ce type a fait exactement ?

— Quoi ? Quelle est l'importance de tout ça ?

Mais Tomek était déjà parti, pataugeant dans l'eau, escaladant la structure.

— Est-ce que tu as vu ce qu'il a fait quand vous étiez tous les deux là-haut ?

La curiosité finit par avoir raison de Warren, et il rejoignit Tomek, escaladant la structure avec facilité.

— Je veux dire... j'étais trop occupé à guetter les garde-côtes.

— Réfléchis, mon pote. J'ai besoin que tu réfléchisses. As-tu vu où il est allé ? Ses mouvements ?

Le visage de Warren s'enfonça dans une profonde réflexion.

— Je ne crois pas t'avoir jamais vu réfléchir aussi intensément de ma vie, même quand on était à l'école.

— Va te faire foutre, dit-il, puis sans avertissement, il se dirigea vers le pylône.

Tomek observa avec espoir tandis que Warren revivait ses mouvements. L'homme traversa la structure avec aisance, ses longues jambes franchissant les grands espaces au milieu comme s'il s'agissait de simples fissures sur un trottoir.

— Nous sommes montés ici... commença-t-il. Nous étions paniqués, respirant fortement. Le vent se levait. J'ai senti que la marée allait monter très vite, alors nous devions faire quelque chose. Il désigna un endroit dans la structure. — J'ai failli glisser et tomber ici, mais il m'a rattrapé et retenu. Puis quand nous sommes arrivés au sommet, nous... Warren s'arrêta juste à côté du pylône. Tomek s'approcha de lui. — J'ai cru voir quelque chose là-bas. Je pensais que c'était un bateau qui venait vers nous, alors je lui ai fait signe...

— Et que faisait-il, lui ?

— Je... Il...

Le regard de Warren se posa sur le pied de la tour. Il y avait un petit trou creusé dans le ciment.

— Il était là-bas... poursuivit Warren. Au... au début, je n'y ai pas prêté attention. Je... j'étais trop occupé à faire des signes au bateau. Mais...

Tomek ne perdit pas de temps. Il contourna Warren, écarta les jambes au-dessus d'une des sections de la structure et, utilisant un de ses bras comme appui, plongea la main dans le petit trou.

Le béton était rugueux et abrasif contre sa peau, mais il n'y prêta guère attention. En quelques secondes, il trouva ce qu'il cherchait et le sortit.

Quelque chose qu'ils avaient cherché pendant tout ce temps. Quelque chose qu'ils croyaient disparu.

Le téléphone de Morgana. Parfaitement intact.

CHAPITRE
SOIXANTE-QUATRE

Deux jours s'étaient écoulés entre espoir, prières et attente. Deux jours à souhaiter désespérément que le téléphone de Morgana se rallume. Ils avaient essayé toutes les méthodes habituelles — le mettre dans un bol de riz, l'envelopper dans un torchon et le placer sur le radiateur — mais rien n'y faisait. Finalement, quand toutes les autres options avaient échoué, un membre de l'équipe d'investigation numérique avait réussi à dévisser les composants de l'appareil et à les sécher individuellement. L'opération avait pris plus de temps que prévu, car c'était un équipement complexe, mais cela n'avait fait qu'accroître l'anxiété. L'équipe avait attendu que le téléphone du bureau sonne pour confirmer que l'appareil fonctionnait enfin.

Finalement, l'appel était arrivé ce matin-là. L'équipe d'investigation numérique avait réussi à sécher l'appareil, à le remonter, puis à le connecter à leurs ordinateurs. De là, ils avaient passé en revue l'intégralité du téléphone de Morgana : ses applications téléchargées, son historique de recherche, ses messages, ses photos. Ces deux derniers éléments avaient été les plus importants pour l'enquête, et ils avaient fait une analyse complète, cherchant des références à l'endroit où les victimes étaient détenues. Un message, un mot-clé, un ensemble de phrases que Morgana, Stanley et Anton auraient pu utiliser pour indiquer leur emplacement.

Au final, tout s'était résumé à une photo. Deux, en fait. La première montrait la femme d'Andrei, recroquevillée dans le coin d'une petite pièce aux murs blancs. Il n'y avait rien d'autre qu'un matelas nu. Pas de fenêtre, aucun confort. Une cécité sensorielle complète. Sur la photo, elle levait sa main décharnée pour protéger ses yeux de la lumière. Faible, mal nourrie. Impossible de savoir depuis combien de temps elle était là. À en juger par l'absence totale de preuves suggérant qu'elle avait été nourrie ou au moins hydratée, Tomek soupçonnait que cela faisait des jours. Peut-être depuis le vol d'Andrei qui avait déclenché toute cette affaire.

La deuxième photographie qui avait attiré l'attention de l'équipe d'investigation numérique était une image de la ferme. Un terrain banal, ordinaire, générique, bordé par une épaisse rangée d'arbres.

Tomek, accompagné d'une petite armée d'agents, de sergents, d'inspecteurs, de personnel d'appui civil et même de membres du public — y compris Warren Thomas et les Redgrave — se tenait maintenant devant ce même endroit, le scrutant comme s'il allait être rasé. Ils faisaient partie d'une nouvelle équipe de recherche. Les fouilles initiales de la police sur la ferme n'avaient rien donné ; tout ce qu'ils avaient pu trouver était une série de documents et de relevés bancaires, ainsi qu'une petite poubelle remplie d'argent liquide.

C'était il y a deux jours. Deux longs jours depuis que les personnes qu'ils recherchaient — si elles s'y trouvaient encore — avaient mangé pour la dernière fois, bu de l'eau, depuis qu'elles avaient été soignées. Impossible de savoir dans quelles conditions elles vivaient, mais selon la théorie, ce n'était pas agréable. Elles vivaient probablement dans la misère, entassées les unes sur les autres dans des espaces exigus et confinés, comme la femme d'Andrei avant sa mort.

Sous terre.

Un homme chauve avec une épaisse barbe noire s'avança devant la foule. Tous les participants s'étaient alignés côte à côte, espacés de deux mètres.

— Bien, mesdames et messieurs, commença-t-il, sa voix portant facilement sur le terrain. Assurez-vous de rester en ligne. Un pas à la fois. Si vous voyez quelque chose d'intéressant, n'y touchez pas. Si vous voyez quelque chose bouger, n'y touchez pas. Je veux que vous criiez « À l'aide ! » et nous nous arrêterons tous pour que ceux d'entre nous qui sont à l'arrière puissent examiner ce que vous avez trouvé. Il est absolument essentiel que vous ne touchiez à rien. Est-ce que tout est clair ?

Un chœur de « oui » résonna autour de la ferme.

Puis ils commencèrent. D'abord à petits pas, les pieds bruissant dans l'herbe, les yeux et les têtes baissés, scrutant la terre comme des détecteurs de métaux. L'atmosphère était calme, tendue. Plus de cinquante personnes unies par leur désir de retrouver les victimes.

Tomek restait optimiste, mais alors qu'ils atteignaient la lisière des arbres sans avoir rien trouvé, il commença à sentir son optimisme fléchir. Dans son esprit, il essayait de visualiser ce qu'ils pourraient trouver — des deux côtés du spectre. Le bon scénario : tout le monde vivant et en bonne santé, comme s'ils revenaient de vacances en Arctique. Et le mauvais, qui contenait la même quantité de peau blanche, sauf que cette fois, c'était parce qu'ils étaient tous morts, ayant succombé à la faim et à la déshydratation.

Il priait pour le premier scénario.

Dix minutes après le début des recherches, ils s'étaient déjà arrêtés trois fois. Rien de concluant. Des morceaux de déchets, des feuilles de couleur étrange, une fleur prise pour quelque chose d'important.

À chaque découverte, l'optimisme de Tomek continuait de diminuer.

Jusqu'au quatrième appel.

Il ne savait pas pourquoi, mais il y avait quelque chose de différent dans celui-ci.

L'homme qui l'avait signalé n'était qu'à quelques mètres de lui. Il tapait du pied sur le sol. Le son était creux, plus fort qu'il n'aurait dû l'être. Les officiers à l'arrière de la ligne le rejoignirent et testèrent le sol avec leurs pieds. Anticipation et angoisse descendirent sur les bois. Puis ils commencèrent à enlever la terre environnante. Feuilles, boue et brindilles volèrent dans les airs, révélant une grande trappe métallique.

Un bunker souterrain, enterré profondément au cœur de la forêt.

Le cœur de Tomek bondit dans sa gorge. Il n'attendit pas. En tant qu'officier le plus haut gradé à proximité, il se précipita vers la trappe et l'ouvrit d'un coup. Immédiatement, il fut frappé au visage par un mur d'air chaud, vicié et moite.

— Bonjour ! cria-t-il dans les ténèbres. C'est la police, est-ce que quelqu'un m'entend ?

De doux murmures montèrent de la chambre. En quelques secondes, les murmures se transformèrent en cris et en hurlements.

De la vie.

Tomek sortit son téléphone et activa la fonction lampe de poche. Puis il descendit les marches aussi vite que possible. Une fois en bas, il se retourna et s'enfonça dans l'obscurité. Le corridor était petit, étroit, pas construit pour quelqu'un de sa taille. Mais à la fin, il vit une faible lumière. Un orange profond. Et des silhouettes qui émergeaient, qui se mettaient en travers du chemin.

— Police, dit-il calmement. Tout va bien. Tout va s'arranger. Je suis de la police. Vous êtes tous en sécurité maintenant.

Tomek ne savait pas à quoi s'attendre en arrivant en bas, mais ce n'était pas ce qu'il avait devant les yeux. Un grand espace souterrain, de la taille d'un des entrepôts de la ferme, rempli de plus de trente personnes, vivant et respirant dans l'obscurité, enterrées à six mètres sous la surface. Comme des zombies réclamant du sang, elles se précipitèrent vers lui, s'accrochant à chaque partie de son corps. Certaines essayaient de l'étreindre tandis que d'autres, dans leur état désespéré, fouillaient ses poches.

Peu après, les membres supérieurs de l'équipe de recherche le rejoignirent.

— Putain de merde, dit quelqu'un.

— Combien de personnes sont là-dessous ?

— Je ne sais pas exactement, répondit Tomek. Je ne me suis pas encore arrêté pour discuter avec elles. Je pense qu'on devrait plutôt s'inquiéter de les faire sortir d'abord, tu ne crois pas ?

Tomek prit en charge l'évacuation. Utilisant la lampe de son téléphone, il canalisa les victimes de trafic humain vers la sortie, les consolant et les rassurant à leur passage. Avec l'aide de deux membres de l'équipe de recherche, ils récupérèrent le peu de nourriture et d'eau qui restait et les emportèrent avec eux.

Tomek fut le dernier à sortir, et lorsqu'il émergea à l'air libre, aveuglé par la lumière, une série d'applaudissements doux et réguliers s'ensuivit. Ils avaient réussi. Ils avaient sauvé toutes les personnes impliquées dans les horreurs des machinations de Morgana et d'Anton. Plus important encore, elles étaient toutes vivantes.

CHAPITRE
SOIXANTE-CINQ

Six semaines plus tard

Tomek frappa à la porte et entra sans attendre d'y être invité. À l'intérieur, il trouva Nick et Victoria assis face à face, plongés dans une discussion.

— Monsieur, vous êtes de retour ! Espèce de petit cachottier, vous nous avez bien gardé ça pour vous, n'est-ce pas ?

Nick se retourna vers lui, puis se leva péniblement de sa chaise et lui serra la main. — Toujours un plaisir de te voir, Tomek.

— Est-ce que quelqu'un d'autre sait que vous êtes là ?

— Pas encore.

— Victoria t'a fait entrer par la porte de derrière, c'est ça ?

— Je ne reviens pas officiellement avant lundi prochain, mais je voulais passer pour me mettre au courant des choses avant mon retour.

— Super, dit Tomek. On a vraiment hâte de vous revoir. Il posa fermement sa main sur le bras de l'homme et le serra. — Victoria t'a raconté comme on s'en est bien sortis depuis ton départ ?

— Oui, mais entre toi et moi, je crois qu'elle a perdu la tête.

Le visage de Victoria se décomposa.

— Je suis juste là, vous savez ?

Nick l'ignora et dit : — Elle n'a pas arrêté de chanter tes louanges. Va savoir pourquoi.

— Je n'imagine pas à quel point ce doit être difficile pour vous en ce moment, railla Tomek. Mais j'adorerais entendre ce que vous avez dit, Victoria. Peut-être que je pourrais développer quelques points pour vous ?

L'inspectrice leva les yeux au ciel. — Mets ton ego de côté un instant, je te prie, Bowen. Mais si tu veux savoir, j'ai dit que malgré nos différences évidentes, tu t'en étais très bien tiré. Sans toi, je doute qu'on aurait pu trouver ce qu'on cherchait.

Tomek croisa les bras. — Je vous demande pardon, Madame l'Inspectrice, je n'ai pas bien entendu.

— Ne me fais pas répéter, dit-elle.

— Elle a fait une recommandation pour que tu passes inspecteur, interrompit Nick.

Tomek la regarda, abasourdi. — Vous avez fait *quoi* ?

— Tu devras passer tous les examens pertinents et attendre qu'un poste se libère, mais je pense que tu as fait tes preuves.

Tomek hésita. — Une vie entière assis derrière un bureau... Je vais devoir y réfléchir.

— Vraiment ? Je pensais que tu serais content. Tu n'as pas arrêté de me harceler à ce sujet ces deux derniers mois, répondit Nick.

— Je suis content. Vraiment. C'est juste que je dois y réfléchir...

— Bon, rien ne t'oblige à faire quoi que ce soit, dit Victoria. Si tu es heureux là où tu es, ça convient à tout le monde.

Le sourire narquois réapparut sur le visage de Tomek. — Je dois dire que je suis surpris quand même, Madame. Est-ce que ça veut dire que vous allez commencer à me respecter autant que votre gigolo là-bas ?

Le moment de complicité entre eux ne dura pas très longtemps.

— Je vais la retirer, cette putain de recommandation, si tu continues.

Tomek répondit par un sourire espiègle.

— Y avait-il une raison à ton intrusion, Tomek ? demanda Victoria, faisant avancer la conversation.

— Seulement pour vous dire que les analyses ADN de la boue de la ferme sont arrivées.

— Et alors ?

— On a trouvé l'ADN de quatre personnes. Celui d'Anton et celui de la femme d'Andrei, Tatiana.

— Et le troisième ? La petite amie de Mariusz ? demanda-t-elle.

Tomek baissa la tête. — J'en ai bien peur. Mariusz n'a jamais travaillé pour le transporteur. Anton, Morgana et Stanley possédaient cette société séparément, et il n'était qu'une autre victime de leur trafic comme les autres. Je ne sais pas pourquoi ils l'ont choisi, mais ils s'en sont servis comme bouc émissaire pour tuer Andrei et prendre le blâme. Ils l'ont même utilisé comme la personne à l'extérieur de l'Airbnb des Redgraves. Sa petite amie était le moyen de chantage pour le forcer à faire ce qu'ils voulaient, et ils ont réussi à faire croire qu'elle était retournée en Roumanie pour que Martin ne puisse pas la contacter.

— Pauvre petite. Je n'imagine pas à quel point ça a dû être douloureux pour eux de mourir comme ça.

Tomek, lui, pouvait l'imaginer. Il l'avait vu de ses propres yeux. Et avait continué à le voir ces dernières semaines dans ses cauchemars.

— Et le quatrième ? demanda-t-elle.

— Une femme nommée Gina. C'était une des travailleuses chez Iliana avec qui je parlais. Elle était censée partager des informations avec moi, mais elle n'est jamais venue. Maintenant je sais pourquoi.

Tomek fit une pause pour se ressaisir.

— Y avait-il autre chose ?

— Oui. Quelques éléments de plus qui ont répondu à certaines de nos questions. Stanley Hutchinson, ce salaud, ne dit toujours rien. Mais heureusement pour nous, ce petit con roux que j'ai arrêté sur la plage a retrouvé sa voix. Curieusement, c'est quand il a découvert qu'on allait porter plainte. D'après lui, Stanley a tué Anton parce qu'ils s'étaient disputés. Stanley n'était pas content de la façon dont Anton gérait les choses, alors il l'a balancé sous terre avec les autres. Je suppose qu'Anton a dû trouver une issue, s'échapper, puis payer le prix fort.

— Rien de moins que ce qu'il méritait, dit lentement Victoria.

Quelques instants plus tard, Tomek prit congé et sortit de la pièce. Ce soir-là, quand il rentra chez lui, l'idée de l'examen d'inspecteur ne cessa de lui trotter dans la tête. C'était quelque chose qu'il envisageait depuis longtemps, encore plus depuis l'arrivée de Kasia dans sa vie.

C'était un meilleur salaire, plus de sécurité, et il y avait moins de travail de terrain, moins de chances qu'il se fasse tuer par un tueur en série ou qu'il se retrouve dans l'estomac d'un cochon. Mais c'était ce qu'il aimait dans ce métier, l'adrénaline, le frisson. Il n'était pas sûr de vouloir être confiné à un bureau tout le temps, à dicter ce que les autres devaient faire, alors qu'il voulait diriger depuis le front, montrer l'exemple.

C'était une décision qui nécessitait autant son avis que celui de Kasia.

Mais avant qu'il ne puisse commencer à réfléchir à la façon d'aborder le sujet avec elle, quelque chose sur le sol attira son attention.

Une enveloppe. Le cachet de la prison de HMP Wakefield dans le coin supérieur droit du document.

Une deuxième lettre.

Il avait espéré que la première était un hasard, une exception. Mais Nathan Burrows avait tenu parole. Il voulait ouvrir un dialogue avec Tomek, presque devenir son ami.

Inspirant profondément, retenant sa respiration, écoutant le son de son cœur qui battait comme mille tambours dans sa tête, Tomek déchira l'enveloppe et lut la lettre.

FIN

Mais pas tout à fait. L'histoire continue dans L'Ange de la Mort, le troisième tome de la série :

Chaque ange mérite ses ailes...
Lorsque l'hôtesse de l'air Angelica Whitaker est portée disparue après une soirée dans l'une des boîtes de nuit les plus populaires de Southend, l'affaire est confiée au DS Tomek Bowen pour la première fois de sa carrière.
Dès le début de l'enquête, les soupçons se portent sur l'homme avec qui elle a dansé au club, mais lorsque son corps est retrouvé plus tard dans une église, posé comme un ange, ces mêmes soupçons commencent à s'orienter vers un tueur calculateur, composé et sadique.
Mais à mesure que l'enquête progresse et que Tomek plonge plus profondément dans la vie de la victime, il devient évident que les suspects ne manquent pas, et que chacun cache ses secrets — certains plus que d'autres...

Découvrez l'histoire de L'Ange de la Mort sur Amazon dès maintenant !
Cliquez ICI pour obtenir votre exemplaire !
Ou tournez la page pour lire un extrait exclusif.

L'ANGE DE LA MORT - EXTRAIT EXCLUSIF

LAISSER UN AVIS

Et voilà. Fin.

Eh bien, je dis " nous "... je veux dire vous. Merci.

Merci d'être arrivé jusqu'ici et de m'avoir accompagné pendant que j'imaginais ces histoires folles et étranges, puis que je les traduisais sur papier (ou plutôt, en fichiers numériques).

Amazon regorge de millions de livres (littéralement, et je n'utilise pas ce terme à la légère), et il est donc souvent difficile de trouver sa prochaine lecture. On veut juste savoir quel livre se plonger. Mais parfois, on n'a pas le temps de tous les éplucher, alors que faire ?

Consultez les critiques, bien sûr.

On les utilise dans tous les aspects de notre vie.

Au restaurant. Au cinéma. Sur notre prochain téléviseur. Sur nos écouteurs. Presque tout est régi par les pensées des autres.

C'est fou, non ?

Mais que se passe-t-il quand on tombe sur un livre sans critique ? On risque de le fuir. Difficile de se fier à un livre.

Votre temps est précieux. Votre temps est précieux. Vous ne voulez pas perdre votre temps avec des histoires décevantes. Personne ne le souhaite. Et je ne vous le souhaite pas. Parfois, j'ai peur que la même chose arrive à cette histoire.

Mais il existe une solution.

Une critique est très utile. Et elle me donne la confiance nécessaire pour continuer à alimenter les pensées les plus folles qui me trottent dans la tête. Si vous avez un moment de libre, j'apprécierais vraiment que vous laissiez un commentaire. Il n'est pas nécessaire qu'il soit long ; juste quelques mots sur ce que vous avez pensé du livre.

Merci.

Votre aimable auteur,

Jack Probyn

ÉGALEMENT PAR JACK PROBYN

La série d'enquêtes criminelles du DS Tomek Bowen :

LIVRE 1 : LA JUSTICE DE LA MORT

Southend-on-Sea, Essex : Le Détective Sergent Tomek Bowen – déterminé, tenace et hanté par la mort de son frère – est appelé sur l'une des scènes de crime les plus choquantes qu'il ait jamais vues. Un homme a été rituellement assassiné et abandonné dans un jardin ouvrier près de l'aéroport local. Les premières investigations indiquent que cet homme avait un passé. Un passé qui lui a valu de nombreux ennemis.

Télécharger La Justice de la Mort

LIVRE 2 : L'ÉTREINTE DE LA MORT

Annabelle Lake pensait reconnaître la Ford Fiesta qui attendait devant son école, ainsi que son conducteur. Elle se trompait. Son corps est retrouvé quelque temps plus tard, suspendu à une balançoire dans une aire de jeux locale sur l'île de Canvey.

Télécharger L'Étreinte de la Mort

LIVRE 3 : LE TOUCHER DE LA MORT

Lorsque le brouillard se dissipe un matin de décembre dans l'Essex, le corps d'une adolescente est découvert gisant face contre terre dans un champ. L'affaire atterrit rapidement sur le bureau du DS Tomek Bowen qui, tout en essayant de jongler avec sa nouvelle vie de parent célibataire d'une fille de treize ans, doit déterrer l'enchaînement mortel des événements et faire éclater la vérité au grand jour.

Télécharger Le Toucher de la Mort